EXCALIBUR

Herausgegeben von
Melissa Andersson
und
Gerd Rottenecker

Die Herren der Runen bei Excalibur:

1. Dunkel über Longmot (70106)
2. Der Kreis aus Stein (70107)
3. Schattenherz (70147)
4. Die Bruderschaft der Wölfe (70148)
5. Himmelsgleiter (70213)
6. Sturm über Indhopal (70214)

Weitere Bände in Vorbereitung.

David Farland

DIE HERREN DER RUNEN

6

Sturm über Indhopal

Ins Deutsche übertragen von
Regina Winter

Knaur

Die amerikanische Originalausgabe erschien 2000
unter dem Titel »Runelords: Wizardborn/Part 2«
bei Tor Books, New York.

Besuchen Sie uns im Internet:
www.droemer-weltbild.de

Deutsche Erstveröffentlichung 4/2001

Umschlagkonzept: Melissa Andersson
Umschlaggestaltung: ZERO Werbeagentur, München
Umschlagillustration: Keith Parkinson, »The Shining Ones«
Karten: Detlev Henke
Redaktion: Ralf Reiter
Satz: Ventura Publisher im Verlag
Druck und Bindung: Clausen & Bosse, Leck
Printed in Germany
ISBN 3-426-70214-2

2 4 5 3 1

KARTEN

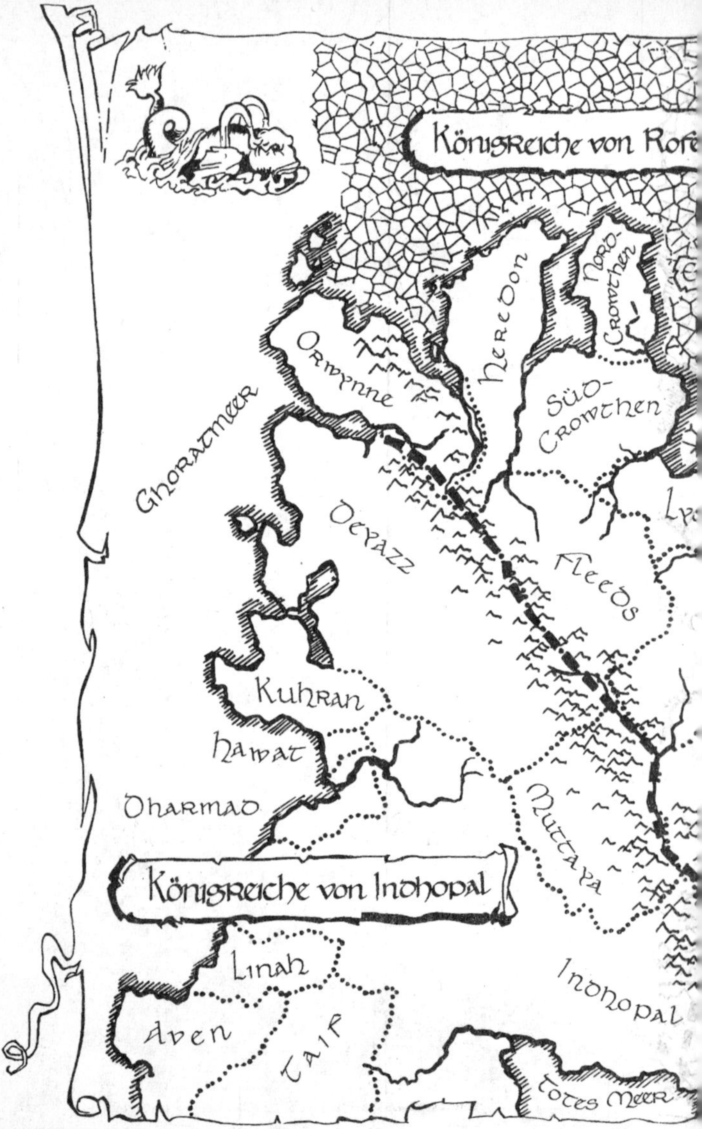

Königreiche von Rose
Nord-Crowthen
Heredon
Orimynne
Süd-Crowthen
Ghoratmeer
Devazz
Fleeds
Kuhran
Hawat
Dharmad
Muttapa
Königreiche von Indhopal
Linah
Aven
Tair
Indhopal
Totes Meer

Internook
Ashoven
Eyremoth
Alnick
Eyremoth
Seward
Toom
Lonnock
Havesind
Carollmeer
Mystarria
Alcairgebirge
Königreiche von Inkarra

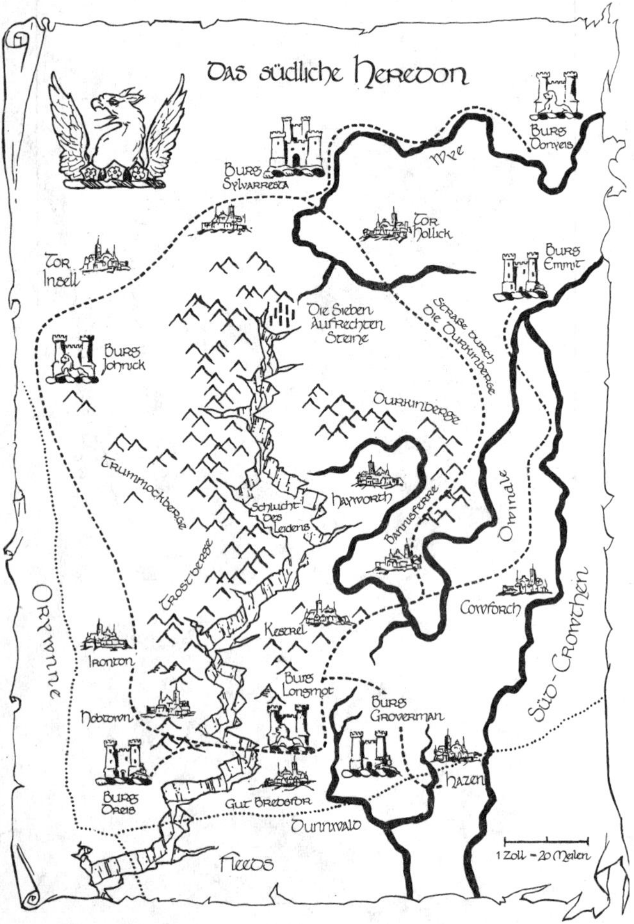
Das südliche Heredon
Burg Sylvarresta
Burg Donyeis
Wye
Tor Hollick
Tor Insell
Burg Emmit
Die Sieben Aufrechten Steine
Straße durch die Durkinberge
Burg Johnick
Durkinberge
Trummockberge
Hayworth
Schlucht des Leidens
Bannisferre
Orwindle
Trostberge
Corwforch
Süd-Growthen
Orywnne
Kestrel
Ironton
Burg Longmot
Burg Groverman
Hobtown
Hazen
Burg Dreis
Gut Bredsfor
Dunnwald
Fleeds
1 Zoll = 20 Meilen

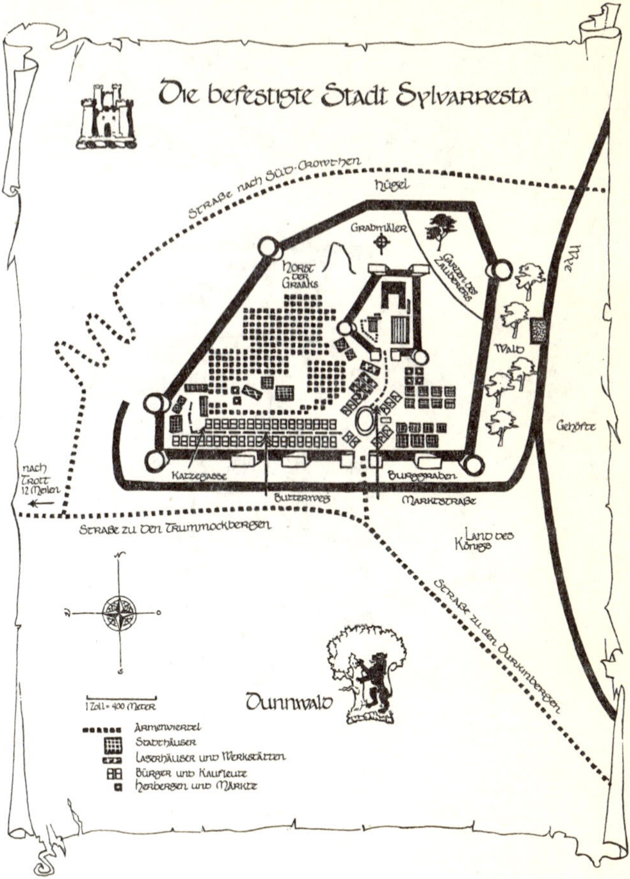
Die befestigte Stadt Sylvarresta
Straße nach Süd-Crowthen
Hügel
Grabmäler
Horst der Graaks
Garten des Zauberers
Wye
Wald
Gehöfte
nach Trott 12 Meilen
Katzegasse
Burggraben
Butterweg
Marktstraße
Straße zu den Trummockbergen
Land des Königs
Straße zu den Durkinbergen
Dunnwald
1 Zoll = 400 Meter
Armenviertel
Stadthäuser
Lagerhäuser und Werkstätten
Bürger und Kaufleute
Herbergen und Märkte

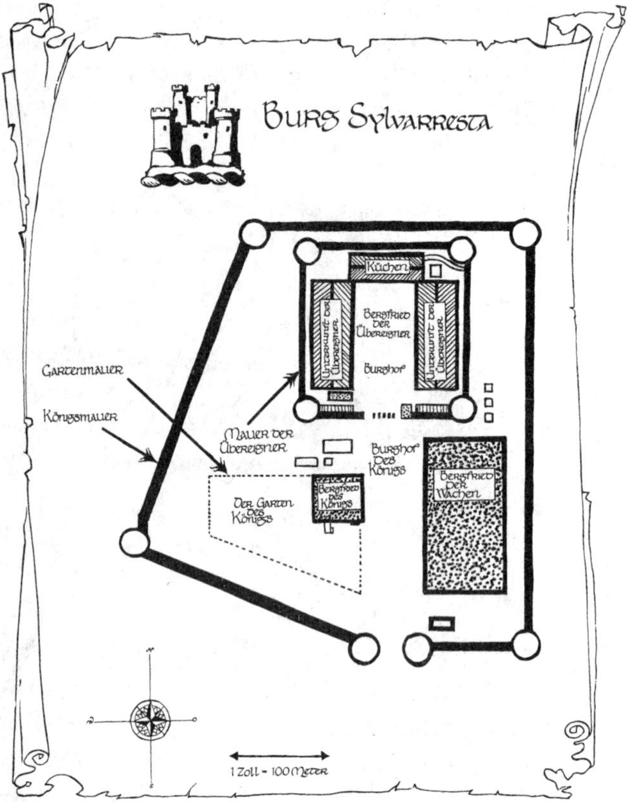
Burg Sylvarresta
Küchen
Unterkunft der Übereigner
Bergfried der Übereigner
Unterkunft der Übereigner
Burghof
Gartenmauer
Königsmauer
Mauer der Übereigner
Burghof des Königs
Bergfried des Königs
Der Garten des Königs
Bergfried der Wachen
1 Zoll = 100 Meter

KAPITEL 1
Der Rückzug

König Orden fragte mich einmal, was ich bei einem Ritter am meisten schätze: Mut oder Gehorsam. Ich sagte ihm, die Antwort sei offensichtlich: Gehorsam. Ein pflichtbewußter Ritter wird auf Befehl mutig sein.

König Jas Laren Sylvarresta

Mangans Felsen ragte über die Ebenen auf wie ein einsamer Wachturm. Die zerklüfteten grauen Klippen hoben sich dreihundert Fuß bis zum höchsten Punkt und sackten auf der Südseite bis zu neunzig Fuß nieder.

Vor beinahe tausend Jahren, auf dem Höhepunkt des Kriegs der dunklen Damen, hatten die Lords von Rofehavan eine Festung aus dem Gipfel von Mangans Felsen gemeißelt und eine Straße gebaut, die sich um die Klippe herumwand.

Aber das war vor langer Zeit gewesen. Inzwischen hatten viele Lords versucht, die Festung neu zu besetzen. Aber es gab verdammt wenig Wasser auf diesem Felsen und zu wenig Vorräte auf den Ebenen. Auf lange Sicht waren die Kosten für die Erhaltung der Festung zu hoch.

Noch immer standen Teile einer großartigen Burg. Ihre Türme waren von Blitzen und starkem Wind zum Einsturz gebracht worden, auch ein paar andere Mauern waren im Laufe der Jahrhunderte eingefallen. Efeu rankte sich an den Steinen entlang, und wo sich einmal eine kleine Stadt befunden hatte, erhoben Eichen ihre gewaltigen Äste. In den Höfen der Festung lebten nun Eulen.

Die Statue von Mangan selbst schaute nach Norden und war etwa neunzig Fuß hoch. Zwei Kriegshunde saßen an seiner Seite. Es hieß, daß er früher einmal einen riesigen Bronzespeer in der rechten Hand gehabt hatte, aber nun war die Hand weg. Dennoch starrte er weiter wachsam nach Norden.

Die Straße, die zur Burg hinaufführte, hatte die meisten Schäden erlitten. Geröllawinen hatten sie teilweise unter sich begraben.

Den Greifern war das gleich.

Als Myrrima und Borenson auf Mangans Felsen zuritten, sahen sie, daß die Greifer die Felsen so leicht erstiegen wie eine Katze einen Baum.

Sie kletterten zu den Burgmauern hoch und hockten wie große dunkle Wasserspeier in Felsrissen. Sie bezogen Posten über der Steilwand, und dann hoben alle ihre Köpfe und wackelten mit den Fühlern.

Gaborn, sein Days und Averan waren unter den letzten, die das Schlachtfeld verließen. Selbst die Frowth waren schon gegangen. Sie ritten zusammen mit Iome, Binnesman, Jureem und Feykaald.

»Ich hätte nicht gedacht, daß sie sich so bald eingraben«, meinte Gaborn. Verblüfft betrachtete er die Greifer.

»Vielleicht werden sie ein Turnier abhalten«, meinte Averan. »Wir haben ihre Anführerin getötet. Vielleicht kämpfen sie jetzt, um eine neue auszuwählen.«

Aber Gaborn spähte zu den Greifern hin und schüttelte verblüfft den Kopf. »Das ist es nicht. Sie planen etwas ... Unheilvolleres.«

»Euer Hoheit«, warf Borenson ein. »Auf ein Wort?«

Gaborn wandte ihm seine Aufmerksamkeit zu. »Ich werde mich jetzt verabschieden.«

Gaborn zügelte sein Pferd und betrachtete Borenson lange Zeit, als wollte er sich einfach sein Aussehen einprägen.

Myrrima war sich der Tatsache zutiefst bewußt, daß sie diese Menschen vielleicht nie wiedersehen würde. In nur ein paar Tagen hatte sie enge Freundschaft mit Iome geschlossen.

»Mögen die Erdkräfte Euch führen«, sagte Gaborn schließlich, »und mögen die Hellen Euch vorangehen.«

Iome sagte rasch: »Sir Borenson, ich bedaure, Euch diesen Auftrag gegeben zu haben. Ihr seid ein Ehrenmann, und es war falsch, daß ich das in Frage gestellt habe.«

Aber Gaborn hob die Hand, um Iome um Schweigen zu bitten.

Iome hatte Borenson vor zehntausend Menschen diese Aufgabe auferlegt, und sie konnte ihre Worte nicht mehr zurücknehmen. Borenson würde nach Inkarra ziehen und nach Daylan Hammer suchen. Und mehr als das, Borenson hatte Iomes Vater und etwa zweitausend Übereigner getötet. Um seiner eigenen Seele willen mußte er büßen.

Und Gaborn brauchte tatsächlich Hilfe. Ob sie nun von Zandaros kam oder ob Borenson Daylan Hammer fand, oder ob ihnen sogar Raj Ahten half – Gaborn brauchte Hilfe.

»Ich habe den Brief für den Sturmkönig hier«, sagte Gaborn und griff in eine seiner Taschen. »Er erklärt Eure

Mission und bittet um Hilfe. Und ich möchte Euch um einen weiteren kleinen Gefallen bitten ...«

Plötzlich riß Gaborn sein Reittier herum, als hätte jemand Alarm gegeben.

In ein paar Meilen Entfernung marschierten die letzten Greifer immer noch auf den Felsen zu. Sie bewegten sich wie zuvor in Siebenerreihen. Nichts an ihrer Formation hatte sich geändert.

Aber fünfzig Unabhängige Ritter mit Lanzen folgten ihnen aus dem Osten.

»Verflucht sollen diese Dummköpfe sein!« murmelte Gaborn. Er griff nach dem Kriegshorn, das an seinen Satteltaschen hing, und blies zum Rückzug.

Mehrere Ritter wandten ihm kurz den Kopf zu, dann drehten sie sich wieder um und beschleunigten ihren Angriff.

»Mhm«, grunzte Borenson amüsiert.

Myrrima wußte sofort, daß diese Männer sterben würden.

Gaborn blies lauter zum Rückzug, und überall entlang der Linie wendeten Ritter und eilten zu Gaborn, als wäre der Ruf für sie bestimmt. Aber die fünfzig Lanzenreiter zogen unbeirrt weiter.

Gaborn blies noch nachdrücklicher.

In zwei Meilen Entfernung waren die Männer winzige Gestalten am Abhang. Das Sonnenlicht glitzerte auf weißen Lanzen, auf Helmen und Rüstungen. Myrrima sah zu, wie sie auf die Greifer zurasten.

Der Angriff verlief nicht wie der vorherige. Die Greifer waren nicht mehr zu überraschen.

Statt dessen taten die Klingenträger an der Ostflanke etwas vollkommen Unerwartetes. Die riesigen Ungeheuer drehten sich, steckten ihre schaufelförmigen Köpfe in den Boden und schlugen dann mit ihren gewaltigen Armen um sich.

Dieses Manöver bedeckte wirkungsvoll ihre süßen Dreiecke und ließ den Lanzenreitern kein anderes Ziel als die gepanzerten Köpfe der Greifer. Damit bildeten die Klingenträger eine Mauer aus Fleisch.

Hinter dieser Mauer warfen andere Greifer Steine über die Köpfe ihrer Genossen, und es war, als würden diese Steine von Katapulten geschleudert. Scharlachrote Zauberinnen stießen Flüche aus.

Auf diese Weise bildeten die Greifer eine Schildmauer und griffen auf eine Weise an, wie man sie nie zuvor erlebt hatte.

Der Kampf war innerhalb von Sekunden zu Ende. Zweiunddreißig Männer und Pferde wurden sofort niedergestreckt. Jene, die dem Steinhagel entgehen konnten, flohen, einige waren verwundet und kaum imstande, sich auf dem Pferderücken zu halten, andere ließen gestürzte Pferde zurück.

Gaborn hörte auf, zum Rückzug zu blasen. Bedrückt senkte er den Kopf, während die verbliebenen Greifer weiter zu Mangans Felsen hochstiegen.

KAPITEL 2
Der Hüter

Von allen Ungeheuern der Legende bleiben die Greifer am geheimnisvollsten, denn die wenigen, denen es gelingt, ihre Gewohnheiten zu beobachten, überleben dies selten, um darüber zu berichten.

Herdmeister Valen aus dem Saal der Tiere

Averan hatte das Gefühl, die ganze Welt auf den Schultern zu tragen. Gestern, als sie vor den Greifern nach Carris geflüchtet war, hatte sie sich vorgestellt, das Leben könnte nicht schwieriger oder verzweifelter werden, als sie sich in diesem Augenblick gefühlt hatte. Nun wußte sie, sie hatte sich geirrt.

Gaborn brauchte einen weiteren Sieg von ihr. Er wollte Antworten auf Fragen, aber sie konnte ihm keine anbieten.

Beinahe sofort, nachdem sie diesen Greifer gegessen hatte, wurde ihr übel. Zunächst dachte sie, es sei auf ihre eigenen Sorgen zurückzuführen, auf die Verzweiflung über ihr Versagen.

Sie wußte innerhalb von Augenblicken, nachdem sie die grauen Zellen dieses Greifers gegessen hatte, daß er nicht der Wegmacher war.

Der Greifer wurde der Hüter genannt, und er kannte sich mit allen Einzelheiten der Tierhaltung und des Schlachtens aus. Er wußte, wie man einen Kadaver zerlegte und ihn für seine Herren vorbereitete.

Bilder der Unterwelt, die sie nie zuvor gesehen hatte,

standen nun vor ihrem geistigen Auge: Sie sah Höhlen, in denen seltsame Pflanzen wuchsen. Einige waren so zäh wie Knorpel und taten ihr Bestes, wie Felsen auszusehen. Andere waren stachlig wie Seeigel, die in der freien Luft wuchsen, oder hingen wie Seile von der Höhlendecke.

Die Greifer pflegten diese Pflanzen in besonderen Höhlen. Aber sie ernährten sich nicht von ihnen.

Statt dessen grasten riesige Würmer auf den Feldern, zusammen mit seltsamen Tieren, die zu beschreiben Averan Stunden gebraucht hätte – spinnenartige Tiere, so groß wie Hütten, und Käfer mit Hörnern, die die Größe von Stieren erreichten.

Die Greifer hatten also ihre eigenen Herden.

Der Hüter wußte eine Unmenge Einzelheiten über den Lebenszyklus jeder Tierart. Er wußte, wo man eine hüttengroße Spinne mit einem Eisenstab schubsen mußte, damit sie ihre frisch gelegten Eier verließ. Er wußte, wie man einen Ritterhaken dem Gefühl nach einsetzte, so daß er blinde Fische am Bauch packen konnte. Er wußte, welche Parasiten die riesigen Würmer heimsuchten und welche Düfte es brauchte, um sie zu vertreiben.

Nutzlose Informationen überschwemmten Averans Geist in einem ganzen Wirbel von Bildern und Gedanken und Düften, die sie schier betäubten. Sie konnte jedoch beinahe nichts an wichtigen Informationen darin finden.

Aber die Bilder waren zusammenhängender als zuvor. Averan hatte mehr von diesem Geschöpf gegessen als von den anderen. Vielleicht hing es damit zusammen. Oder vielleicht bestand der Unterschied darin, daß sie nun den Zusammenhang der Greifergedanken besser verstand als zuvor.

Sie lernte die Greifersprache, sah, wie Greifer sahen. Die Erinnerungen waren nicht mehr so wirr, es waren mehr kurze Reisen, die man mit den Augen anderer wahrnahm. Aber Averan war verzweifelt, als die Visionen begannen. Nachdem sie einen ganzen langen Morgen damit verbracht hatte, nach dem Wegmacher zu suchen, hatte sie am Ende einen Bauern gegessen.

So glaubte sie also, es hätte mit ihrer Verzweiflung zu tun, als der Schmerz begann.

Gaborn hatte sie auf sein Pferd gesetzt und die behandschuhte Hand schützend um sie geschlungen. Ihr Bauch war voll und zog sich nun zusammen, wie es jedesmal geschah, wenn sie einen Greifer gegessen hatte.

Gaborns Männer näherten sich Mangans Felsen, und er befahl, Wachen aufzustellen, damit die Greifer nicht fliehen konnten. Aber er zog seine Hauptstreitmacht nach Westen, so daß der Wind ihren Duft weiter auf die Horde zutreiben würde.

Er befahl den Fuhrleuten, nach Ballyton zu fahren und mit allem zurückzukehren, was für eine Belagerung gebraucht wurde, dann ritt er mit Averan zu einem kleinen Bach, eine Meile westlich des Felsens.

Der Bach wand sich langsam durch das Grasland. Teichkolben und Weiden wuchsen dicht an den Ufern, und Rehe flüchteten aus dem Unterholz, als die Lords sich näherten.

Gaborn führte Averan zu einer Eiche. Averan schob

die Eicheln am Boden weg und setzte sich dann in den Schatten.

Iome hockte sich neben sie und wischte Averan den Schweiß vom Gesicht. Sie flüsterte: »Du siehst nicht gut aus.«

»Es geht mir auch nicht gut«, gab Averan zu.

»Bleib einfach hier sitzen, Kleine«, meinte Iome und griff nach ihrer Hand. »Ich kümmere mich um dich.«

Averan blickte auf zu Iome. Die Königin beobachtete sie besorgt.

Sie kennt mich nicht, dachte Averan. Es kann nicht sein, daß sie sich um mich sorgt. Aber Iomes Miene sagte etwas anderes. Einige Menschen sorgten sich mehr als andere. Einige Menschen waren dazu geboren, andere zu lieben, bis es weh tat.

Der Zauberer Binnesman säuberte den Boden in der Nähe und zog Äste weg. Einer von Gaborns Hauptleuten, ein grauhaariger, alter Mann mit einem vernarbten Gesicht, gab der grünen Frau einen Stock. Er brachte ihr bei, wie sie ihn halten mußte, dann begann er, ihr ein paar grundlegende Kampfbewegungen und Manöver zu zeigen – Stöße, Hiebe, ausholende Bewegungen. Baron Waggit stand in der Nähe, nahm sich auch bald einen Stock und lernte zusammen mit der grünen Frau.

Averan beobachtete sie, um sich von ihren eigenen Problemen abzulenken. Aber plötzlich begann ihr Herz entsetzlich zu rasen. Irgend etwas war überhaupt nicht in Ordnung.

»Helft mir«, flehte Averan Iome an.

Iome starrte Averan an. Gaborns Königin war eine

zierliche Frau, halb Indhopalesin. Wenn man sie ansah, fielen einem als erstes ihre Augen auf, so braun, daß sie beinahe schwarz waren. In Größe und Körperbau ähnelte sie Saffira sehr.

»Jureem«, bat Iome. »Holt dem Kind ein wenig Wasser. Es sieht krank aus.«

»Sofort.« Jureem ging zum Bach und füllte einen Wasserschlauch.

»Was ist denn?« fragte Iome.

Averan konnte es kaum erklären. In diesem Augenblick drangen ein Dutzend Erinnerungen auf einmal auf sie ein – Unterricht darüber, wie man eine Felsenpflanze umpflanzt, wie man einen Hornkäfer fängt, die Kälte, wenn man durch einen eisigen Fluß einen Berg hinaufrennt, und Bilder von Blitzen, die über der Schlacht bei Carris zuckten. Entsetzen schüttelte sie in Wellen, die ihr die Gedärme zusammenkrampften.

»Ich weiß nicht ... ich fühle mich, als würde ich ertrinken«, sagte Averan.

»Ertrinken?« fragte Iome.

Averan konnte es nicht erklären. Seltsame Ängste und Sehnsüchte rasten durch sie hindurch. Sie strengte sich an: »Vielleicht sind es die Erinnerungen. Es sind all diese Erinnerungen ...«

Iome legte Averan die Hand auf die Stirn. Schweiß tropfte wie Tau von ihr herunter. Jureem kehrte mit dem Wasserschlauch zurück. Iome legte ihn an Averans Lippen und gab ihr einen kühlen Schluck zu trinken.

Averans Mund und Kehle waren so trocken. So hatte sie sich zuvor nie gefühlt, wenn sie einen Greifer gegessen hatte. Nun trank sie, bis ihr der Magen weh tat, aber das Wasser stillte ihren Durst nicht.

Sie fing an zu weinen.

»Schon gut«, sagte Iome. »Du hast innerhalb von drei Tagen die Erinnerungen von drei Greifern aufgenommen. Das ist eine Menge für ein kleines Mädchen, das noch nicht einmal ein eigenes Leben hatte.«

Aber Averan schüttelte den Kopf. Das war es nicht. Sie begann, noch heftiger zu schwitzen. Ihr Herz raste, und sie mußte tief Luft holen. Noch nie hatte sie so schlimme Magenkrämpfe gehabt. Sie hatte auch noch nie das Gefühl gehabt, als würde ihr der Schweiß geradezu ausgewrungen.

Sie fragte sich, ob dieser Greifer vielleicht vergiftetes Blut gehabt hatte.

»Alle, die ich kenne, sterben«, sagte Averan. Sie wagte nicht zu sagen, daß sie sich selbst vor dem Tod fürchtete. »Helft mir«, flehte Averan.

Zu Averans Überraschung beugte sich Iome vor und legte Averan einen Arm um den Hals, den anderen über die Brust. »Ich werde dir helfen«, flüsterte Iome. »Wann immer du mich brauchst, wann immer du bittest, werde ich dir helfen, wenn ich kann.«

Das beruhigte Averan ein wenig. Sie entdeckte, daß sie sich nach der Berührung gesehnt hatte.

Eine ganze Reihe von Erinnerungen überfiel sie. Averan schrie.

»Binnesman«, rief Iome. »Habt Ihr einen Augenblick Zeit?«

Der Zauberer kam und kümmerte sich um Averan,

ließ sie den Mund öffnen, sah sich ihre Augen an. »Ich kann nichts Falsches erkennen«, erklärte Binnesman zögernd.

»Sie hat Fieber, sie schwitzt, und sie zittert vor Angst«, sagte Iome.

Binnesman widersprach. »Fühlt ihre Stirn – sie hat kein Fieber.«

Iome warf ihm einen Blick zu, als zweifelte sie an seinem Verstand. Sie überprüfte Averans verschwitzte Stirn und schüttelte dann erstaunt den Kopf.

Binnesman betrachtete Averan besorgt. Er holte ein paar Kräuter aus seiner Tasche und behandelte die Symptome. Er warnte Iome: »Laßt mich wissen, wenn es schlimmer wird.« So blieb Averan also liegen, gequält von seltsamen Empfindungen. Sie hatte Krämpfe in Füßen und Gelenken, Trockenheit reizte ihre Lungen, und sie hatte weiterhin entsetzlichen Durst. Sie tat ihr Bestes, den Schmerz zu ignorieren. Sie beobachtete die grüne Frau.

Der Ausbilder brachte Frühling bei, was er konnte, und er war offensichtlich verblüfft, wie rasch sie lernte. Baron Waggit konnte nicht Schritt halten. Der Ausbilder ging rasch von den grundlegenden Manövern zu komplizierteren über, zum Wirbeln des Stockes, Parieren, Kombinationen verschiedener Bewegungen. »Ich habe nun seit zwanzig Jahren im Saal der Waffen Stockfechten unterrichtet«, sagte der große, kräftige Ritter zu Binnesman, »und hätte mir ein solches Mädchen nie träumen lassen. Kann ich sie heiraten, wenn Ihr mit ihr fertig seid?«

Binnesman lachte.

Averan war eifersüchtig. Binnesman war nur darauf versessen, die Frau ausbilden zu lassen, aber für Averan war Frühling eine Freundin. Es gefiel ihr nicht, was der Zauberer mit der grünen Frau machte, daß er sie in eine Waffe verwandelte. Es gefiel ihr nicht mehr als das, wozu Gaborn sie trieb.

KAPITEL 3
Reiter vor dem Sturm

In keinem Wettbewerb des Lebens fällt der Vorteil den Unvorbereiteten zu.

Mendellas Val Orden

Gaborn konnte spüren, wie die Gefahr sich Iome näherte. Der Angriff auf sie stand dicht bevor.

Seit einem Tag fühlte er nun schon, daß dieser Angriff bevorstand.

Er überprüfte seine Wachen. Er hatte unauffällig acht Männer rings um das Lager stationiert. Die meisten waren in der Nähe; sie hockten auf umgestürzten Baumstämmen, um Äxte zu schärfen, oder sie taten so, als schliefen sie. Hundert Schritt entfernt packten Sir Borenson und Myrrima mit großem Getöse ihre Sachen, als könnten sie nicht schnell genug nach Inkarra gelangen, aber da Gaborn ihn gebeten hatte, ließ Borenson seinen aufmerksamen Blick über die Bäume am Bachufer schweifen, so wachsam wie fünf Männer gleichzeitig.

Aber nichts, was Gaborn tat, schien die Drohung zu verringern.

Er ging zu Skalbairn. Er bat den Mann, in Iomes Nähe zu bleiben, und das tat der Ritter. Aber im Augenblick hatte er sich einen Stock genommen und übte mit Baron Waggit. Es war schwere Arbeit. Schweiß lief dem Baron übers Gesicht und durchtränkte sein Hemd. Er hatte sich schon einen Ärmel eingerissen. Seine blauen Augen glitzerten. Er schien gewaltigen Spaß zu haben.

Skalbairn unterhielt sich freundlich mit ihm. »Ihr solltet mit mir nach Internook kommen«, sagte er, als der Baron vergeblich versuchte, ihn abzuwehren. »Dort ist es nicht so verflucht zivilisiert. Ein Mann wie Ihr würde dort gut zurechtkommen und könnte seine Vergangenheit hinter sich lassen.«

»Bleibt wachsam«, flüsterte Gaborn Skalbairn zu.

»Immer«, erwiderte Skalbairn ebenso leise.

Gaborn drehte eine letzte Runde und schlenderte dann zu Iome und Averan, die nebeneinander saßen. Iome hatte dem Mädchen den Arm um die Schultern gelegt. Averan schaute mit glasigen Augen ins Nichts. Das Kind sah aus, als wäre es tödlich erkrankt. Es triefte nur so vor Schweiß.

Gaborn hockte sich neben Averan und Iome. »Nun?« fragte er leise und erwartungsvoll. »Etwas Neues?«

»Es war nicht der Wegmacher, den ich gegessen habe«, sagte Averan. »Es war nur ein ...« sie suchte nach dem richtigen Wort, »Wurmhirte.«

Gaborn sah sie neugierig an. »Wurmhirte?«

»Wie ein Hirte oder ein Bauer, nur für Würmer und andere Tiere«, sagte sie. »Ich habe Euch ja schon gesagt, daß Ihr gegen Bauern kämpft.«

Sie wirkte sehr überzeugt, aber die Greifer hatten etwas vor, ob Averan es nun wußte oder nicht.

Konnte die Gefahr vielleicht von diesem Kind ausgehen? fragte er sich.

Er wollte es nicht glauben. Averan war immerhin die

Schülerin eines Erdwächters und sollte sich dem Schutz des Lebens widmen. Aber im Augenblick fragte er sich, ob sie nicht ... verwirrt war. Er mußte das überprüfen.

»Iome«, bat Gaborn, »komm einen Augenblick her, bitte.« Er ging entschlossen ein paar Schritte von Averan weg und stellte sich mit dem Rücken zu ihr. Er stützte den Fuß auf einen von Flechten überwachsenen Stein und bemerkte, daß es daneben kleine Löcher im Boden gab, wo Mäuse ihre Höhlen gegraben hatten. Eine Grille zirpte ganz in der Nähe.

Er warf einen kurzen Blick zu den Greifern auf dem Felsen.

Sie waren alle nach oben geklettert und hatten nun mit der Arbeit begonnen. Ein paar Dutzend Schleimwürmer begannen, die großen Bäume oben auf dem Felsen zu zerfressen, während Klingenträger die Mauern der alten Türme von den Klippen schoben. Gaborn war so sehr damit beschäftigt, sich auf die Südseite der Klippe zu konzentrieren, daß er überrascht zusammenzuckte, als er von der Nordseite ein Dröhnen hörte. Die große Statue von Mangan fiel vierhundert Schritt tief.

Rings um ihn her wuchs die Gefahr. Der Tod bestimmter Männer war an diesem Morgen eingetreten, wie er befürchtet hatte. Iome stand große Gefahr bevor. Zehntausende in Carris würden morgen in ähnlicher Gefahr sein. Danach ... die Welt. Wann würde sein Feind den nächsten Schlag führen? In drei Tagen? In vier?

Gaborn war verzweifelt. Überall war er von Gefahr umgeben. Binnesman hatte ihn vor ein paar Tagen gewarnt, daß Raj Ahten nicht sein größter Feind war. Raj

Ahten, die Inkarraner, Lowicker und Anders – alle waren sie Masken, die eine größere Gefahr verbargen. Das war alles sehr geheimnisvoll.

Manchmal hatte er das Gefühl, daß sie alle zusammenarbeiteten, selbst wenn sie es nicht einmal wußten.

Gaborn schaute auf die Felder hinaus und suchte nach einem Anzeichen eines bevorstehenden Angriffs.

Iome kam zu ihm und flüsterte: »Was ist so wichtig, daß du mich von dem Mädchen wegholen mußt?«

Er wußte nicht genau, was er darauf antworten sollte, er wechselte das Thema, versuchte einen Augenblick Zeit zu gewinnen, falls die Gefahr sofort auftreten würde. »Es ist, als haßten sie alles, was Menschen hergestellt haben«, sagte Gaborn und wies mit dem Kinn auf die Greifer. »Sie können nichts, was wir gemacht haben, bestehen lassen.«

Er tastete mit seinen Sinnen nach Gefahr. Es war tatsächlich alles noch viel schlimmer geworden. Iomes Nähe zu Averan hatte nichts mit der Gefahr zu tun. Er zog sein Schwert und drückte es in Iomes Hand. »Nimm es.«

Sie hielt es, als hätte sie noch nie ein Schwert gesehen. »Was ist denn? Glaubst du, ich sei in Gefahr?« Gaborn konnte keine Greifer sehen, die im Augenblick eine direkte Bedrohung dargestellt hätten.

»Iome«, sagte er zögernd, »jemand will, daß du stirbst.«

Sie betrachtete ihn ruhig, blähte nur die Nasenlöcher ein wenig. Immer noch konnte er keinen Gegner erkennen. Er fragte sich, ob die Gefahr vielleicht aus ihr selbst heraus kam – ein schwaches Herz oder eine verborgene Krankheit.

In der Ferne war eine Art Explosion zu hören – beinahe ein Schrei –, dann das Rauschen von Wind, der eine Meile südlich über die Ebene fegte. Er schien sich aus dem Nichts zu erheben und riß Gras und ganze Eichenäste in die Luft hinauf. Er zog eine Staubwolke hoch wie einen Vorhang von fast einer halben Meile Breite.

Gaborn hatte dieses Geräusch schon einmal gehört, und zwar im Dunnwald – den kreischenden Wind, das Zucken der Blitze. Er wußte, was für ein Geschöpf auf sie zukam.

Er wandte sich ihm zu. Vor dem Sturm ritten drei Männer. Er fragte sich, wer sie sein mochten.

Iome gab ihm die Antwort: »Die Glorreichen der Finsternis!«

KAPITEL 4
Im Dienste seines Herrn

Ein guter Diener gibt sich nicht mit so etwas wie Würde ab. Kein Dienst für seinen Herrn sollte ihm zu schmutzig oder zu gering sein.

Kaifba Jureem

Feykaald hatte genug vom Lager des Erdkönigs gesehen. Er hatte Gaborns Zwingeisen gesehen. Er hatte gesehen, wie Gaborn einen vernichtenden Angriff gegen die Greifer befahl. Er hatte gesehen, wie Männer sich Gaborn widersetzten, als er sie zurückrufen wollte.

Er kannte sowohl Gaborns Kraft als auch seine Grenzen. Er hatte erfahren, daß Gaborn Indhopal nicht helfen wollte, ganz gleich, wieviel dafür sprach. Anders als Jureem sah Feykaald keinen Grund, dem Jungen zu dienen.

Gaborn war nichts weiter als ein gefallener Erdkönig.

Es gab für Feykaald nur einen Grund, in der Nähe zu bleiben – die Zwingeisen.

Nicht in seinen wildesten Träumen hätte Feykaald geglaubt, daß Gaborn so viele Zwingeisen ungenutzt ließe. Den ganzen Morgen lang hatte er sich gefragt, was Gaborn damit tun wollte und warum er sie hortete.

Vielleicht war Gaborn einfach nur zu vorsichtig, vielleicht war er die Art von Mann, die darauf bestand, selbst Gaben zu übernehmen, statt es über Vektoren zu tun. Vielleicht wollte er seinen Annektoren die Möglichkeit geben, den besten Übereigner im Königreich zu finden, jenen mit der größten Kraft, dem geschliffensten Geist, der besten Gesundheit.

Wenn das der Fall war, konnte Feykaald nichts dagegen einwenden. Vielleicht, dachte er, ist der Junge klüger, als ich geglaubt hatte. Aber Feykaald hatte keine Zeit mehr für Spekulationen.

Er wartete nur noch auf den richtigen Augenblick. Er erwartete, daß die Greifer dafür sorgen würden – für genügend Ablenkung, so daß er eine Kiste mit Zwingeisen auf ein Pferd laden und fliehen konnte.

Der richtige Augenblick kam schneller, als er angenommen hätte, und aus vollkommen unerwarteter Richtung.

Eine Windmauer toste auf das Lager zu und erhob sich höher und höher. Plötzlich verdunkelte eine Staubwolke die Sonne.

Drei Reiter galoppierten vor dem Sturm her. Blitze zuckten über ihre Lanzen. Alle Greifer auf Mangans Felsen zischten und brüllten.

Gaborn blies sein Kriegshorn. Seine Wachen eilten an seine Seite. Der Zauberer Binnesman hatte seinen Wylde beobachtet. Nun rannten beide auf ihren König zu.

Der Wagen mit dem Schatz war vielleicht hundert Schritt östlich von Gaborn, zusammen mit einem Dutzend anderer Vorratswagen. Die Wachen, die dort gestanden hatten, zogen ihre Kriegshämmer und rannten auf Gaborn zu.

Sofort griff Feykaald nach den Zügeln seines Pferdes und eilte zu seinem Schatz.

Jureem zog seinen Krummsäbel und hastete zu Gaborn.

Den ganzen Morgen hatte er Feykaald beobachtet, denn er wußte, daß etwas nicht stimmte. Er hatte auf den Augenblick gewartet, wenn die alte, taube Spinne versuchen würde, sich aus dem Lager zu schleichen.

Nun, als sich der Wind und die Reiter näherten, entdeckte er aus dem Augenwinkel Feykaalds dunklen Burnus und sah, wie der alte Mann nach den Zügeln seines Pferdes griff. Der große, graue Kaiserliche Hengst wieherte und wehrte sich, verschreckt von dem plötzlichen Brausen des Windes.

Erde und Grashalme peitschten durch die Luft. Jureem hob den Arm, um seine Augen zu schützen. Er rief den Wachen eine Warnung zu, aber im Augenblick bestand die größere Gefahr für den König.

Der Wind kreischte über das Gras und kam in einem blendenden Sturm auf Myrrima zu.

Sie hatte sich bereits gefragt, warum Gaborn sie gebeten hatte, noch ein wenig länger hier bei ihm und Iome im Lager zu bleiben. Sie und Borenson hatten nun eine Stunde Wache gestanden.

Jetzt wußte sie es.

Sie hatte befürchtet, daß so etwas geschehen könnte. In Heredon hatte sie den Glorreichen der Finsternis getötet – oder zumindest seinen Körper. Aber den elementaren Sturm in seinem Herzen hatte sie nicht so leicht zerstören können.

Nun hörte sie seine rachelüsternen Schreie, als er über

das Gras tobte. Nun spürte sie, wie sein Zorn sich näherte, als wäre er in der dunklen Gewitterwolke verborgen.

Die drei Reiter kamen auf sie zugerast.

Alle drei ritten schnelle Kraftpferde. Alle drei waren Ritter aus Mystarria in Rüstung und mit weißen Lanzen.

Myrrima zog einen Pfeil aus dem Köcher und überprüfte die Spitze. Sie war aus schwerem Stahl, hatte eine dünn geschliffene Spitze und war dazu gedacht, Rüstungen zu durchdringen.

Sie spuckte in die Handfläche, dann glättete sie den Pfeilschaft und die Fiederung.

Ihr Herz klopfte heftig. Die Reiter kamen näher, mit dem Wind im Rücken. Der Sturm hinter ihnen riß eine uralte Eiche aus dem Boden, zerrte das Gras aus der Erde, machte aus Strohhalmen winzige Speere und ließ Kies auf sie zufliegen. Spatzen flatterten verzweifelt und versuchten zu fliehen.

Sie spähte in die aufheulende Wut und ging in die Knie, als die Reiter näher kamen. Sie griffen an. Myrrima nahm an, daß sie kaum einen Schritt links von ihr vorbeipreschen würden. Sie würde einen einzigen Schuß haben. Sie spannte den großen Stahlbogen an, beruhigte sich, zielte.

»Ich bin diejenige, die dich getötet hat!« schrie Myrrima dem Glorreichen der Finsternis zu. »Ich bin diejenige, an der du Rache nehmen solltest!«

Ein Ritter stieß einen Kriegsschrei aus und senkte die Lanze, so daß sie direkt auf Myrrimas Herz zuhielt. Kugelblitze spielten um die eiserne Lanzenspitze.

Sie hörte Borenson vor Zorn aufschreien. Er raste auf

sie zu, den Kriegshammer in der Hand. Der Wind drosch auf sie ein wie Fäuste.

Myrrima zielte, bis der Reiter dreißig Schritte entfernt war. Dann ließ sie den Pfeil los.

Borenson raste los, als wollte er das Kraftpferd umwerfen. Er schlug mit dem Kriegshammer auf die Lanzenspitze, so daß diese sich in den Dreck bohrte. Die Lanze brach mit einem Geräusch wie ein Baum, der bei einem Sturm zerrissen wird. Blitze zuckten in einem blendenden Licht aus ihr heraus und bogen sich über den Boden. Borenson flog hoch in die Luft, Rauch wirbelte aus seinen Stiefeln. Er stieß einen Schrei aus und fiel zu Boden.

Sie blickte auf. Ihr Pfeil war in den Hals des Ritters eingedrungen. Die Kraft des Schusses war so groß gewesen, daß der Pfeil die Wirbelsäule des Mannes durchdrungen und ihm beinahe den Kopf abgerissen hatte.

Der Kopf des Ritters klappte nach hinten, das Genick war gebrochen, Blut schoß aus der klaffenden Wunde. Aber er blieb noch einen Augenblick auf dem galoppierenden Streitroß sitzen, und seine toten Hände umklammerten die Zügel.

Die beiden anderen Krieger rasten an Myrrima vorbei, und dann schlug der Sturm zu und blendete sie mit ihrem Zorn.

Das Elementarwesen tobte auf Gaborn zu wie ein Unwetter aus einem Alptraum. Die Sturmfront wurde schmaler als eine Viertelmeile, hob sich aber Hunderte von Fuß hoch. Staub peitschte über den Boden, und plötzlich blitzte es über ihnen.

»Deckung!« schrie Gaborn und schob Iome hinter sich.

Wachen – Männer, die er für diesen Augenblick ausgewählt hatte – eilten den Reitern entgegen.

Langley griff von links an, Skalbairn von rechts. Beide Männer waren hervorragende Krieger. Aber keiner hätte je auf so etwas vorbereitet sein können.

Gaborn hob seinen eigenen Schild und spähte darüber hinweg, als plötzlich Dreck und Stroh auf ihn zuschossen.

Zu seiner Linken hörte man das Bersten von Holz und Metall, als der Sturm die Nachschubwagen traf und umwarf.

Er umklammerte seinen Kriegshammer.

Skalbairn raste auf einen der angreifenden Ritter zu und stieß einen Kriegsschrei aus, seine gewaltige Kampfaxt in der Hand.

Der angreifende Ritter hielt die Lanze in der rechten Faust, so daß Skalbairn sich von der ungeschützten Flanke her näherte.

Aber Skalbairn schlug nicht nach dem Ritter, wie Gaborn es getan hätte. Statt dessen zielte er auf das Pferd und trennte das rechte Bein am Knie ab.

Das Tier fiel vornüber, und der Reiter stürzte mit ihm. Blitze zuckten aus seiner Lanze auf, schossen nach rechts und trafen Baron Handy aus Heredon. Ein Blitz riß den Mann entzwei. Verkohltes Fleisch flog in Fetzen umher.

Skalbairn rannte zu dem gestürzten Krieger und hob die Kampfaxt hoch über den Kopf.

Beide Männer wurden von der heranrasenden Staubmauer verschlungen.

Feykaald sah, wie der Wind gegen die Wagen drosch und sie umkippte. Radspeichen spritzten davon, während Achsen unter dem Mißbrauch kreischten.

Kisten mit allen möglichen Dingen rollten davon, aber die Zwingeisen waren nicht dabei.

Feykaald zog seinen grauen Burnus hoch und rannte in den Wind. Nasse Blätter trafen ihn im Gesicht. Er hob den Arm, um sich davor zu schützen. Er hatte derart heftigen Sandstürmen schon häufig gegenübergestanden.

Lange Jahre hatte er sich taub und schwach gestellt. Aber er hatte einige Gaben der Muskelkraft und des Durchhaltevermögens, die durchaus seinem wahren Gehör entsprachen, und die nutzte er nun.

In jeder Kiste befanden sich viertausend Zwingeisen, was ein Gewicht von fünf- oder sechshundert Pfund bedeutete. Er hatte die Kisten selbst gepackt und kannte den Inhalt einer jeden. Er hatte die Zwingeisen in Segeltuchsäcke gewickelt, so daß sie leicht auf ein Pferd geladen werden konnten.

Er band sein Pferd an den Schatzwagen, sprang auf die Ladefläche, zog den Dolch und zerschnitt die Seile, die die Plane hielten. Sie flatterte im Wind davon, als hätte sie Flügel bekommen. Rasch stemmte er den Deckel eines Kastens auf und warf ihn auf die Ladefläche. Drinnen fand er zwei Segeltuchsäcke. Sie waren mit einem Seil miteinander verbunden.

Selbst mit zwei Gaben der Muskelkraft war es nicht einfach, fünfhundert Pfund zu heben. Grunzend und unter großer Anstrengung hob er die Taschen, und es gelang ihm, sie über den Sattelknauf zu schwingen. Später, wenn er Zeit hätte, würde er sie ordentlich verschnüren.

Der Wind kreischte wie ein lebendiges Wesen.

Feykaald wußte, daß er sehr viel besser entkommen könnte, solange Gaborn nichts von dem Diebstahl wußte, also packte er den Deckel der Kiste und schob ihn wieder zurück.

Aber nun hatte ihn der Sturm mit voller Kraft getroffen und machte es beinahe unmöglich zu sehen.

Feykaald sprang auf sein Pferd, wandte dem Sturm den Rücken zu und raste in seinem Schutz davon.

Ein einzelner Reiter galoppierte auf Gaborn zu, die Sturmwolke schwarz im Rücken.

Gaborn erkannte Beckhurst an den Farben seines Schildes. Er starrte den Mann verwirrt an. Beckhurst hatte immer den Eindruck gemacht, treu zum Haus Orden zu stehen.

Sir Langley eilte sich, Beckhurst abzufangen.

Gaborn konnte hören, wie Binnesman etwas rief oder rezitierte, während er versuchte, an Gaborns Seite zu gelangen, aber der alte Zauberer hatte keine Gaben, und er bewegte sich zu langsam.

Gaborn senkte seinen Schild. Er spürte mit seinen Erdkräften nach. Die Gefahr konzentrierte sich immer noch auf Iome.

Langley rannte vor Beckhursts Streitroß und brüllte vor Zorn. Er schlug mit dem Kriegshammer auf die Beine des Tieres ein, wie Skalbairn es getan hatte.

Aber Beckhurst ritt ein gewaltiges Streitroß voller Gaben, das für den Kampf ausgebildet war.

Es sprang über Langley so mühelos hinweg, als wäre er ein Gartenzaun. Tatsächlich sah es für Gaborn einen Augenblick lang beinahe so aus, als flöge das Tier.

Gaborn hob seinen Schild und bereitete sich auf den Angriff vor. Blendender Staub erhob sich überall, eine gewaltige, wogende, schwarze Front, die über ihn hinwegtoste.

Er bediente sich wieder seiner Erdsinne und spürte keine Gefahr für sich.

Nur für Iome. Er wußte, wo sich seine Erwählten befanden, wußte, wann sie in Gefahr waren. Iome hatte sich umgedreht und war weggelaufen.

»Nein!« schrie er.

Er fuhr herum und sah, wie Iome auf Binnesman zurannte. Sie hatte den Zauberer beinahe erreicht.

Jureem rannte vor sie, versuchte den angreifenden Feind nur mit seinem eigenen Körper und einem gebogenen Dolch aufzuhalten.

Wieder sprang Beckhursts Streitroß und raste an Gaborn vorüber.

»Schlag zu!« befahl die Erde.

Einen kurzen Augenblick zögerte Gaborn. Dann warf er den Kriegshammer. Er wirbelte durch die Luft, traf sein Ziel aber nicht.

Das Herz gefror ihm schier in der Brust, denn er

fürchtete, daß sein kurzes Zögern Iome das Leben kosten würde.

Die grüne Frau preschte vorwärts, den Stock bereit. Sie riß ihn nach vorn. Der Stock traf die Lanze, und Blitze zuckten. Einen Augenblick lang befand sich die grüne Frau inmitten eines Kugelblitzes, der ihre Haut umspielte. Aber ihr Stock flog weiter, traf das Streitroß an den Knien, und der Blitz schlug in das arme Tier ein.

Das Pferd schrie schmerzerfüllt auf und stolperte. Als es niederstürzte, schlug die grüne Frau abermals mit dem Stock zu und zielte diesmal auf Beckhursts Hinterkopf.

Beckhurst bog sich zurück und warf seine Lanze.

Dank seiner Gaben des Stoffwechsels sah Gaborn das alles in Zeitlupe. Die weiße Lanze bewegte sich auf Iomes Rücken zu. »Runter!« rief er.

Jureem hatte Iome beinahe erreicht, den juwelenbesetzten Dolch in der Hand. Jureem sah die Lanze und warf sich davor. Er schrie auf, als sie ihn traf, und ringsumher explodierte das Licht.

Einen Augenblick lang blieb Gaborn wie betäubt stehen und sah, wie die Lanze direkt durch Jureem hindurchging. Sie hatte ihn in die Brust getroffen, riß seinen Rücken weit auf und drang weiter.

Es regnete Blut, als die grüne Frau Beckhurst mit einem wilden Schlag traf und den Mann damit köpfte.

Die Lanze drang in Iomes rechte Schulter, und Gaborn sah, wie hellrotes Blut ihr Gewand durchtränkte.

Sie stürzte.

Der Wind toste über ihnen und schlug zu. Blitze spielten um die Sturmwolke. Pferde wieherten entsetzt. Binnesman hatte seinen Stock in der Hand und rezitierte Schutzzauber gegen den Sturm. Er berührte Iomes reglose Gestalt mit dem Stock.

Und dann war der Elementargeist an ihnen vorbei und heulte auf, als wolle er die Anstrengungen jämmerlicher Sterblicher verspotten.

KAPITEL 5
Enthüllungen

Lernen bringt Weisheit, Weisheit bringt Macht. Macht bringt Verantwortung.

Inschrift im Saal der Zahlen im Haus des Verstehens

Als Iome aufwachte, verspürte sie einen glühenden Schmerz in der Schulter. Das ganze Lager war in Chaos versunken.

Binnesman hatte sie auf den Boden gelegt, auf den Bauch, oder vielleicht war sie auch so gefallen. Nun erinnerte sie sich, wie sie vor dem Ritter davongelaufen war in der Hoffnung, seine Aufmerksamkeit von Gaborn abzulenken, wie sie sich auf Gaborns Warnung hin hatte fallen lassen und gleichzeitig gespürt hatte, wie die Lanzenspitze ihr in die Schulter drang.

Sie konnte noch nicht lange bewußtlos gewesen sein. In der Ferne hörte sie immer noch den tosenden Wind. Er raste weiter nach Nordosten auf die Berge zu.

So schnell der Elementargeist der Glorreichen der Finsternis zugeschlagen hatte, so schnell war er auch wieder verschwunden. Das Lager war in Aufruhr. Pferde hatten sich losgerissen und galoppierten umher.

Alle versammelten sich um Iome und betrachteten sie erleichtert. Binnesman rieb ihr Balsam auf die Wunde. Es fühlte sich auf der Haut so angenehm an wie warmer Honig auf der Zunge.

Trotzdem ächzte sie vor Schmerz, versuchte, sich auf

Hände und Knie aufzurichten, und entdeckte blutige Leichen in der Nähe. Jureem war keine zwölf Fuß entfernt, ihrem Blick durch eine Menschengruppe entzogen. Da sich niemand über ihn beugte, nahm sie an, daß der gute Diener tot sein mußte. Sie wußte, er war gestorben, um sie zu retten.

»Jureem?« rief sie, falls er noch lebte.

»Noch nicht bewegen«, sagte Binnesman. »Selbst die schlimmste Schulterwunde tut oft nicht so sehr weh, wie Ihr glauben würdet.«

»Und Jureem?« fragte Iome.

Binnesman schüttelte den Kopf. »Jureem und Sir Handy sind beide tot.«

Das machte sie traurig. Sie hatte Handy gekannt, seit sie ein Kind gewesen war. Er war ein schüchterner achtjähriger Junge gewesen, als sein Vater ihn an den Hof brachte. Und Jureem war ein makelloser Diener gewesen. Iome betrachtete ihre eigene kleine Wunde. Diese Männer waren nicht nur gestorben, um sie zu retten. Gaborn hatte sie als Wachen aufgestellt. Er hatte seine Männer verschwendet.

»Es ist alles in Ordnung. Die Lanze hat mich nur gestreift.«

»Ihr hattet Glück, daß sie Euch nicht aufgespießt hat«, sagte Binnesman. »Wäre die grüne Frau nicht gewesen, dann wäre das wohl geschehen.«

Iome versuchte, sich wieder aufzurichten. Binnesman hielt sie noch einen Augenblick fest, bis er davon genug hatte.

»Also gut«, meinte er schließlich. »Die Blutung hat

aufgehört. Bei Euren Gaben wird die Wunde zweifellos bis morgen geheilt sein.«

Binnesman ging zu Borenson, der vor Schmerz keuchend am Boden lag, während Myrrima an seiner Seite kniete.

Iome kam auf die Beine und fand sich von Freunden umgeben. Averan, Gaborn, Langley, Skalbairn – alle sahen sie besorgt an. Nur zwei Dutzend Schritte entfernt lag die Leiche des Mannes, der versucht hatte, sie zu töten, in einem blutigen Haufen. Die Ritter von Rofehavan hatten sich dreifach überzeugt, daß er wirklich tot war.

Iome kroch hinüber zu Jureem. Die Lanze hatte ihn weit aufgerissen, und es gab keine Chance, daß er noch am Leben war. Dennoch griff sie nach seiner Hand und fand sie schlaff und warm.

Wer weiß schon, was im Augenblick des Todes geschieht und was die Toten hören können? fragte sie sich.

»Jureem«, flüsterte sie ihm ins Ohr, und ihre Atemluft ließ seinen goldenen Ohrring beschlagen. »Das habt Ihr gut gemacht, mein treuer Diener; ich danke Euch. Wenn es eine Möglichkeit gibt, Euch in dieser oder der nächsten Welt zu belohnen, dann werde ich es tun.«

Sie blieb bei ihm und hielt noch einen Augenblick seine Hand. Als sie aufblickte, sah sie Baron Waggit, der sich über sie beugte. Der Mann hatte Tränen in den Augen und sah verwirrt aus.

»Können wir etwas für ihn tun?« fragte der Baron.

Iome fragte sich, wie es wohl war, den Tod auf so brutale Weise kennenzulernen. Er konnte seine Gabe der

Geisteskraft noch nicht länger als ein paar Stunden haben, hatte aber schon gesehen, wie Dutzende von Menschen grausam niedergemetzelt worden waren.

»Ja«, sagte Iome. »Wir können auf eine Weise leben, daß alles, was wir tun, zu einem Denkmal für ihn wird.«

Waggit bewegte den Mund, und einen Augenblick lang glaubte sie, er würde darum bitten, in den Dienst des Königs eintreten, seine Gaben übernehmen und in den Krieg ziehen zu dürfen. Aber er sagte nichts, sondern drehte sich einfach um und ging davon.

Als er noch nicht gewußt hatte, was der Tod war, als er noch dumm gewesen war, hatte er bei Carris Greifer getötet. Nun schien er nicht mehr den Mut dazu zu haben. Iome dachte daran, daß die Leute manchmal davon sprachen, einen Dummkopf zu schaffen, wenn man einen Dummkopf auf diese Weise heilen wollte.

Gaborn hatte ein Zwingeisen an ihn verschwendet.

Sie ließ Jureems Hand los und legte sie auf die klaffende Wunde in seiner Brust. Zwei Ritter trugen ihn weg.

Iome schaute Averan an. Die große Eiche, unter der Averan gesessen hatte, lag auf der Seite, und die Wurzeln ragten zwanzig Fuß in die Luft hoch. Der Wind hatte beinahe alles Stroh und Gras weggefegt. Averan hockte nahe dem Boden, die Arme um die Beine geschlungen, und Iome staunte. Der Sturm war so heftig gewesen, daß sie irgendwie erwartet hatte, daß er das Mädchen mitgerissen hätte.

Ein paar Schritte weiter entfernt fragte Binnesman Sir Borenson: »Könnt Ihr richtig atmen?«

Borenson grunzte schmerzerfüllt. »Es hat mir nur die

Luft aus der Lunge gestoßen.« Iome blickte auf und sah, daß Gaborn sie anstarrte, als wollte er sie mit Blicken durchbohren.

Andere, die näher kamen, flüsterten Dinge wie: »Ehre sei den Mächten«, aber Gaborn starrte sie nur anklagend an. Mit einer knappen Bewegung befahl er den anderen zu gehen.

»Warum?« fragte er, als alle weg waren. »Warum hat sich der Glorreiche der Finsternis auf dich gestürzt?«

Iome wollte ihm nicht noch eine weitere Sorge aufbürden. »Ich ...«

»Bitte«, sagte Gaborn.

»Er will deinen Sohn«, erwiderte Iome. »Er weiß, daß ich deinen Sohn in mir trage.«

Gaborn fragte: »Meinen Sohn?«

»Ja«, gab Iome zu, »er hat gesagt, er könne einen Sohn in meinem Leib riechen.«

Iome wußte nicht, wie Gaborn reagieren würde. Sie hatte nicht gewollt, daß er es auf diese Weise herausfand. Sie fürchtete, er würde wütend sein, daß sie ihm solche Nachrichten vorenthielt.

»Deshalb habe ich auch mehr Gaben angenommen«, flüsterte Iome. »Ich wollte ihn rasch zur Welt bringen. Wenn der Glorreiche der Finsternis ihn unbedingt sterben sehen wollte ...«

Gaborns Augen leuchteten, als er Tränen der Freude wegblinzelte. Oder vielleicht waren sie auch mit Tränen der Trauer vermischt. Sowohl er als auch Iome hatten Gaben des Stoffwechsels übernommen – zu viele, um je wieder ein normales Leben führen zu können. Mit einem

Dutzend Gaben des Stoffwechsels waren Gaborn und Iome so gut wie hundert Jahre alt. Obwohl Gaben des Durchhaltevermögens sie noch gesund wirken ließen, würde ihr menschlicher Körper sich früh verzehren und sterben. Das Kind würde vielleicht sicher zur Welt kommen, aber Iome und Gaborn würden es nie als Erwachsenen sehen. Gaborn mußte das begreifen, mußte den Preis kennen, den sie bereits für ihr Kind gezahlt hatte.

Gaborn kniete sich neben sie und legte ihr die Hand auf den Rücken. »Leg dich hin.«

»Es geht mir gut«, sagte Iome.

»Es geht dir nicht nur gut, du bist einfach wunderbar«, meinte Gaborn. »Aber du solltest dich jetzt trotzdem hinlegen.«

Gaborn nahm seinen Umhang ab und breitete ihn im Gras aus. Iome legte sich darauf. Ihr Kopf dröhnte, aber sie fühlte sich gut genug, um aufrecht zu stehen. Binnesman kümmerte sich immer noch um Borenson.

»Wann wolltest du es mir sagen?« fragte Gaborn.

»Ich weiß es nicht«, gab Iome zu. »Ich dachte, ich sollte warten, bis es zwischen den Kämpfen eine längere Pause gibt – oder bis das Kind zwei oder drei Jahre alt ist. Was immer als erstes geschehen wäre.«

Gaborn zwang sich zu einem Lächeln. Sie konnte die Sorge erkennen, die dahinterstand. »Dann bin ich froh, daß es diese Pause zwischen den Kämpfen gab.«

Als das Tosen des Glorreichen der Finsternis verklang, folgte Donnergrollen. In der Ferne schlugen nacheinander zwei Blitze ein.

Averan saß im Gras, starrte in sich hinein, verloren in ihre eigenen Alpträume. Sie hatte das Gefühl, als hätten beide Blitze sie direkt getroffen.

Auf Mangans Felsen zischten die Greifer erschrocken.

Die Erinnerungen, die das Donnergrollen weckte, waren schrecklich: durch schmale Schluchten in den Bergen zu rennen, zusammen mit sechzigtausend anderen Greifern, während der Himmel sein Feuerwerk veranstaltete und das schreckliche Gewitter alle blendete und betäubte.

Dies waren mit die letzten Erinnerungen des Hüters.

Noch jetzt konnte sie seinen Schmerz spüren. In der Nacht zuvor war es zu kalt gewesen, so daß seine Gelenke beinahe erfroren wären, bis er sich schließlich mit den anderen eingegraben und sie ihre Wärme geteilt hatten.

Selbst jetzt noch, als sie in der Sonne saß, schauderte Averan bei dem Gedanken, und ihre Füße schmerzten von dem endlosen Laufen. Die Müdigkeit, die der Hüter nach Tagen des Marsches verspürt hatte, nach all den Kämpfen, nach der ununterbrochenen Arbeit, traf jetzt sie, zusammen mit einem endlosen, brennenden Durst.

Aber am meisten spürte sie das Entsetzen der vergangenen Nacht, die Angst des Hüters vor dem Blitz.

Diese Angst saß ungeheuer tief und bewegte sie über jede Vernunft hinweg. Während andere das Schlachtfeld aufräumten, fragte sich Averan, wieso das der Fall war.

Aber obwohl die Erinnerungen des Greifers sie durchdrangen, taten sie das in ihrem eigenem Tempo. Averan konnte nicht einfach herausfinden, was sie wollte und wann sie es wollte.

Also blieb sie noch lange Zeit sitzen und spähte in die dunkle Seele des Hüters. Weitere Erinnerungen kamen: Greifer, die Gräben gruben, um dampfendes Wasser in frisch geöffnete Höhlen zu leiten, Greifer, die unreife Würmer von einem Tunnel zum anderen trieben, Greifer, die ihre Beute säuberten.

In so mancher Hinsicht war der Hüter tatsächlich nur ein Bauer gewesen.

Aber langsam begriff Averan, daß er einem menschlichen Bauern recht unähnlich war. Sie hatte Melkerinnen mit ihren Kühen und Schafhirten mit ihren Schafen beobachtet. Sie selbst hatte sich um Graaks gekümmert.

Zwischen einem Menschen und seinen Tieren bestand eine gewisse Zuneigung. Averan hatte ihre Graaks gerne gestreichelt, sie gefüttert, sie zwischen den Augen oder unter den hängenden Hautfalten an ihren Kehlen gekrault.

Der Hüter hatte nichts dergleichen empfunden. Er kümmerte sich um die Geschöpfe, die er aß, und sah zu, wie sie wuchsen. Aber die ganze Zeit konnte er sich nur mühsam davor zurückhalten, seine Schutzbefohlenen in Stücke zu reißen.

Der Hüter hatte über einen ungeheuren Appetit verfügt.

Und plötzlich wußte sie, daß er mit einer Aufgabe hier gewesen war – er sollte lernen, Männer und Frauen gefangenzunehmen und sie zu ernten.

Nun sah sie es deutlich in der Erinnerung des Hüters. Es gab eine Höhle tief in der Unterwelt. Der Hüter war dorthin gegangen, um zu helfen, sich um Menschen zu kümmern, um zu lernen, wie so etwas gemacht wurde, damit er seine Techniken verbessern konnte.

Durch die Erinnerungen des Greifers erinnerte sich Averan an Menschen, die sich an diesem finsteren Ort zusammenkauerten, zu verängstigt, sich zu regen, als der Hüter auf sie zukroch. Die Menschen waren dünn und ausgemergelt. Averan sah sie durch das Auge des Ungeheuers nur als potentielle Mahlzeiten. Sie waren abgezählt, und der Hüter wußte, daß er keinen fressen durfte, nicht einmal ein wenig knabbern.

Aber dann war er auf eine Mutter mit einem neugeborenen Kind gestoßen. Die anderen Hirten hatten das Kind noch nicht gezählt.

Also hatte er das Kind der Mutter rasch entrissen und verschluckt. Es hatte langweilig geschmeckt.

Averan war entsetzt – nicht nur über die Vorstellung, daß der Hüter ein Kind gefressen hatte, sondern daß sie ihrerseits ein Stück von ihm verschlungen hatte.

Widerwille erfüllte sie.

Gaborn brauchte sie. Er brauchte einen weiteren Sieg.

Zaghaft und noch von dem Angriff verängstigt, stand sie auf und ging zu Gaborn, der sich über Iome beugte.

Ihr Körper fühlte sich seltsam an, als wären ihre Hände und Füße nicht an den richtigen Stellen. In ihrer Erinnerung lief sie immer auf vier Beinen.

Sie mußte einen Schritt über einen toten Spatzen hinweg machen, um Gaborn zu erreichen.

»Ihr hattet recht«, sagte sie ihm. »Die Greifer sind Ungeheuer. Sie sind nicht wie Menschen.«

Gaborn warf ihr einen fragenden Blick zu.

»Wieso sagst du das jetzt?«

»Wegen dem, was sie mit uns vorhaben. Wegen dem, wie sie fühlen. Ich weiß, was sie spüren, wenn sie uns sehen: Es ist ein brennender Hunger.

Ihr habt Euch gefragt, wieso sie sich hier verschanzt haben?« fragte sie ihn. »Das kann ich nicht mit Sicherheit sagen. Vielleicht weil sie frieren, müde sind und Hunger haben. Sie sind nicht dazu gebaut, im Schnee herumzulaufen, durch eisige Flüsse zu laufen, wie sie es letzte Nacht in den Bergen getan haben, oder tagelang nichts zu trinken. Sie sterben vor Durst.«

Gaborn starrte staunend zu den Greifern hin. »Haben wir sie also tatsächlich festgesetzt?«

»Vielleicht. Aber ich weiß, was sie denken, und die meisten haben einfach nur Angst.«

»Wovor?«

»Vor *Euch*.«

Gaborn lachte leise, als hätte sie ihm ein unverdientes Kompliment gemacht. »Wie könnten sie mich denn fürchten?«

»Sie riechen Euch«, sagte Averan. »Gestern in der Schlacht hat die Todesmagierin Euren Geruch wahrgenommen. Sie wußte, daß Ihr die Erdbeben bewirkt habt und daß die Männer leidenschaftlicher kämpften, nachdem Ihr eingetroffen wart. Sie hat Euren Geruch an all ihre Krieger weitergegeben und sie davor gewarnt, wie gefährlich Ihr seid.

Das hat sie getan, kurz bevor der Wurm die Rune der Zerstörung vernichtet hat und es am Himmel zu blitzen begann.«

»Und?« Gaborn verstand immer noch nicht, was sie meinte.

»Begreift Ihr denn nicht?« fragte Averan. »Sie glauben, Ihr wäret Erden Geboren, ihr alter Feind. Sie glauben, daß Ihr Glorreiche in die Schlacht rufen könnt. Die Greifer fliehen nicht nur zurück in ihre Höhlen, weil sie Angst haben, sondern weil sie ihre Eine Wahre Meisterin warnen wollen!«

Schweigen breitete sich rings um Averan aus. Iome, Gaborn und Dutzende anderer Lords wollten alle hören, was das Mädchen zu sagen hatte.

»Und was wird geschehen, wenn sie die Eine Wahre Meisterin warnen?« wollte Gaborn wissen.

Averan schnürte es beinahe die Kehle zu. »Sie wird ihre Armeen aufstellen, um Euch zu vernichten.«

KAPITEL 6
Die Unterwelt

Am Anfang gab es eine Welt und eine Sonne, und alle Menschen waren Helle, die unter dem Einen Wahren Baum lebten.

Beginn der Schöpfungsgeschichte

Erin Connal konnte das Weltentor in Twynhaven nicht zurücklassen – nicht ganz. Oh, sie wandte ihm den Rücken zu und ritt davon, aber das Wissen, daß dieses Tor existierte, nagte an ihr, und ihr Herz blieb dort, selbst wenn dringendere Angelegenheiten ihre Aufmerksamkeit erforderten.

Zwei Stunden, nachdem sie Twynhaven verlassen hatten, machten sie und Celinor auf einem einsamen Hügel Rast, der einen Blick auf die etwa fünf Meilen entfernt im südöstlichen Beldinook liegende Burg Higham bot. »Da haben wir das Hornissennest«, meinte Celinor.

Die Reiterinnen aus Fleeds hatten den beiden erzählt, daß Lowickers Tochter nur einen Wutanfall hätte, aber von der Hügelkuppe aus sah es wie ein richtiger Krieg aus. Zimmerleute und Maurer befestigten die Burgmauern. Vielleicht dreitausend Ritter zu Pferd bewegten sich auf den Wiesen und übten den Kampf mit der Lanze. Im Norden marschierte eine Reihe von Fußsoldaten über die Hügel. Nachschubwagen rollten aus dem Osten heran. Unterhalb des Hügels hing eine schmutzigbraune Staubwolke in der Luft, als bewegte sich dort eine Armee, aber Erin konnte nicht erkennen, was sie hervorgerufen hatte.

Erin und Celinor ritten nach Westen, durch die Wälder. Sie umgingen Beldinook und wagten nicht, eine Straße zu benutzen. Vorsichtig folgten sie einem ausgetrockneten Bachbett durch die Fichten.

Den größten Teil des Tages schwiegen sie und blieben wachsam. Oder zumindest wachte Celinor. Erin konnte es nicht.

Als sie am frühen Nachmittag durch ein stilles Tal ritten, in das schräge Sonnenstrahlen auf das feuchte Laub fielen und das Summen der Mücken Erin in die Ohren drang, kehrten ihre Gedanken immer wieder zu dem Tor in Twynhaven zurück. Sie stellte sich vor, wie die grünen Flammen dort über die schwarze Asche der Ruinen züngelten.

Sie war wie gebannt. Sie hatte ein Tor zwischen den Welten gefunden. Wer konnte schon wissen, welche Wunder sich auf der anderen Seite befanden? Sie mußte einfach nur hindurchgehen. Das wäre ein Abenteuer!

Aber würde sie das schaffen? Zauberer konnten dieses Reich vielleicht aufsuchen, aber Erin bezweifelte, daß ein einfacher Mensch wie sie dazu in der Lage sein würde. Dennoch, ihr Dolch war in den Flammen verschwunden. Er befand sich bereits in dieser fernen Welt.

Das Krächzen einer Krähe auf dem Hügel ließ Erin zusammenzucken. Dieser Warnschrei ließ vermuten, daß dort etwas lauerte.

Es war vielleicht nicht mehr als ein wilder Eber oder ein Bär. Aber sowohl Erin als auch Celinor waren unruhig. Sie zügelten ihre Pferde und lauschten nach anderen Reitern. Der Hügelkamm vor ihnen lag im Schatten von Fichten. Erst lange nachdem die Krähe wieder schwieg, trieb Erin ihr Pferd vorwärts.

Sie kamen in eine Schlucht, in der hohe Fichten zu beiden Seiten des Bachbetts standen. Die Bäume drängten sich so dicht, daß Erin keine anderen Reiter befürchtete. Kein Pferd hätte durch dieses dichte Unterholz gelangen können.

Als der Schatten über ihren Rücken spielte und sie kühlte, schloß Erin die Augen. Sie hatte in den letzten paar Tagen nur wenig geschlafen. Sie hielt nun ein kleines Nickerchen, wie es Runenlords manchmal taten, und ließ ihren Geist durch das Traumreich wandern.

Sie träumte von Twynhaven – graue Asche auf dem Boden, die bitter und trocken roch. Sie träumte von Familien, die tot in dieser Asche lagen, während ein lebendiger grüner Feuerkreis wie ein blitzendes Auge auf der verfluchten Erde schimmerte.

In ihrem Traum stand sie an diesem Kreis und sprang hinein.

Mit einem Ruck prallte sie in der neuen Welt auf. Einen Augenblick lang hockte sie in Gras, das so dicht wie ein Teppich war. Es war tief in der Nacht, und Erin roch die Feuchtigkeit, die von den Feldern aufstieg. Über ihrem Kopf blitzten die Sterne am Himmel – nicht die Zehntausende, die sie als Kind auf den Ebenen von Fleeds immer zu zählen versucht hatte. Statt dessen waren es Hunderttausende, die hier am Himmel kochten. Jeder von ihnen war ein feuriger Kristall auf einer blauen Decke, und ihr vereintes Leuchten war heller als das des Vollmonds. Erin hielt staunend den Atem an.

Direkt vor ihr, auf einem kleinen Hügel, stand eine riesige einzelne Eiche. Jeder Ast dieses Baumes war dicker als der dickste Eichenstamm, den sie je gesehen hatte. Die Äste bogen sich, und in jede Astgabel hätte eine ganze Hütte gepaßt.

Der Eine Baum! dachte sie – der große Baum, der laut der Legende den Menschen in der Niederwelt Schutz geboten hatte. Aber ein zweiter Blick sagte ihr etwas anderes. Zu ihrer Linken erhoben weitere majestätische Eichen ihre stolzen Wipfel auf den Hügeln. Jede von ihnen war auf ihre eigene Art vollkommen, als wären sie von einem höheren Geist erst ausgedacht und dann geschaffen worden.

Nicht der Eine Baum, begriff sie – nur irgendein Baum.

Sie sah sich um. Die Felder waren leer. Kein Grillenzirpen störte die Stille der Nacht. Ein seltsames Geschöpf, vielleicht ein Vogel, gab meilenweit entfernt einen kehligen Schrei von sich.

Da sie ohnehin kein bestimmtes Ziel hatte, machte sich Erin auf zum nächsten Baum, aber nach ein paar Schritten hielt sie inne. Das grüne Gras reichte ihr beinahe bis an die Knie. Aber überall waren die Halme gebogen und zerdrückt, in einem Kreis von hundert Schritten Durchmesser. Sie roch verbranntes Gras. Auf einem verbrannten Fleck direkt vor ihr glitzerte etwas wie Wasser im Sternenlicht.

Sie ging weiter. Es sah aus wie ein Skorpion von vielleicht drei Fuß Länge. Zumindest hatte es einen Schwanz wie ein Skorpion, und es hatte Krallen, aber es schimmerte wie Silber. Eine Kralle war abgebrochen.

Schwarzer Ruß legte nahe, daß dies durch einen Blitzschlag geschehen war.

Eine Statue? Oder war es ein lebendes Wesen gewesen? Lebte es immer noch? Eine Spur zog sich durchs Gras. Das Geschöpf hatte versucht, zu seinem Unterschlupf zu kriechen.

Sie zog ihren Kriegshammer und schmeckte die Luft. Ja, das Gras hier roch süß, beinahe wie Honig, aber es hatte ein Blitz eingeschlagen. Sie konnte mehrere verbrannte Flecken sehen – geheimnisvolle Symbole waren ins Gras gebrannt.

Sie ging im Kreis herum und fand insgesamt dreizehn Runen – jede anders, jede unbekannt, und in gleichmäßiger Entfernung voneinander eingebrannt. Tiefe Hufabdrücke zeigten, daß Reiter diese Gegend durchkämmt hatten. Sie konnte den Geruch der Pferde schmecken.

Sie versuchte zu begreifen, was hier geschehen sein mochte. Jemand hatte die Runen ins Gras gebrannt. Damit hatte diese Person vielleicht Aufmerksamkeit erregt – eine Patrouille. Erin wußte nicht, wer den Skorpion getötet hatte.

Mißtrauisch schlich Erin auf den großen Baum zu. Es war ein wahrer Berg von einem Baum. Ein ganzes Wäldchen hätte unter seinen Zweigen Platz gehabt. Jedes Blatt war so groß wie der Brustharnisch eines Ritters, und eine einzelne Eichel hätte einen Helm gefüllt.

Sie hatte den Schatten der Äste noch nicht erreicht, als sie ein plötzliches Geräusch bemerkte, so etwas wie Donnergrollen.

Erin war verwundert. Sie hatte gespürt, daß kühle

Feuchtigkeit von den Feldern aufstieg, aber die Luft war nicht allzusehr vom Geruch nach Wasser erfüllt. Es war windstill. Dennoch zuckten nun in der Ferne Blitze. Sie schaute in diese Richtung.

Der Himmel war am Horizont ein Dutzend Meilen weit schwarz, und keine Sterne waren mehr zu sehen, als käme ein Unwetter aus dieser Richtung. Flammenzungen zuckten durch die Dunkelheit.

Aber es war kein natürliches Gewitter: Feuer flackerte auf. Im Zittern der Blitze konnte sie gewaltige Umrisse erkennen, wie riesige Menschen mit Fledermausflügeln.

Erin hatte ein solches Ding nur ein einziges Mal gesehen – als der Glorreiche der Finsternis sich auf Burg Sylvarresta gestürzt hatte. Nun flogen Tausende von ihnen in einem Schwarm über den Himmel. Sie waren ein halbes Dutzend Meilen entfernt und kamen rasch näher.

Erin suchte Zuflucht, hoffte, der riesige Baum würde sie verbergen, wie ein Loch eine Maus vor einem Falken verbirgt.

Es war nicht leicht. Der Hügel war steil, und dann lief sie im Schatten der Äste. Es war beinahe eine halbe Meile vom Schatten des nächsten Astes zu den tiefen Höhlen am Fuß des Stammes.

Äste erhoben sich über ihr, als sie in den Schatten eindrang. Die Blätter dufteten so intensiv, daß Erin begriff, daß sie nie wirklich zuvor den Geruch einer Eiche wahrgenommen hatte. Ihre Schritte dröhnten über den Boden, gedämpft von einem dichten Teppich verrottenden Laubes. Dunkelheit und Kälte herrschte unter dem Baum. Sonnenlicht hatte den Boden hier seit tausend

Jahren nicht mehr erreicht. Unter diesem gewaltigen Baum konnte nichts wachsen.

Erin stolperte. Trockene Knochen knackten unter ihren Füßen. Laub hatte sie verborgen. Sie sah ein in den Boden gestecktes Breitschwert, ein Denkmal einer Schlacht. Die Knochen von Geschöpfen – vielleicht von Menschen – lagen überall verstreut. Erin sah das Glitzern einer Rüstung und dann einen Schädel, dessen Gesicht zu breit war, um einem Menschen gehört zu haben.

Der Blitz schlug jetzt viel näher ein; dem Klang nach zu schließen nur eine oder zwei Meilen entfernt. Er warf deutliche Schatten. Erin befürchtete, sie würde für alle, die über sie hinwegflogen, leicht zu sehen sein. Die Schreie der Glorreichen der Finsternis erklangen: ein unirdisches Heulen.

Erin rannte tief unter die große Eiche. Der Stamm war alt und knorrig und hatte einen Durchmesser von nicht weniger als neunzig Fuß. Blitze zuckten nahe dem Boden, und unwillkürlich schrie Erin auf – denn in dem grellen Licht sah sie, daß der Baum ein Gesicht hatte: Augen und einen breiten Mund.

Sie blieb stehen und spähte in den Schatten, bis ein weiterer Blitz ihr alles noch einmal zeigte.

Der gewaltige Stamm war alt und knorrig und gebeugt. Moose und Flechten überzogen das verwitterte Ding. Aber jemand hatte ein Gesicht in den Stamm geschnitten – das Gesicht einer Frau. Ihre Züge waren schön und unirdisch. Ihr Mund war offen, als riefe sie etwas. Der offene Mund führte zu einer Höhlung unter den Wurzeln.

Zuflucht. Der Mund war eine große Höhle – zwanzig Fuß breit. Erin rannte hinein, stolperte und kullerte einen langgezogenen Hang hinab. Sie landete mit großem Geklapper inmitten von Knochen.

Sie roch alte Knochen und den Moschusgeruch einer Tierhöhle. Eine falsche Nacht hatte das helle Sternenlicht gelöscht. Alles war schwarz, es sei denn ein Blitz zuckte vom Himmel. Der Himmel fauchte. Ein Unwetter erhob sich.

Erin kroch zu der Öffnung zurück, dicht an den Boden gedrückt. Wieder blitzte es. Vielleicht in einer halben Meile Entfernung sprang ein Hirsch über das offene Feld. Er schwebte über dem Boden wie in einem Traum.

Aber die Glorreichen der Finsternis kamen näher. Ein warnendes Heulen drang aus ihren Kehlen, ein Jagdschrei, der einem mit eisiger Kälte bis in die Knochen drang, wie das Heulen eines Wolfs gemischt mit kreischendem Wind und dem Grollen eines weiter entfernten Unwetters.

Ein Blitz schlug vor dem Hirsch ein. Er sprang nach rechts und rannte auf den Schutz des Baumes zu. Ein zweiter Blitz brachte den Boden zum Beben. Wieder wich der Hirsch aus.

Schatten senkten sich herab. Geflügelte Ungeheuer schossen aus dem Himmel wie Fledermäuse in einer Höhle, und der Hirsch war verschwunden.

Ein Schatten löschte alles Licht, und Erin hörte das Rauschen von Flügeln. Etwas Riesiges flog dicht über sie hinweg und stieg dann wieder höher. Erin spürte, wie es an ihr vorbeiraste.

Ein Glorreicher der Finsternis! – davon war sie überzeugt. Ihr Herz schlug heftig. Sie drückte das Gesicht in die Erde und wagte nicht, sich zu regen.

Aber kein Jagdschrei ertönte. Keine Klauen packten sie. Statt dessen hörte sie das Geräusch von Flügeln, die sich bewegten, wie wenn ein riesiger Vogel seine Flügel sträubt. Das Geschöpf gab ein leises, kehliges Geräusch von sich, wie eine Eule: »Huuu.«

Der Vogel war allerdings viel größer als eine Eule. Seine Flügelspannweite mußte mindestens zwanzig Fuß betragen.

Wieder schlugen auf der Ebene Blitze ein. Der Baum bebte von dem Donnergrollen und dem Brüllen der Glorreichen der Finsternis. Blitze zuckten. Wind peitschte durch die Äste, und es regnete Blätter.

Erin umklammerte den Griff ihres Kriegshammers und drehte sich um, um sich ihren Gefährten näher anzusehen, weil sie feststellen wollte, ob der Vogel eine Bedrohung darstellte.

Im flackernden Licht der Blitze sah sie, daß das Tier über ihr hockte, etwa fünfzig Fuß entfernt. Ein Tunnel schien tiefer in die Erde zu führen, aber die Eule hockte auf einer verwitterten Wurzel. Der Raubvogel war von einem daunigen Grau mit weißen Flecken an der Brust und schwarzen Federn an der Kehle. Seine goldenen Augen waren so groß wie Teller, und die Blitze spiegelten sich in ihnen.

Die Eule beobachtete Erin, ohne zu blinzeln. Ihr Schnabel war groß genug, um einem Menschen den Arm abzureißen. In diesem Schnabel hielt sie etwas.

Dann war das Licht wieder weg. Vor Erins geistigem Auge stand ein Nachbild. Sie hatte die schimmernden Knochen am Boden gesehen. Sie erkannte den Moschusgeruch der Eule. Das hier mußte das Nest des Tieres sein.

Wieder blitzte es; ein ganzes Netz von Licht von einem Horizont zum anderen. Die Eule hatte nun die Augen geschlossen, und Erin erkannte, was sie im Schnabel hielt – ihren Dolch!

Die Eule ließ die Klinge fallen, und der Dolch fiel sich überschlagend nieder und krachte schließlich in einen Schädel am Boden.

Die Eule sprach mit einem Flüstern, das Erin bis ins Mark drang: »Kriegerin der Schattenwelt, ich rufe dich!« Die Worte erklangen nicht nur in Erins Ohren, sie sprachen zu ihrem Fleisch und bebten in ihren Knochen.

Du träumst, sagte sie sich. Wach endlich auf.

Sie fand sich im Wald wieder, unter einem leuchtend blauen Himmel. Celinor ritt neben ihr her durch das ausgetrocknete Bachbett. Ein Eichhörnchen auf einer Fichte ganz in der Nähe huschte um den Baumstamm und schimpfte.

Erins Herz klopfte heftig. In der Erinnerung roch sie noch immer die Höhle unter der großen Eiche und hörte den Donner grollen. Sie war sicher, daß irgend etwas auf einer weit entfernten Welt ihren Dolch gefunden hatte.

KAPITEL 7
Denken wie der Feind

Wie werden doch die Gefängniswärter ihren Gefangenen ähnlich! Darin liegt die Gefahr, wenn man denkt wie der Feind.

Sprichwort aus Mystarria

Für ein so kleines Mädchen«, sagte Gaborn zu Averan, »steckst du wirklich voller schlechter Nachrichten.«

Er lächelte sie besorgt an, streichelte ihr über die Wange und fragte sich, was ihre Worte wohl zu bedeuten hatten.

Als Erdkönig war Gaborn in der Hoffnung nach Carris geritten, sein Volk retten zu können. Es war ihm auf ausgesprochen ruhmreiche Weise gelungen. Aber dabei hatte er die Aufmerksamkeit auf sich gezogen. Der Feind kannte seinen Namen und würde kommen, um ihn zu jagen. Binnesman hatte ihn gewarnt, je mehr Menschen er zu retten versuchte, desto intensiver würden seine Feinde versuchen, ihn zu vernichten. Vielleicht hatte er bei der Befreiung von Carris die Schlacht vorbereitet, die die Welt zerstören würde.

Daran hatte er nicht gedacht.

Er fragte sich, wie weit es mit seiner Weisheit wohl her war. Selbst jetzt plante er noch, diese Eine Wahre Meisterin zu finden. War es möglich, daß er gerade damit die Katastrophe provozierte, die er eigentlich vermeiden wollte?

Alles war möglich. Er hatte den größten Teil seiner Kräfte verloren, und nun fühlte er sich beraubt.

Er spähte hoch zu Mangans Felsen. Die Greifer hatten beinahe alle Bäume ausgerissen. Sie schoben sie über die Klippe.

Eine gewaltige Truppe von Greifern bemannte die Steilwandkante, als wäre sie eine Burgmauer. Sie standen dort mit Klingen und Ritterhaken und Stöcken und schienen Wache zu halten. Die Fühler an ihren Köpfen wackelten und schmeckten die Luft.

Sie waren in einer beinahe uneinnehmbaren Stellung.

»Du sagtest, sie wollten in die Unterwelt zurückkehren«, meinte Gaborn zu Averan. »Aber wenn sie ihre Meisterin warnen wollen, wieso legen sie jetzt einen Halt ein?«

»Vielleicht, weil Ihr ihre Todesmagierin getötet habt.«

»Wir haben also eine Magierin getötet. Ändert das ihre Pläne?«

»Ja!« erwiderte Averan. »Eine neue Magierin muß die Führung übernehmen, und sie wird ... Dinge verändern.«

»Was meinst du mit ›Dinge verändern‹?«

Averan schnaubte. »Ihr habt eine Magierin getötet. Das hat bewiesen, daß ihre Ideen nicht gut genug waren. Die neue Magierin wird neue Dinge ausprobieren und neue Anführer der Klingenträger auswählen. Eine Magierin zu töten kann alles verändern.«

Aber selbstverständlich. Wenn Gaborn nun darüber nachdachte, klang es ausgesprochen sinnvoll.

»Man weiß doch nie, was sie vorhaben«, meinte Skalbairn.

Gaborn sah, daß es eine Schwäche sein konnte, immer auf die Informationen Averans angewiesen zu sein. Sie konnte besser erkennen, was die Greifer dachten, als es je zuvor einem Menschen gelungen war. Aber all ihre Informationen waren schon Stunden alt. Sie konnte Gaborn nicht sagen, was er *jetzt* wissen mußte.

»Wenn sie krank und durstig sind«, meinte Jerimas, »merkt man es ihnen jedenfalls nicht an. Aber jeder Augenblick, den sie auf Mangans Felsen bleiben, ist ein weiterer Augenblick von Hunger und Durst.«

»Was denkt ihre neue Magierin sich also?« fragte Iome.

»Vielleicht warten sie nur darauf, daß die Sonne sie wärmt«, schlug Binnesman vor. »Das tun Eidechsen, bevor sie jagen.«

»Oder vielleicht wollen sie sich ausruhen oder einige Zeit nachdenken«, sagte Iome.

»Unwahrscheinlich«, erwiderte Skalbairn. »Dieser Felsen ist wie eine Festung. Ich glaube, sie versuchen, uns zu einem Kampf zu verlocken.«

Das schien durchaus möglich. Gaborn schaute von einem zum anderen. Jerimas blinzelte. Für diesen Gelehrten war das alles nur ein elegantes Rätsel. Skalbairn betrachtete bereits den Felsen und versuchte herauszufinden, wie er die Greifer herauslocken konnte. Iome schaute verängstigt und ungläubig drein.

Skalbairn sagte: »Vielleicht ist es eine Ablenkung. Indem sie sich hier in eine defensive Position zurückziehen, können die Greifer hoffen, daß wir die Verstärkungstruppen aus nahe gelegenen Burgen abziehen. Vielleicht ist für die Greifer auch schon Verstärkung auf dem Weg.«

Das war ein erschreckender Gedanke. Gaborn warf Skalbairn einen Blick zu. »Also gut«, sagte er. »Kümmern wir uns darum.« Er nickte einem Hauptmann zu, der in der Nähe stand und der sich nun aufmachte, Spähtrupps zusammenzustellen.

»Wißt Ihr«, meinte Jerimas, »vielleicht haben die Greifer ja mehr als nur ein einziges Ziel.«

Gaborn befürchtete das ebenfalls. Zehntausende von Menschen in Carris waren immer noch in Gefahr. Er tastete mit seinen Erdsinnen, berührte sie – und bemerkte sofort etwas Seltsames. Diese Menschen waren nicht mehr in Carris!

Statt dessen waren die meisten bereits aus der Stadt geflohen und hatte sich auf den Weg nach Südosten gemacht. Andere Erwählte zogen nach Westen oder Norden, aber Gaborn spürte keinen Ärger, der ihnen oder jenen, die noch in Carris waren, bevorstand – es ging nur um die, die nach Südosten zogen. Und sie waren nicht einmal alle in Gefahr.

Keine der Straßen in dieser Richtung war sonderlich gut. Die meisten Reisenden bewegten sich in Booten auf dem Donnestgree nach Südosten, in Richtung auf die großen Städte flußabwärts.

Bedrückt dachte Gaborn an die Verwundeten, die er aus Carris evakuiert hatte. Es waren unzählige gewesen, Kranke und Sterbende – mehr, als Binnesman jemals hätte behandeln können. Nun waren sie über Meilen am Fluß entlang verteilt. Waren sie auf dem Weg in einen Hinterhalt? Die Gefahr schien größer zu werden. Morgen um diese Zeit würde sie ihnen direkt bevorstehen. Es konnte alles sein – Greifer, Hochwasser oder ein Angriff durch Lowickers Truppen.

Gaborn wandte sich Skalbairn zu. »Wenn Ihr Späher ausschickt, schickt auch ein Dutzend Männer flußabwärts den Donnestgree entlang.«

»Wißt Ihr«, drängte Skalbairn, »wenn diese Greifer ihre Meisterin vor Euch warnen wollen, solltet Ihr sie lieber aufhalten.«

»Vielleicht liegt unsere beste Chance auch darin, der Einen Wahren Meisterin eine Falle zu stellen«, meinte Gaborn, »noch bevor sie von mir hört.«

Aber er hatte keine Ahnung, wie er sie in der Unterwelt erreichen sollte. Die einzige, die sich dort vielleicht zurechtfinden würde, wäre Averan, und selbst sie brauchte erst das Wissen des Wegmachers.

Sie hatte nicht zugesagt, ihn zu führen. Er hatte nicht einmal gewagt, sie zu fragen. Er wollte sie nicht opfern.

Ein Dutzend Lords hatte sich um ihn gesammelt. Gaborn bat: »Meine Herren, können wir vielleicht einen Augenblick für uns allein haben?«

Er nahm Averan bei den Schultern und führte sie von den Kriegern weg. Nur Iome und Gaborns Days wagten, ihnen zu folgen.

»Averan«, sagte Gaborn. Sein Magen zog sich zusammen. »Ich muß dich um einen riesigen Gefallen bitten.«

»Was?« fragte Averan leise. Sie zitterte und sah sehr verängstigt aus, obwohl sie versuchte, tapfer zu sein.

»Ich muß in die Unterwelt und dort nach dem Ort der Knochen und der Einen Wahren Meisterin suchen. Kannst du mich zu ihr bringen?«

Averan schluckte und zitterte noch heftiger.

»Das kannst du von dem Kind nicht verlangen«, wandte Iome ein.

»Ich muß«, erwiderte Gaborn. »Wir haben einfach keine Zeit mehr.«

»Vielleicht kann die grüne Frau es tun?« schlug Iome vor.

»Daran hatte ich auch schon gedacht«, erwiderte Gaborn. »Aber sie kann noch nicht gut genug sprechen. Ich bezweifle, daß sie unsere Fragen verstehen würde, und erst recht könnte sie keine Antworten geben.«

»Aber sie ist nur ein kleines Mädchen. Selbst wenn sie ja sagen würde, versteht sie nicht einmal die Frage.«

»Doch, die verstehe ich wohl«, erklärte Averan leidenschaftlich. »Ich weiß besser als er, was es bedeutet.« Sie zeigte mit dem Finger auf Gaborn. »Er ist derjenige, der nicht weiß, was er da verlangt. Der Weg ist lang und gefährlich. Die Greifer sind tagelang durch die Unterwelt gekrochen, um hierherzugelangen.«

»Wie lange?« fragte Gaborn.

Averan schüttelte den Kopf. »Das weiß ich nicht. Greifer messen Zeit nicht so wie wir.«

»Averan«, sagte Gaborn, »das hier ist wichtig. Ich spüre, daß sich Gefahr nähert. Ich spüre große Gefahr für jeden Mann und jede Frau und jedes Kind, die ich Erwählt habe. Wir müssen bald aufbrechen. Wir können es uns nicht leisten, Tage mit der Suche nach dem Weg zu verschwenden. Fällt dir vielleicht eine andere Möglichkeit ein?«

Averan schüttelte nachdrücklich den Kopf.

Gaborn war nicht sicher, ob er ihr glaubte. »Die Greifer haben auf dem Weg hierher eine breite Furche hinterlassen. Können wir dieser Spur nicht einfach folgen?«

»Wahrscheinlich den größten Teil des Weges«, gab Averan zu. »Aber wir werden in die tiefsten Nesthöhlen eindringen müssen, wo die Zauberinnen ihre Eier legen. Und alle Tunnel dort werden häufig genutzt, und außerdem gibt es Wachen.«

Gaborn seufzte, rieb sich die Schläfen und versuchte, sich ein wenig zu entspannen.

»Wenn ich Euch führen soll«, bot Averan an, »müßt Ihr den Wegmacher von diesem Felsen locken!« Sie zeigte auf den hoch aufragenden Felsen am Horizont.

»Das werde ich tun«, erklärte Gaborn. »Und bevor wir gehen, mußt du Gaben übernehmen. Wir müssen schnell sein, und ich kann mir nicht leisten, daß du hinterherhängst. Du wirst Muskelkraft brauchen, Anmut, Durchhaltevermögen und Stoffwechsel. Und vor allem brauchst du Gaben des Geruchsvermögens, so daß du die Markierungen der Greifer riechen kannst.«

»Averan ...«, setzte Iome an. Aber Averan schnitt ihr das Wort ab.

»Schon gut«, sagte sie. »Jeder muß irgendwann sterben. All meine Freunde sind tot. Er will wissen, ob ich da unten mit ihm sterben will.«

»Das stimmt«, meinte Gaborn. »Das könnte durchaus passieren.«

Iome biß sich auf die Lippen und warf Averan einen traurigen Blick zu. Aber sie wußte, daß Gaborn seine Bitte nicht leicht gefallen war.

Averan griff nach Iomes Hand und drückte sie. »Ich weiß, was ich tue. Es ist besser, daß ein Mensch stirbt, als daß die ganze Welt untergeht. Meint Ihr nicht auch?«

Gaborn war nicht überrascht, daß Iome Tränen in die Augen traten. Sie hatte ihr Volk immer geliebt, aber er war überwältigt, als sie Averan nun fest in die Arme nahm. »Ich könnte nie auf diese Weise rechnen.«

Gaborn kniete sich nieder und schlang die Arme um beide.

»Iome«, flüsterte er seiner Frau ins Ohr, »ich will, daß du an einen sicheren Ort gehst. Ich kann mir keinen sichereren Ort vorstellen als die Gezeitenhöfe. Du mußt einen Brief von mir an einen alten Freund überbringen. Er wird wissen, wo wir die Gaben bekommen können, die wir brauchen.«

»Es wird Tage dauern, bis die Hunde mit ihr Freundschaft schließen«, wandte Iome ein.

»Wir lassen die Hundebetreuer die Gaben nehmen«, sagte Gaborn. »So wird es nur Stunden dauern. Dann übergeben sie sie dem Mädchen als Vektoren.«

Iome nickte zustimmend. Gaborn schrieb rasch seine Botschaft. Dabei wandte er sich im Geist schon anderen Dingen zu.

Er wußte, wie wertvoll es war, aus sich heraustreten und wie sein Feind denken zu können. Das hatte er entdeckt, als er etwa so alt gewesen war wie Averan, und einen Augenblick lang verlor er sich in Erinnerungen.

Als Gaborn neun Jahre alt gewesen war, war er im Herbst mit seinem Vater und ein paar Runenlords nahe der Quelle des Dweedum auf Jagd gegangen.

Bei der Jagd hatte die Lords herausgefunden, daß die Lachse schon Wochen früher als erwartet sprangen. Gaborns Vater hatte ein Lager aufschlagen lassen und erwähnt, daß er gerne Fisch zum Abendessen hätte.

Die Lords konnten einer solchen Herausforderung nicht widerstehen. Plötzlich war es ungeheuer wichtig gewesen, Lachse zu fangen.

Es war ein kühler Herbstmorgen, einer dieser Tage, an denen die ersten Sonnenstrahlen die Schluchten kaum erreichten und die Morgennebel den halben Tag brauchten, um bis zu den Kämmen zu gelangen und in den Himmel fliehen zu können. Lerchen und Finken waren in den Bäumen umhergehüpft, und die Sporen der Farne an den Abhängen waren so dicht, daß der gesamte Wald nach ihnen roch und sich dieser eigenartige Duft mit dem der Fichtennadeln und dem des Moosteppichs mischte.

Das Wasser stand so niedrig, daß es im Fluß mehr graue Steinblöcke als Wasser zu geben schien.

Die Lords ritten in die seichten Stellen und trieben die Lachse zum Wildmann-Fall. Dieser Wasserfall war über hundertsiebzig Fuß hoch. Das Wasser stürzte hinab wie Silberhaar und hinterließ einen kühlen Nebel in der Luft, der sich auf Gaborns Schultern legte. Kein Lachs konnte hier hochspringen, also war das Becken darunter ein guter Ort, um sie zusammenzutreiben. Das herabstürzende Wasser hatte einen hübschen kleinen tiefen Teich aus dem Stein gemeißelt. Ein paar strategisch plazierte Steine blockierten den Abfluß flußabwärts, und diese Stelle war leicht zu bewachen.

Es gab nicht viele Lachse. Gaborn hatte auf dem Weg zum Fall nur drei oder vier gesehen und nur einen ins tiefe Wasser schwimmen sehen, was die Beute natürlich nur um so begehrenswerter machte.

Die älteren Lords drückten Gaborn einen Speer in die Hand und wiesen ihn an, sich an einer seichten Stelle aufzustellen und »zu versuchen«, die Fische zu erwischen, die flußabwärts fliehen wollten.

Inzwischen ritten die Lords ins tiefere Wasser, bis es die Bäuche ihre Pferde erreichte. Sie stachen mit Speeren, die eigentlich für die Eberjagd gedacht waren, nach den Fischen.

Es war eine verrückte Angelegenheit. Die Pferde, die in dem Teich herumstampften, wirbelten derart viel Schlamm auf, daß niemand mehr etwas sehen konnte. Wenn ein Mann tatsächlich einen Fisch erblickte, stieß er einen Ruf aus und gab seinem Pferd die Sporen, und alle anderen jagten dem Lachs ebenfalls hinterher, denn sie machten ein Spiel daraus, zu sehen, wer wohl den größten Fisch erwischen würde.

Die meiste Zeit verbrachten sie damit, Forellen zu jagen, die nicht viel größer waren als Gaborns Unterarm. Nach einer Stunde, die sie so verbracht hatten, war es erst einem Ritter gelungen, einen Lachs aufzuspießen, und der war so klein, daß man annehmen mußte, er sei ein oder zwei Jahre vor seiner Zeit flußaufwärts gekommen.

Aber Gaborn war der Sohn seines Vaters und beschloß, wenn er einen Fisch fangen wollte, müsse er auch denken wie ein Fisch.

Die Ritter hielten sich immer noch im tieferen Wasser auf und wirbelten so viel Schlamm auf, daß die Fische vermutlich nicht einmal mehr atmen konnten.

Also ging Gaborn zu der seichten Stelle am Rand des Flusses, wo ein paar überhängende Büsche Deckung boten und das Wasser noch recht klar war. Bald schon entdeckte er die Schwanzflosse eines Lachses. Ein rascher Stoß mit seinem Speer, und das Abendessen für Gaborns Vater war gesichert.

Die Lords hatten noch tagelang darüber gesprochen – dieser kleine Junge, der sich einfach aufgemacht und den einzigen Lachs aufgespießt hatte, der zu haben war, während ein Trupp Kraftsoldaten und Runenlords sich zum Narren machten.

Wenn ich ein Greifer wäre, fragte sich Gaborn, was würde ich dann tun? Die Greifer flohen alle auf genau demselben Weg zurück, auf dem sie vor zwei Tagen gekommen waren. Zumindest sah es so aus.

Aber ein schlauer Greifer würde einen anderen Weg einschlagen.

»Sir Langley, Marschall Skalbairn«, rief Gaborn die beiden zurück an seine Seite. »Wäre es möglich, daß die Hauptarmee der Greifer nur als Lockvogel dient? Könnten ein paar andere die Spur verlassen haben?«

»Ich hatte sie unter Beobachtung«, erwiderte Skalbairn. »Aber es ist schwer zu sagen, was sie in der Nacht getan haben.«

»Schickt hundert Männer aus, die nach Spuren suchen sollen«, befahl Gaborn. »Besonders an den Stellen, an denen sich die Greifer letzte Nacht eingegraben haben. Wenn ich mich nicht irre, haben einige dort gewartet, um sich davonschleichen zu können. Eure Männer sollen alle töten, die sie finden.«

»Jawohl, Euer Hoheit«, erwiderte Skalbairn.

»Und wenn Ihr damit fertig seid, ruft die Lords zu einer Beratung zusammen. Wir müssen die Greifer von diesem Felsen herunterlocken.«

Gaborn wandte sich Averan zu. »Wäre es möglich, daß die Greifer dort oben einen Brunnen graben?«

»Auf Mangans Felsen?« fragte Iome.

Das kam nicht einmal Gaborn wahrscheinlich vor. Die Felsschicht dort mußte Hunderte Fuß dick sein. Aber Greifer waren auch ungeheuer stark, und sie waren dort oben zu Tausenden. Sie hatten eine praktisch unangreifbare Stellung eingenommen.

Gaborn verzog das Gesicht vor angestrengter Konzentration.

Er spürte ... wie sich Gefahr für einige seiner Männer erhob.

Er blickte auf. Die Greifer errichteten eine flache Kuppel auf Mangans Felsen. Schleimwürmer hatten begonnen, Stränge von verdautem Geröll in einer Form auszuscheiden, die Gaborn wiedererkannte. Brauner Nebel wallte auf, und darunter zuckten blaue Lichter. Ein riesiger Greifer erkletterte die Kuppel und hob einen kristallinen Stock zum Himmel.

Gaborns Herz wäre beinahe stehengeblieben.

Binnesman stöhnte entsetzt. »Sie stellen wieder eine Rune der Zerstörung her.«

KAPITEL 8
Maygassa

Maygassa ist die älteste Stadt der Welt. Zweimal zehntausend Jahre hat sie bestanden, und ganz gleich, wo man gräbt, findet man Ruinen älterer Gebäude und die Knochen der Alten. Die Bedeutung des Namens der Stadt ist im Lauf der Zeit verlorengegangen, aber in den ältesten Texten heißt es, es könnte »Erstes Heim« bedeutet haben, denn in Maygassa war es, wo die ersten Menschen ihre ersten Häuser bauten.

Auszug aus Städte und Dörfer Indhopals von Herdmeister Arashpumanja aus dem Saal der Füße

An den westlichen Abhängen des Anja Breal, im Tal des Lotus, dehnte sich Maygassa aus, die Hauptstadt des alten Indhopal. In dieser Stadt wurde nichts außer Menschen hergestellt – Myriaden und Abermyriaden Menschen.

Die Rajahs von Indhopal hatten hier schon vor langer Zeit den Palast der Elefanten errichten lassen, eine Festungsanlage am Fluß. Der Palast befand sich westlich oberhalb der Stadt und stand auf einem gewaltigen grauen Felsen, der beinahe achthundert Fuß hoch war. Überall am Sockel dieses Felsens befanden sich Inschriften in alt-indhopalesischer Bilderschrift, die die erleuchteten Worte des alten Rajah Peshwavanju wiedergaben. Diese Texte bedeckten den grauen Stein und bildeten dabei ein kunstvolles Muster, das in ganz Indhopal viel bewundert und »Spitze aus Stein« genannt wurde.

Legenden behaupteten, die Texte seien nicht von

Menschenhand geschrieben worden, sondern über Nacht erschienen, geschrieben von der Erde selbst, für alle, die nach Erleuchtung strebten.

Raj Ahten blickte zu dem Palast hinauf und las den obersten Vers: »Verneige dich vor dem Elefantenthron, o hochmütiger Reisender. Du auf deinem stolzen Kamel: Wisse, daß du ein Nichts bist.«

Die Worten trafen Raj Ahten mit der Kraft eines Vorzeichens. Binnesmans Warnungen und die Tatsache, daß sich die Erdkräfte von ihm zurückgezogen hatten – selbst sein Versagen dabei, den abtrünnigen Wuqaz Faharaqin zu fangen – all das schienen Beweise dafür zu sein, daß sich die Erde gegen ihn gewandt hatte. Nun kam es ihm so vor, als glühte die Inschrift im Stein.

Es war selbstverständlich nur Zufall, daß er gerade diesen Vers gelesen hatte. Peshwavanjus Steinmetze hatten gewußt, daß Kaufleute, die auf der alten Gewürzroute reisten, auf Kamelen reiten und selbstverständlich an dieser Stelle aufblicken würden, um die Verse zu lesen.

Dennoch, es fühlte sich an wie ein Vorzeichen, und Raj Ahten hielt an der Straße an, um seinem Kamel eine Rast zu gönnen und einen Blick hinab auf die Stadt zu werfen.

Er bewunderte diese Stadt. Sie zu erobern war der Höhepunkt seines Lebens gewesen. Er konnte sich noch gut daran erinnern, wie er hier im Palast den Elefantenthron bestiegen hatte. Raj Ahtens Vater Arunhah hatte ihm einmal gesagt, der Name *Ahten* bedeutete »die Sonne«. Sein eigentlicher Name, Avil, war so weit verbreitet, daß Raj Ahten ihn immer verachtet hatte. Als er sich also auf den Elefantenthron gesetzt hatte, hatte er sich Raj, *Herrscher*, genannt, wie alle Könige von Indhopal. Und seit diesem Tag, als er die Hauptstadt Indhopals einnahm, war er der ganzen Welt als »Sonnenherrscher« bekannt.

Drunten breitete sich die ummauerte Stadt an den breiten Ufern des Djuriparari aus. Die Stadtmauern und die eines jeden Palastes innerhalb der Stadt bestanden aus grauweißem Stein, der beinahe eine blasse Lavendelfärbung aufwies, so daß die Stadt in der Sonne hell leuchtete. Der Djuriparari war daneben ein breites Kupferband.

Flotten von Segelbooten aus Teakholz, von denen jedes ein einzelnes braunes Segel hatte, trieben auf den trägen Wassern. Sie brachten unzählige Gewürze, Reis, Zuckerrohr, Seide, Gold, Melonen und Früchte aus dem Dschungel. Selbst aus dieser Entfernung konnte Raj Ahten den durchdringenden Geruch eng zusammengepferchter Menschen wahrnehmen, von Handel und verfaulendem Obst, von Armut und Hoffnung.

Aber während er zu dem Fluß hinabsah, wußte er bereits, daß in Maygassa Ärger auf ihn wartete. Die Boote waren alle flußabwärts unterwegs und hatten Segel gesetzt, um die Geschwindigkeit zu erhöhen. Diese Menschen waren auf der Flucht.

Mehr als das – von oben konnte er auch die Straße sehen, die nach Majpur führte. Dort wimmelte es nur so von Ochsenwagen, Pferden und Menschen. Aus der Ferne sah die wogende Masse von Leben, die sich auf der breiten, gewundenen, baumgesäumten Straße bewegte, wie eine Python aus, die sich durchs Gras windet.

Niemand in diesem Land wagte sich auf den Handelsrouten durch die Wüste nach Nordosten – nicht um diese Jahreszeit. Die Wüsten waren zu trocken für alle anderen Reittiere außer den besten Kraftkamelen. Statt dessen folgten die Flüchtlinge der Biegung des Dschungels über die Hügel nach Norden, nach Deyazz.

»Was geschieht da?« wollte Bhopanastrat wissen. »Kommen die Greifer?«

»Ja«, war alles, was Raj Ahten sagte. Er packte die Zügel seines Kamels mit der tauben linken Hand, trieb das Tier mit der rechten an und ritt ins Tal hinab.

In Maygassa wimmelte es nur so vor Menschen. Ein nervöses Summen hing in der Luft – die Stimmen Tausender beunruhigter Menschen, die hektisch aufeinander einredeten, riefen und schrien. Auch über die Märkte hinaus war alles voller Menschen, die allesamt ihre Habe packten und ihre Häuser verließen. Raj Ahten sah, wie Frauen den Kindern auf der Straße Kleider- und Lebensmittelbündel aus den Fenstern zuwarfen, während mit Dolchen bewaffnete Männer Pferde und Wagen bewachten.

All das bemerkte er, als er von Norden in die Stadt ritt, durch das Blindentor und dann über die breiten Hauptstraßen. Die ganze Stadt war in Panik. Die ersten Menschen, denen er begegnete, waren so mit ihrer Flucht beschäftigt, daß niemand auf ihn oder seine Männer achtete. Der einzige Mann, der in seine Richtung sah, betrachtete nachdenklich Raj Ahtens Kamel, als fragte er sich, ob das Tier wohl wert sei, es zu stehlen. Als er endlich den Reiter ansah, wich er wortlos zurück.

Raj Ahten nahm an, daß die Menschen bereits begonnen hatten, einander umzubringen, wenn sie glaubten, daß ihnen das zu einer schnelleren Flucht verhelfen würde.

Dumpfe Bestürzung überfiel ihn; eine schleichende Taubheit. Er war immer noch beinahe zweihundertsechzig Meilen von Kartish entfernt.

Aber er wagte nicht, sich besorgt zu zeigen. Er trieb sein Kamel an und saß hoch aufgerichtet, als er auf den Markt ritt, vorbei an den Paradiesbrunnen mit ihren Wasserrohren aus poliertem Silber, die wie Ranken geformt waren und Wasser in Blütenform sprühten, das dann in Becken aus Rhodolit floß, in denen echte Krokodile schwammen.

Flüchtlinge aus dem Süden waren mit ihren Familien gekommen und hatten außerdem so viel von ihren Tieren und ihrer sonstigen Habe mitgebracht, wie nur möglich gewesen war. Jene, die über Reittiere verfügten, waren die Glücklicheren. Die Bauern von Maygassa warfen gierige, hektische Blicke um sich, als sie riefen: »Pferde? Kamele? Ich zahle gutes Gold für Kamele!«, »Essen? Ich kaufe Essen!«

Kinder weinten vor Angst. Der Basar war normalerweise ein Bienenstock voller eifriger Kaufleute, die um ihre Waren feilschten. Maygassa war eine der lebhaftesten Marktstädte der Welt. Hier, an den Nordtoren am Rand des Markts, verkauften Medizinmänner Heilkräuter – Goku und Ginseng – oder Heilmittel, die aus zerstampften weißen Kobras hergestellt waren und gegen das Alter helfen sollten, oder Eidechsenhoden, die einem

Mann Kraft geben sollten. Und weiter unten bei den Docks wurden Fische, Gemüse, Hanf, Holz, Kupfer und Eisen ge- und verkauft. In einem anderen Viertel wurden Seiden und feines Leinen, Goldlamé, Musselin, Baumwolle und Wolle in tausenderlei Farben feilgeboten.

An einem lebhaften Tag war es in dem Basar so eng, daß man unmöglich mit einem Kamel hindurchreiten konnte.

Aber nun war der Nordbasar beinahe menschenleer, die Buden verlassen, und kein Händler war zu hören, der mit lauter Stimme seine Waren anpries. Die meisten Händler hatten Maygassa bereits verlassen. Die Verbliebenen waren von der räuberischsten Art und verlangten von einem Bauern zwanzigmal den üblichen Preis für ein Pferd, nur um ihm dann ein kränkliches Maultier zu liefern. Raj Ahten sah Frauen mit Augen, die vor Gier glitzerten, weil sie Safranreis zu einem Vierzigfachen des üblichen Preises verkaufen konnten.

Sie waren von verzweifelten Bauern umdrängt.

»Raj Ahten!« rief eine Frau. »Unser Erlöser!« Alle Blicke wandten sich ihm zu. Seit Jahren hatte Raj Ahten sein Volk vor einem Angriff der Greifer gewarnt. Er hatte versprochen, sie in diesem Fall zu retten. Nun murmelten die Leute hoffnungsvoll: »O großes Licht!«, »Er wird uns retten!«

Raj Ahten ritt in die Mitte dieser Unruhe. Den Händlern erstarben die Rufe auf den Lippen. Überall schwiegen die Menschen nun.

Raj Ahten hob die Hand. »Was ist das für ein Durcheinander?« rief er. Er fixierte den Blick auf einen Mann, der gerade eine Handvoll Rubine für ein Kamel bot, das so alt war, daß seine Schnauzenhaare grau waren.

»Großes Licht«, sagte der Mann. »Die Greifer – sie sind in Kartish aufgetaucht! Die Herrin der Unterwelt selbst führt sie an ...«

Raj Ahten nickte. »Und nun sind sie auf dem Weg hierher?«

»Nein, Licht des Universums, es ist noch viel schlimmer! Es liegt ein Fluch auf dem Land – ein kriechender Gestank, der alle Pflanzen tötet. Diese Seuche ist auf dem Weg hierher; sie bewegt sich schneller, als ein Mann geht – es sei denn, der Wind beschleunigt sie auch noch. Und in der letzten Nacht hatten wir starken Wind.«

Unter zunehmenden Befürchtungen begann Raj Ahten zu rechnen. Die Greifer waren gestern im Morgengrauen aufgetaucht und hatten rasch vor Kartish ein Siegel der Zerstörung errichtet, ebenso wie sie es in Carris versucht hatten. Wenn sich die damit verbundene Seuche in stetigem Tempo ausbreitete, würde sie schon einen Bereich von über zweihundert Meilen Durchmesser befallen haben.

»Dieser Fluch bedeckt ganz Kartish?« Er versuchte, sich die Konsequenzen vorzustellen. Es würde kaum Lebensmittel für seine Männer geben, also würde er nicht in der Lage sein, die Festung der Greifer zu belagern. Er würde rasch zuschlagen müssen, mit all seiner Macht. Wenn es den Greifern gelang, die Blutmetallminen zu halten, wäre das sein Untergang.

Aber es gab noch andere Gefahren. Die meisten Übereigner Raj Ahtens lebten derzeit im Kanarienpalast, nicht weit von den Minen entfernt. Auch sie wären in Gefahr.

Du bist jetzt tot, dachte er. Wenn deine Übereigner sterben, stirbst du mit ihnen.

»In der Tat, Erleuchteter. Die Seuche überzieht Kartish und ebenso Muttayin. Aber in der vergangenen Nacht hat der Wind sie nach Dharmad und Aven getrieben. Bald schon wird sie alle Edelsteinreiche verschlingen. Jede Pflanze dort wird bei Einbruch der Nacht zerstört sein.«

Raj Ahten konnte sich nicht vorstellen, daß die Pfefferbäume bei Aven schwarz und verrenkt in ihren Hainen lagen, oder die Passionsfruchtplantagen von Dharmad mit nichts als Fäulnis zwischen den Pflanzen. Die Honigblütenfelder von Osmol würden verwüstet sein, ebenso wie die Weingärten und der Dschungel und die Reisfelder in Bina.

Die Bauernhöfe und Obstgärten des südlichen Indhopal, der »Edelsteinreiche«, waren die üppigsten der Welt. Wenn sie befallen waren, würde ganz Indhopal in diesem Winter Hunger leiden.

»Alles tot«, sagte der Kaif. »Alles zerstört. Die Menschen fliehen, so schnell sie können, aber die Seuche breitet sich sogar bei Nacht weiter aus. Ein gewöhnlicher Mann kann ihr selbst auf einem Pferd nicht entkommen! Und zu warten, bis sie einen einholt, wäre dumm, denn sie bedeutet den sicheren Tod.«

»Was ist mit meinen Kriegern?«

»Armeen sammeln sich bei den Minen von Kartish«,

rief jemand aus der Menge. Einer seiner Soldaten war dort, ein Mann mit einem safrangelben Waffenrock mit dem Wappen des dreiköpfigen Wolfs in Rot. Aber er hatte seinen Waffenrock unter einem schwarzen Umhang verborgen, und deshalb hatte Raj Athen ihn zuvor nicht bemerkt. »Aysalla Pusnabish führt den Angriff mit drei Millionen Fußsoldaten und achtzigtausend Lanzenreitern – jeder kampffähige Mann in den Edelsteinreichen.«

Pusnabish war der Kriegsherr, dem Raj Ahten am meisten vertraute – der Hauptmann, der seine Übereigner beschützte. Er hatte alle erhältlichen Soldaten aufgestellt, aber beinahe all diese drei Millionen waren Gemeine, und es würde Tage brauchen, bis sie sich gesammelt hatten.

Wenn es tatsächlich die Herrin der Unterwelt selbst war, die die Greifer anführte, wenn sie Flüche ausstieß wie die Todesmagierin in Carris, dann wären diese Gemeinen nur Schlacke in einer Schmiede.

Raj Ahten fragte: »Die Greifer haben Kartish gestern eingenommen?«

»Jawohl, o Weiser«, erwiderte der Soldat.

»Und Pusnabish setzt jeden Mann gegen sie ein?«

»Wie ich bereits sagte«, erklärte der Mann.

»Und die Seuche breitet sich immer noch aus?«

»Selbst in diesem Augenblick«, meinte der Soldat. »Ich bin im Morgengrauen von der Grenze nach Norden geeilt und habe es mit eigenen Augen gesehen.«

Das konnte nur eines bedeuten. Pusnabish hatte die Greifer nicht vertreiben können und das Siegel der Zerstörung nicht vernichtet. Vielleicht war er einfach nicht in der Lage gewesen, die Verteidigung der Greifer zu durchbrechen. Vielleicht wußte er nicht, was zu tun war, oder er sammelte immer noch seine Truppen. Aber Raj Ahten befürchtete das Schlimmste: daß Pusnabish und all seine Millionen bereits tot waren.

Raj Ahten würde Kartish nicht vor Einbruch der Nacht erreichen können – nicht, wenn sein Kamel das überleben sollte. Und sobald er das verfluchte Land erreichte, würde es für die Tiere kein Futter mehr geben.

Und wenn sich der Fluch weiter ausbreitete, würde es für alle schwieriger und schwieriger werden, Kartish überhaupt zu erreichen, nicht zu reden von einem Angriff gegen die Greifer, die sich dort verschanzt hatten.

Es bestand eine geringe Hoffnung, daß Pusnabish und seine Männer noch lebten, daß Raj Ahten die Greifer angreifen und das Siegel der Zerstörung dort brechen konnte. Eine geringe Hoffnung.

Er trieb sein Kamel durch die Straßen von Maygassa, und dabei stellte er weitere Berechnungen an. Wenn sich die Verwüstung ausbreitete, hätte sie bis morgen die Edelsteinreiche verschlungen und bereits eine schreckliche Hungersnot in Indhopal bewirkt. Einen Tag später würde sie Maygassa erreichen und danach den Dschungel des Nordens. Fünf Tage später hätte sie sich durch die Wüsten von Indhopal gefressen und alles bis auf Deyazz zerstört.

Innerhalb von einer Woche wäre ganz Indhopal dem Untergang geweiht. Und danach die Welt.

KAPITEL 9
Abschiede

Man sollte wahre Freunde weit über alles weltliche Maß schätzen, denn in unserer Erinnerung leuchten sie heller als Gold und sind beständiger als Diamanten.

Jorlis, Herdmeister im Saal des Herzens

Myrrimas Herz war schwer, als sie sich darauf vorbereitete, von Gaborn Abschied zu nehmen. Die Männer hatten gerade erst damit begonnen, die Leichen von Jureem, Handy und ihren Angreifern abzutransportieren.

Der Angriff auf Iome war so schnell erfolgt, daß Myrrima immer noch nicht so recht zu sich gekommen war. Die Greifer brauten auf Mangans Felsen irgend etwas Neues zusammen, während Gaborn davon redete, in die Unterwelt zu gehen und ihre Meisterin zu bekämpfen.

Langley ritt auf die Ebene hinaus, um die Lords zu einer Beratung zusammenzurufen. Während dieser Rat sich vorbereitete, übergab Gaborn Myrrima und Borenson eine Botschaft für König Zandaros. »Sorgt dafür, daß er sie erhält«, sagte Gaborn zu ihnen. »Algyer col Zandaros wäre ein mächtiger Verbündeter, und wir können es uns nicht leisten, ihn zum Feind zu haben.«

»Er wird die Botschaft erhalten«, versprach Myrrima. »Und ich werde mich gut um Iome kümmern, solange wir zusammen unterwegs sind.«

»Das weiß ich«, sagte Gaborn. »Möge die Erde euch

schützen.« Er kam näher und umarmte sie zum Abschied. Das überraschte Myrrima. Sie betrachtete Iome als Freundin, aber Gaborn war für sie immer noch der König.

Dann ging sie zu Averan. Der Blick des kleinen Mädchens war starr, und es sah vollkommen verloren aus. Myrrima nahm ihre Hand. »Kleine Schwester. Ich gehe nach Inkarra, und ich wollte mich verabschieden.«

»Oh«, sagte Averan. »Das bedeutet, daß ich dich nie wiedersehe.«

»Nein«, versprach Myrrima. »Ich werde sicher wiederkommen.«

Aber Averan schüttelte den Kopf. Sie erklärte ganz sachlich: »Niemand kommt aus Inkarra zurück, und ich selbst gehe in die Unterwelt.«

Myrrima wollte das Mädchen unbedingt trösten. »Vertraue auf dich und unseren König. Und vertrau mir: Ich bin deine große Schwester.«

Aber Averan schüttelte einfach den Kopf. »Nicht wirklich.«

Sie hatte recht. Roland hatte den Herzog nie darauf angesprochen, soweit sie wußte. Averan war nie offiziell zu Borensons Schwester erklärt worden, und Rolands Versprechen war unerfüllt geblieben. Dieses Mädchen hatte niemanden.

Myrrimas eigener Vater war früh gestorben. Sie hatte eine Mutter und Schwestern gehabt, die sich um sie gekümmert hatten, und wußte, wie wichtig diese Unterstützung in ihrem Leben gewesen war. Averans eigener Verlust schien eine kleine Angelegenheit zu sein, die man leicht korrigieren konnte.

Myrrima wandte sich Gaborn zu. »Euer Hoheit, Roland Borenson hatte vor, sich an Herzog Paldane zu wenden, um Averans Vormund werden zu können, aber er ist gestorben, bevor er das tun konnte. Ich frage mich, ob Ihr vielleicht Rolands Bitte nun gewähren könnt, die inzwischen zu meiner Bitte geworden ist.«

Gaborn sah Averan an. »Würdest du das wollen? Möchtest du Myrrima als Schwester haben?«

Averan wirkte eher nachdenklich als aufgeregt. Sie nickte.

Gaborn warf einen Blick zu Sir Borenson. »Wenn ich dem zustimme, werdet Ihr tatsächlich ihr Bruder und ihr Vormund.«

Binnesman schaltete sich ein. »Sie ist eine Erdwächterin. Die Erde wird sie kleiden und ernähren, wie sie es für angemessen hält. Und ihre Ausbildung könnt Ihr mir überlassen.«

Myrrima war verblüfft über die Aussage des Zauberers.

»Ich bin sicher, daß Ihr es gut meint«, sagte sie zu Binnesman. »Und Ihr könnt Averan gerne in der Magie ausbilden. Aber Ihr seid nicht daran gewöhnt, Euch um Kinder zu kümmern. Könnt Ihr ihr die Liebe geben, die sie braucht? Und wenn sie Hunger hat, werdet Ihr ihr etwas zu essen geben, oder laßt Ihr sie einfach nach Nüssen und Wurzeln wühlen?«

»Ich bin sicher, daß auch Ihr es gut meint«, sagte Binnesman. »Aber vergeßt nicht, meine Dame, daß Ihr diejenige seid, die nach Inkarra geht. Wie gut werdet Ihr Euch um sie kümmern können?«

Myrrima meinte: »Unser Hof in der Drewberry-

Marsch ist groß genug, daß da noch Platz für ein Kind wäre. Sie könnte bei meiner Mutter und meinen Schwestern bleiben, wenn sie nicht ausgebildet wird.«

Binnesman warnte: »Ich nehme an, daß sie ein Haus so sehr genießen wird wie ein wilder Vogel einen Käfig.«

Gaborn sah beide an. »Das Kind kann in einem Haus leben und an einem Tisch essen und immer noch Erdwächter sein. Ich sehe keinen Grund, wieso Rolands Wunsch nicht gewährt werden sollte. Aber ich habe immer noch nichts von Sir Borenson gehört.«

»Mein Vater hat diese Wahl bereits getroffen«, erklärte Borenson.

Gaborn sagte leise: »So sei es. Dann, Averan gebe ich dich in die Obhut der Familie Borenson. Selbst wenn es nur dem Namen nach ist, hast du das Recht, dich Rolands Tochter zu nennen.«

Myrrima nickte, sah Averan ernst an und sagte dann: »*Jetzt* sind wir Schwestern.«

Es war nur anständig, aber die Worte brachten Tränen in Averans Augen.

Myrrima umarmte Averan und sagte: »Meine Mutter und meine Schwestern werden auf den Hof in die Drewberry-Marsch ziehen.« Sie nahm eine Halskette ab und hängte sie Averan um. Es hing ein kleiner, silberner Anhänger in Form eines Fischs daran. »Wenn sie das sehen, bin ich sicher, daß sie dich willkommen heißen werden. Es war ein Geschenk meines Vaters. Drewberry wird dein Zuhause sein, wann immer du es willst.«

Averan umarmte Myrrima fest und flüsterte: »Leb wohl.«

Dann schüttelte Myrrima Binnesman und sogar der grünen Frau die Hand. Dann begannen sie, Borenson, Iome und Iomes Eskorte, für den Ritt zu packen. Iome würde Gaborns Zwingeisen zu den Gezeitenhöfen bringen.

Gaborn rief einen Mann aus seinem Gefolge, um die Gruppe anzuführen, einen dunkelhaarigen, schlecht rasierten Burschen mit durchgehenden, fast schwarzen Augenbrauen, der eher unangenehm aussah. Er hieß Grimeson.

Als Grimeson begann, die Plane über dem Schatzwagen festzuzurren, rief er: »Man hat uns beraubt!«

Große Unruhe entstand, als er den Deckel von einer Kiste nahm, die leere Kiste auf den Boden warf und begann, danach alle anderen Kisten zu öffnen.

Mehrere Männer rannten zum Wagen. Die Wachen protestierten: »Aber wir haben ihn nicht aus den Augen gelassen!«

»Wie gut habt ihr hingesehen, als der Glorreiche der Finsternis angriff?« fragte Grimeson.

Die Wachen stießen empörte Schreie aus und riefen: »Durchsucht das Lager.« Am Bach entlang waren Hunderte von Pferden angebunden. Myrrima wußte nicht, wo sie anfangen sollten zu suchen und wonach. Gaborn schloß die Augen und suchte in sich. »Gebt euch keine Mühe. Der Dieb ist verschwunden. Feykaald ist bereits auf dem Weg nach Indhopal.«

Borenson sagte: »Er hat weniger als eine Stunde Vorsprung. Wir können ihn noch erwischen!«

Auch der alte Berater Jerimas drängte Gaborn: »Herr,

Ihr müßt diese Zwingeisen zurückholen. Macht jetzt keinen Fehler. Wenn Raj Ahten erfährt, daß Ihr immer noch so viele davon habt, wird er sie ganz bestimmt wiederhaben wollen – genau wie in Longmot.«

Aber zu Myrrimas Überraschung schüttelte Gaborn den Kopf. »Nein. Ich spüre, wie sich Dunkelheit über Raj Ahten senkt. Es gibt Ärger in Kartish. Sicher brauchen die Kinder Indhopals diese Zwingeisen ebenso wie wir.«

Myrrima ging davon aus, daß jemand gegen diesen Gedanken protestieren würde. Unabhängige Ritter und Lords aus einem halben Dutzend Länder standen in Hörweite. Aber niemand widersprach Gaborn.

Seit Tagen hatte er es nun schon gesagt: Alle Menschen der Welt waren Gaborns Schutzbefohlene ... vielleicht hatten sie nun begonnen, es zu begreifen.

Also stiegen Myrrima, Borenson und Iomes Gefolge in den Sattel. Sie warteten auf Iome.

Sie und ihr König gingen zusammen zu einer Eiche am Bach, wo sie sich längere Zeit unterhielten. Myrrima sah, daß die Königin weinte. Sie waren weit genug weg, daß niemand hören konnte, was sie sagte, aber Myrrima konnte es sich vorstellen.

Iome verließ Gaborn und sollte zunächst mit Myrrima und Borenson weiterreisen, und Gaborn würde in die Unterwelt gehen, um nach der Einen Wahren Meisterin zu suchen. Was er sich aufgebürdet hatte, war einfach zu viel für Myrrima. Aber Iome wußte das und hatte schon Angst um ihn, während sie ihn noch im Arm hielt. Als sie endlich imstande war, sich loszureißen, stieg sie aufs Pferd und sprach kein Wort.

Kraftpferde zogen den Schatzwagen so schnell, daß er über die Straße sang. Sie eilten nach Südosten durch Weideland, folgten dem Donnestgree, der auf das Meer und die Gezeitenhöfe zuströmte.

Auf den Ebenen gab es nur wenige Dörfer. Myrrima fragte Borenson, warum. Er erklärte, daß der heftige Wind nicht viele Bäume wachsen ließ und die Humusschicht über dem Felsboden hier nur dünn war. Ohne Brennholz wollten sich nur wenig Menschen hier ansiedeln, obwohl es genügend wildes Vieh gab.

Aber es hatten einmal Menschen hier gelebt. Myrrima sah die Überreste so mancher Burg auf den einsamen Hügeln. Borenson zeigte ihr die Stelle, wo der Kampf der fünf Zauberer stattgefunden hatte, und hielt einmal inne, um ihr die Knochen eines Riesen zu zeigen, die in einen Felsen am Straßenrand eingebettet waren. Sie sah den Turm, aus dem Leandra ihre Mutter gestürzt hatte, als sie hörte, daß Andreas nicht mehr lebte.

Nahe dem alten Altar bei Rimmondy scheuchten sie einen Schwarm junger wilder Graaks von den Kadavern einiger Rinder, die über eine Klippe gejagt worden waren.

Am Spätnachmittag erreichten sie zweihundert Meilen südöstlich von Carris eine Kreuzung, wo sich Birken über einen ruhigen Fluß beugten und ihre Blätter sich vollkommen klar im silbrigen Wasser widerspiegelten.

Im Süden lag die Straße, die Myrrima und Borenson nehmen würden, während Iome jetzt nach Nordosten weiterziehen sollte. Sie legten eine Rast ein, um die Kraftpferde grasen und trinken zu lassen.

»Wir können nicht lange hier bleiben«, warnte Borenson Myrrima. »Die Sonne geht bald unter. Wir sollten das Westland bald hinter uns bringen.«

»Das Westland?« fragte Myrrima. Sie konnte nicht verhindern, daß sich eine Spur von Angst in ihre Stimme schlich. Sie hatte die Geschichten von Wichten gehört, die dort umhergeisterten. »Sind wir denn schon in der Nähe?«

»Oh, du wirst es schon sehen«, versicherte ihr Borenson grinsend. »Wenn du in diese Richtung spuckst, triffst du es sofort.« Er nickte nach Süden.

»Aber ich dachte, es wäre weiter ... im Westen«, meinte Myrrima.

»Es ist westlich vom alten Ferecia, und das ist alles, was zählt.«

»Aber heißt es nicht immer, es wären Sümpfe und Moore?«

»Die Sümpfe beginnen hinter dieser Erhöhung«, erklärte Borenson. Er wies mit dem Kinn zu einem Hügel, auf dem die Überreste einer Burgmauer immer noch aufragten wie ein Reißzahn. »Das da ist Woglens Turm.«

Myrrima schauderte. Sie kannte die Geschichten. Das Land hier war schwarz vor Tod gewesen, und Blut hatte einmal dieses Flußbett gefüllt. Drei Monate lang hatten Fallions Armeen gekämpft, um die Belagerung zu brechen und diesen Turm einzunehmen, nur um dann zu entdecken, daß Fallions Braut tot war.

Irgendwie hatte sie erwartet, daß Woglens Turm immer noch stand. In den alten Geschichten schien er unzerstörbar zu sein. Und sie hatte sich vorgestellt, daß der Boden hier von Knochen übersät war.

Irgendwie war sie nicht auf Borensons Worte vorbereitet gewesen. Sie hatte nur daran gedacht, nach Inkarra zu gelangen, nicht an die Gefahren, die vor ihnen lagen, noch bevor sie die Grenzen dieses Landes erreichten. Aber es würde Sümpfe voller Wichte geben und Berge, die ihre eigenen Gefahren bargen.

»Können wir das Westland nicht umgehen?« fragte sie.

»Wir werden schneller sein, wenn wir es direkt durchqueren«, meinte er, offensichtlich amüsiert über ihre Angst.

Myrrima und Borenson berieten einen Augenblick darüber, was sie mit nach Süden nehmen sollten. Borenson hatte in der Börse seines Vaters Gold gefunden. Er versicherte Myrrima, daß sie in der Stadt Batenne nahe den Alcairns alles bekommen würden, was sie brauchten. Während sie sich unterhielten, ging Iome ein Stück den Fluß entlang.

Als es Zeit war, sich zu verabschieden, folgte Myrrima ihr. Sie ging einen Graspfad am Fluß entlang und schreckte eine Entenfamilie auf.

Dann roch sie einen Apfelbaum am Rand des kleinen Wäldchens in der Nähe und fand Iome dort, wie sie sich mit dem Rücken an einen Stamm lehnte und nach Nordwesten spähte. Der Kopf einer königlichen Statue lag im Gras und starrte mit leerem Blick aufwärts. Fallobst bedeckte den Boden zu Iomes Füßen. Wild hatte an vielen Äpfeln geknabbert. Auch Iome kaute nachdenklich an einem. Das Sonnenlicht, das auf die goldenen Felder fiel, war hell und durchdringend.

»Macht Ihr Euch Sorgen um Gaborn?« fragte Myrrima.

»Nein«, sagte Iome. »Meine Gedanken sind viel eigensüchtiger.«

»Wirklich?« meinte Myrrima. »Gut.«

»Gut?« fragte Iome. Sie drehte sich um und sah Myrrima in die Augen. In den vergangenen drei Stunden war sie so in Gedanken versunken gewesen, daß sie mit keinem gesprochen hatte.

»Ihr seid viel zu wenig eigensüchtig«, meint Myrrima.

»Nun, heute hole ich alles nach. Ich habe mich gerade gefragt, ob Gaborn an diesem Nachmittag auch nur ein einziges Mal an mich denken wird.«

»Ich bin sicher, daß er das tut.«

»Das ist das Problem«, meinte Iome. »Er wird an mich denken und wird sofort wissen, daß ich in Sicherheit bin und wo ich bin.«

»Das nehme ich an«, sagte Myrrima.

»Ich wünschte, ich könnte mit Euch gehen«, gestand Iome. »Jerimas sagte, es wäre das Beste, wenn Verwandte von Gaborn die Botschaft ablieferten.«

»Gaborn kann das nicht wagen«, versicherte Myrrima ihr.

»Ich weiß«, sagte Iome. »Nun, da er weiß, daß ich seinen Sohn in mir trage, hat er mich in ›Sicherheit‹ geschickt. Zweifellos will er, daß ich bequem im Bett liege, bis es Zeit ist, die Beine breit zu machen und sein Kind zu bekommen.«

»Euer Hoheit!« sagte Myrrima und gab sich übertrieben schockiert.

Iome grinste boshaft, und die dunklen Augen blitzten. »Ich würde mit Euch gehen, wenn ich könnte. Aber Gaborn würde es wissen. Er würde vielleicht sogar seine Erdkräfte benutzen, um mich zu suchen, und wenn ich seine kostbare Zeit verschwende, könnte das andere gefährden. Das kann ich nicht wagen. Es sieht also aus, als müßte ich tun, was er mir gesagt hat.«

»Zumindest werdet Ihr in Sicherheit sein«, sagte Myrrima.

»Es gibt keinen sichereren Ort auf der Welt als an der Seite des Erdkönigs«, entgegnete Iome. »Und dort wäre ich am liebsten.«

Iome warf den Rest des Apfels auf den Boden und ergriff Myrrimas Hände. »Ihr werdet mir fehlen. Obwohl Ihr mir jetzt schon zweimal das Leben gerettet habt, seid Ihr für mich weit mehr als nur eine Beschützerin. Ich will, daß Ihr meine Freundin seid. Ich werde jeden Tag die Erde anflehen, Euch zu führen, bis Ihr zurückkehrt.«

»Ich werde auch an Euch denken«, sagte Myrrima. Es fiel ihr schwer zu sprechen, und sie konnte kaum etwas hinzufügen. Worte schienen nicht zu genügen. »Ich wünsche Euch für die Geburt Eures Sohnes alles Gute.«

Iome grinste und legte die linke Hand auf Myrrimas Bauch. »Möget Ihr bald ein eigenes Kind haben«, erklärte Iome.

Es war in Heredon eine alte Tradition, daß schwangere Frauen ihre unfruchtbaren Freundinnen auf diese Weise segneten. Es war nur eine freundliche Geste. Aber Myrrima spürte, wie ein Muskel unter Iomes Hand zuckte, und trat rasch zurück. Eine halbe Sekunde lang hatte sie sich tatsächlich vorgestellt, daß Iomes Berührung ihr dazu verhelfen konnte, ihren leeren Leib zu füllen.

Iome lachte. »Es wird sicher bald passieren, nun, da Euer Mann ... oh, es tut mir leid, wenn ich Euch beleidigt oder verärgert habe«, fügte Iome hinzu. »Ich weiß, daß Ihr und Euer Mann Schwierigkeiten habt. Ich ... ich will nur das Beste für Euch.«

»Nein, es ist alles in Ordnung«, sagte Myrrima. »Ich danke Euch.« Sie konnte ihr Unbehagen nicht verbergen. Myrrima wagte es nicht, Iome zu sagen, daß Borenson nie mit ihr geschlafen und daß sie über seine wunderbare Heilung gelogen hatte.

»Ich möchte Euch noch etwas anderes geben«, sagte Iome, als hoffte sie, für die unbeabsichtigte Beleidigung büßen zu können. »Ihr braucht eine Halskette – als Ersatz für die, die Ihr weggegeben habt.« Sie griff an ihren eigenen Hals, wo eine Kette unter ihrem Hemd verborgen lag. »Ich habe dies als Glücksbringer getragen. Ihr werdet es mehr brauchen als ich.« Sie holte den Opalanhänger heraus, mit dem Binnesman den Glorreichen der Finsternis bekämpft hatte.

»Euer Hoheit«, erklärte Myrrima, »ich könnte niemals ... ich habe nichts, was ich Euch dafür geben könnte.«

»Ihr habt mir mein Leben und das Leben meines Sohnes geschenkt.«

Iome hängte die Kette um Myrrimas Hals, umarmte sie, und dann gingen sie Hand in Hand zurück zu Borenson, der die Pferde striegelte.

Borenson verabschiedete sich von der Königin und sprang mit einer einzigen glatten Bewegung in den Sattel der scheckigen Stute, wie Runenlords es tun. Myrrima schwang sich mit aufrechtem Rücken und raschen, sparsamen Bewegungen auf sein Streitroß.

Myrrima fragte sich, warum Borenson nicht sein Streitroß zurückverlangte, denn es hatte viel mehr Gaben als die kleine Stute, die er ritt. Vielleicht wollte er es nicht mehr. Die beiden ritten den Fluß entlang nach Süden, drehten sich dann an einer Biegung noch einmal um und winkten durch die Bäume zurück.

Iome stand noch unter den silbernen Birken am Rand des Wäldchens und winkte ebenfalls.

Myrrima hatte in diesem Augenblick einen seltsamen Gedanken. Es schien ganz richtig zu sein, daß Iome dort im Wald stand, es war so passend wie Beeren auf einem Stechpalmenbaum. Mit den goldenen Ästen, die über ihren Kopf hingen, in ihrem grünen Reisegewand, mit einem Sohn, der in ihrem Leib wuchs und Pferden im Rücken sah Iome wirklich aus wie die Frau eines Erdkönigs.

Iome winkte Myrrima und Borenson zum Abschied zu. Sie fühlte sich schrecklich. Gaborn wollte, daß sie in Sicherheit war, daß sie beschützt war. Er wollte nur das Beste für sie.

Aber im Augenblick fühlte sie sich schrecklich allein.

Ihre Freunde waren auf dem Weg nach Inkarra. Gaborn plante, in die Unterwelt zu gehen. Und sie ... sie würde dort hingehen, wo er sie hinschickte, während die Welt rings um sie her zusammenbrach. Sie wollte unbedingt mehr tun.

Iome ließ Feldwebel Grimeson die Wachen zusammenrufen, und dann machten sie sich mit Wachen und Wagen auf den Weg nach Osten.

Bald schon verschwanden die goldenen Ebenen und wichen einem üppigen Land, das sogar am Ende des Sommers noch grün war. Große Eichen standen inmitten der Felder. Immer mehr Hütten erschienen, und Steinzäune säumten die Straße.

Bald waren überall Menschen zu sehen, aber wenn Iomes Pferd vorbeirannte, hatten die Bauern mit ihren Schweinen oder Schafen oder Wagen oft kaum Zeit, sie zu erkennen und erst recht nicht den Hut abzunehmen oder niederzuknien.

So folgten ihrer Gruppe ständig Rufe wie: »War das die Königin?« und »Sieh nur, schnell, da ist die Königin!«

Am späten Nachmittag war Carris nur noch eine nervöse Erinnerung. Der Duft von Weizenfeldern ersetzte den Geruch toten Grases; riesige Birnenplantagen, über denen Stare in wilden Schwärmen flatterten, waren eine willkommene Abwechslung nach all dem grauen Ruß; das Weinen von Kindern war dem Muhen von grasenden Kühen gewichen.

Iome fühlte sich neu belebt.

Grimeson nannte ihr die Namen der Dörfer und Städte, an denen sie vorbeikamen, und manchmal wies er sie auf ein altes Schlachtfeld oder eine andere historische Stätte hin. Bald begriff sie, daß dieser unangenehm aussehende kleine Mann einen guten Kopf auf den Schultern hatte und sehr herzlich war. Dennoch fragte sie sich, warum Gaborn ausgerechnet ihn mit der Führung ihrer Eskorte beauftragt hatte.

Als es dann Nacht wurde, wünschte sich Iome sehnlichst ein richtiges Essen in einem der Gasthöfe, an denen sie vorbeikamen. Wieder und wieder roch sie köstlichen Schinken, der in einem Lauchbett kochte, oder Hühnereintöpfe oder warmes Brot, das frisch aus dem Ofen kam.

Aber die Not drängte sie, und so ritt sie wie ein Sturm durch die Nacht, bis sie, wie es Runenlords tun, im Sattel einschlief und mit dem kühlen Wind im Gesicht und wehendem Haar träumte.

Sie ritten im Sternenlicht weiter, bis einer der Männer sagte: »Euer Hoheit?«

Iome wachte blinzelnd auf.

Sie zügelten die Pferde auf einer Hügelkuppe, und in alle Richtungen schien sich vor ihnen der dunkle Ozean auszubreiten. Iome hatte das Meer nie gesehen, hatte nie den bitteren Geruch von Salz, vermischt mit Leben und Verfall in der Nase gehabt. Sie hatte sich nie vorgestellt, wie endlos der Horizont sein würde.

Vor ihnen lagen mehrere kleine Inseln, alle durch elegante Brücken aus weißen Steinen miteinander verbunden, die im Mondlicht wie Wolkenfetzen wirkten.

Über ihnen erstreckten sich die hoch aufragenden Türme der Gezeitenhöfe wie silberne Speere, die auf den gehörnten Mond zielten.

KAPITEL 10

Der Blickwinkel eines Zauberers

Zauberer mischen sich nie in die Angelegenheiten einfacher Menschen ein. Es passiert jedoch hin und wieder, daß einfache Menschen in Zaubererangelegenheiten verwickelt werden.

Der Erdwächter Binnesman

Während der Nachmittag in den Abend überging, sah Averan zu, wie Gaborn und seine Lords sich berieten. Sie saßen alle auf Steinen und Baumstümpfen, die sie nahe dem Bach in einen Kreis gezogen hatten. Die Greifer waren nun beinahe drei Stunden auf Mangans Felsen, nisteten dort wie Krähen. Die Sonne stand schräg über dem Horizont, und eine kühle Brise kam aus den Bergen und brachte den Geruch von Fichten mit sich.

Die Rune der Zerstörung, die die Greifer herstellten, begann gerade erst Form anzunehmen. Viele scharlachrote Zauberinnen waren auf dem Marsch umgekommen, ebenso wie Schleimwürmer, so daß diesmal das Bauen langsam vonstatten ging. Aber der ganze krankhafte Entwurf war bereits deutlich, und stinkender Rauch kam vom Hügel, als würde er aus einem Kessel quellen.

Dennoch, Averan wunderte sich. Aus Schlachtenweberins Erinnerung wußte sie, daß Schlachtenweberin genau aus dem Grund nach Carris geschickt worden war, weil sie die Rune der Zerstörung gemeistert hatte. Andere Greifer konnten vielleicht Teile der Rune kopieren, aber jede Zauberin kannte nur einen kleinen Teil des Ganzen.

Gaborns Männer hielten die Ebene immer noch in einem ausgedehnten Kreis. Der Rauch, der von den Greifern kam, brachte die Stirnhöhlen der Menschen zum Brennen und ihre Augen zum Tränen. Es war so schlimm, daß die Frowth-Riesen ihr Lager an einer windgeschützten Stelle aufschlugen. Es gab allerdings immer noch keine Anzeichen des Fluchs, der die Pflanzen im Umkreis von Meilen in Carris zerstört hatte.

Für Averan schien das ein Beweis zu sein, daß die Greifer bei der Herstellung der Rune versagten.

Aber Gaborn machte sich Sorgen. Er wollte die Rune zerstört wissen, und er brauchte den Wegmacher.

Er beriet sich mit Dutzenden von Lords: Skalbairn, Sir Langley, Königin Herin die Rote, Herzog Groverman, Jerimas und viele andere. Sie erhoben laut die Stimmen und planten, den Felsen anzugreifen.

Averan saß still am Rand des Kreises.

Es hing Erwartung in der Luft, Anspannung wie vor einer Schlacht. »Ich sage, wir nutzen die Artillerie«, meinte Skalbairn. »Wir stellen südlich des Felsens Ballisten auf und schießen die Greifer herunter, bis sie sich zurückziehen. Dann schicken wir Runenlords auf Leitern die Klippe hinauf.«

Gaborn sah Skalbairn ruhig an. »Ich habe Euch schon gesagt: Artillerie wird nicht funktionieren.«

»Aber selbstverständlich wird es gehen«, widersprach Skalbairn.

»Der König hat recht«, sagte Jerimas. »Die Greifer werden einfach nur Felsen nach uns schleudern. Wir kommen nicht in ihre Nähe.«

»Es muß eine Möglichkeit geben«, meinte Königin Herin. »Was, wenn wir hohe Belagerungstürme bauen und von der windabgewandten Seite her angreifen? Wir könnten die Türme mit Hilfe von Kraftpferden rasch an den Felsen ziehen. Vielleicht können wir sie so überraschen.«

Gaborn schüttelte traurig den Kopf. »Die Erde warnt vor diesem Plan.«

Das hatte er über jeden Plan gesagt, den seine Berater vorgeschlagen hatten. Die Erde erlaubte ihnen nicht zu handeln.

Wenn er nur ein Erdbeben bewirken könnte, dachte Averan, wie bei Carris. Ich würde gern sehen, wie die Greifer aus ihrem Nest geschüttelt werden und der ganze Abhang in die Zerstörung rutscht.

Aber Gaborn konnte keine Erdbeben oder Weltwürmer mehr heraufbeschwören. Er konnte nicht einmal einen Angriffsplan entwickeln. Immer war der Rat der Erde derselbe: nein.

Averan blickte auf, sah, wie Gaborn zu ihr hinschaute, als hoffte er, daß sie ihn retten könnte. Averan beugte sich vor und schlug die Hände vors Gesicht. Sie hatte das Gefühl, bis zum Bersten vollgestopft zu sein. Immer noch drangen Erinnerungen auf sie ein, obwohl ihr Kopf voll davon war. Es war, als hätte sie ein gewaltiges Festessen verschlungen und säße nun aufgebläht da, würde aber weiter hier und da einen Bissen essen.

Plötzlich hatte sie eine lebhafte Vision der Nester des

Weichstein-Klans, wo der Hüter ausgeschlüpft war, drunten, wo die Felsen warm vom Magma waren. Sie erinnerte sich daran, sich bei der Geburt mit Hilfe ihres Eierzahns ihren Weg aus einem ledrigen Sack geschnitten zu haben, nur um, während sie noch müde von dieser Plackerei war, von ihren älteren Geschwistern angegriffen zu werden.

Hüter hatte mit seiner Schwester gekämpft und ihr ein Hinterbein abgerissen, bevor sie floh. Das war ein nutzloser Sieg, denn Hüter hätte lieber den Kadaver seiner Schwester gefressen. Dennoch, das Bein gab ihm seinen ersten richtigen Geschmack von Fleisch, und er machte sich eine Waffe aus den gebrochenen Knochen, mit der er die nächsten kleinen Greifer tötete, die schlüpften. Er riß ihnen die süßen Moschusdrüsen unter den Armen heraus und fraß sie, so daß er bald stark und klug wurde.

Die Erinnerungen des Hüters waren makaber faszinierend und schemenhaft. Averan erinnerte sich an bestürzende Fragmente einzelner Vorfälle: Greifer schoben verzweifelt riesige Steine zurecht, um einen Graben zu bilden, so daß das Magma, das sich um sie erhob, einen unterirdischen See erwärmte.

Die Beratung schien zu einem Ende zu kommen. Von hinten war ein Keuchen zu hören und das Geräusch eines Stocks, der auf Fleisch trifft. Hinter der umgestürzten Eiche war Gaborns Hauptmann immer noch damit beschäftigt, die grüne Frau auszubilden. Er hatte ihr gezeigt, wie ein Runenlord einen Stock benutzt, um über den Kopf eines Feindes zu springen. Jetzt brachte er ihr bei, wie man den Stock herumwirbelt und gegen mehrere Angreifer gleichzeitig kämpft. Selbst ohne Gaben der Muskelkraft konnte die Frau seine kunstvollen Manöver gut nachvollziehen.

Dann erklang die Stimme der Vernunft. Es war Jerimas. »Wir haben uns jetzt stundenlang beraten, und jedesmal, wenn wir einen Plan hatten, hat Gaborn gesagt, daß die Erde ihn verbietet. Sind wir denn sicher, daß wir die Greifer überhaupt von diesem Felsen vertreiben wollen?«

»Wie meint Ihr das?« fragte Skalbairn mit tiefer Stimme. Der riesige Krieger saß auf einem Stein und schärfte seine Kampfaxt. Er legte den Kopf schief, um die Antwort zu hören.

»Ich meine«, erklärte Jerimas und beugte sich eifrig vor, so daß sein langer Silberbart beinahe seine Knie streifte, »daß Averan uns erzählt hat, daß die Greifer Durst haben. Sobald sie von diesem Felsen kommen, werden sie sich auf das nächste Trinkwasser stürzen – das, das sie in Carris zurückgelassen haben. Vielleicht warnt die Erde uns deshalb vor einem Angriff.«

»Ja«, meinte Königin Herin. »Ich bin auch dafür, daß wir sie da oben sitzen lassen, bis sie Trockenfleisch sind.«

»Wir können nicht warten«, sagte Gaborn. »Ich habe größere Sorgen als Carris. Ich brauche diesen Wegmacher.«

»Ich denke nicht, daß sie nach Carris zurückkehren werden«, meinte Averan. »Letzte Nacht in den Bergen war es viel zu kalt für sie. Sie werden Angst haben, es noch einmal zu versuchen.«

»Das Wetter hat sich geändert«, meinte Skalbairn. »Es wird heute nacht nicht so kalt sein.«

»Das wissen die Greifer nicht«, sagte Averan. »Das Wetter ist ein Geheimnis für sie. Für sie ist Wetter einfach etwas, das passiert.«

Der alte Jerimas meinte: »Wenn die Greifer zu verzweifelt sind, könnte es sein, daß sie angreifen, sobald sie vom Felsen herunterkommen. Wir müssen ihnen eine Fluchtroute lassen. Einen Weg, der ihnen sicher vorkommt.«

»Also gut«, sagte Gaborn. »Wir lassen ihnen freien Abzug nach Süden ... für eine Weile.« Die Wildnis im Süden Mystarrias war kaum bewohnt. Burg Haberd war eine der größeren Festungen gewesen, und die Burg war nun zerstört. »Aber ich würde immer noch gerne wissen, wie ich sie von diesem Felsen herunterkriege.«

Averan blickte auf. Alle schauten sie erwartungsvoll an. Sie schüttelte den Kopf. »Ich weiß es nicht. Ich verstehe nicht, was sie da oben machen. Nur Schlachtenweberin wußte, wie man die Rune der Zerstörung herstellt.«

»Sie lernen schnell«, meinte Gaborn. »Vielleicht glaubt diese neue Anführerin, daß sie es schaffen kann.«

»Ich sage dir, was sie von diesem Felsen runterbringen wird«, sagte Skalbairn zu Averan. »Angst. Sie müssen mehr Angst davor haben, da oben zu bleiben, als davor, den Felsen zu verlassen. Wovor fürchten sich die Greifer in der Unterwelt?«

Averan beschwor so viele Bilder herauf, wie sie konnte. Es gab viele Dinge. Sie erinnerte sich an einen Greifer, der auf ein Geschöpf getreten war, das im Boden vergraben war. Es war langgezogen mit einem dünnen Schwanz, der nach oben ragte, und der Schwanz hatte in den Fuß des Greifers gestochen, und das kleine Geschöpf hatte Eier hineingelegt.

Schlachtenweberin hatte einen Zauber benutzt, um die Eier zu verbrennen, aber die Wunde war zu tief und die Eier bereits im Blut des Greifers gewesen. Tausende von Parasiten begannen bald, in dem unglücklichen Greifer zu brüten, so daß man ihn in eine Grube werfen mußte.

Es gab andere Bewohner der Unterwelt, die Greifer fürchteten oder respektierten. Aber eine Sache war ganz deutlich: »Rauch.«

»Selbstverständlich«, sagte Skalbairn. »Rauch in einem geschlossenen Tunnel. Das würde Greifer ebenso töten wie Menschen.«

Gaborn schüttelte den Kopf. »Carris brannte, aber die Greifer sind nicht geflüchtet. Sie haben Angst vor Rauch, aber es läßt sie nicht den Verstand verlieren.«

Ein plötzlicher Erinnerungsfetzen tauchte vor Averans geistigem Auge auf. Der Hüter kümmerte sich um Spinneneier und wendete sie, eins nach dem anderen, damit die Flüssigkeiten darin sich nicht setzten und die Spinnen schließlich ausschlüpfen würden. Als keine anderen Greifer zu sehen waren, steckte er sich eins ins Maul.

Zu ihrer Überraschung rettete Binnesman sie. »Meine Herren, meine Damen«, meinte der Zauberer, »ich fürchte, meine Schutzbefohlene kann im Moment nicht mehr.«

Binnesman griff nach Averans Hand und zog sie aus dem Kreis.

»Binnesman?« sagte Gaborn überrascht über diese Wendung.

Aber der Zauberer stieß seinen Stock auf den Boden. »Ihr verlangt zu viel von diesem Mädchen. Sie ist kein Krieger, und sie ist nicht Euer Berater. Sie ist eine Erdwächterin. Es ist Zeit, daß sie mit ihrer Ausbildung beginnt.«

»Kann es nicht warten?« wollte Skalbairn wissen. Er sah aus, als würde er am liebsten auf den Zauberer losgehen.

»Ich glaube nicht«, sagte Binnesman. »Das ist eine wichtige Lektion. Sie hat mit Gehorsam zu tun und damit, seinen Platz auf der Welt nicht zu vergessen.«

Gaborn stand auf, als wollte er den Zauberer herausfordern, aber Binnesman stieß ihn mit einem knorrigen Finger vor die Brust. »Es hat mit *Gehorsam* zu tun, Herr. Ihr seid ebensowenig der Krieger der Erde wie dieses Kind da. Wenn es an der Zeit ist, die Greifer anzugreifen, wird die Erde es Euch mitteilen wie zuvor, oder vielleicht ist auch bereits ein Gewitter auf dem Weg, das die Greifer vom Felsen vertreiben wird. Vertraut mir – oder vertraut der Macht, der wir dienen. Die Erde kennt die Gefahr besser als wir und wird sich auf die Flucht vorbereiten. Wir müssen nur unseren Teil tun, wenn die Zeit gekommen ist.

Also schlage ich fürs erste vor, daß Ihr Euch ausruht. Eßt etwas. Füttert Eure Pferde. Vielleicht solltet Ihr ein wenig Schach spielen.«

Gaborn grinste den Zauberer kalt an. In seinen Augen stand ein Zwinkern. Er nickte. »*Das*«, sagte Gaborn, »ist der beste Rat, den ich den ganzen Tag gehört habe.«

Averan begriff es nicht. Sie wußte, wie verzweifelt Gaborn die Unterwelt erreichen mußte. Sie hatten so wenig Zeit.

Dennoch war er einverstanden, abzuwarten, in der Hoffnung, daß die Erde ihn führen würde. Es kam Averan wie ein schreckliches Spiel vor.

Binnesman führte Averan zu seinem Pferd und half ihr in den Sattel. »Wohin gehen wir?« fragte Averan.

»In die Berge hinauf, um mit deiner Ausbildung zu beginnen.«

»Kann Frühling mitkommen?« Die grüne Frau übte immer noch mit Gaborns Hauptmann. Er hatte den Stock jetzt weggelegt und begonnen, sie im Gebrauch eines Langspeers zu unterrichten.

»Sie hat wichtigere Dinge zu tun«, meinte Binnesman und nickte anerkennend.

Er stieg hinter Averan in den Sattel und lenkte den großen grauen Kaiserlichen Hengst auf die Ebene hinaus. Die goldenen Felder schienen unter den Hufen des Pferdes wegzurollen, und bald war das Lager der Runenlords weit entfernt.

»Warum habt Ihr mich von ihnen weggeholt?« fragte Averan.

»Gaborn versucht es zu intensiv«, sagte Binnesman. »Er will angreifen, obwohl die Erde ihn davor gewarnt hat. Er muß seine Lektion lernen. Und du brauchst Ruhe.«

Averan verstand ihn, aber trotzdem fühlte sie sich schuldig. Sie wollte Gaborn helfen.

Binnesman griff hinter den Sattel, holte seinen alten Eichenstab aus dem Gepäck und reichte ihn Averan.

Sobald ihre Handfläche das Holz berührte, spürte sie ... wie es unter ihren Fingern bebte. Es war, als hätte sie einen lebendigen Baum berührt, der auf einem Hügel stand und von der Sonne gewärmt wurde. Sie drehte den Stock hin und her und betrachtete ihn. Er war vielleicht fünf Fuß lang und aus Eichenholz, das von langer Benutzung zu einem dunklen Orangebraun poliert war. Nahe dem oberen Ende war ein Stück Leder als Griff ums Holz gebunden, und an den Schnüren, die das Leder hielten, befand sich der einzige Schmuck: vier große Perlen – eine aus Silber, eine aus Eisen, eine aus Greiferknochen und eine aus Obsidian. Der Knauf hatte keinen Schmuck, nur ein paar Runen waren eingeschnitzt. Es gab keine Holzwurmlöcher, keine Risse, keine Brandspuren. Alles in allem war dieser Stock alles andere als bemerkenswert.

Aber Averan konnte die Kraft spüren, die darin bebte.

»Spürst du es?« fragte Binnesman. »Die Kraft der Erde ist in diesem Stock gebunden.«

»Ja«, sagte Averan.

»Du mußt deinen eigenen Stock finden. Irgendein Ast wird genügen. Du mußt einen Baum nur darum bitten.«

»Irgendein Ast?« fragte Averan und betrachtete ein paar Weiden, die an einem kleinen Bach standen.

»Nun, nicht unbedingt jeder Ast«, sagte Binnesman. »Du mußt den finden, der für *dich* richtig ist.«

»Ist eine Art besser als die andere?« wollte Averan wissen. »Könnte ich einen Weidenast nehmen?«

»Weidenholz ist gut«, sagte Binnesman. »Ein Zauberer, der einen Stock aus Weidenholz hat, wird ein guter Heiler sein und eine enge Verbindung zum Wasser haben. Fühlst du dich zu den Weiden hingezogen?«

Averan betrachtete die Weiden, deren Blätter im letzten Sonnenlicht grün und gelb schimmerten. Sie fühlte sich nicht zu ihnen hingezogen, nicht so, wie sie sich veranlaßt fühlte, im Boden zu schlafen.

»Nein.« Dann sagte sie: »Ihr habt einen Eichenstock.«

»Eiche ist stark und widersteht dem Feuer«, erklärte Binnesman.

Averan schaute ihn über die Schulter hinweg an. Er hatte das in einem seltsamen Ton gesagt, beinahe ehrfürchtig gegenüber den Eichen.

»Was ist mit anderen Bäumen?« fragte Averan. »Haben sie auch bestimmte Kräfte?«

»Ich würde nicht von *Kräften* sprechen«, sagte Binnesman. »Unterschiedliche Bäume haben unterschiedliche Persönlichkeiten. Der Baum, den du auswählst, der Baum, der dich auswählt, gibt eine Möglichkeit, einen Erdwächter einzuschätzen. Deine Wahl wird mir einen Hinweis auf die Fähigkeiten geben, die du vielleicht entwickeln wirst.«

»Gibt es Stöcke, die Ihr nicht haben möchtet?«

Binnesman runzelte die Stirn. »Einige sind schwächer als andere. Es gibt einiges Holz, das mir nicht gefiele ... aber ich werde über dieses Thema nichts mehr sagen, Kind, ich will deine Entscheidung nicht beeinflussen.«

Averan schaute noch einmal zu den Weiden hin, an denen sie vorbeiritten. Sie sahen hübsch aus mit ihren goldenen Blättern. Sie biß sich auf die Lippe. Nein, keine Weiden.

Ebensowenig fühlte sie sich zu den Eichen hingezogen, die wie einsame Wächter auf den Ebenen standen, die Äste verrenkt und von Efeu überzogen. Einem Gebüsch aus stachligem Weißdorn vor einem steil aufragenden Felsen gönnte sie kam einen Blick.

»Muß ich heute einen finden?« fragte Averan.

»Nein.« Binnesman lachte leise. »Dein Stock ist wichtig, und hier in den Ausläufern der Berge gibt es viele Arten von Bäumen. Das ist der einzige Grund, weshalb ich es erwähnt habe – damit du es weißt, sobald du spürst, daß die Bäume dich rufen.«

Sie näherten sich einem zweiten kleinen Bach.

»Siehst du den gelben Klee«, fragte Binnesman, als sie vorbeikamen. Averan nickte. »Er heißt Steinklee. Wenn du die goldenen Blätter zwischen den Fingern rollst und sie gegen Krampfadern anwendest, kannst du sie innerhalb von Augenblicken heilen. Er läßt auch Schwellungen abklingen, und du kannst ihn zu Kompressen aus Schafsohr hinzufügen, um das Bluten bei Wunden zu stillen.«

Das Pferd sprang über den Bach, und Binnesman sagte: »Was die Weiden angeht, so magst du vielleicht keinen Weidenholzstab haben, aber du kannst einen Tee aus den Blättern kochen, der gegen die meisten Schmerzen hilft, die eines schwachen Herzens eingeschlossen. Ich bin der Ansicht, daß es am besten ist, sie um Mittsommer zu pflücken. Ein paar alte Frauen ziehen es vor, die Weidenrinde zu benutzen, aber davon stirbt die Pflanze.«

Selbstverständlich wußte Averan von Weidenrinde. Der Zauberer zügelte sein Pferd und stieg dann aus dem Sattel.

Er pflückte die Blätter einer Pflanze mit purpurfarbenen Blütenblättern, die zur Mitte hin hellgelb waren.

»Das hier sind wilde Stiefmütterchen«, sagte er. »Alberne Mädchen, die kaum älter sind als du, benutzen sie für Liebestränke. Ich persönlich bin der Meinung, daß sauberes Haar und ein einladendes Lächeln ebensoviel helfen. Aber wenn du die frischen Blätter ein paar Minuten kaust, wirst du feststellen, daß deine Stimmung besser wird und dich Sorgen weniger bedrücken.«

Averan steckte die Blätter in den Mund. Sie hatten einen durchdringenden Geruch, der ihre Brust zu öffnen schien, damit sie leichter atmen konnte. Sie kaute sie nachdenklich, als Binnesman wieder in den Sattel stieg und weiterritt.

»Wenn jemand dir folgt, binde Prunkwinden zu einem Kranz und wirf ihn hinter dir auf die Spur«, sagte Binnesman. »Deine Feinde werden sich in dem Gewirr verfangen.«

Noch lange Minuten zählte er die Tugenden von Gänsegras und Fieberkraut, Holunderblüten und Sellerie auf. Während er das tat, stieg sein Pferd weiter in die Ausläufer der Berge, bis sie den Wald erreicht hatten. Dort blieb er im Schatten von ein paar Ulmen stehen. In den höheren Hügeln konnte Averan die roten Blätter von Ahorn sehen, die braunen der Buchen, das Grün und Blau von Kiefer und Tanne.

Averan schaute über die Felder nach Süden. Mangans Felsen war meilenweit entfernt. Sie rief: »Von hier aus kann man die Greifer überhaupt nicht sehen!«

»Es hilft, wenn man das Problem aus einem anderen Blickwinkel sieht, nicht wahr?« sagte Binnesman. »Aus der Nähe sind sie Ungeheuer, die mit triefenden Reißzähnen über dir aufragen. Aber von hier aus ... verschluckt die Erde sie einfach.«

Averan starrte ins Leere. Sie wußte nicht, was sie sagen sollte. Die sinkende Sonne warf langgezogene Schatten. Sie konnte Wellen und Falten des Bodens sehen, die ihr im vollen Sonnenlicht nicht aufgefallen waren. Die Luft hatte begonnen, kühler zu werden.

»Gaborn will, daß ich mit ihm in die Unterwelt komme. War es falsch, daß ich ja gesagt habe?«

»Was sagt dir dein Herz?« fragte Binnesman.

Averan lauschte in sich hinein. Es war ihr nicht aufgefallen, aber all ihre Sorgen, alle Ängste, die sie den Tag über gelähmt hatten, waren plötzlich verschwunden, dank der Hilfe der wilden Stiefmütterchen. Zum ersten Mal hatte sie das Gefühl, sich ihre Probleme wirklich in Ruhe ansehen zu können.

»Ich habe keine Angst. Nicht jetzt.«

»Gut«, erwiderte Binnesman. »Du bist kein Kind, das in die Unterwelt zieht: Du bist eine Erdwächterin. Die Erde kann dich verbergen. Die Erde wird dich heilen. Die Erde wird dich zu einer der Ihren machen. Das mußt du verstehen. Du bist kein Kind mehr. Du bist eine mächtige

Zauberin. Und ich werde selbstverständlich mit dir kommen, ebenso wie Frühling.«

»Gut.« Averan war ehrlich erleichtert.

»Aber du mußt mir etwas versprechen«, sagte Binnesman. »Du mußt mir versprechen, nicht zu vergessen, was du bist.«

»Eine Zauberin?« fragte sie.

»Eine Erdwächterin. Du bist hier, um die kleinen Dinge der Welt zu beschützen.«

»Ja?« Sie merkte an seinem Tonfall, daß sie einen Fehler gemacht hatte.

»Laß dich von Gaborn nicht in die Irre führen. Du bist nicht hier, um gegen Greifer zu kämpfen – das kann ich dir versichern.«

»Ich beschütze Menschen«, wandte Averan ein.

»Es ist nur natürlich, daß du deine eigene Art beschützen willst«, sagte Binnesman. »Aber die Menschheit ist nicht dein Bereich. Du wurdest nicht dazu berufen, ihr zu dienen.«

»Woher soll ich das wissen?« fragte Averan.

»Weil sie *mein* Bereich ist«, sagte Binnesman nachdrücklich. »Es gibt für jede Art nur einen Erdwächter. Es ist meine Pflicht, über die Menschheit zu wachen und sie zu heilen. Du ... ich weiß nicht, wofür du hier bist.«

»Ihr werdet alt«, sagte Averan. »Was passiert, wenn Ihr sterbt? Braucht Ihr keinen Nachfolger?« Der Gedanke, an seiner Stelle weiterzumachen, gefiel ihr.

»Wenn die Erde meinen Dienst nicht mehr braucht«, sagte Binnesman, »werde ich gehen dürfen. Aber nicht vorher.«

»Und ich werde Eure Aufgabe nicht übernehmen?«

»Nein«, sagte Binnesman. »Wenn ich weg bin, wird die Menschheit entweder gerettet oder vernichtet sein. Aber in jedem Fall wird die Gefahr vorbei sein.«

Averan blickte auf, und trotz der wilden Stiefmütterchen erfüllten seine Worte sie mit Trauer. Sie konnte nicht begreifen, wie ihm zumute sein mußte, da er doch wußte, daß er solches Gewicht auf seinen Schultern trug.

Wie kann er auch nur darüber sprechen? fragte sie sich.

»Wenn die Menschheit ausgelöscht wird«, meinte Binnesman mit weisem Nicken, »werde ich trauern. Aber mit der Zeit wird eine neue Art von Menschen sich erheben, um ihren Platz einzunehmen. Sie unterscheiden sich vielleicht so sehr von uns, wie wir uns von den Toth unterscheiden. Aber das Leben wird weitergehen.«

Binnesman starrte lange Zeit zu Gaborns Armee vor Mangans Felsen hin. Seine blauen Augen wirkten im Licht der untergehenden Sonne unnatürlich klar, und Schatten füllte jede Falte in seinem Gesicht.

»Und jetzt, Mädchen, an die Arbeit.«

Eine Stunde lang unterrichtete er sie. Er holte sieben kleine weiße Achate aus seiner Tasche und legte sie auf den Boden. »Es tut mir leid, daß sie alles sind, was ich habe. Solch kleine Steine sind von begrenztem Nutzen, aber manchmal kann man sie doch recht gut brauchen.«

Rings um sie her zeichnete er Runen auf die Erde, dann beschwor er Bilder herauf. Zuerst waren es einfach Bergkämme, wie man sie vom Boden aus sieht – blau in der Ferne und oben mit Schnee bestäubt. Averan konnte aufblicken und sah dieselben Bergkämme direkt vor sich.

Aber dann begann Binnesman, die Steine hin und her zu bewegen. Jedesmal, wenn er einen Stein hinlegte, veränderte sich der Blickwinkel. Sie sah die Straßen, über die sie an diesem Morgen gezogen waren, während sie der Spur der Greifer folgten – alles, als stünde sie auf einem hohen Felsen und schaute nach unten. Das Geräusch des Windes, der über die Hügel fegt, kam hinzu, und sie konnte die Krüppelkiefern zwischen den Felsen riechen.

Die Steine zeigen mir, was Steine sehen, begriff sie.

Sie sah mehr als nur Straßen. Sie sah Seen und Hügel, einen Bären, der schnaubend und grunzend an einem Felsen vorbeirannte. Sie sah Fuhrleute, die Wagen von Carris aus nach Süden lenkten, hörte das Quietschen der Räder und das Wiehern der Pferde und sah eine lange Reihe von Menschen, die der Stadt entflohen.

Binnesman bewegte die Steine abermals, als suchte er etwas Bestimmtes. Am Ende bemerkte sie, daß sich in einem Tal etwas bewegte. Binnesman rückte die Steine zurecht, drehte einen um. Die Szenerie veränderte sich; sie schienen jetzt viel näher zu sein. Averan sah Skalbairns Ritter in den Bergen, die eine scharlachrote Zauberin auf einem Hügel aus den Kiefern scheuchten. Es wurde jetzt dunkel. Dreißig Männer hatten den Greifer umzingelt, und das Ungeheuer wühlte im Boden und versuchte verzweifelt zu entkommen, indem es sich eingrub.

Ein Stück weiter hügelabwärts lagen acht tote Klingenträger.

»Genau danach hatte ich gesucht«, flüsterte Binnesman. »Gaborn hat Reiter ausgeschickt, um nach Greifern zu suchen, die geflohen sind. Es sieht aus, als hätten sie welche gefunden.«

»Eine Neunergruppe«, sagte Averan. Greifer reisten häufig in Dreiergruppen oder in Anzahlen, die durch drei teilbar waren. Für eine wichtige Mission war neun die Mindestanzahl.

Mehrere Männer ritten in die Bäume hinein, griffen die Zauberin von hinten an. Averan konnte sie nicht nur sehen, sie konnte auch die Rufe der Männer hören, das Klirren der Rüstungen, das Dröhnen der Pferdehufe, das Flügelschlagen eines erschreckten Fasans und den keuchenden Atem des Greifers.

Als er fertig war, bewegte Binnesman die Hände über den Achaten, und das Bild verschwand. Binnesman schien nachdenklich. »Gaborn hatte also recht. Die Greifer dort auf Mangans Felsen haben nur versucht, ihn abzulenken, während sie eine Warnung an die Meisterin schicken.«

Averan wußte, daß die Gefahr noch längst nicht vorüber war. Er hatte vielleicht eine kleine Runde gewonnen, aber es waren immer noch beinahe sechzigtausend Greifer auf Mangans Felsen, und sie würden nicht lange warten.

Binnesman bewegte drei Steine und sagte: »Jetzt schau selbst in die Steine und beschwöre ein Bild herauf. Versuch nicht, dir vorzustellen, was du sehen wirst. Ich habe die Steine so bewegt, daß nichts, was ich dir gezeigt habe, wieder auftauchen wird. Statt dessen möchte ich einfach, daß du dich dem öffnest, was sie dir zeigen wollen. Sobald du die Macht der Steine begriffen hast, kannst du deinen Blickwinkel ändern, indem du sie bewegst.«

Er unterrichtete sie längere Zeit, aber ganz gleich, wie sehr sie sich anstrengte, es kam kein Bild. Sie bemühte sich, sich Dinge vorzustellen, versuchte sich gar nichts vorzustellen – es war gleich.

Die Steine blieben einfach Steine in ihren Händen.

Am Ende steckte Binnesman die Achate wieder ein und sagte: »Keine Sorge. Es mag sein, daß du diese Fähigkeit erst mit der Zeit entwickelst.«

»Und was, wenn ich es niemals lerne?« fragte Averan.

»Nicht alle Zauberer brauchen alle Arten von Kräften«, tröstete Binnesman sie. »Du hast bereits eine Gabe, über die ich nicht verfüge: Du kannst von Greifern lernen. Das ist eine sehr seltsame Gabe – und eine sehr mächtige, glaube ich.«

Er seufzte nachdenklich.

»Ich weiß«, sagte er. »Ich habe eine andere Idee. Versuch es folgendermaßen: Schließ die Augen und versuche, dir ein Stück Rotwild im Wald vorzustellen, ganz gleich was.«

Das tat Averan. Zunächst versuchte sie sich ein fleckiges Kitz vorzustellen, das in einem Bett aus Farnen lag.

Aber die Erinnerungen des Hüters waren immer noch in ihr, und sie erinnerte sich an eine Szene, in der sie lernte, einen der großen Hornkäfer zu schlachten und zu zerlegen. Ihr Lehrer instruierte sie in dieser Kunst und sagte: »Nimm zunächst den Kopfpanzer ab, um ans Hirn zu gelangen.«

Averan schreckte vor dem Bild zurück, das auf sie eindrang. Einen Augenblick lang blinzelte sie und versuchte wieder, sich ein Stück Wild vorzustellen.

Sie stellte sich einen Hirsch vor, einen riesigen Hirsch mit einem Geweih wie Baumäste.

»Hast du es?« fragte Binnesman.

»Ja«, sagte Averan.

»Gut. Dann halte das Bild in deinem Geist fest. Denk an nichts anderes. Versuch, dir das Tier genauer anzusehen, stelle dir Einzelheiten vor. Jedes Stück Wild ist anders. Es gibt Männchen und Weibchen, sie haben unterschiedliches Alter, ihr Fell hat unterschiedliche Rot- oder Brauntöne. Wie sieht es aus? Was für Geräusche macht es? Wie riecht es? Welche Einzelheiten unterscheiden es von allem anderen Wild im Wald? Behalte das Bild in deinem Geist und versuche, an nichts anderes zu denken.«

Zehn lange Minuten tat sie nichts anderes. Sie stellte sich einen Hirsch vor, ein älteres Tier mit silbernen Haaren im Fell und einem eingekerbten rechten Ohr von einem alten Kampf. Er hatte sechs Enden auf der linken Seite und acht auf der rechten.

Das Bild war so lebhaft, daß sie die Nüstern des Hirsches zucken sehen konnte, wenn er atmete, daß sie sah, wie er bei einem seltsamen Geruch mit dem Kopf und mit dem Schwanz zuckte. Sie konnte seinen Moschus riechen, der nun, in der Brunftzeit, sehr intensiv war.

Sie stellte ihn sich im Geist vor, bis sie den Hirsch *hörte*. Geräusche erklangen, und zunächst war sie nicht sicher, ob sie sie sich nur vorgestellt hatte: Der Hirsch schnaubte, als versuchte er, ihren Geruch in der Luft einzuschätzen. Sie hörte, wie er durchs Unterholz brach, auf einen trockenen Zweig trat und dann zwei Sprünge hügelabwärts machte, als hätte er sich über das von ihm selbst verursachte Geräusch erschreckt.

Das Geräusch war nicht eingebildet. Da war sie ganz sicher. Das Knacken des Zweigs hallte zweimal in ihrer Erinnerung wider. Zum ersten Mal kam es laut und deutlich, als hätte sie es mit den Ohren des Hirsches gehört. Beim zweiten Mal war es ein entfernteres Knacken oben am Hügel. Dasselbe traf für das Springen des Tieres zu.

Sie hatte das Gefühl ... als hätte sie es nicht einfach nur gehört. Sie hatte das Gefühl, als würde sie dieses Geschöpf aus einem Traum erwecken und ihm Gestalt geben.

Sie wartete mit heftig klopfendem Herzen, bis sie hörte, daß Hufschlag näher kam. Immer noch schloß sie die Augen.

»Streck die Hand aus«, befahl Binnesman.

Das tat sie. Sie streckte die Hand aus, mit der Handfläche nach oben, und der Hirsch kam näher. Die feuchten Haare seiner Schnauze berührten ihr Handgelenk, und sein warmer Atem breitete sich über ihre Handfläche aus.

»Jetzt öffne die Augen«, sagte Binnesman.

Als sie es tat, schnappte Averan nach Luft. Sie hatte einen Hirsch erwartet, irgendeinen Hirsch, der auf ihren Ruf gekommen war.

Aber der Hirsch, der ihre Hand berührte, war genau

der, den sie sich vorgestellt hatte, inklusive der Fliege, die von seinem Bauch aufflog.

Sie streichelte seine Schnauze, und der Hirsch stand still und ließ sich berühren, als wäre er ein treues Haustier.

»Habe ich ihn *gemacht*?« fragte Averan.

»Was glaubst du?« wollte Binnesman wissen.

»Nein, es ist unmöglich, daß ich ihn gemacht habe. Aber er sieht aus ...«

»Du hast ihn dir vorgestellt, weil er in der Nähe war. Dein Geist hat nach ihm gesucht und ihn gefunden, und er hat auf deinen Ruf geantwortet. Das ist eine Kraft, die unter Erdwächtern recht verbreitet ist. Und weil du sie hast, nehme ich noch intensiver an, daß du hier bist, um irgendeine Art Tier zu schützen.«

»Keine Steine?« neckte Averan.

Aber Binnesman hatte seinen Unterricht noch nicht beendet. Er sagte streng: »Das ist keine Kleinigkeit. Jeder Erdwächter hat seine eigenen Schutzbefohlenen, und alle sind von gleicher Wichtigkeit. Um der Berufung nachzugehen, entwickeln die Erdwächter dafür unterschiedliche Kräfte. Ich könnte niemals Tiere zu mir rufen. Ich kenne diese Kraft nur vom Hörensagen. Aber du bist schon recht gut darin. Ich habe dich mit Wild auf die Probe gestellt, und du hast schon beim ersten Mal ein Tier gerufen.«

»Sind Hirsche schwierig?«

»Je komplizierter der Geist, je schärfer das Wahrnehmungsvermögen, desto schwieriger ist es, ein Tier herbeizurufen. Hättest du bei dem Wild versagt, hätte ich dich gebeten, es mit einer Maus oder einem Käfer zu versuchen.«

»Ein Stück Wild ist also schwieriger als eine Maus, und ein Mensch schwieriger als Wild?«

»Nur die größten Zauberer können einen Menschen herbeirufen.«

»Kann man sie sogar rufen, wenn sie tot sind?« Sie dachte an Brand, Roland und ihre Mutter.

»Ja«, erwiderte Binnesman. »Aber es ist ganz anders, als riefe man ein lebendiges Wesen. Es ist viel leichter, die Toten heraufzubeschwören. Sogar ich kann das tun.«

»Tatsächlich?«

»Wer, glaubst du wohl, hat den Geist von Erden Geboren nach Longmot gerufen?« Er zeigte mit dem Finger auf seine eigene Brust.

Averan staunte. Das schien ihr eine wunderbare Kraft zu sein. »Kann ein Geschöpf sich weigern zu kommen?«

»Ja«, meinte Binnesman. »In gewisser Weise glaubt dieser Hirsch hier, daß er auf eigenen Willen erschienen ist. Und das ist er auch. Du hast ihn gerufen, und der Hirsch seinerseits hat geantwortet. Aber er hätte sich weigern können.«

Averan legte die Hand auf die Schnauze des Hirsches und streichelte ihn. Sie lächelte.

Binnesman trat einen Schritt näher und sah den Hirsch an. »Und jetzt«, sagte er leise, »sieh ihm in die Augen. Sieh sie dir genau an und erzähle mir, was du siehst.«

Averan streichelte den Hirsch weiter, kratzte ihn unter dem Kinn. Sie hätte sich nie vorstellen können, einem wilden Tier so nahe zu kommen und daß es so zahm war. Aber sie erinnerte sich, daß Brand immer schon gesagt hatte, daß sie selbst mit Graaks eine sanfte Hand hätte.

Sie spähte in die tiefen, braunen Augen und weit darüber hinaus. Sie roch den Geruch von Menschen – Wollumhänge und Pferdeschweiß und Rüstungen und säuerliche Menschenhaut. Der Hirsch roch es ebenfalls intensiv, und unwillkürlich bebten die Muskeln in seinen Beinen. Er erinnerte sich an eine längst vergangene Jagd – das Kläffen der Hunde, die berittenen Bogenschützen, vor denen der Hirsch geflohen war. Er zuckte zurück, als wollte er fliehen.

»Angst«, sagte Averan. »Dieser Hirsch hat schreckliche Angst. Es sind heute zu viele Menschen in den Wäldern – Runenlords, die auf Pferden herumpreschen. Sie machen ihn unruhig.«

Binnesman hockte sich neben Averan, als sie den Hirsch davonspringen ließ. Er machte sechs große Sprünge, dann blieb er am Waldrand stehen, den Kopf hoch erhoben, als wäre er einen Augenblick lang erstarrt. Endlich ging er zurück in die Schatten und begann zu fressen.

»Sehr gut«, sagte Binnesman. »Du hast eine Kraft, die ich nie meistern konnte. Ich könnte niemals Tiere herbeirufen und in den Geist von Menschen schauen. Mir blieb nie etwas anderes übrig, als mit ihnen zu reden.«

»Aber ... so wie Ihr mich angesehen habe, als wir uns begegnet sind! Ich war sicher, daß Ihr sofort wußtet, was ich dachte!«

»Nun ja. Wenn du erst einmal so alt bist wie ich, brauchst du keine Erdkräfte, um die Gedanken von Kindern zu lesen«, meinte Binnesman. »Mein Mentor andererseits hat diese Kräfte häufig genutzt. Er konnte die Gedanken von Vögeln und Kaninchen lesen, um herauszufinden, wer vor ihm des Wegs gekommen war oder wer ihm vielleicht folgte.«

Inzwischen waren die Schatten sehr lang geworden. Die Nacht senkte sich über das Land. Der süße Duft des Herbststrohs von den Ebenen weiter unten mischte sich mit dem der Ulmenrinde und dem des Laubs in den Wäldern über ihnen. Wilde Tauben gurrten auf den Hügeln.

Binnesman und Averan saßen im Gras. Lagerfeuer glühten wie Diamanten auf der schwarzen Ebene, und seltsame blaue Lichter flackerten und zuckten über Mangans Felsen.

ZEHNTES BUCH

Der 3. Tag im Monat des Laubs: ein Tag der Magier

KAPITEL 11
Asgaroth

Unsere Welt ist nur ein Schatten der Einen Wahren Welt. Ihr seid nichts als eine Ankündigung der Hellen.

Auszug aus der Schöpfungsgeschichte

Erin und Celinor ritten an diesem Tag weiter, ohne daß noch etwas geschah. Ihr Umweg rund um Beldinook hatte sie bis zum Kriechtempo verlangsamt, denn selbst ihre schnellen Kraftpferde kamen nicht leicht mit den felsigen Bachbetten und steilen Hügelpfaden zurecht. Als die Nacht hereinbrach, hatten sie die Südspitze von Beldinook umgangen und die Ebenen von Fleeds erreicht. Wolken türmten sich auf, und nun wurden die beiden zusätzlich durch die Dunkelheit und ein sich nähernde Gewitter verlangsamt.

Sie machten an einem guten Gasthaus halt und nahmen ihre erste anständige Mahlzeit dieses Tages zu sich – Roggenbrot und ein Krug Bratensoße von in Rosmarin gekochten Staren. Dazu gab es Schlotten und Rüben, die in Butter und Honig gedünstet waren.

Nach dem Abendessen gingen sie zu Bett und hielten einander umschlungen. Celinor hielt Erin lange umarmt, und sie fragte sich, wie das wohl weitergehen würde. Sie hatte nie zuvor in den Armen eines Mannes geschlafen. Sie liebte es, wenn er sie berührte, aber sie wußte, daß sie auf diese Weise nicht ruhig schlafen konnte. Sie fragte sich, wie lange Männer und Frauen das Bett teilen mußten, bevor sie sich daran gewöhnt hatten.

Celinor schien abgelenkt, und Erin war es noch mehr.

»Morgen ist es soweit«, flüsterte er. Sie wußte, was er meinte. Am nächsten Tag würden sie Süd-Crowthen erreichen, vermutlich spät am Nachmittag. Sie würden Celinors Vater entgegentreten und versuchen herauszufinden, wie tief sein Wahnsinn ging.

»Versprich mir, daß du nichts Übereiltes tun wirst«, bat Celinor. »Mein Vater war immer ein guter Mann. Er hat mich gut behandelt, als ich noch ein Kind war. Wenn er den Verstand verloren hat, laß mich auf unsere eigene Weise damit umgehen.«

Sie wußte inzwischen, was er damit meinte. Celinor hatte erzählt, daß sein Großvater den Verstand verloren hatte und unter der Burg eingeschlossen werden mußte, bis er schließlich an Altersschwäche starb. Es handelte sich offenbar um einen Familienfluch. Celinor hatte seinem Vater versprochen, sollte König Anders je von diesem Fluch befallen werden, würde Celinor ihn ebenfalls einschließen. Erin beneidete ihn nicht um diese Pflicht.

»Also gut«, meinte sie. »Aber sei vorsichtig. Laß dir nicht einfach von irgendwem helfen. Bei einigen kannst du den Wahnsinn in den Augen erkennen. Andere können ihn verbergen. Dein Vater ist gefährlich.«

Celinor nickte. Sein Vater intrigierte gegen den Erdkönig und hatte bereits einige Unterstützung gefunden. Anders behauptete, Gaborn hätte den Tod seines eigenen Vaters herbeigeführt, um sich den Thron zu verschaffen.

»Mein Vater ist keine Gefahr für uns«, sagte Celinor. »Er ist nur ... vollkommen verwirrt. Ich werde mit ihm reden.«

»Paß auf, was du sagst«, meinte Erin. »Dein Vater ist ein kluger und tückischer Mann.«

Celinor dachte einen Augenblick nach, dann sagte er: »Er würde es für ein Kompliment halten, wenn du ihm das sagen würdest. Warum hast du ihn tückisch genannt?«

»Ich habe darüber nachgedacht, was du erzählt hast. Dein Vater hat dir gesagt, ich sei Gaborns Schwester ...«

»Es ist ein interessanter Schluß«, meinte Celinor. »Wenn man die Bräuche der Pferdeschwestern bedenkt, ist es nicht unwahrscheinlich anzunehmen, daß deine Mutter zur Zeugung ihres Kindes jemanden aus adliger Familie wählen würde. Du siehst aus, als könntest du Gaborns Schwester sein. Und du kamst neun Monate, nachdem die Jagdgesellschaft des alten Königs Orden Fleeds durchquert hat, zur Welt ...«

»Ich weiß, wer mein Vater ist«, sagte Erin. Sie wußte nicht, ob sie es wagen würde, es ihm zu sagen. Die Wahrheit war ebenso schlimm wie die Lüge. »Ich habe die Abstammungstafeln gesehen. Meine Mutter hat zur Zeugung ihres Kindes tatsächlich einen Mann aus dem Haus Orden gewählt, aber es war nicht Mendellas. Sie glaubte, es sei ein besserer Mann in der Jagdgesellschaft – Paldane.«

»Selbstverständlich ... du bist nicht seine Schwester, sondern seine Base!« sagte Celinor. »Die bessere Zuchtwahl, aber ohne den Titel.«

Er erkannte ihr Dilemma. Paldane war Gaborns Onkel. Da Gaborns Brüder und Schwestern als Kinder getötet worden waren, wäre der Thron im Fall von Gaborns Tod an Paldane gefallen. Nun war Paldane selbst tot, und als sein einziges Kind hatte Erin ebenfalls einen Anspruch auf den Thron – einen Thron, den sie nicht haben wollte.

Celinor schwieg lange. Sie wußte, was er dachte. Nach den Gesetzen ihres Volkes waren sie verheiratet. Celinor war Prinz von Süd-Crowthen, und nun hatte er in das Haus Orden eingeheiratet. Wenn Gaborn starb, konnte Celinor Anspruch auf den Thron von Mystarria erheben.

Sie fragte sich, ob er diese Aussicht verführerisch fand.

Endlich flüsterte er: »Das darfst du niemals jemandem verraten, besonders nicht meinem Vater.« Erin hatte das auch nicht vor, aber sie fragte sich, wieviel Anders wußte oder erraten hatte.

Erin versuchte zu schlafen, aber ihr Geist kam nicht zur Ruhe. Sie erinnerte sich immer wieder an ihren Traum während des Nachmittags, an die große Eule aus der Niederwelt, die sie zu sich gerufen hatte.

Sie wußte, daß Träume häufig nur Erinnerungsfetzen waren. Konnte es das allein gewesen sein? Es war ihr alles so wirklich vorgekommen. Dennoch, einiges begriff sie nicht, falls der Traum nur aus Erinnerungen kommen sollte. Die Eule hatte von einer »Kriegerin aus der Schattenwelt« gesprochen. Erin hatte gehört, daß die Niederwelt manchmal als die Eine Wahre Welt bezeichnet wurde, aber sie hatte nie gehört, daß man ihre eigene Welt die Schattenwelt nannte. Und die Einzelheiten, die sie gesehen hatte, ähnelten in nichts einem ihrer Träume.

Lange Zeit lag sie wach, zu verängstigt, um einzuschlafen, und döste schließlich doch ein ...

Sie erwachte in der Höhle der Eule. Nun war es taghell, und die frühmorgendliche Sonne fiel durch die Äste und Zweige des Baumes. Sie beleuchtete allerdings die Höhle kaum. Die Eule saß hoch oben wie zuvor. Unter ihr gab es einen Knochenhaufen – Eichhörnchen, Kaninchen, Rehkitze. Erins Dolch steckte immer noch im Schädel einer froschähnlichen Kreatur.

Die Eule hatte die Augen im Schlaf geschlossen und atmete leicht und gleichmäßig. Erin konnte sie nun besser riechen: das ölige Gefieder, den Geruch nach Blut und alten Knochen.

Die Höhle führte tiefer in den Boden hinein; es gab einen regelrechten Tunnel. Kerzenhalter an den Wänden legten nahe, daß dieser Tunnel von Menschen gegraben worden war, man ihn aber lange nicht benutzt hatte. Geheimnisvolle Symbole waren in das Holz des Baumes geschnitzt – Runen, die Erin nie zuvor gesehen hatte.

»Sie sind wieder da. Ich danke dir, daß du in der Stunde unserer Not hierhergekommen bist«, flüsterte die Eule. Erin blickte auf. Die Eule atmete immer noch leise. Das Tier sprach nicht in ihrer Sprache, aber dennoch durchdrangen sie seine Worte, erfüllten sie mit Verständnis und vermittelten außerdem die Gefühle der Eule. Sie spürte ihre tiefste Dankbarkeit.

»Ich bin nicht hergekommen«, meinte Erin unbehaglich. »Du hast mich hergeholt. Ich verdiene deinen Dank nicht.«

»Möchtest du nicht hier sein?« fragte die Eule. »Du bist dem Ruf gefolgt. Ist dies dort nicht dein Dolch?«

Erin blinzelte und sah sich in den Schatten nach einer Fluchtmöglichkeit um. »Ich bin nur hierhergekommen, weil ich selbst nach Hilfe suchte.«

»Ah, du hast Ärger in deiner Welt?«

Erin spürte eine gewisse Belustigung in der Frage.

»Das wäre noch milde ausgedrückt«, meinte sie.

Die Eule verlagerte das Gewicht ein wenig und spähte zu ihr hinab. »Es mag sein, daß die Hoffnung unserer ganzen Welt auf dir ruht.«

»Die Hoffnung *eurer Welt*?«

»Asgaroth weilt in deiner Welt.«

Der Name *Asgaroth* traf Erin wie ein Schlag mit einem Stock. Sie hörte die Worte der Eule eher mit dem Herzen als mit den Ohren. Sie übermittelten Wissen, schienen es direkt auf Erins Knochen niederzuschreiben. Asgaroth war der Glorreiche der Finsternis, der Burg Sylvarresta angegriffen hatte. Er war ein Wesen von unglaublicher Macht, sein Name ließ die Herzen von Hellen ebenso wie die von Glorreichen erstarren.

»Asgaroth!« sagte sie. »Er ist tot.«

»Tot?« fragte die Eule. »Du magst eine mächtige Kriegerin sein, aber nicht einmal eine Zornesklinge könnte einen *Locus* töten.«

Erin fuhr auf und fand sich in ihrem Bett sitzend. Neben ihr rührte sich Celinor und versuchte, sie an sich zu ziehen. Aber ihr Herz klopfte immer noch heftig. Sie konnte keine Ruhe finden, konnte nicht schlafen. Sie war sicher, wenn sie es versuchte, würde sie nur wieder in der Niederwelt erwachen.

Und im Augenblick hatte sie das Gefühl, als würde ihr Kopf gleich platzen. Die Worte der Eule hatten das bewirkt. Hier ging es nicht um Träume. Die Worte, die die Eule benutzt hatte, waren ihr nicht vertraut. In ganz Rofehavan gab es kein Wort für Wesen, die man *Loci* nannte.

Und dennoch verstand sie es sofort. Diese Loci waren Geschöpfe, die sich im Geist von übelwollenden Menschen und Tieren ansiedelten. Sie begannen wie Parasiten, übernahmen aber bald die Herrschaft über ihre Wirte.

Asgaroth war ein großer Herrscher unter ihnen, ein Übel, das schon seit urdenklicher Zeit existierte. Er war kein Glorreicher der Finsternis. Er war etwas viel Größeres, ein mächtiger Diener eines dunkleren Herrn. Und er hatte geholfen, bereits Tausende und Abertausende von Schattenwelten zu zerstören.

KAPITEL 12
Ein gewaltiger Wind

Jene Wesen, die die Menschen »Ferrin« nennen, haben eine eigene Bezeichnung für sich selbst, die nur den Weisen bekannt ist. Es gibt drei deutlich unterscheidbare Untergruppen. Die Waldferrin sind die größten und vielleicht die am wenigsten wilden. Sie leben in den Hügeln und Wäldern, beinahe überall in Rofehavan. Die Wasserferrin haben dunkleres Fell, ziehen feuchte Umgebung vor und sind hervorragende Schwimmer. Die Wüstenferrin haben kurzes, sandfarbenes Haar und haben sich offenbar ihrer unwirtlichen Umgebung hervorragend angepaßt.
Keine dieser Arten kann im Schnee überleben. Ich habe selten Ferrin auch nur fünfzig Meilen nördlich von Burg Sylvarresta gesehen.
Es gibt glaubwürdige Belege dafür, daß die Ferrin von einem gewissen Yakor dem Mutigen über das Caroll-Meer gebracht wurden, offensichtlich mit dem Ziel, sein Reich von den Ratten und dem Ungeziefer, das die Nager mit sich bringen, zu befreien. Im südlichen Klima erfüllten die Ferrin diesen Zweck tatsächlich hervorragend, werden aber jetzt selbst von denen, denen sie nutzten, als Last betrachtet, denn obwohl Ferrin keine Krankheiten verbreiten, essen sie erheblich mehr als die Ratten zuvor.

Auszug aus Binnesmans Tierbuch Säugetiere der Welt

Als König Anders beim Abendessen saß, hallten plötzlich die Todesschreie von Menschen durch seine Burg.

Sie drangen durch den höchsten Turm ein und wirbelten die Treppe hinab. Der Wind trug das Geräusch in die große Halle und fegte es dann wieder durch den Schornstein davon.

Für ein Ohr, das nicht darauf eingestimmt war, klang es einfach wie das Stöhnen des Windes. Aber Anders hatte den ganzen Nachmittag auf das Geräusch gewartet.

Einen Augenblick lang flackerte das Feuer auf.

Anders' Frau spürte den Durchzug und sagte nur: »O je.«

Anders hatte gehofft, den Todesschrei einer Frau zu hören. Aber nur fünf Stimmen waren erklungen, und es waren alles Männerstimmen gewesen.

Anders hob den Kopf und prostete mit einem Weinkelch seinen neuesten Gästen zu, einem Herzog Stote aus Lonnock und Prinz Grunesen von Eyremoth.

Der Prinz sprach gerade. Er war ein großer, kräftiger junger Mann mit weichem dunklen Haar und dem Gehabe eines Mädchens. »Ich kann Schiffsreisen nicht ausstehen«, sagte er. »Als ich das letzte Mal auf einem Schiff war, wimmelte es dort nur so von Ratten. Sie verbreiten Krankheiten, wißt Ihr. Deshalb reise ich über Land. Zumindest machen die Ferrin in den Gasthäusern kurzen Prozeß mit Ratten.«

»Ich dachte, es sei in Eyremoth sowohl für Ratten als auch für Ferrin zu kalt«, scherzte Herzog Stote.

»Euer Lordschaft«, zischte Anders' Frau ihm ins Ohr, der das Gespräch am Abendbrottisch nicht gefiel.

Er lächelte. Das Gespräch würde sich zweifellos noch unangenehmeren Dingen als Ratten zuwenden. »Einen Toast«, sagte König Anders, »auf Freunde aus fernen Landen.«

Die Gäste lächelten kühl und tranken. Es war ein ruhiges Abendessen, voll ungeschickter Konversationssuche und langem Schweigen. Anders entschuldigte sich zwischen zwei Gängen und stieg in seinen Turm.

Dort stand er und spähte weit nach Süden. Iome war so weit weg. Er konnte von hier aus wenig tun.

Sein Angriff war ungeschickt und alles andere als elegant gewesen. Sein Herr war nicht erfreut darüber. Vielleicht ...

Lange Zeit dachte er über Ratten nach. Riesige Ratten, schwarz wie Kohle, die sich unter Häusern durchgruben. Fette Ratten im Hafen, die Fischköpfe fraßen. Schlanke Ratten in den Wäldern, die auf Bäume kletterten. Ratten, die Seuchen und Krankheiten mit sich trugen.

Dann hatte er eine Idee. Es gab nur wenige Männer, die seinem Zauber gegenüber so offen waren, daß sie in seinem Auftrag kämpfen würden. Aber Kriege mußten ja nicht immer mit bewaffneten Männern ausgeführt werden.

Dennoch – Ratten schicken? Eine Seuche auf ein ganzes Land herabbeschwören, auf die Alten, Kranken, Frauen und Kinder?

In einer helleren Ecke seines Geistes schrie der Mann, der Anders einmal gewesen war, auf: Das ist ein ungeheuerlicher Gedanke!

Anders hielt sich für einen harten Mann. Immerhin war er ein König. Er hatte schon mit zwölf die Hinrichtung eines Banditen befohlen. Er hatte gegen viele Männer gekämpft.

Er hatte keine Probleme damit, Männer auszuschikken, um Iome zu töten. Aber nie hätte er daran gedacht, den Tod so vieler Unschuldiger zu verursachen. Ein kalter Wind zerrte an dem Haar um sein Ohr und flüsterte: Es würde mich erfreuen.

»Nein!« sagte er laut und schüttelte heftig den Kopf.

Eine kalte Bö traf ihn im Rücken. Der eisige Wind raubte ihm den Atem. Alles in seinem Kopf schien sich zu drehen, und einen Augenblick lang war ihm so schwindlig, als wäre er betrunken.

Plötzlich zitterte er vor Angst und bemerkte, daß die rauhen Pflastersteine sich weit unter ihm erstreckten und auf einmal so nahe waren, so sehr nahe. Er klammerte sich an die Zinnen, während der Wind weiter auf seinen Rücken eindrosch. Es würde nicht viel brauchen, um ihn vom Turm zu stoßen.

Tu, was mich erfreut, flüsterte es in seinem Ohr.

Eine Sekunde lang war Anders verzweifelt. Er hatte versucht, dem Wind zu dienen, hatte gehofft, daß dieser ihm im Gegenzug ebenfalls dienen würde. Zu einem gewissen Grad war das auch der Fall. Nun erkannte er, daß sich sein Herr jederzeit gegen ihn wenden könnte. Wenn er den Befehlen des Windes nicht nachkam, würde er vernichtet werden.

Der kalte Wind drosch auf ihn ein, schnitt wie eine Klinge an seinen dünnen Gewändern und dem Hemd. Er drang ihm bis ins Herz.

Plötzlich richtete sich Anders hoch auf und ließ die Kälte in sich eindringen. »Kommt, meine Krieger«, flüsterte er. »Kommt.«

Der Wind hatte den ganzen Tag vom Süden her geweht. Nun drehte sich der Zauberer der Wetterfahne auf dem höchsten Turm und zeigte nach Westen.

Der Wind wurde erheblich heftiger.

Sofort konnte Anders Geräusche in den Straßen hören: das Scharren kleiner Füße, das Quieken leiser Stimmen. Er schaute in die tiefer werdenden Schatten hinab und sah dunkle Gestalten über die Pflastersteine huschen.

Ein Terrier sprang aus einer Tür, kläffte, packte eines der kleinen Tiere. Es schrie vor Schmerz auf, als ihm der Terrier das Genick brach.

Aber weiter stiegen die Ratten von unter der Stadt her auf. Sie huschten aus Abflußröhren und Gräben, kamen aus Scheunen gesprungen. Sie eilten aus Bäumen herab und krochen unter verrotteten Dielen hervor. Sie hasteten in pelzigen kleinen Rudeln über die Dächer, flossen in einer dunklen Flut zu den Burgmauern und ließen dabei stinkenden Kot zurück.

Hier und da schrie in der Stadt eine Frau auf, wenn sie ein Rattenrudel an sich vorbeihuschen sah.

Anders wußte, die Menschen würden noch tagelang über diesen geheimnisvollen Auszug der Ratten sprechen. Aber er brauchte die schmutzigen kleinen Viecher mit ihrer Neigung, Krankheiten zu verbreiten.

Im Schutz der Dunkelheit verließen sie die Stadt und reisten mit dem Wind nach Osten.

Anders flüsterte leise nach Süden. »Iome, komm nach Hause. Dein Land braucht dich.« Er war gerade fertiggeworden, als seine Frau in den Turm hinaufkam. »Willst du den ganzen Abend hierbleiben? Hast du vergessen, daß du Gäste hast?«

König Anders lächelte.

KAPITEL 13
Farions Vater

Farion ist die Königin des Schlafs. Sie belohnt brave Kinder, indem sie sie ins wunderschöne Traumland führt, und bestraft die bösen, indem sie sie auf dunkle Pfade ins Land der schrecklichen Alpträume leitet.
Um ihre Gunst zu gewinnen, sollte ein Kind, das ungehorsam war, Obst oder eine Süßigkeit neben sein Bett legen.

Ein Mythos aus Ashoven

Sterne glühten am kalten Himmel über Mangans Felsen. Die Sonne war schon seit einer Stunde untergegangen, und immer noch hockten die Greifer auf ihrem Steinhaufen und wirkten ihren Zauber. Nachschubwagen aus Burg Fells waren angekommen, und Gaborns Armee hatte gut gegessen. Viele Lords lagen auf ihrem Bettzeug und schliefen zum ersten Mal seit Tagen wieder ruhig.

Alles war still, aber Gaborn saß noch nachdenklich an seinem Lagerfeuer. Er konnte spüren, wie sich Gefahr seinen Wachen näherte.

Baron Waggit, der als Wachposten diente, rief Gaborn vom Rand seines Lagerfeuers her zu: »Herr, Skalbairn sagt, es gibt etwas, das Ihr sehen solltet.«

Sofort schreckte Gaborn auf und horchte in sich hinein nach drohender Gefahr. Ja, er konnte spüren, daß am Rand des Lagers Ärger lauerte. Er stand auf, gefolgt von seinem Days, und folgte seinerseits Baron Waggit. Das blonde Haar des hochgewachsenen Mannes schimmerte im Sternenlicht wie Seide, und sein Rücken schien breit genug, daß man darauf reiten konnte. Wachfeuer brannten alle zweihundert Schritt in einem Ring rund um Mangans Felsen.

In der kühlen Nachtluft waren Geräusche ungewöhnlich weit zu hören. Gaborn konnte das Zischen des Greiferatems hören, als hätten sich die Ungeheuer im Schutz der Dunkelheit genähert. Immer noch quoll von der Spitze von Mangans Felsen Rauch auf, und blaues Licht zuckte um die Rune der Zerstörung.

Während Gaborn Waggit folgte, entdeckte er draußen auf den Ebenen weitere Wachposten in ihren hellen Uniformen. Das Sternenlicht schimmerte auf ihren Armen und Helmen.

Dann stand er Skalbairn gegenüber. Der große, kräftige Hochmarschall hatte sein Pferd gesattelt und hielt eine Lanze in der einen und die Zügel des Pferdes in der anderen Hand. Sehnsuchtsvoll schaute er auf die Ebenen hinaus. Marschall Chondler stand an seiner Seite Wache. Sie waren beinahe eine Meile vom Fuß von Mangans Felsen entfernt.

Chondler flüsterte: »Ihr seid entweder der mutigste Mann, dem ich je begegnet bin, oder ein größerer Dummkopf, als ich angenommen hätte.«

»Er ist kein Dummkopf«, sagte Waggit mit lauter Stimme. »Darauf habt Ihr das Wort eines Experten.«

Skalbairn schlug den Baron in einem freundlichen Gruß auf den Rücken.

Nun war Gaborn nahe genug. »Was ist los?«

»Ein Greifer, Herr«, sagte Skalbairn. »Ein gewaltig großer, hinter diesem Felsen. Ich will ihn umbringen.«

Gaborn folgte seinem Blick. Hinter drei hohen Felsen bewegte sich eine scharlachrote Zauberin über den Talboden. Das riesige Geschöpf schimmerte leicht, ihr ganzer Körper war mit glühenden Runen bedeckt. Sie bewegte sich wie betäubt und zog ihre Hinterbeine nach, als wäre sie verwundet. Sie war weniger als eine halbe Meile entfernt, etwa auf halbem Weg zwischen den Männern und Mangans Felsen.

»Wie ist sie hierhergekommen?« fragte Gaborn.

»Wir haben gesehen, wie sie vom Felsen herunterkletterte«, sagte Chondler. »Als sie noch hundert Schritt bis zum Boden hatte, ist sie gerutscht und gestürzt. Seitdem treibt sie sich hier herum, ganz ähnlich wie Ihr sie jetzt seht.«

Gaborn dachte daran, anzugreifen, und lauschte in sich hinein. Der Gedanke versetzte ihn beinahe in Panik.

»Laßt sie in Ruhe«, sagte Gaborn. »Sie ist nicht so hilflos, wie sie tut.«

»Wenn ich nur eine Balliste hier hätte«, meinte Chondler, »dann würde ich ihr einen Bolzen in den Schlund schießen.«

»Wir haben Ballisten«, sagte Gaborn. »Sie sind vor zwei Stunden mit den Wagen gekommen.«

Chondler und Waggit grinsten einander vergnügt an. Gaborn war sicher, daß es kein Problem wäre, sich dem Ungeheuer auf Schußweite zu nähern. Er drängte: »Geht und holt sie.«

Chondler und Waggit eilten ins Dunkel davon.

»Ihr habt Waggit gern«, stellte Gaborn fest.

Skalbairn grunzte. »Ich denke, er ist ein guter Mann.

Vielleicht gut genug für solche wie meine Tochter Farion. Ich habe lange schon gedacht, daß sie einen sanften Mann braucht, jemanden, der ihre ihre Schwäche nicht übelnimmt. Sie ist nicht sehr klug, wißt ihr.«

Gaborn schwieg.

»Ich denke«, meinte Skalbairn und nickte in Richtung auf Chondler, »daß dieser Mann Euch jetzt dienen würde.«

»Meint Ihr, daß er das im Augenblick nicht tut?«

Skalbairn schüttelte den Kopf. »Er hat der Bruderschaft der Wölfe Treue geschworen. Er traut Eurem Urteilsvermögen nicht vollkommen. Er glaubt, Ihr seid ... zu höflich und freundlich.«

Bei dem Gedanken mußte Gaborn lachen.

»Er meint es ernst, Herr«, sagte Skalbairn. Er gab Chondlers Geschichte von der wohltätigen Mutter und ihrem gierigen Sohn wieder und sagte dann: »Chondler behauptet, es gibt nur eine wahre Tugend, Herr: Mäßigung. Und selbst das ist keine Tugend, wenn sie bis zum Exzeß getrieben wird.«

»Wenn man ihm folgt«, entgegnete Gaborn, »dann wäre ich würdig, solange ich soviel gebe, wie ich stehle, oder so häufig die Wahrheit sage, wie ich lüge.«

»Er würde sagen, daß ein guter Mann *mehr* gibt, als er stiehlt«, meinte Skalbairn, »und *mehr* rettet, als er niedermetzelt.«

»Das scheint mir ein verdammt bequemes Argument zu sein.«

»Sehr bequem«, meinte Skalbairn. »Es erspart dem Geist eine Menge Nachdenkens und lindert viele Schuldgefühle.«

Gaborn war zornig. Er wußte, was Chondler meinte: Die Menschen übten sich darin, ihre Laster als Tugenden zu sehen, und eine Tugend, die bis zum Exzeß getrieben wurde, konnte ein Laster werden.

Aber Gaborn glaubte auch, daß Unrecht etwas Festeres war, wie Felsen, die in einen Hafen hervorragen. Ein Mann mit Gewissen konnte einen Kurs zwischen ihnen hindurch finden. Etwas anderes zu tun, führte zu Schuld und Leid. Chondlers Argumente führten nicht nur im Kreis herum, sie schienen dem Selbstbetrug zu dienen. »Was haltet Ihr davon?«

»Ich kann Euch Eure Sanftheit wohl kaum übelnehmen«, meinte Skalbairn. »Ich bin immerhin einer von denen, denen Eure Großzügigkeit zum Vorteil diente.«

»Es war falsch von mir, Raj Ahten zu Erwählen«, sagte Gaborn. »Das erkenne ich jetzt. War es auch falsch, Euch zu Erwählen?«

Skalbairn schüttelte den Kopf. »Ich weiß es nicht. Es ist klar, daß ich das anders sehe. Ihr habt mir in der Schlacht um Carris gestern sechsmal das Leben gerettet. Ich stehe in Eurer Schuld. Ich habe vor, diese Schuld abzutragen.«

Gaborn schaute den Mann an. Er stand da, die Lanze in der Hand, und schaute zu der scharlachroten Zauberin auf der Ebene hinaus. Eine Sternschnuppe blitzte über Mangans Felsen auf und zog eine Spur von Licht hinter sich her.

Auf dem Höhepunkt der gestrigen Schlacht hatte Gaborn so viele Menschen gewarnt, so viele tausend Male, daß er keine Ahnung hatte, wie viele Leben er gerettet hatte.

Draußen auf dem Feld hinter Skalbairn war ein plötzliches *Plopp* zu hören – das Geräusch von rutschender Erde und Steinen. Gaborn drehte sich um und sah eine Staubwolke aufsteigen. Keine hundert Schritt westlich eines Wachfeuers war der Boden eingestürzt und hatte dabei ein klaffendes, etwa dreißig Fuß messendes Loch aufgerissen.

»Was ist das?« rief Skalbairn.

Sofort begriff Gaborn, was geschehen war und warum er Gefahr für seine Wachposten verspürt hatte. Die Greifer wühlten sich unter dem Boden durch und versuchten, seine Männer zu umgehen! Aber nun waren sie unter Boden geraten, der nicht hielt. Er erkannte ihren Plan. Averan hatte schon gesagt, daß keiner der Greifer hier wußte, wie man eine Rune der Zerstörung baut. Die Greifer hatten aufgehört, weil sie durstig, verängstigt und verzweifelt waren.

Nun nahm er an, daß Averan recht gehabt hatte.

Ein Plan entstand in Gaborns Kopf. »Schlag zu«, sagte die Erde. »Schlag sofort zu!«

»Blast zum Rückzug!« rief Gaborn. »Holt unsere Männer von den Wachfeuern weg. Die Truppen sollen sich am Bach aufstellen.«

Dann drehte er sich um und rannte ins Dunkel. »Was?« rief Skalbairn, »werden wir fliehen?«

»Nein!« rief Gaborn zurück. »Wir werden angreifen. Ich weiß, was wir tun müssen. Es hätte mir eigentlich früher einfallen sollen.

Wir haben heute Wunder gesehen. Wartet noch einen Augenblick, und ich werde Euch ein weiteres zeigen.«

KAPITEL 14

Die Krähenbucht

Fallion baute in jenen Tagen
sechs gewaltige Kriegerschiffe,
um die Toth davonzujagen,
sandte er sie über Meer und Riffe.

Aus der Ballade von Fallion

Iome hatte schon manchmal versucht, sich die Gezeitenhöfe vorzustellen, aber es war ihr einfach nicht gelungen.

Sie wußte, daß die Stadt sich auf zahlreichen Inseln befand, und sie hatte von den berühmten Brücken gehört, die sie miteinander verbanden. Die Brücken bestanden aus Kristall, das auf riesigen Barken aus dem Alcairn-Gebirge herangebracht worden war.

Die Steine wölbten sich tatsächlich von einer Insel zur anderen, und obwohl Iome sich vorgestellt hatte, daß die Brücken so hell und durchscheinend wie Eis im Mondlicht waren, hätte sie nie gedacht, daß ihre Pfeiler so zerbrechlich aussehen würden. Jeder hatte die Gestalt eines Helden oder einer Heldin, die eine von den Runenlords von Mystarria angestrebte Tugend darstellte. *Liebevolle Fürsorglichkeit* war eine Frau, die ihre kleine Tochter stillte. *Mut* war ein kräftiger Krieger mit einem geschwungenen Dolch in der Hand, der mit einer Schlange rang, die versuchte, ihn zu erwürgen. Wohltätigkeit war ein Lord, gebeugt von einem Sack voller Früchte und Weizen, den er zu den Armen trug.

Schon das reine Ausmaß dieser Arbeiten war beeindruckend. Die gewölbten Brücken waren hoch genug, daß Segelschiffe darunter durchfahren konnten.

Iome hatte zwar vom großen Turm des Königs in Mystarria gehört, dem höchsten Gebäude in ganz Rofehavan, aber sie hatte sich nie einen Turm vorstellen können, der dreihundert Fuß hoch war. Selbst jetzt konnte sie die winzigen Gestalten der wachsamen Weitseher Mystarrias erkennen, die auf den höchsten Zinnen ihre Runden drehten.

Aber als sie die Stadt betrat, sah sie auch den Preis, den Mystarrias Könige für diese Zuflucht gezahlt hatten. Land war knapp, und obwohl die Straßen gut gepflegt und frei von Abfall waren, waren sie auch erstaunlich schmal. Sie kam sich vor, als ritte sie durch eine Schlucht. An vielen Stellen spannten sich marmorne Gehwege von einem Gebäude zum anderen, so daß Iome und ihr Gefolge, als sie sich Gaborns Palast näherten, durch Tunnel zogen, in denen Kristallaternen an schmiedeeisernen Haken hingen. Der Seewind fegte eisig durch diese Gänge.

Iome starrte verblüfft hinauf zu den Zitadellen, betrachtete die bemerkenswerten Steinmetz- und Maurerarbeiten und versuchte, nicht bei jedem neuen Brunnen oder Fries oder hängenden Garten den Mund weit aufzureißen.

Feldwebel Grimeson und die Ritter Mystarrias ihrerseits versuchten, ihre Freude über ihre Reaktion zu verbergen.

Aber wieder und wieder klappte Iome der Unterkiefer

herunter, ganz gleich, wie angestrengt sie versuchte, den Mund geschlossen zu halten. Sie wollte einfach nicht aussehen wie ein Landei, das nie über die Grenzen des eigenen Dorfes hinausgekommen war. Genauso fühlte sie sich jetzt allerdings.

»Ihr hättet es früh am Morgen sehen sollen«, meinte Feldwebel Grimeson, »wenn die aufgehende Sonne die Türme golden färbt.«

Sie mußten nun langsam reiten, und er schien nachdenklich, als fielen ihm die Worte nicht leicht. »Die Sonne fällt schräg auf diese Türme und in die Straßen hinein. Ihr werdet Kolibris und Honigsauger in allen Grün- und Rot- und Blautönen sehen, die auf der Suche nach Nektar durch die hängenden Gärten schwirren. Es ist als ... bei den Mächten ... es kann wirklich sehr hübsch sein.«

Kolibris waren der Stolz Mystarrias. Vor den Tothkriegen hatte man sie hier nie gesehen. Aber nachdem Fallion die eindringenden Armeen vernichtet hatte, hatte er Schiffe zu weit abgelegenen Ländern auf der anderen Seite des Caroll-Meers geschickt, um die letzten Toth zu verfolgen und zu töten. In diesen Ländern hatten sie viele Wunder gefunden, und König Fallion selbst hatte die Kolibris als Geschenk für sein Volk mitgebracht. Sie hatten zunächst ihre Nester hier an den Gezeitenhöfen gebaut.

Ich bin die Königin dieses Reiches – daran mußte sich Iome immer wieder erinnern –, des wohlhabendsten und schönsten in ganz Rofehavan. Und dennoch fühle ich mich wie eine Barbarin aus dem gefrorenen Norden.

Sie hatte sich in die Gezeitenhöfe verliebt, und gleichzeitig wußte sie sofort, daß sie niemals hierhergehören würde.

So ritt sie um Mitternacht auf den Palast zu und betrat ihn. Feldwebel Grimeson befahl den Dienern, in der großen Empfangshalle »ein Festessen zusammenzuschmeißen«, während seine Männer die Zwingeisen in die Schatzkammer brachten.

Iome holte den Brief mit Gaborns Anweisungen heraus. Er hatte ihr gesagt, sie solle Grimeson unter vier Augen befehlen, sich mit einem gewissen Abel Scarby in Verbindung zu setzen, der für die Hunde sorgen würde, die er brauchte. Gaborn hatte niedergeschrieben, wie man das Haus des Mannes in einer Gasse nahe den Docks finden konnte. Aber eine geheimnisvolle Botschaft beinahe am Ende des Blattes warnte Grimeson, niemandem zu verraten, wo Scarby wohnte.

»Wer ist dieser Scarby?« fragte Iome Grimeson. »Warum will Gaborn geheimhalten, wo er lebt?«

»Er ist der verdammt beste Hundekämpfer im Reich. Er verbringt den größten Teil seiner Zeit damit, der Wache des Königs aus dem Weg zu gehen. Ich komme mit ihm zurecht.«

Ein Hundekämpfer. Das klang ebenso verrufen, wie Grimeson aussah.

»Und mein Gatte kennt diesen Mann gut?«

»Gut?« sagte Grimeson. »Selbstverständlich! Sie sind alte Freunde.«

Iome war verblüfft, daß Gaborn überhaupt jemandes Vornamen kannte.

Gaborn brauchte gute Hunde. Obwohl sie annahm, daß Grimeson tatsächlich mit diesem Scarby zurechtkommen würde, trieb sie die Neugier dazu, zu sagen: »Wenn er Gaborns Freund ist, kann er nicht so schlimm sein. Ich möchte ihn gerne kennenlernen. Ich komme mit Euch.«

»Aber Hoheit, das Abendessen wartet!«

»Es kann warten, bis wir zurückkommen. Das hier ist viel wichtiger.«

Grimeson nickte zögernd, denn schließlich blieb ihm nichts anderes übrig.

Einen Augenblick später saßen sie auf frischen Pferden, und Grimeson trabte vor Iome durch die Stadt. Die Straßen waren um diese Nachtzeit leer, wenn man von der einen oder anderen Katze und den Ferrin absah.

Kurz darauf erreichten sie den verrufeneren Teil der Stadt in der Krähenbucht, wo es überwiegend grob zusammengezimmerte Wohn- und Kneipenhütten gab und der Geruch nach totem Fisch, Tran, Urin und gekochten Krebsen schwer in der Luft hing. Ruß hatte die Wände der alten Gebäude geschwärzt.

Obwohl es spät in der Nacht war, erklangen durch die offenen Türen von Kneipen und Gasthäusern Musik und wildes Gelächter. Überall hockten o-beinige Männer auf Bierfässern, und geschminkte Huren lachten und priesen ihre Waren an. Alte Frauen säuberten und flickten im Laternenlicht Fischernetze, während Möwen schreiend kreisten und nach Abfällen suchten. Kinder huschten wie Ratten durch die Gassen.

Dieser Teil der Stadt schlief nie. Vor der Morgendämmerung würden die Schiffe mit der Ebbe in See stechen, und solange keine Seeungeheuer auftauchten, würden sie bis zum Sonnenuntergang nicht zurückkehren.

Hin und wieder konnte Iome zwischen Läden, Kneipen und Fischerhäusern hindurch einen Blick auf die Tausende von Fischerbooten erhaschen, die in der hufeisenförmigen Bucht vertäut waren. Sie tanzten wie Korken auf dem sternbeleuchteten Wasser. Viele Boote hatten Schlangenköpfe in den Bug geschnitzt, auf die weiße Runen der Beständigkeit und des Orientierungssinns als Augen gezeichnet waren.

Feldwebel Grimeson zügelte sein Pferd und ritt in eine dunkle Gasse, in der sich rußige Gebäude aneinander lehnten. Iome war vernünftig genug, um zu wissen, daß sie hier niemals alleine herkommen dürfte – zumindest nicht als einfache Frau.

Aber nun war sie ein Runenlord, und sie hatte eine Wache dabei. Das verlieh ihr Mut.

Die Hufe ihrer Pferde klapperten auf salzverkrustetem Kopfsteinpflaster. Dunkelhäutige Männer fläzten sich auf schmalen Verandas, und das einzige Licht in der Gasse kam aus einer offenen Tür weiter die Straße entlang. Ein paar Mastiffs mit Stachelhalsbändern kamen hinter einer Kiste hervorgesprungen, bellten die Pferde an und fletschten die Zähne.

Grimesons Pferd bäumte sich auf und schlug mit den Vorderhufen in die Luft, während Iomes Tier rückwärts tänzelte. Noch während sie sich anstrengte, das Tier wieder unter Kontrolle zu bekommen, schwärmte ein halbes Dutzend Männer aus dunklen Ecken.

Einer begann, auf die Mastiffs einzubrüllen, und trat nach ihnen, während er erstaunlich widerwärtige Schimpfworte von sich gab, wie sie Iome noch nie gehört hatte. Ein weiterer junger Mann packte mit schmutzigen Händen die Zügel von Iomes Pferd und starrte sie dann an; in dem trüben Licht war von seinem Gesicht vor allem das zahnlückige Lächeln zu sehen.

Andere Männer drängten sich heran. Ein großer Bursche mit weißen Strähnen im Bart kam aus dem Schatten und hielt eine stachelbesetzte Keule in der Hand. Während die Mastiffs weiterbellten, rief er Grimeson herausfordernd zu: »Junge, das ist ein hübsches Pferd, das du da hast, und eine hübsche Frau! Und ich bin sicher, du hast auch Gold in der Tasche. Sag mir einen Grund, wieso ich dir nicht die Kehle durchschneiden und dir alles abnehmen sollte?«

Iome kämpfte weiter gegen ihr Pferd, und die Mastiffs knurrten und fletschten die Zähne. Der Mann mit der Zahnlücke, der ihre Zügel hielt, ließ nicht los, selbst als Iome nach unten griff und den Dolch aus dem Stiefel zog. Mit all ihren Gaben hätte sie ihn zwar auf der Stelle ausnehmen können wie einen Fisch, aber sie hielt sich zurück.

»Du könntest weder mit dem Pferd noch mit der Frau zurechtkommen«, erwiderte Grimeson, »aber du kannst ein bißchen Gold haben, denn heißt es nicht: ›Zuviel Reichtum ist wahrlich ein Fluch‹?« Er zog den Beutel und warf ihn dem Schurken zu. Iome unterdrückte einen empörten Aufschrei.

Der Schurke stieß mit der Keule einen seiner Hunde

beiseite, woraufhin dieser aufheulend im Schatten verschwand. Dann lachte der Mann laut.

»Grimeson«, sagte er. »Was machst du hier bei den Ratten? Kannst du keine schlechtere Gesellschaft finden? Oder hat Gaborn sich nun doch entschlossen, mich zu verhaften?«

»Es geht mir heute nacht nicht um gute Gesellschaft«, meinte Grimeson leichthin. »Denn sonst wäre ich sicher nicht hier bei dir.«

Noch während er sprach, ging eine Tür in einer nahe gelegenen Hütte auf. Drei neugierige Kinder in Lumpen spähten heraus, um zu sehen, um was da solcher Lärm gemacht wurde.

Der Schurke wog Grimesons Beutel neugierig mit der Hand ab, dann warf er ihn ihm zurück. »Was kann ich für dich tun?«

Grimeson warf den Beutel wieder zurück, und der Mann riß die Augen weit auf. »Der König braucht Hundefleisch. Und er sagt, Abel Scarby wisse immer, wo man die besten Kampfhunde in der Stadt findet.«

Abel grinste breit. »Kampfhunde, wie? Mastiffs? Bullterrier?«

»Nein, eine ganz bestimmte Rasse«, sagte Iome. »Gelbe Hunde, und sie sind recht klein, aber sie freunden sich schnell mit einem Menschen an und haben sicher auch noch andere wertvolle Vorzüge. Ein paar Lords hätten Probleme mit solchen Tieren, aber vielleicht wißt Ihr davon?«

Abel Scarby spähte zu ihr hinauf. Iome hatte sich die Kapuze über den Kopf gezogen, um ihr Gesicht zu verbergen, aber er erkannte sicher die Qualität ihres Pferdes und ihrer Kleidung. Sie wußte, daß er daran gewöhnt war, mit Schurken umzugehen, denn er fragte nicht nach ihrem Namen.

Abel spuckte aufs Kopfsteinpflaster. »Keine beliebten Sporthunde, aber sie sind zu haben. Und wenn's Gewicht gegen Gewicht geht, gibt es keine wilderen Kampfhunde. Ich erinnere mich an eine bestimmte Hündin – so heimtückisch wie ein ganzer Sack voller Wiesel ...«

»Könnt Ihr uns ein paar solche Hunde besorgen?« fragte Iome. »Heute nacht noch? Sofort? Sie sind nicht für mich. Sie sind für den König. Wir brauchen mindestens dreißig; wenn möglich sogar mehr.«

Abel sagte: »Bei Sonnenuntergang werde ich sie haben.«

Iome biß sich auf die Lippe. »Noch eins. Die Männer, die die Hunde verkaufen, müssen Gaben des Geruchssinns nehmen und als Vektoren für eine Person dienen, die dem König hilft. Ich werde sie gut für ihre Dienste bezahlen.«

Abel Scarby schluckte, denn ihm war plötzlich klargeworden, mit wem er sprach. Er fiel auf ein Knie nieder. Er knurrte den Burschen an, der immer noch Iomes Zügel hielt: »Kador, nimm deine Pfoten vom Pferd der Königin.«

Kador wich zurück und hob die Hände, als wollte er einen Schlag abwehren.

»Verzeiht, Euer Hoheit«, sagte Abel. »Wir sind harte Männer und daran gewöhnt, auf uns selbst aufpassen zu müssen. Wir halten in dieser Gasse Ruhe und Ordnung aufrecht. Wir wollten Euch nicht beleidigen.«

»Schon gut«, sagte Iome. »Ein Freund Gaborns ist auch mein Freund.«

Abel starrte sie mit feierlichem Blick und beunruhigter Miene an. »Stimmt es, was sie sagen, Euer Hoheit? Gaborn ist wirklich der Erdkönig?«

»Ja.«

»Und ... es stehen finstere Zeiten bevor?«

Iome nickte.

Abel warf ihr den Beutel zu und sagte laut: »Euer Hoheit, ich will kein Geld von Euch.« In einer Parodie auf einen Lord, der sein Schwert darbietet, berührte er mit der Keule den Boden, und in seinen blitzenden Augen stand eine Mischung aus Hoffnung und Angst, abgewiesen zu werden, als er erklärte: »Herrin, ich bin kein Dummschwätzer vom Hof. Ich trage nicht mal an Festtagen Seidenhosen, und wenn Ihr Euch in meine Bruchbude wagen würdet, fändet Ihr sie so stinkig wie eine Bärenhöhle, und es gäbe keinen Stuhl und keinen Tisch, der sauber genug für Euresgleichen wäre. Aber mein Herz schlägt am rechten Fleck und ist so stolz wie das eines jeden Lords, der je sein Knie vor Euch beugte. Ich bin kein Ritter, aber ich bin zäh wie ein Tier. Und ich habe siebzehn Söhne und Töchter. Also bitte ich Euch, den König zu bitten – er, der mich ›Freund‹ genannt hat –, mich und meine Kinder zu Erwählen.«

Die jungen Tunichtgute rings um Iome blickten alle erwartungsvoll zu ihr empor, wie Hunde, die am Tisch ihres Herrn um Reste betteln. Die Kinder in der Tür, die statt in Umhänge in Dreck gehüllt waren und

Lumpen statt Kleidern trugen, kamen verängstigt an die Seite ihres Vaters geschlichen. Er legte den Arm um sie.

Iome zögerte.

Gaborn hatte nicht mehr die Macht, diesen Mann zu Erwählen, aber sie wagte nicht, es ihm zu sagen. Der Mann sah so hoffnungsvoll und jämmerlich aus.

Siebzehn Kinder. Sie dachte an das Kind in ihrem Leib. Würde sie es ertragen können, daß es ihr entrissen wurde?

»Gaborn ist weit weg«, sagte sie, »und kämpft gegen Greifer. Ich bin sicher, daß er Euch Erwählen würde, wenn er könnte.«

»Dann, wenn er wiederkommt?« fragte Abel. »Werdet Ihr ihn für uns bitten?«

Es besteht eine Chance, daß er seine Kräfte wiedererlangt, versicherte Iome sich. Aber sie nahm an, daß sie nur versuchte, sich selbst zu belügen.

»Ich werde es ihm sagen«, versprach sie.

Abels Lippen zitterten, und in seinen Augen schimmerten Tränen der Dankbarkeit. Er unterdrückte ein Schluchzen, und seine Kinder hatten alle die Augen weit aufgerissen, bis ein Mädchen zurück ins Haus rannte und »Mama! Mama!« rief.

Abel sagte mühsam: »Ich danke Euch, Herrin. Ich werde versuchen, Eurer würdig zu sein.«

Iome warf ihm den Beutel zurück. »Bitte, behaltet auch das Geld. Wenn nicht im Euer selbst willen, dann für Eure Frau und die Kleinen.«

Abel senkte den Kopf und verbeugte sich noch tiefer.

»Mein Beileid wegen Eures Vaters. Er war ein großer König, nach allem, was ich höre.«

»Danke«, erwiderte sie. Iome hatte ihr Pferd noch nicht ganz gewendet, als sie ihn schon rufen hörte: »Ihr habt's gehört, Jungs. Bewegt Euch.«

Iome lenkte ihr Pferd aus der Gasse heraus, so schnell, daß Grimeson einen Augenblick lang Schwierigkeiten hatte, mit ihrer Flucht Schritt zu halten. Eine halbe Meile die Straße entlang hatte sie das unangenehme Hafenviertel der Krähenbucht hinter sich gelassen.

Iome zügelte ihr Pferd und sprang aus dem Sattel. Einen Augenblick lang stand sie nur da und schaute aufs Wasser hinaus.

Ihre Hände wollten nicht aufhören zu zittern.

»Alles in Ordnung?« fragte Grimeson.

»Bei den Mächten, ich habe mich nie so schmutzig und beschämt gefühlt«, sagte Iome bebend. »Ich konnte ihn nicht abweisen. Ich konnte ihm nicht sagen, daß seine Kinder vielleicht sterben werden – nicht, solange sie dabeistanden. Was kann ich nur tun? Ich hätte mir niemals vorgestellt, daß es so ...«

Plötzlich wurde ihr klar, wie es für Gaborn sein mochte. Nur, daß es für ihn tausendmal schlimmer war.

Sie lehnte sich gegen die Wand einer Fischerhütte und übergab sich. Grimeson sagte kein Wort. Jeder Trost wäre nur hohl und leer gewesen.

Iome weinte um ihr Volk.

KAPITEL 15
Wilde Flucht

Der Kriegshammer eines Reiters ist die bevorzugte Waffe in Mystarria. Der Griff eines solchen Hammers kann zwischen vier und sechs Fuß lang sein und besteht aus dem feinsten Stahl. Der Kopf ist schmal, mit Stacheln besetzt und von angemessener Tiefe, um den Schädel eines Greifers oder die Rüstung eines Mannes durchdringen zu können.

Herdmeister Banders Waffenführer

Averan und Binnesman saßen auf dem Hügelabhang unter den Sternen. Die Sonne war schon vor Stunden untergegangen, und ein Sichelmond stand am Horizont. In der Ferne konnte Averan die Feuer rings um Mangans Felsen glühen sehen.

Wild war von den Hügeln herabgekommen, um auf der Wiese zu grasen. Die Tiere bewegten sich auf zierlichen Hufen rund um Averan und beachteten sie nicht viel mehr, als wenn sie ein Löwenzahn gewesen wäre.

Binnesman hatte seinen Stock in den Boden gesteckt und aufrecht stehen lassen, und er erklärte Averan, daß Erdwächter das immer so machten, damit der Stock Kraft aus dem Boden ziehen konnte.

Danach schwieg er. Er nahm Averan nicht beiseite und zeigte ihr im Dunkeln irgendwelche Pflanzen und sorgte sich darüber, wie wenig Zeit ihnen blieb. Diesmal saß er einfach nur da, ruhte sich aus und schaute über die Felder hinweg, als könnte er bis zum Ende der Welt sehen. Er hatte seit Stunden nichts anderes getan.

Vielleicht ist er nur so still, weil er das Wild nicht verscheuchen will, dachte Averan.

»Wirkt Ihr einen Zauber?« fragte sie schließlich. Die Hirschkuh, die neben ihr graste, zuckte beim Klang ihrer Stimme nicht einmal mit dem Ohr.

Binnesman dachte einen Augenblick lang nach. »Ja, ich wirke eine Art Zauber«, sagte er. »Ich nehme mir Zeit zur Erneuerung. Die Berührung des Grases, der Geruch der Kiefern im Wind, der Geschmack des Bodens – sie beleben mich. Manchmal fühlt sich Ausruhen magisch an, findest du nicht?«

»Ich denke schon.«

Sie sagte längere Zeit nichts, dann fragte sie: »Binnesman, was passiert, wenn Menschen sterben?«

»Ihre Körper kehren zur Erde zurück und ihre Geister ... tun, was immer Geister tun.«

»Ihr habt Erden Geboren gesehen«, meinte Averan. »War er glücklich?«

»So glücklich, wie Wichte sein können«, knurrte Binnesman. Sie wußte, daß er ihren Fragen auswich. Sie hatte die Erfahrung gemacht, daß Erwachsene nur äußerst ungern schwierige Fragen beantworten. Mit der Zeit lernten sie sogar, sich überhaupt keine Fragen mehr zu stellen.

»Aber ... nicht alle Geister stehen wieder auf, nicht wahr? Was passiert mit den anderen?«

Binnesman warf ihr einen Blick zu. »Das weiß niemand. Ganz ehrlich. Es heißt, einige werden in der Niederwelt wiedergeboren, oder vielleicht kehren sie in Welten wieder, die Schatten der unseren sind, so wie unsere Welt nur der Schatten der Einen Welt ist. Aber nicht alle Geister verschwinden, denn einige bleiben als Wichte zurück.«

»Ich würde lieber ein Wicht sein, glaube ich«, sagte Averan. »Mir gefällt es hier.«

»Warum?« fragte Binnesman. »Willst du den Tod betrügen?«

»Selbstverständlich« erwiderte Averan.

Binnesman lächelte. »Du kannst ihn nicht betrügen, aber es gibt Menschen, die lernen, ihm ruhig ins Auge zu sehen. Einige begrüßen ihn sogar wie einen Freund.«

»Die haben doch nur ihre Angst besiegt«, wandte Averan ein. »Das kann jeder. Ich will den Tod wirklich betrügen.«

»Nun«, sagte Binnesman, »du willst also als Wicht zurückkehren. Ich bin nicht sicher, ob ich die Antwort weiß. Ich denke, daß die Toten vielleicht unsere Gedanken hören können. Es ist beinahe, als könnten wir sie herbeibeschwören, wenn wir an sie denken oder uns wünschen, daß sie bei uns wären. Oder vielleicht verleihen wir ihnen, indem wir an sie denken, auch nur mehr Gestalt. Ich weiß es nicht ...«

Er schwieg einen Augenblick, dann fügte er hinzu: »Mir ist aufgefallen, daß Wichte im Leben beinahe immer große Willenskraft hatten. Überwiegend sind es Menschen, die Gutes tun wollten, die versuchten, etwas aufzubauen, statt zu zerstören.«

»Aber nicht alle?«

»Nicht alle«, stimmte Binnesman ihr zu. »Einige waren

auch Menschen, die nur über große Willenskraft verfügten, aber finstere Herzen hatten.«

»Was sonst braucht man noch, um ein Wicht zu sein?« fragte Averan.

»Also gut«, meinte Binnesman. »Du siehst die Sterne dort am Himmel. Es gibt Millionen von ihnen, und um alle wirbeln Welten wie die unsere. Oder zumindest haben sie zum Teil Welten wie die unsere.«

»Das habe ich schon öfter gehört«, sagte Averan. »Tiermeister Brand hat das immer gesungen – es ist ein Teil der Schöpfungsgeschichte.«

»Tatsächlich?« fragte Binnesman. »Er muß ein weiser Mann gewesen sein. Nur wenige kennen heutzutage noch diese Geschichte.«

»Er kannte nur einen Teil davon«, erwiderte Averan.

»Dann werde ich dir sagen, was ich weiß. Siehst du, einstmals gab es nur die Eine Welt und Einen Stern, und darunter wuchs der Eine Wahre Baum.

Und Eine Rune band alles zusammen. Aber ein Feind versuchte, das zu verändern und die Herrschaft an sich zu reißen. Der Feind zerstörte die Rune, und die Stücke flogen wie Scherben davon und verteilten sich im ganzen Kosmos.

Nun gibt es Milliarden und Abermilliarden von Welten, und alle drehen sich um ihre eigenen Sonnen. Jede ist ein Stück der Einen Wahren Welt, und jede ist auf ihre eigene Art mehr oder weniger wahr.«

»Es gibt also Menschen wie uns auf diesen Welten?« fragte Averan.

»Ich glaube, sie sind nicht genauso. Wir sind alle verzerrte Reflexionen von etwas Größerem – dessen, was wir einstmals waren. Auf ihren Welten gingen wir vielleicht nicht als Menschen durch, und sie nicht als Menschen auf unserer. Aber wir sind uns im Herzen ähnlich, wenn schon nicht äußerlich. Wir sehnen uns alle danach, zu der Einen Wahren Welt zurückzukehren.«

Averan wußte, daß Zauberer dorthin gereist waren. Raj Ahtens Flammenweber hatten einen Glorreichen der Finsternis aus der Einen Wahren Welt heraufbeschworen, oder aus der Niederwelt, wie sie manchmal genannt wurde. Und sie hatte von anderen Geschöpfen dieses geheimnisvollen Reiches gehört.

Binnesman runzelte die Stirn. »Averan«, sagte er. Seine Stimme klang plötzlich sehr angespannt. »Averan, die Erde ... braucht es jetzt, daß wir sehr stark sind. Die Zukunft rast auf uns zu. Ich kann es spüren, als käme ein Unwetter auf.

Ich habe den Wylde geschaffen, die grüne Frau, um im Namen der Erde zu kämpfen, aber ich hatte nicht genug Zeit, um sie zu vollenden und auszubilden. Ich werde auch nicht mehr genug Zeit dazu bekommen. Das begreife ich nun. Obwohl ich sie nicht lösen kann, werden wir sie mitnehmen. Ich bin sicher, sie wird uns nützlich sein.«

»Wovon sprecht Ihr?« fragte Averan. Sie hatte Angst, daß er sie in diesem Augenblick schon in die Unterwelt bringen, daß er sie einfach in eine Höhle führen würde.

Plötzlich begann der Boden unter Averan zu zittern und zu beben. Aus dem Wald erklang ein Zischen, und Averan stellte sich vor, daß sich ein Weltwurm erheben würde, wie der, den sie in Carris gesehen hatte.

Aber nein, es war nur ein Erdbeben.

Sie wandte sich trostsuchend an Binnesman, aber der Zauberer stand auf und zeigte zum Himmel. Kurz nacheinander fielen acht Sternschnuppen.

»Was ist denn?« fragte Averan. »Was ist los?«

Er wies mit dem Kinn zum Grasland hin, zu Mangans Felsen. Averan hielt überrascht die Luft an.

Die Wachfeuer rund um den Felsen flackerten alle plötzlich auf. Sie flossen zu einem riesigen Halbmond zusammen.

Gaborns Männer hatten die Ebene in Brand gesetzt!

»Komm«, sagte Binnesman. »Wir werden keine Ruhe mehr finden. Ziehen wir mit in den Kampf.«

Als Binnesmans Pferd den Abhang hinab und dann über die Steppe galoppierte, beobachtete Averan, wie die Flammen höher aufflackerten und bald ihr gesamtes Blickfeld erfüllten.

Gaborn hatte Reiter losgeschickt, die brennende Scheite von den Wachfeuern rings um Mangans Felsen verteilten.

Nun sprangen die Flammen zum Himmel hoch, und das Feuer breitete sich rasch aus. Es toste spürbar, die Flammen reichten bis zu hundert Schritt hoch in die Luft. Feuerlicht schlug gegen die fluchbeladenen Qualmwolken der Greifer, ließ sie in rötlichem Orange aufschimmern, und durch diese schimmernden Wolken konnte Averan hin und wieder die Greifer auf Mangans Felsen sehen, wie sie mit wild fuchtelnden Fühlern hin und her rannten.

Was macht er da? fragte sich Averan. Das Feuer würde niemals den Felsen hinaufreichen. Die Seiten waren zu steil, zu hoch. Die wenigen Ranken und Grasbüschel darauf würden nicht lange genug brennen.

Aber die Greifer hatten vielleicht selbst ihr Schicksal besiegelt. Sie hatten die riesigen alten Eichen von der Felsspitze gestoßen, sie über die Seiten geworfen. Die trockene Rinde der Bäume würde schnell Feuer fangen und gewaltige Rauchwolken ausstoßen.

Hoffte Gaborn, die Greifer zu ersticken?

Die Idee erschreckte sie irgendwie.

Sie hatte die Welt als Greifer gerochen, wußte von den schrecklichsten Ängsten der Tiere. Der Geruch von Rauch gehörte zu den gefürchtetsten Düften in einem Greiferleben.

Und mehr als das: Averan hatte selbst Angst vor Feuer. Feuer war der Feind der Erde, der Widersacher ihrer eigenen Macht.

»Spürt Ihr das auch?« rief sie Binnesman zu.

»Was?« fragte er.

»Das Feuer. Es hat uns bemerkt. Es ist zornig, weil Gaborn es dazu bringt, gegen sich selbst zu kämpfen.«

»Hab keine Angst«, sagte Binnesman. »Feuer verzehrt. Seine Gier ist größer als sein Geist. Es zerstört, und es wird überall Vernichtung verbreiten, wenn es kann. Leben bedeutet ihm nichts, ob es nun das Leben von Menschen oder Greifern ist. Aber das ist gleichzeitig auch seine Schwäche. Vergiß das nicht! Feuer wird alles verschlingen, bis es selbst ausbrennt.«

Sie hatte Feuer niemals als Macht wahrgenommen,

jedenfalls nicht so intensiv wie jetzt. Ihre wachsenden Erdsinne ließen ihr die größer werdende Gefahr deutlicher bewußt werden.

»Was macht er da?« rief Averan, selbst als sie noch zwei Meilen entfernt waren.

Sie konnte Männer außerhalb der Flammen erkennen, Ritter auf Streitrössern, bewaffnet mit Lanzen. Das Feuerlicht schimmerte auf den polierten Rüstungen.

Eine scharlachrote Zauberin kam plötzlich durch die Feuermauer geprescht, mit helleuchtenden Runen, den Stock in der riesigen Vorderklaue. Rauch umgab sie, bewegte sich mit ihr.

Sie kam aus den Flammen heraus und hob ihren Stock, als Ritter aus drei Richtungen auf sie zustürmten.

Einer traf sie mit der Lanze in die Seite, und sie fuhr mit einem wütenden Zischen zu ihm herum. Plötzlich sprangen weitere Zauberinnen hinter ihr aus dem Flammenmeer. Wolken giftiger Dämpfe umgaben sie.

»Sie kommen aus dem Untergrund!« rief Binnesman.

Averan erkannte es nun ebenfalls. Die Greifer hatten versucht, sich unter den Männern durchzugraben und sie von hinten anzufallen. Gaborn mußte das entdeckt haben und in ihren Tunnel eingebrochen sein. Dann hatte er die Feuer entzünden lassen und ihre Höhlen mit Rauch gefüllt.

Die Greifer kamen aus einer einzigen Höhle, direkt hinter der Flammenmauer, und rasten direkt auf Gaborns Krieger zu.

Binnesman schlang den Arm fest um Averans Taille und spornte sein Pferd an.

Als sie näher kamen, sah Averan, daß Gaborns Truppe vollständig angetreten war. Hunderte von Männern bewachten nun kleinere Feuer am Bachufer. Sie hatten sich über die brennenden Scheite gebeugt und brieten riesige Fleischbrocken.

Mit wachsendem Entsetzen begriff Averan, was sie taten: Sie hatten die Fühler abgeschnitten, die die After toter Greifer umgaben, und warfen sie in die brennenden Feuer.

Selbst von hier aus konnte sie den knoblauchartigen Geruch wahrnehmen, einen Gestank, der Worte in ihrem Kopf aufkreischen ließ: »Achtung, hier droht euch der Tod! Tod! Tod!«

Sie warf einen Blick zurück zu Mangans Felsen. Das Flammenmeer breitete sich rasch nach Osten aus und hatte gerade den Sockel des hochaufragenden Felsens erreicht. Holz und trockene Blätter ließen dreihundert Fuß hohe Flammen an den Felswänden emporlodern.

Averan hatte gerade erst begriffen, was Gaborn erreichen wollte, als es auch schon geschah: Die Greifer gerieten in Panik.

Überall oben auf Mangans Felsen versuchten sie zu fliehen.

Eine sich bewegende Masse von Ungeheuern raste in einer Stampede nach Süden, zu den niedrigeren Felsabhängen, und begann abwärts zu rennen.

Greifer rutschten von der Klippe, gestoßen von ihren Artgenossen, die hinterherdrängten. Schwarze, krebsähnliche Ungeheuer fuchtelten im Sturz mit Armen und Beinen.

Einige der abstürzenden Greifer fielen auf ihre kletternden Artgenossen und rissen sie mit. Felsen brachen unter mächtigen Klauen. Greiferpanzer barsten auf dem Boden unter der Klippe. Andere Greifer versuchten, sich mit gebrochenen Beinen weiterzuschleppen.

Wieder bebte die Erde, und Averan fragte sich, ob Gaborn wohl seine Kräfte wiedererlangt hatte. Hatte er dieses Beben bewirkt?

Ein gesamter Felsvorsprung brach ab, und die daraus resultierende Lawine riß zweitausend Greifer abwärts. Die untersten starben, während jene, die oben zu liegen gekommen waren, weitereilten. Flammenwände ragten immer noch an der Ostseite von Mangans Felsen auf und entsandten gewaltige Rauchwolken.

Und während all dem konnte Averan im Geist die Todesschreie der Greifer hören. Der Gestank der brennenden Fühler überwältigte sie beinahe.

Binnesman ritt zu Gaborn, der ebenfalls zu Pferd unterwegs war. Gaborn betrachtete die Verwüstung mit Augen, in denen sich die Flammen widerspiegelten. Sein Schlachtroß stampfte nervös.

»Ist das nicht schön?« rief er. »Die Greifer haben geblufft, wie Averan sagte. Sie konnten keine zweite Rune der Zerstörung bauen. Sie hatten nur gehofft, daß wir uns bei Versuchen, sie vom Felsen herunterzubringen, aufreiben würden.

Nachdem mir das erst einmal klar war, und nachdem ich daran gedacht hatte, die Ebene anzuzünden, war der Rest ganz einfach. Nicht ein einziger Mann wird sterben!

Wissen!« schrie er. »Wissen ist besser als der beste Kriegshammer!«

Greifer warfen sich vom Felsen. Statt einfach nach unten zu klettern, wagten einige, hundert Fuß tief in die Sicherheit zu springen, nur um sich beim Aufprall die Beine zu brechen.

Aus dem qualmenden Tunnel flohen die letzen scharlachroten Zauberinnen und Klingenträger.

Averan hatte Gaborn die Waffen geliefert, die er gebraucht hatte, um die Greifer vom Felsen zu bringen. Aber sie war entsetzt. Sie hatte nicht ein solches Gemetzel bewirken wollen.

Ein Geräusch wie Donnergrollen erschütterte die Ebene im Süden. Die überlebenden Greifer formierten sich zum Rückzug.

Gaborn sah Averan aufmunternd an und wies mit dem Kinn auf die Klippen. »Laß uns sehen, ob wir den Wegmacher finden.«

KAPITEL 16
Gebete im Dunkeln

Wenn man die Hilfe höherer Mächte sucht, ist jeder Ort der Macht angemessen. Luftzauberer steigen vielleicht auf einen Berggipfel, Feuerzauberer brauchen nur in die Flammen zu starren, Wasserzauberer baden in einem Teich, und jene, die der Erde dienen, suchen die Berührung des Bodens.
Die höheren Mächte antworten oft auf unsere Bitten.
Die Menschen lauschen nur selten.

Auszug aus dem Zauberbuch für Kinder von Herdmeister Col

Raj Ahten und seine Männer eilten über die Alte Festungsstraße südlich von Maygassa. Er hatte gehofft, frische Pferde zu bekommen, ritt aber immer noch sein Kamel.

Das Rinnsal fliehender Menschen war zu einer Flut geworden – einer gewaltigen Woge, die die Grenzen der Straße sprengte und sich zu beiden Seiten ausbreitete, so daß Hunderte und Aberhunderte nebeneinander durch den Dschungel marschierten. Lange Stunden mußte Raj Ahten langsam am Straßenrand entlangreiten, um sich überhaupt durchdrängen zu können.

Über ihnen sprangen im Dunkel der Nacht Affen ängstlich kreischend von einem Ast zum anderen und warfen Obst und Blätter nach den Menschen, bis man den Eindruck erhielt, daß der gesamte Dschungel bebte.

Am Ufer des Kelong legte Raj Ahten eine Stunde nach Mitternacht eine Rast ein und beobachtete sein Volk. Der Kelong war breit und hatte Reisfelder an beiden

Ufern, und das ermöglichte dem Wolflord einen guten Blick auf den Exodus. Was er sah, ließ ihn zittern:

Die Menschen eilten im Fackellicht am Flußufer entlang. Er sah immer Tausende von ihnen mit einem Blick – Männer, die sich auf Stöcke stützten und gewaltige Bündel auf dem Rücken trugen, Männer, die vorwärtstaumelten wie überladene Ochsen, nur bekleidet mit Lendenschurzen und einer Schweißschicht. Frauen trugen Körbe auf den Köpfen und hatten sich Kinder vor die Brust gebunden.

Zu viele Menschen und Elefanten hatten versucht, die Brücke gleichzeitig zu überqueren. Nun lagen die Leichen von Elefanten zwischen den zerbrochenen Balken im Wasser.

Also verlangsamten die Menschen ihre Flucht und wateten durch den Fluß.

Es gab alle Arten von Leuten – ein stolzer Herr, angetan mit einem Goldlaméumhang, ritt unter einem seidenen Baldachin auf einem weißen Elefanten. Seine Wachen trugen gute rote Seide, die mit Otterfellen besetzt war. Sie drängten sich durch eine Gruppe Bauersfrauen, die nur mit Hemden aus schlecht gefärbter Baumwolle bekleidet waren. Reiche Kaufleute reisten, wie es Kaufleute taten – in Rikschas, die von Tagelöhnern gezogen wurden, deren stumpfe Mienen sie mehr wie Tiere als wie Menschen wirken ließen.

Ganze Familien waren in grob zusammengezimmerten Wagen unterwegs, die von Wasserbüffeln gezogen wurden. Ein Mann zog einen Karren, und seine kranke Frau lag darinnen, als wäre sie ein Sack Ingwerwurzeln, den er zum Markt zerrte. Ein alter Philosoph hatte Schüler dabei, deren Köpfe bis auf ihre Gelehrtenknoten geschoren waren und die Kästen mit Schriftrollen trugen. Anderswo nutzten Wachen Bambusstöcke, um Verrückte zu scheuchen, die nackt und an den Fußknöcheln aneinandergekettet waren.

Das Wasser des Kelong floß träge dahin. Brennende Fackeln spiegelten sich auf seiner Oberfläche, während Rauch bläulich über der Szene hing.

Väter und Mütter tasteten nach Halt, während sie ihre Kinder hoch über die Köpfe hoben. Raj Ahten entdeckte ein kleines Mädchen, das Saffiras ältester Tochter sehr ähnlich sah und das auf einem Bündel auf dem Rücken der Mutter saß.

Die Mutter geriet ins Stolpern und versank in den schlammigen Wassern des Kelong. Als sie wieder auftauchte, war ihr Kind verschwunden. Bauern in der Nähe stürzten sich schreiend in die tieferen Stellen des Flusses. Einige tauchten im dunklen Wasser und tasteten dort nach dem Mädchen.

Aber ihre Suche förderte nichts zutage. Raj Ahten wußte, daß das Mädchen bald schon wieder auftauchen würde. Es würde eine Weile mit dem Gesicht nach unten treiben, bis es zusammen mit anderen, denen die Flußüberquerung nicht gelungen war, irgendwo ans Ufer geschwemmt wurde.

Der Menschenstrom riß nicht ab. Er erstreckte sich bis zum Horizont.

Ein Bauer, der den Fluß schon beinahe überquert hatte, entdeckte Raj Ahtens Kamel. Er zeigte darauf und begann zu schreien: »O Großes Licht, schützt uns! O Sonnenherrscher, wir flehen Euch an!«

Andere Männer und Frauen hörten den Ruf und entdeckten Raj Ahten. Sie begannen, auf ihn zuzudrängen, taumelten im schlammigen Wasser. Bald schon schrie eine gewaltige Menge auf ihn ein, die gefalteten Hände vor den Gesichtern erhoben.

Aus der Ferne konnte er Tod riechen – den vertrauten Gestank eines Greiferfluchs.

Er befahl seinen Männern, um die Menge herumzureiten, und sie überquerten den Fluß rasch, während Hilferufe sich wie auf dunklen Fittichen in die Nacht erhoben.

Eine Stunde später erreichte er einen Abhang, der einen guten Blick über die Ebene bot. Drei Meilen von Dschungel und Grasland dampften und wurden vor seinen Augen grau.

Unmengen Menschen schlängelten sich an der Straße entlang. Ihre Laternen sahen aus wie ein Fluß aus Licht. Sie würden dem Fluch der Greifer nicht entkommen können, der sich soviel schneller bewegte als sie.

Zu beiden Seiten der Straße lagen die Trümmer einer uralten Stadt aus weißem Stein wie zerbrochene Knochen auf dem Dschungelboden.

Die Luft war voller Zischen, als hätte man nasses Fleisch ins Feuer geworfen. Nur eine halbe Meile hügelabwärts schlug der Fluch der Greifer zu: Blätter rollten sich rasch zusammen und fielen dann von den Bäumen und ließen nur nackte Zweige zurück. Ranken und kleinere Zweige fielen ab oder welkten. Ganze Bäume barsten, als hätte ein Blitz eingeschlagen.

Schwärme von Papageien, Webervögeln und Finken erhoben sich und flatterten aufgeregt über dieser Zerstörung.

Am Horizont war es leer und tot, soweit das Auge reichte. Raj Ahten war immer noch hundertachtzig Meilen nördlich von Kartish.

»Es wird Hungersnöte geben«, sagte Bhopanastrat. »Ganz gleich, was von jetzt an noch geschieht.«

Das Ausmaß der Zerstörung überwältigte Raj Ahten. Es würde noch Tage brauchen, bis er es wirklich voll und ganz begriffen hatte.

Raj Ahten schlug mit dem Dorn auf die Nase seines Kamels und zwang es, sich niederzuknien. Er stieg ab. »Laßt die Tiere fressen«, sagte er seinen Männern. »Es könnte für die nächsten Tage das letzte Mal sein.«

Die Blicke von Bhopanastrat und der anderen Männer bohrten sich in seinen Rücken. Er wußte, daß sie ihn alle gerne fragen würden, was er vorhatte. Aber keiner wagte es.

Den ganzen Tag lang hatten sich seine Muskeln irgendwie schwach angefühlt. Nun zitterte seine linke Hand.

Trotz allem, wozu er fähig war, trotz all seiner Gaben, drohte Binnesmans Fluch ihn zu vernichten.

Er ritt durch die Nacht, vorbei an leeren Städten durch eine Landschaft voll unwirklichen Entsetzens.

Die Tiere lebten immer noch. Taranteln kletterten über die Ruinen und fraßen Mäuse und Hänflinge. Aber die Bäume waren tot. Von Horizont zu Horizont hatte kein einziger Grashalm überlebt. Der Gestank von Fäulnis hing in der Luft.

Sein Volk war geflohen, aber nicht alle hatten es geschafft. Raj Ahten sah die Toten entlang der Straße – Menschen, die ihre Herzen an einem einzigen Tag erschöpft hatten, die Alten, die Kranken. Einigen hatte man für ein Stück Brot oder einen Ochsen die Kehle durchgeschnitten.

Diese Zerstörung vertrieb alle Gedanken an Wuqaz Faharaqin, der in den Straßen nach seinem Blut schrie, oder an Gaborn, der Pläne für seinen Untergang schmiedete. Nichts, das Menschen je tun könnten, war mit dem zu vergleichen, was die Greifer an Vernichtung mit sich brachten.

Stunden später, kurz vor der Morgendämmerung, erreichte er eine seiner Armeen – dreihunderttausend einfache Soldaten zwölf Meilen nördlich des Kanarienpalastes.

Sie hatte ihr Nachtlager in einer verlassenen Stadt aufgeschlagen, um ihre Rationen zu essen und Frieden mit sich selbst zu schließen. Ihre mürrischen Gesichter starrten zu ihm auf, als er durch die Stadt ritt, Männer mit Strohhüten oder Turbanen, die Augen trüb vor Verzweiflung.

Selbst wenn es ihnen gelingen sollte, die Greifer zurückzuschlagen, gäbe es hundert Meilen in jede Richtung nichts mehr zu essen für Mensch und Tier. Den grimmigen Mienen der Soldaten nach zu schließen, wußten sie, daß sie sterben würden. Hier und da hörte er einige im Dunkeln beten.

Als sie Raj Ahten sahen, brachen einige in Jubel aus, aber die meisten betrachteten ihn nur mit matter Neugier.

Über der Mitte des Lagers hing ein Seidenballon, der wie ein Graak geformt war.

Darunter saßen seine Flammenweber vor einem Lagerfeuer, zusammen mit seinem Days. Die haarlosen Flammenweber blickten erwartungsvoll auf, als er näher kam.

»Gibt es Neuigkeiten von der Front?« wollte Raj Ahten wissen.

»Aysalla Pusnabish führt Eure Männer an«, antwortete Rahjim. »Er hat gestern den ganzen Tag versucht, die Verteidigung der Greifer zu durchbrechen. Viele Männer sind dabei umgekommen.«

»Wie viele?« fragte Raj Ahten.

»Viele Ritter Eurer Kavallerie, o Großes Licht«, antwortete Rahjim.

Raj Ahten fluchte leise. Die Mine bei Kartish war eine offene Grube mit steilen Seiten und Geröllhalden. Ein solches Terrain war zum Vorteil von Greifern, nicht von Kavallerie.

»Wie ist das möglich?« fragte Raj Ahten.

Rahjim zuckte die Achseln. »Die Greifer haben eine Festung gebaut. Die Todesmagierin, die sie hütet, ist mächtiger als jene, der Ihr in Carris gegenüberstandet. Aber noch ist nicht alles verloren. Pusnabish hat sich gut auf die morgige Schlacht vorbereitet.«

Raj Ahten rieb seine taube linke Hand und versuchte, seinen Kreislauf anzuregen.

Der Flammenweber Az zeigte mit dem Kinn darauf. »Geht es Euch schlechter?«

»Es geht mir gut«, erwiderte Raj Ahten.

»Ich kann Euch heilen«, bot Az an. Aber Raj Ahten wollte diese Heilung nicht – nicht für den Preis, den die Flammenweber verlangten.

Raj Ahten warf einen kühlen Blick auf seine Armee. Das hier waren die Soldaten des alten Indhopal mit schlichten Brustharnischen und spitzen Helmen und kleinen runden Schilden an ihren linken Unterarmen. Sie hatten Waffen, mit denen man Greifer töten konnte – überlange Speere, Kriegshämmer und Äxte. Aber Männer ohne Gaben würden mit solchen Waffen nicht viel ausrichten können. Selbst wenn ein Mann einen solchen Kriegshammer schwingen konnte, würde er bald ermüden.

Dreihunderttausend gewöhnliche Soldaten würden gegen Greifer nicht viel nützen. Aber Raj Ahten konnte sich vorstellen, wie er sie einsetzen würde. In der Schlacht von Carris waren die Greifer vor großen Menschenmassen zurückgewichen. Sie konnten nicht auf Anhieb erkennen, ob es sich um Runenlords oder gewöhnliche Menschen handelte.

Dieses Unwissen der Greifer würde vielleicht seine beste Waffe sein.

Raj Ahten bediente sich seiner Gaben der Stimmgewalt und Anmut und rief: »Ehrenhafte Krieger von Indhopal, ich grüße euch! Dies ist die Stunde, die wir gefürchtet haben. Vernichtung droht. Nur eure starken Arme und mutigen Herzen können uns retten. Heute abend werden die Königreiche von Indhopal überleben oder untergegangen sein, und das wird ganz von eurer Tapferkeit abhängen. Heute abend werde ich euch in einen Krieg führen, wie ihn die Menschheit noch nicht gesehen hat. Reitet jetzt mit mir, reitet für Indhopal!«

Die Kraft seiner Stimme überraschte selbst Raj Ahten. Die müden Männer hoben die Waffen und jubelten wie Berserker.

Er sprang auf sein Kamel und eilte vor ihnen her, so daß selbst der Wind ihn nicht einholen konnte.

Im Winter fiel im Alcairn-Gebirge hoher Schnee und hüllte die Berge in Weiß. Im Sommer schmolz er und nährte die Flüsse, die über die grünen Hänge flossen. Im Tal von Om am Südende von Kartish ergossen sich zwölf Wasserfälle aus den Bergen.

Dies war der Ort, den Raj Ahten auf der ganzen Welt am meisten liebte. Jedes Jahr am ersten Tag des Mohnmonats reiste er nach Om. Stets blühten dann die Pecanblüten, das Gras war üppig grün und duftete, und die Mohnblüten bedeckten das gesamte Tal, während die Wasserfälle sich in glitzernde Teiche ergossen und feinen Nebel in die Luft oberhalb des Kanarienpalastes sprühten.

Die Landschaft rings um den Palast war makellos. Es wurde keinem Menschen und keinem Tier erlaubt, hier etwas zu zerstören, und der Palast selbst war ein Juwel.

Seine Mauern bestanden aus dünnen Platten gelben Marmors, und nachts, wenn die Laternen drinnen angezündet wurden, schimmerte der gesamte Komplex im

Sternenlicht wie Gold. In solchen Nächten verdiente der Palast seinen Namen, denn man hatte ihn nicht nach Kanarienvögeln benannt, wie viele annahmen, und auch nicht nach seinen gelben Mauern, sondern nach den Sängern, die darum wetteiferten, in dem großen Konzertsaal mit der Gewölbedecke singen zu dürfen.

Viele angenehme Abende hatte Raj Ahten hier damit verbracht, in dem jasminduftenden Saal den Sängern zu lauschen, durch die Mohnfelder zu schlendern, sich im Mondlicht die Wasserfälle und den Palast anzusehen und junge Frauen zu verführen.

Hier hatte er bei Saffira gelegen.

Raj Ahten schüttelte die Erinnerungen ab. Es half nichts. Die Freude seines Lebens war von ihm gegangen.

Von den Edelsteinreichen war Kartish immer das reichste gewesen, wegen seiner Blutmetallmine. Die Kaifs des Landes wahren im Lauf der Jahrhunderte fett geworden. Sie hatten die vollkommene Kontrolle über den Blutmetallhandel und konnten die Preise verlangen, die ihnen behagten. Darüber hinaus wußten sie ganz genau, wie viele Zwingeisen jeder Lord im Lauf der Jahre erworben hatte, und durch Steuerung der Lieferungen sorgten sie dafür, daß niemand je mächtig genug werden konnte, sich gegen sie zu wenden.

Jahrhundertelang waren sie die Puppenspieler gewesen, die Aufstieg und Niedergang von Reichen inszenierten, die sie nur dem Namen nach kannten. Diese fetten alten Männer hatten der Welt ihr Messer an die Kehle gehalten und sich zu ihrer Schlauheit gratuliert.

Selbstverständlich hatten sie auch Fehler gemacht.

Hin und wieder fielen Lieferungen in die falschen Hände, und die Kaifs von Kartish waren abgeschlachtet worden. Die Welt hatte das kaum gekümmert, denn sobald die Sonne für einen Despoten unterging, hatte sich der nächste erhoben.

Raj Ahten hatte sie alle getötet.

Als Raj Ahten den Kanarienpalast erreichte, sah das Gebäude selbst aus wie immer, und die Wasserfälle glitzerten wie Silbernebel im Sternenlicht.

Aber in den makellosen Gärten hatte sich eine Armee niedergelassen, und das Land war schwarz von Zelten und Menschen. Das Tal würde sich nie von dem doppelten Fluch der Greifer und der Truppen erholen.

Kleine Feuer glühten im Tal. Nicht weniger als zwei Millionen Männer lagerten im Umkreis von fünf Meilen um den Palast. Der Gestank von Menschen, Pferden und Elefanten war unerträglich. Überall im Lager wieherten Pferde und trompeteten Elefanten vor Hunger, während Männer, die gekürzte Rationen erhalten hatten, ebenfalls laut und hektisch aufeinander einschrien. Das gesamte Tal war ein einziges Pandämonium von Lärm und Gestank.

Raj Ahten ritt über die Hügel darauf zu, während eine Armee von weiteren dreihunderttausend Mann verzweifelt versuchte, Schritt zu halten.

Herolde kamen ihm mit Fackeln entgegen und reihten sich vor ihm und hinter ihm ein. Die Menschen staunten über seine Gefaßtheit und waren beeindruckt von seinem Glanz.

Er rief den einfachen Truppen im Tal zu: »Männer von

Indhopal, wie könnt ihr hier untätig sitzen, wenn die Greifer uns herausfordern? Erhebt euch sofort! Nehmt Waffen und Rüstungen, wir ziehen im Morgengrauen in die Schlacht! Ich verspreche euch den Sieg!«

Er traf seinen Kriegsherrn, Aysalla Pusnabish, am Palasttor. Pusnabish sank auf Hände und Knie nieder.

»O Morgendämmerung unseres Lebens« sagte er, »wir danken Euch, daß Ihr uns erlöst.«

»Sind meine Übereigner in Sicherheit?« fragte Raj Ahten.

»Wir haben sie beim ersten Anzeichen von Ärger schnell weggeschafft, o großes Licht. Inzwischen sollten sie die Küste erreicht haben und nach Norden segeln, zum Ghusapalast in Deyazz.«

Raj Ahten fühlte sich schwach und war verwirrt. Seine linke Hand zitterte.

»Was ist mit meinen Zwingeisen?«

»Sie befinden sich in der Schatzkammer, o Morgensonne«, erwiderte Pusnabish.

Raj Ahten wollte nichts mehr hören. Seine Truppen standen zum Kampf bereit, und er hatte genug Männer, um die Hügel zu überfluten und die Greifer in ihren Höhlen zu überrennen.

Er drängte sich an Pusnabish vorbei und ging durch die vergoldeten Hallen des Kanarienpalastes zu seiner Schatzkammer.

»Ich brauche meine Annektoren«, sagte Raj Ahten, »und Männer, die mir Durchhaltevermögen übereignen.«

Pusnabish schnippte mit den Fingern, und ein Diener lief los, um die Annektoren zu holen.

»Es gibt eine gute Nachricht«, erklärte Pusnabish, der seinem Herrn hinterhereilte. »Unsere Bergarbeiter haben eine neue Blutmetallader gefunden. Wie Ihr sehen werdet, ist sie recht vielversprechend.«

Raj Ahten lächelte grimmig.

KAPITEL 17
Die Nachtreiter

Viele Abenteuer erwarten euch auf der Straße des Lebens. Tretet durch diese Türen und macht euren ersten Schritt ...

Schild über dem Eingang zum Gasthof Zum Jagdhorn, der ersten Etappe im Saal der Füße

Es gefiel Myrrima nicht, verfolgt zu werden. Es war besonders beunruhigend, weil sie nicht einmal wußte, ob das Geschöpf, das ihnen folgte, ein Mensch war oder nicht. Borenson sagte kein Wort. Er sah sich um, der Blick seiner hellblauen Augen lebhaft. Jedesmal, wenn Myrrima den Mund öffnete, hob er die Hand und bedeutete ihr zu schweigen. Also schwieg sie.

Sie war jetzt ein Wolfslord mit Gaben des Geruchsinns von einem Hund und der zusätzlichen Sehkraft eines Menschen. Borensons Unruhe hielt sie wachsam, und sie strengte sich an, nutzte ihre Sinne, witterte in die Luft und behielt die Augen nach Anzeichen von Gefahr offen.

Im Westland waren die unfruchtbaren Ebenen in feuchte, dunkle Wälder übergegangen, in denen uralte Bäume zwischen zerklüfteten Felsen hervorwuchsen, deren Äste schwer von Moos waren. Die Bäume waren riesig und dunkel, und nur noch ein paar halbzerfetzte, graue Blätter klebten an ihnen. Die Erde roch nach Moder und Pilzen. Aus dem Unterholz erhoben sich giftige Pilze.

Es war nicht schwer, sich die Kriege vorzustellen, die vor so langer Zeit hier gegen die Toth ausgefochten worden waren, oder zu denken, daß das Wasser in den dunklen Tümpeln immer noch Spuren von Blut enthielt.

Myrrima wollte rasch weiterreiten, aber die schlammigen Straßen zwangen sie, ihre Pferde zum Schrittempo zu zügeln.

Es war ein Land, in dem sich kaum etwas regte. Trotz der gähnenden Leere taste Myrrima immer wieder nach ihrem Stahlbogen, der in seinem Kasten hinter ihrem Sattel ruhte.

Der Wald war tot. Keine Eichhörnchen tanzten zur anderen Seite eines Baumstamms, um sich zu verbergen, wenn sie vorbeiritten. Kein Wild sprang erschrocken aus dem Gras, wenn sie plötzlich auf eine Lichtung kamen. Nur hin und wieder entdeckte sie ein paar Vögel mit dunklen Flügeln, die im Unterholz Schutz suchten.

Sie strengte sich an, irgendein Geräusch zu hören – das Surren einer Heuschrecke, das Hacken eines Spechts, das Krächzen einer Krähe.

Aber in diesem Wald gab es wenig Leben, und nichts davon war angenehm. Myrrima glaubte nicht, daß überhaupt viel hier leben *konnte* – Stechfliegen und Moskitos schwärmten in Wolken über Bracktümpeln, und stellenweise schienen diese Insektenwolken so dicht, daß sie sich vorstellen konnte, daß sie einfach jedem Tier die Haut abzogen, das lange genug hier verweilte.

Also wollte sie nicht verweilen.

Myrrima wußte außerdem, daß Wichte diesen Ort heimsuchten.

Deshalb bedeutete ihr Borenson jedesmal zu schweigen, wenn sie etwas sagen wollte. Wichte wurden von Geräuschen und Bewegungen angezogen. Sie verbargen sich in den Schatten. Ihre eisige Berührung würde einen Menschen töten.

Die Sümpfe, in denen nächtlicher Nebel aus öligem Wasser aufstieg, die unheimlichen Wälder mit ihren Tälern und Schluchten, waren ein vollkommenes Heim für solche Geschöpfe.

Und während die Wichte des Dunnwaldes zu Hause das Land schützten, traf dies nicht auf das Westland zu. Vor sechzehnhundert Jahren waren hier unzählige Nomen und Toth umgekommen. Was immer von ihnen zurückgeblieben war, schrie nach Rache. Manchmal hieß es, man könne immer noch sehen, wie die Schatten von Menschen gegen sie ankämpfen, als wiederholten sie immer wieder die Kämpfe, die zu ihrem Tod geführt hatten.

Einmal, als sie gerade über einen Hügel ritten, hörten sie das Rauschen des Windes in den Bäumen in einem Tal zu ihrer Linken und ein entferntes Seufzen, als brächen sich dort Wellen an einem endlosen Strand.

Myrrima stellte sich vor, daß der Wind ein Unwetter ankündigte und daß bald alle Bäume beginnen würden, sich im Sturm zu biegen.

Statt dessen ging der Wind vorüber – als wäre es ein unsichtbarer Reiter auf dem Weg nach Süden.

Als er vorüber war, brach Borenson sein stundenlanges Schweigen und flüsterte: »Was glaubst du, was das war?«

»Wichte?«

»Es gibt hier Wichte«, gab er zu, »und sie haben uns bemerkt. Aber das da war keiner. Etwas anderes ist hier vorbeigekommen.«

Myrrima mußte wieder an den Glorreichen der Finsternis denken und an den heulenden Wirbelsturm, der von ihm ausgegangen war. Binnesman hatte sie gewarnt, daß der Glorreiche immer noch imstande war, schreckliches Unheil anzurichten.

»Wenn wir langsam weiterreiten«, flüsterte Borenson, »werden wir bei Sonnenuntergang noch nicht in Fenraven sein, aber wenn wir uns beeilen, holen wir vielleicht ein, was gerade vorbeigekommen ist.«

Myrrima biß sich auf die Lippe. »Beeilen wir uns«, flüsterte sie.

Myrrima entdeckte direkt vor Sonnenuntergang einen weiteren Reiter und war nun sicher, daß man ihnen folgte.

Sie waren im Kanter über die Hügel geritten, hinter denen sich zum hundertsten Mal eine weitere Marsch auftat. Sie ließen ihre Pferde ein paar Minuten fressen, waren dann eine halbe Meile weitergeritten, bis sie einen so breiten Sumpf erreichten, daß selbst die Straße darin unterging.

Der Wald war hier zu Ende. Ein paar graue, skelettartige Bäume kämpften sich aus stinkenden Tümpeln hoch, aber ansonsten gab es für beinahe eine Viertelmeile keine Deckung. Im Winter würde dieser Sumpf wohl ein See sein.

Also zügelte Myrrima ihr Pferd und ließ es seinen Weg durchs Wasser finden und durch schlammige Tümpel waten, wo es bis zum Widerrist einsank. Bei jedem Schritt erhob sich Gestank von Fäulnis aus der Tiefe, und das Platschen der Pferde übertönte jedes andere Geräusch. Myrrima mußte ihre Satteltaschen auf die eigene Schulter nehmen, damit die Vorräte nicht naß wurden. Moskitos umsurrten sie gierig.

Als ihr Pferd durch die Tümpel watete, sah sie jemanden – oder etwas. Sie hatte zufällig über die Schulter geschaut und den Weg hinter ihnen überprüft, als sie einen Reiter auf dem Hügel eine Dreiviertelmeile hinter ihnen entdeckte.

Eine dunkle Gestalt in Umhang und Kapuze saß unter den Bäumen auf einem Pferd und spähte zu ihnen hinüber. Sie konnte im Schatten des Waldes nicht erkennen, welche Farbe sein Pferd hatte. Der Reiter war so gut verborgen, daß sie zunächst nicht sicher war, ob er sich tatsächlich dort befand oder ob ihre Angst sie nur veranlaßte, etwas im Unterholz zu entdecken, was nicht vorhanden war.

Aber ein weiterer Augenblick angestrengten Starrens durch die Moskitowolke überzeugte sie, daß sie recht hatte.

Es war ein Reiter, der sich in den Bäumen direkt neben der Straße verbarg.

Myrrima schluckte und dachte nach. Ein Meuchelmörder? Oder der Wicht eines längst verstorbenen Wolfsjägers?

Es hätte alles mögliche sein können. Vielleicht war es

nur ein anderer Reisender, der sich gefürchtet hatte, als er hörte, wie ein Kraftpferd durch diese einsamen Wälder stapfte, und beschlossen hatte, unter den Bäumen Zuflucht zu suchen.

Zögernd winkte sie einen Gruß. Aber der Reiter regte sich nicht. Er blieb so starr wie ein Reh, wenn es die Jagdhunde wittert.

»Wem winkst du da?« zischte Borenson.

»Da ist ein Mensch unter den Bäumen«, sagte Myrrima.

»Bist du sicher, daß es ein Mensch ist?«

Plötzlich wurde ihr klar, daß sie keine frischen Spuren auf der Straße gesehen hatte. Sie hatte auch in der Nähe der Straße kein Pferd gerochen. Das bedeutete, daß niemand vor ihnen gewesen war.

Es blieben also nur zwei Möglichkeiten. Der Reiter war quer durch die Sümpfe geritten – etwas, was nur ein Verrückter versuchen würde –, oder er folgte ihnen.

Nur ein Mann auf einem schnellen Kraftpferd hätte mit ihnen Schritt halten können.

Meuchelmörder aus Muttaya ritten Kraftpferde.

Sie zügelte ihr Pferd, blieb einen Moment still sitzen, ignorierte die Stechmücken und starrte den Fremden weiter an. Endlich drehte er sich und drängte sein Pferd vorwärts auf die Straße nach Norden in den dunklen Wald hinein und war dann verschwunden.

Sein Pferd machte kein Geräusch, als es unter den Bäumen hertrabte.

»Ich habe ihn gesehen«, flüsterte Borenson. »Ich weiß nicht, ob er lebt oder tot ist.«

Ein Wicht, entschied sie, und einer, der sich nicht für uns interessiert. Oder vielleicht war es immer noch zu hell, und er würde ihnen folgen, sobald es richtig dunkel war.

Ihr Herz klopfte heftig. Und plötzlich fiel ihr ein, daß sie einmal gehört hatte, daß Meuchelmörder aus Muttaya die Hufe ihrer Pferde mit Schafswolle umwickelten, so daß sie leiser reiten konnten.

»Wasser und kaltes Eisen können manchmal einen Wicht abwehren«, flüsterte Borenson. »Aber wenn dieser Bursche da lebt, dürfte kaltes Eisen genügen.«

Myrrima griff in einen Beutel und holte eine eiserne Speerspitze heraus, die Hoswell ihr einmal gezeigt hatte. Sie hatte eine Klinge, die sich nach unten verbreiterte, und paßte gut auf ein Ende ihres Stahlbogens. Sie schraubte die Speerspitze an und sprach ein Gebet zu Hoswells Gedenken.

Dann trieb sie ihr Pferd weiter durch den stinkenden Sumpf, und sie ritten fünf Meilen weiter. Die Wälder wurden dunkler, als sich die Nacht herabsenkte, und an vielen Stellen schlängelten sich die Wurzeln riesiger Bäume auf die Straße hinaus und bildeten eine Gefahr für alle, die es wagten, in der Nacht zu reiten.

Dunst bedeckte den Himmel, dämpfte das Sternenlicht, und Borenson überredete Myrrima dazu, eine Weile Rast zu machen, während sie auf den Mondaufgang warteten.

Sie erreichten ein dunkles Gehölz an einem Hügelabhang, wo die Wurzeln besonders dick waren, und verließen die Straße. Sie führten ihre Pferde in den finsteren

Schatten unter den Bäumen. Myrrimas Pferd senkte den Kopf und schnupperte dann an den modrigen Blättern, als suchte es nach Fressen. Sie waren weit geritten, und das Tier hatte die letzten zwei Stunden nichts bekommen. Das Pferd wieherte verärgert.

»Still«, flüsterte Myrrima. Das Tier hatte Gaben der Geisteskraft von anderen Pferden erhalten und war gut ausgebildet. Plötzlich wurde es starr wie eine Statue und ignorierte sogar die Stechmücken, die sich gierig auf ihm niederließen.

Lange Minuten warteten Myrrima und Borenson.

Myrrima haßte dieses Schweigen und wünschte sich, sie könnten sich unterhalten. Sie beschäftigte sich damit, den Himmel zu beobachten. Beinahe sofort erschienen drei Sternschnuppen. Eine war ein Feuerball, der eine glühende Aschespur hinterließ. Sie hatte selten so etwas gesehen. Keine Grillen zirpten. Keine Frösche quakten.

Die Nacht schien vollkommen still zu sein.

Bis sich ein klagender Schrei von etwas erhob, das kein bißchen menschlich klang. Sofort hatte Myrrima Gänsehaut an den Armen und auf dem Rücken. Ihr Pferd scharrte mit den Vorderhufen, und Borensons Tier tänzelte vorwärts.

Auf einem windigen Abhang, keine Meile entfernt, sah sie das graue Geisterlicht eines Wichts – unglaublich dünn und hoch gewachsen. Auf den ersten Blick schien er vage menschlich, bis sie diese unmögliche Gestalt von näher sah. Die schlaksigen Arme waren dünn wie Äste und von leichenhaftem Weiß, sie erinnerten an warzenhaft wuchernde Pilze und endeten in sichelartigen Krallen. Die vier Beine waren ebenfalls unmenschlich lang und dünn. Das hintere Paar war mit Hüften verbunden, die sich nach oben bogen wie die eines Grashüpfers, mit einem umgedrehten Knie. Aber diese Hüften waren keine zwei Fuß von den vorderen Beinen entfernt, so daß das Wesen auf seltsame Weise hockte. Der schmale Schädel lief spitz zu, so daß die Schnauze beinahe schnabelähnlich wirkte. Die Bewegung auf der Rückseite des Schädels kam aber nicht von Knochen, sondern von Fühlern.

Obwohl das Ungeheuer aus großer Entfernung beinahe für einen Menschen gehalten werden konnte, war es den Greifern viel näher verwandt als den Menschen.

Ein Toth.

Myrrimas Herz schlug ihr bis zum Hals. Schweiß lief ihr über die Stirn. Sie wagte nicht, sich zu regen, denn sie wollte nicht, daß das Ungeheuer sie bemerkte.

Die Toth-Zauberer kamen aus einem Land auf der anderen Seite des Caroll-Meeres und waren jetzt beinahe nur noch Legende. Die meisten ihrer gespenstischen Hinterlassenschaften waren verschwunden. Dies hier konnte nur der Schatten eines sehr mächtigen Zauberers sein.

Wasser und kaltes Eisen würden nicht genügen, den Wicht abzuwehren. Nur ein großer Zauberer würde das können.

Der Wicht stand auf dem Hügelhang, den Kopf leicht schräg gelegt wie ein Jagdhund, der in die Luft schnuppert. Die Fühler hingen dabei wie ein dichter Bart bis unter die langgezogenen Kiefer und bebten. Das Wesen schwankte leicht – eine unglaublich anmutige Geste –, dann machte es sich entschlossen nach Nordwesten auf.

Er hatte etwas gewittert, stellte Myrrima fest. Und da ich mich nördlich von ihm befinde, könnte das durchaus ich gewesen sein.

Sie war dabei, aufs Pferd zu springen, als Borenson sie aufhielt.

Beinahe sofort hörte sie Hufschlag. Ein Reiter kam im Galopp über die Straße hinter ihnen und peitschte sein Pferd mit den Zügeln.

Ein schweres Schlachtroß dröhnte vorbei, der in einen Umhang gehüllte Reiter niedrig geduckt im Sattel und vor Angst ächzend. Sie hörte das gedämpfte Klirren einer nietenbesetzten Lederrüstung. Selbst die schweren Schafswollfüßlinge, die die dröhnenden Hufe des Pferdes dämpften, konnten die Geräusche nicht vollkommen verhindern.

Ein Muttayin. Und dem Meuchelmörder folgte der Wicht.

Das einzige Problem war, daß auch Myrrima und Borenson sich in diesen Wäldern verbargen. Dem Wicht wäre es gleich, wen er als erstes fing.

Was wäre dir lieber, fragte sie sich: der Tod durch einen Attentäter oder der Tod durch den Wicht eines Toth?

Borenson traf die Entscheidung für sie. Er drückte seinem Pferd die Fersen in die Flanken und galoppierte los.

Myrrima riß ihr Reittier herum. Sie spornte es fester an, als sie gewollt hatte, und der Hengst raste unter ihr davon.

Ihr blieb nichts anderes übrig, als sich festzuklammern. Trotzdem packte sie ihren Stahlbogen in der sinnlosen Hoffnung, daß die eiserne Speerspitze den Wicht fernhalten würde.

Die Kraftpferde galoppierten unter den Bäumen her. Hinter sich, in einer Viertelmeile Entfernung, hörte Myrrima diesen unmenschlichen Schrei. Es war kein kummervoller Schrei, mehr ein langgezogener Kriegsruf, wie das Geräusch, das ein Adler von sich gibt, bevor er auf sein Opfer niederstürzt.

Ihr Kraftpferd verdoppelte die Geschwindigkeit in blinder Panik, und Myrrima beugte sich im Sattel tief vor und klammerte sich fest. Borensons Pferd bestimmte das Tempo. Borensons Umhang flatterte wild hinter ihm her.

Sie erreichten eine Stelle, an der die Bäume dünner waren. Sie wagte einen Blick rückwärts.

Das Blut erstarrte in ihren Adern. Der Wicht sprang auf unglaublich langen Beinen hinter ihnen her. Er schimmerte von seinem eigenen inneren Licht, so daß sie ihn nun deutlich erkennen konnte, nur ein paar hundert Schritte hinter ihnen. Seine Haut schimmerte hell wie poliertes Elfenbein, und die riesigen Augen glühten in dunklem Rot. Auf seinen Armen leuchteten verblaßte blaue Runen, uralte Zauber der Toth. Fühler zuckten an dem schmalen Kinn wie ein Bart, und sichelähnliche Zähne glitzerten im lippenlosen Maul. Das Wesen machte eine Bewegung mit der rechten Pfote, als wolle es nach ihr greifen. Die Tatzen waren unglaublich lang, jede mit drei Krallen bewehrt.

»Schneller!« rief sie dem Pferd zu, und das Kraftpferd verdoppelte abermals seine Anstrengungen, schoß durch den finsteren Wald und ließ den Wicht weit hinter sich zurück. Das Tier hatte vier Gaben des Stoffwechsels und zwei der Muskelkraft. Mit diesen Gaben konnte es unglaubliche Geschwindigkeiten erreichen. Hätte Myrrima die Wahl gehabt, dann hätte sie es nicht einmal gewagt, im Tageslicht so schnell zu reiten.

Sie bewegten sich mit etwa achtzig Meilen pro Stunde, als sie hörte, wie Borensons Pferd stolperte.

Er galoppierte durch einen Hain, der vor ihr lag, als der Vorderhuf seines Pferdes eine Wurzel traf und es knackte, als bräche eine Lanze.

Als das Tier stürzte, galt Myrrimas erster Gedanke ihrem Mann.

Er ist so gut wie tot, dachte sie, aber sie sah, wie Borenson aus dem Sattel sprang oder fiel und sich im Gras abrollte.

Myrrima zügelte ihr eigenes Pferd und sprang aus dem Sattel, während das Tier noch weiterrannte. Sie versuchte, auf den Beinen zu landen, aber sie rutschte auf der schlammigen Straße und fiel auf die rechte Hüfte. Sie schlitterte über ein paar Wurzeln und Felsen und fiel dann auf den Bauch.

Schmerz durchdrang sie, ausgehend von Hüfte und Armen.

Sie ignorierte die Pein und kam auf die Beine. Ihr Pferd war weg. Aber im Fall war es ihr gelungen, ihren Bogen festzuhalten.

Sie spuckte auf die eiserne Speerspitze. Wasser und

kaltes Eisen, dachte sie hoffnungsvoll, dasselbe, was sie gegen den Glorreichen der Finsternis benutzt hatte.

Ein Kreischen ertönte, als sie aufblickte.

Der Wicht hatte sie beinahe erreicht und riß das Maul auf, als wollte er sie verschlingen. Es war zu spät, um noch stehenzubleiben wie ein verschrecktes Kaninchen, zu spät, um zu hoffen, daß er einfach weiterziehen würde.

Sie stach mit dem Bogen zu, mit der Speerspitze in das süße Dreieck zwischen den Augen des Ungeheuers.

Der Toth kreischte, und es blitzte blendend hell. Unsichtbare Eiszapfen schienen durch die Luft zu fliegen, und Kälte durchzuckte Myrrima an tausend Punkten.

Sie starrte den Toth an. Die Runen, die ihn gegen den Tod schützen sollten, blitzten plötzlich hellblau auf, und eine Sekunde lang hatte Myrrima eine Vision: Sie glaubte, in grellweißen Nebel zu starren, und in diesem Licht sah sie Krieger in den Rüstungen längst vergangener Zeiten mit runden Helmen und runden Schilden. Sie umgaben den Toth von allen Seiten und stachen mit Speeren nach seinen Flanken. Myrrima konnte sie schreien hören: »Arten! Arten da gaspälten!«

Die Vision verblaßte, und Myrrima wurde von dem eisigen Wind rückwärts geschleudert. Die Welt wurde bitterkalt. Nie hatte sie solche Kälte verspürt.

Myrrima fühlte sich, als hätte man ihr einen Ruhmhammer vor die Brust geschlagen. Jeder einzelne Muskel in ihrem Körper schmerzte. Wie betäubt versuchte sie sich aufzurichten, aber ihr war zu schwindlig, und sie fiel wieder zurück.

Borenson packte sie, hob ihren Kopf. »Bist du am Leben? Kannst du mich hören?«

»Was ...«, gelang es Myrrima zu murmeln.

Sein Atem dampfte in der eisigen Luft. Ihre rechte Hand fühlte sich an, als wäre sie an den Knöcheln abgefroren.

»Bei den sieben Steinen!« fluchte er. »Das ... das ist unmöglich!«

Sie richtete sich auf und ignorierte die Schmerzen in ihren Knochen. Im Umkreis von fünfzig Schritten war Reif auf dem Boden. Weiße Kristalle glitzerten im Sternenlicht.

Der Wicht war verschwunden. Aber Myrrimas rechte Hand schmerzte, als hätte sie sie in kaltes Feuer gesteckt. Sie hielt sie hoch und erkannte erst jetzt, was geschehen war. Sie hatte ihre Speerspitze so tief in den Wicht gestoßen, daß sie das Ungeheuer mit der Hand berührt hatte. Ihre Faust war weiß wie Eis, und Kristalle schimmerten auf der hellen Haut.

KAPITEL 18
Die Days

Solange es Runenlords gibt, solange gibt es auch Days. Aber die Anzahl der Days auf der Welt ist nie genau bekannt, und sie scheint größer und kleiner zu werden. Es heißt, der verrückte König Harrill hatte drei Days gleichzeitig und strengte sich gewaltig an, ihnen zu entkommen. Man kann sich gut vorstellen, daß er besser beobachtet werden mußte als andere.
Aber wir wissen auch aus den Chroniken von Erendor, daß nicht einmal einer von zwölf Königen während seines Lebens einen Days hatte. Dieser Zustand dauerte beinahe vierhundert Jahre an. Daher sprechen wir manchmal, weil so viel unserer Geschichte verloren ist, vom dunklen Zeitalter Erendors.

Auszüge aus den Chroniken von Deverde,
Herdmeister im Saal der Zeit

Während die Welt schlief, zog sich Iome in den Palast in den Gezeitenhöfen zurück, um darauf zu warten, daß Abel Scarby die Hunde fand, die Gaborn brauchte.

Die Wachen brachten sie herein und riefen eine Zofe, die vor lauter Panik noch mehr Leute geweckt hätte, hätte Iome es ihr nicht verboten.

Die gewaltigen Ausmaße des Palastes überwältigten sie. Der Bergfried ihres Vaters auf Burg Sylvarresta hätte hier in die große Halle gepaßt. Sechzehn riesige Feuerstellen zogen sich an den Wänden entlang.

Ringsumher hingen Dutzende von Laternen vor Silberspiegeln, die hellen Flammen leicht gedämpft von rosafarbenem Kristall. Das Öl, das darin brannte, duftete angenehm nach Gardenien. Riesige Fenster nach Süden hinaus hätten den Raum am Tag beleuchtet.

Die Wandbehänge zeigten Szenen aus dem Leben früherer Könige, und jeder dieser Gobelins sah so aus, als hätte es ein ganzes Dorf voller Frauen ein Jahr gekostet, ihn zu weben.

Die Türrahmen waren kunstvoll geschnitzt und zeigten Szenen von Füchsen und Kaninchen, die in einem Eichenwald umherrannten.

Der Tisch des Königs war mit schimmernd polierten, goldenen Tellern gedeckt. Iome starrte das alles verblüfft an und konnte nicht aufhören zu starren. Sie hätte sich nie vorstellen können, wie reich Gaborn war. Sie hatte nie daran gedacht, wie unbedeutend Heredons Glanz ihm vorgekommen sein mochte.

Vor einer großen Feuerstelle saß ein Mädchen im schlichten Gewand einer Gelehrten auf einer eleganten Couch. Ihr braunes Haar hatte sie zu vielen dünnen Zöpfen geflochten, die sie dann im Nacken zusammengebunden hatte.

Als sie die Schritte hörte, drehte sie sich um und wandte sich Iome zu.

»Oh, da seid Ihr ja!« sagte sie mit angenehmer Stimme. Das Mädchen hatte Sommersprossen, ihre Augen waren braun. Iome sah sie an und hatte das Gefühl, sie ihr ganzes Leben lang gekannt zu haben. Sie war vielleicht sechzehn, ein wenig jünger als Iome.

»Seid Ihr meine neue Days?« fragte Iome.

Das Mädchen nickte. Sie hatte einen Pickel am Kinn.

»Ich habe gehört, daß Ihr eingetroffen wärt. Hattet Ihr eine gute Reise?«

»Es gab keine Zwischenfälle«, erklärte Iome, sicher, daß das Mädchen nur die historisch bedeutsamen Einzelheiten hören wollte.

Das Mädchen verzog ein wenig das Gesicht, als hätte sie mehr zu hören erwartet. »Aber ... es war doch angenehm, hoffe ich.«

Iome wunderte sich. Sie hatte nie erlebt, daß eine Days sie gefragt hatte, ob ihr etwas gefiel.

»Sehr angenehm«, sagte Iome. »Ich muß zugeben, ich hätte mir nie vorstellen können, wie groß Mystarria ist. Das Land hier ist so üppig und fruchtbar, und dieses Schloß überwältigt mich einfach.«

»Ich bin nicht weit von hier geboren«, meinte die Days, »in einem Dorf namens Berriston. Ich weiß alles über Mystarria. Ich kann Euch herumführen.«

Noch nie hatte eine Days Iome angeboten, ihr etwas zu zeigen. Die meisten waren kühl und gaben sich sehr überlegen. Aber sie begriff sofort, daß sich dieses Mädchen ebenso einsam fühlte wie sie selbst, und ebenso überwältigt schien von ihren Verantwortungen.

»Das wäre schön«, sagte Iome. Sie ergriff die Hand des Mädchens und drückte sie.

Es fühlte sich ausgesprochen seltsam an. Zu Hause war Iome immer von Freundinnen umgeben gewesen. Ob es sich nun um vertrocknete alte Matronen oder junge Hofdamen handelte, sie hatte immer weibliche Gesellschaft gehabt. Als sie zu den Gezeitenhöfen gekommen war, hatte sie gewußt, daß sie sich fehl am Platz fühlen würde.

Nun fragte sie sich, wie es wohl wäre, eine Days zur Freundin zu haben. Sie konnte es sich nicht vorstellen. Aber sie wollte das Beste aus der Situation machen.

»Kennt Ihr Euch im Schloß aus?« fragte Iome. »Könnt Ihr mir den Turm zeigen?«

»Ja«, meinte die Days. »Ich bin schon den ganzen Nachmittag hier.«

Das Mädchen brachte Iome zum Turm, und zusammen stiegen sie die lange Treppe hinauf, bis sie den Raum erreichten, in dem Gaborns Vater geschlafen hatte.

Eine Wache in den Farben von Mystarria stand an der Tür und öffnete sie mit einem Schlüssel.

Als die Tür aufging, roch Iome König Ordens Duft – seinen Schweiß, sein Haar – so intensiv, daß es ihr unmöglich vorkam, daß der Vater ihres Mannes erst vor einer Woche getötet worden war. Dieser Duft schien seinen Tod zu leugnen, ließ Iome erwarten, daß der alte König Orden jeden Augenblick auf dem Balkon vor dem Fenster erscheinen oder aus einem Nebenzimmer eintreten würde.

Zumindest sollte sein Schatten hier sein, dachte sie.

Der Raum war übergroß, üppig möbliert und hatte ein riesiges Himmelbett mit Wollvorhängen. Iome ging hin und drückte auf die feste Matratze. Hier soll ich also schlafen, dachte sie. Dies ist der Ort, an dem ich – die Mächte mögen uns schützen – meinen Sohn zur Welt bringen werde. Dies ist der Ort, an dem Gaborn mich noch öfter schwängern wird. Iomes Days ging zu einem Fenster und öffnete es weit. »Ich habe gehört, der Ausblick auf die Stadt von hier aus sei wunderschön«, meinte sie. »Wir sollten sie von der Promenade aus sehen können.«

Iome wußte, daß sie nicht imstande wäre zu schlafen. Mit so vielen Gaben des Durchhaltevermögens, des Stoffwechsels und der Muskelkraft brauchte sie nur wenig Schlaf. Von nun an würde sie ruhen, wie es mächtige Runenlords taten – indem sie still dastand und ins Leere starrte. Sie fühlte sich immer noch ausgeruht, und die Worte der Days waren mitreißend.

Iome ging hinaus auf den Balkon. Er befand sich drei Stockwerke unter den höchsten Zinnen des Turms, wo die Weitseher ihre Wache hielten. Der Balkon war gut beleuchtet. Eine riesige rote Laterne hing direkt unter dem Ausguck der Weitseher.

»Die war vor einer Weile nicht entzündet«, stellte Iome fest.

»Vor einer Weile war auch die Königin noch nicht hier«, erwiderte die Days. »Sie wurde zu Euren Ehren entzündet.«

Zu Hause auf ihrer Burg hatte es so etwas nicht gegeben. Burg Sylvarresta war eine Festung, und Iome hatte sie selten verlassen. Aber Mystarria war eine andere Sache. Gaborns Familie besaß ein halbes Dutzend Burgen, die als Zuflucht in Kriegszeiten dienen konnten, und darüber hinaus Paläste, in denen sie in Friedenszeiten weilten.

Unterhalb von Iome waren die diversen Gebäude der Gezeitenhöfe im Dunkeln zu erkennen – herrschaftliche Burgen mit stolzen Türmen und luxuriöse Herrenhäuser.

Im Westen gab es Märkte, und das Licht des Sichelmondes glitzerte auf Schieferdächern, dahinter, in den ärmeren Vierteln, ragten die spitzen Dächer von Tausenden und Abertausenden von Hütten auf wie Steine.

Und dahinter befand sich der friedliche, gewaltige Ozean. Salzige Luft kribbelte in ihrer Nase. Es war keine kalte Nacht.

»Es ist schön hier oben«, sagte die Days. »Genau wie ich es mir immer vorgestellt habe.«

Sie fuhr fort: »Als ich noch klein war, hat meine Mutter mir eine Kindergeschichte erzählt. Sie sagte, es gäbe an jedem Rand der Welt eine Burg voller Riesen, und die Riesen im Osten seien im Krieg mit denen im Westen. An jedem Tag belüden die Riesen im Osten ihr Katapult und schickten eine flammende Kugel in die Luft, die die Dächer der Burg im Westen zerstören sollte. In jeder Nacht schickten die Riesen von dort einen großen Stein zurück. Die Flammenkugel ist die Sonne. Die Steinkugel ist der Mond. Und wenn der Tag kommt, an dem die Sonne nicht mehr aufgeht, weiß man, daß der Krieg zu Ende gegangen ist.

Die einfachen Leute in den Hütten der Stadt sagen, der Turm des Königs sei so hoch«, fuhr das Mädchen fort, »daß ein Weitseher, der dort oben steht, über das Meer hinweg schauen und die Riesen beobachten kann, wenn sie ihre Katapulte beladen.

Es war von diesem Turm aus, daß Fallions Weitseher die grauen Schiffe entdeckten.«

Iome lächelte. Über ihrem Kopf schossen mehrere Sternschnuppen über den Himmel. Eine davon war ein riesiger Feuerball, der eine flammende Spur hinter sich her zog. Sie neckte die Days: »Es sieht so aus, als hätten eure Riesen keine großen Steine mehr. Heute nacht schießen sie mit Schrot.«

Die Days lachte. Sie drehte sich um, und ihre Augen blitzten. Sie kannte sich mit Geschichte aus und liebte es. Es war immer der Traum des Mädchens gewesen, an der Seite einer Königin zu stehen und zuzusehen, wie die Geschichte verlief. Aber selbst wenn es Gaborn gelingen sollte, die Todesmagierin aufzuhalten, die in der Unterwelt herrschte, würde Iome wochenlang untätig in diesem Turm festsitzen. Der Gedanke zerriß ihr beinahe das Herz.

Wie lange wird es dauern, bevor dieses Mädchen sich mit ihr langweilte und ihre Wahl bedauerte?

Iome schaute zum weit abgelegenen Horizont hin, wo das Wasser in der Nacht glitzerte. Sie konnte keine Schiffe entdecken, nicht einmal eine Schule von Walen. »Keine Riesen«, sagte sie. »Auch keine Schiffe.«

Bei dieser Bemerkung versteifte sich das Mädchen unwillkürlich ein wenig und klammerte die Finger fester um das Steingeländer. Sie lachte abermals, aber es klang ein wenig gezwungen.

Es sind tatsächlich Schiffe auf dem Weg, begriff Iome. Die Days weiß es. Schiffe sind unterwegs, um die Gezeitenhöfe anzugreifen.

Aber wessen Schiffe?

Iome dachte hektisch nach. Im Süden gab es die Inkarraner, die noch nie gegen den Norden Krieg geführt hatten, es jetzt aber taten. Dennoch, für gewöhnlich kämpften sie nicht vom Meer aus. Im Norden gab es ein halbes Dutzend Länder, die eine Flotte aufstellen konnten – Lonnock, Toom, Eyremoth, Alnick, Ashoven und Internook.

Ich ziehe meine Schlüsse zu schnell, dachte Iome. Aber sie mußte nachdenken. Diese Days war jung, vielleicht die jüngste, die sie je gesehen hatte. Die anderen waren immer viel reifer gewesen. Vielleicht war sie nicht vollständig ausgebildet.

Jahrhundertelang hatte es Gerüchte gegeben, daß Days manchmal als Spione arbeiteten. Konnte dies die Quelle solcher Gerüchte sein – eine Days, die unwillkürlich blinzelte oder nervös den Blick abwandte, wenn sich das Gespräch gefährlichen Themen zuwandte?

»Ihr seid also hier aufgewachsen, in Berriston?« fragte Iome.

»Ja, es ist ganz in der Nähe«, antwortete das Mädchen.

»Können wir es von hier aus sehen?«

Die Days brachte sie zur Nordseite des Turms und zeigte ein paar Meilen die Küste entlang. »Ihr könnt das Dorf dort sehen, das, wo nur ein paar Lichter leuchten.«

»Ah, so nahe«, meinte Iome. »Ihr konntet die Türme von zu Hause aus also jeden Tag sehen.«

»Nicht im Winter«, meinte die Days. »Nicht im Nebel.«

Iome hatte noch nie eine Days kennengelernt, die soviel redete. »Lebt Eure Familie immer noch da, Eure Mutter, Euer Vater, Geschwister?«

»Meine Mutter ist schon lange tot«, sagte die Days. »Aber meine Vater ist noch hier, und meine älteren Brüder. Sie sind Zwillinge. Meine Stiefmutter habe ich nie gemocht.«

»Habt Ihr sie vor kurzem besucht?« fragte Iome.

Nun umklammerte das Mädchen wieder nervös das Geländer. »Nein.« Sorgte sie sich um ihre Familie, oder machte der Gedanke daran, sie zu besuchen, sie nervös?

»Würdet Ihr das gerne tun?« fragte Iome. »Vielleicht könnten wir das zusammen tun.«

»Nein!« antwortete die Days. »Die Zeit läßt sich nicht umkehren. Wir sollten auch nicht versuchen, das zu tun.« Aber die letzten Worte klangen wenig überzeugend aus ihrem Mund.

»Wahrscheinlich nicht«, meinte Iome. »Ich werde meine Eltern ganz bestimmt nie wiedersehen, und nichts, was ich tun kann, wird sie mir zurückbringen. Aber es ist eine Schande, daß Eure Familie ganz in der Nähe wohnt und Ihr sie trotzdem nicht besuchen könnt.«

Wieder klammerte sich die Days ans Geländer und wandte sich dann nach Nordwesten, um dem Thema auszuweichen.

Iome ging weiter über den Balkon, bis sie nach Westen kam. Wieder zog eine Sternschnuppe über den Himmel, dicht gefolgt von einer zweiten.

»Mein Mann ist da draußen«, sagte Iome, »und kämpft gegen Greifer. Er fürchtet, daß das Ende der Welt bevorsteht, in drei oder vier Tagen. Aber ich nehme an, Ihr wißt das alles.«

Das Mädchen beugte sich schweigend nach vorne und schaute nach Westen.

Iome fuhr fort. »Er steht so vielen Feinden gegenüber. Es sind nicht nur die Greifer. Die Inkarraner im Süden und Raj Ahten. Und der verrückte König Anders. Ich mache mir Sorgen um ihn.«

Die Days umklammerte das Geländer nicht. Sie stand einfach da und sah nach Westen. Iome deutete ihre Reaktion: Gaborn ist in Sicherheit. Mach dir keine Sorgen.

Iome wirbelte der Kopf. Sie hatte das Gefühl, einer wichtigen Sache auf der Spur zu sein. Dieses Mädchen war nicht vollständig ausgebildet. Ganz gleich, was sie selbst beabsichtigte, sie konnte für Iome vielleicht als Spionin dienen. Solange sie nicht argwöhnte, daß Iome ihre Reaktionen deutete, würde sie weiter mit ihnen enthüllen, was sie wußte.

Iome kehrte zur Tür zum Schlafzimmer zurück. »Es wird spät. Ihr wollt vielleicht ein wenig schlafen. Ich hoffe, Eure Räume sind angemessen?«

»Sie sind wunderbar.« Für ein Bauernmädchen wäre jedes Zimmer hier luxuriös gewesen.

»Und Ihr habt zu essen bekommen?«

»Ja.«

»Gut«, sagte Iome. »Ich habe zuvor nie viel darüber nachgedacht, aber ich nehme an, es muß für eine Days am Anfang schwierig sein, ohne Freunde hierher verschlagen zu werden.«

»Oh, ich habe Freunde«, antwortete die Days.

Das wußte Iome. Sie wußte, daß das Mädchen eine Gabe der Geisteskraft einer anderen gegeben hatte, einer Freundin, die diese Gabe zurückgegeben hatte, so daß sie nun einen Geist teilten. Gaborn hatte darüber gesprochen, wie sehr er jene beneidete, die eine solch tiefe Beziehung hatten.

Unter Iome begann der Turm ein wenig zu schwanken, und der Stein bockte unter ihren Füßen.

Zunächst glaubte sie, es sich nur eingebildet zu haben, und als sie zum Geländer griff, sorgte sie sich mehr darum, albern auszusehen, als daß sie Bedenken um ihre Sicherheit gehabt hätte.

Dann schwankte der Turm heftiger, und der Boden bebte. Iomes Herz klopfte.

»Ein Erdbeben!« rief die Days.

Sie hatte den Mund noch überrascht geöffnet, als ein Grollen durch die Stadt zog.

Der große Turm wackelte gewaltig, als sich der Boden in Wellen zu bewegen begann. Von allen Orten auf der Welt, an denen sich Iome während eines Erdbebens aufhalten wollte, war dieser Turm der letzte.

Sie hörte, wie tiefer drunten im Palast Glas klirrte, als die riesigen Fenster der großen Halle zerbrachen.

Überall in den Gezeitenhöfen begannen die Menschen zu schreien. Hunde bellten, Pferde wieherten. In einer Burg auf einer nahe gelegenen Insel stürzte ein ganzer Turm ein und rutschte ins Meer.

Die Days hielt sich am Geländer fest, als befürchtete sie zu fallen.

»Verschwinden wir hier!« rief Iome. Sie griff nach der Hand des Mädchens und zog sie durch die Tür in den eigentlichen Turm hinein. Die Bücher des Königs fielen aus einem Regal, zusammen mit einem Helm, der laut schepperte, als er zu Boden fiel. Der Himmel über dem Bett schwankte.

Gerade als Iome die Days ins Zimmer zog, ertönte das

Geräusch berstenden Steins. Der Balkon draußen riß und stürzte in die Tiefe.

Die Days schrie auf und klammerte sich an Iome.

Der Turm schwankte immer noch, als würde er jeden Augenblick umfallen. »Kommt!« rief Iome. Sie zog das Mädchen aus dem Zimmer. Von oben konnte sie Geschrei hören, als auch die Weitseher versuchten, sich in Sicherheit zu bringen.

Sie sprang ins Treppenhaus. An den Wänden hingen Lampen, und als sie schwankten, floß brennendes Öl heraus. Wenn der Turm sich bewegte, riß der Gips auf den Mauern und fiel in großen Brocken herab. Die Luft im Schloß war mit Staub und Rauch gefüllt.

Iome hielt sich eine Hand über den Kopf, um sich vor Gipsbrocken zu schützen, und rannte abwärts. Bei ihren Gaben des Stoffwechsels kam es ihr so vor, als würde der Gips nur langsam herabrieseln. Dank ihrer Gaben der Muskelkraft war sie imstande, die größeren Brocken wegzuschlagen und sich und das Mädchen zu schützen.

Sie sprang durch eine Feuerwand.

Gewaltige Gipsbrocken rutschten die Stufen herunter, und Iome mußte sich anstrengen, sicheren Boden unter den Füßen zu finden. Je tiefer sie kamen, desto mehr hatte sie das Gefühl, sich auf einer Geröllawine zu bewegen.

Sie fühlte in sich hinein. Gaborn hatte sie nicht vor Gefahr gewarnt, wie vor ein paar Tagen in Burg Sylvarresta. Sie spürte nur Panik. Der Turm konnte jeden Augenblick einstürzen.

Sie hatte das Ende der Treppe noch nicht erreicht, als das Beben aufhörte.

Die Days hielt einen Augenblick inne. »Wartet. Wartet. Es ist vorüber.« Sie wischte sich die Tränen der Angst aus den Augen und begann dann erneut zu schluchzen.

Aber Iome hatte in Heredon mehr als ein Erdbeben erlebt und wußte es besser. »Das könnt Ihr nicht wissen!«

Sie packte die Days und drängte sie weiter die Treppe hinab und aus dem Schloß heraus. Und das war gut so.

Iome hatte das Gebäude gerade erst verlassen, als ein stärkeres Beben begann, die Gezeitenhöfe zu erschüttern.

KAPITEL 19
Suche nach dem Wegmacher

Häufig werden Krieger geehrt, die ihr Leben im Kampf lassen. Aber nur wenig angemessene Ehre wird den Tapfersten von allen zuteil: jenen, die willentlich endlosen Schmerz um einer höheren Sache willen ertragen.

Lord Mangan

Der Boden im Umkreis von einer Meile rund um Mangans Felsen war verbrannt. Hier und da brannten noch ein paar kleine Büsche, aber obwohl tausend kleine Feuer es erleuchteten, war das Land schwärzer als der Nachthimmel.

Im Osten tobte Gaborns Feuer in den Ausläufern der Berge. Sehr wahrscheinlich würde es im Wald noch tagelang flackern.

Bei jedem Schritt, den Averan machte, wirbelte Asche auf und drang ihr in die Lunge. Averan, Binnesman, Gaborn und Gaborns Days gingen auf die toten Greifer zu, von denen jeder größer war als ein Elefant.

Tausende waren in einem grausigen Hagel von Mangans Felsen gesprungen oder gefallen. Einige waren schon dabei gestorben. Das Land war am Südende der Klippe mit ihnen bedeckt. An einigen Stellen schichteten sich die Kadaver aufeinander.

Tausende verwundeter Greifer zogen sich mit gebrochenen Beinen oder geborstenen Panzern über die Ebene zurück. Der Rest der Horde war schneller. Gaborns Ritter waren damit beschäftigt, die Verletzten zu töten, aber er hatte schon ein paar Späher mit Fackeln ausgeschickt, um unter den Kadavern nach dem Wegmacher zu suchen.

Averan wollte keinen weiteren Greifer essen. Der letzte hatte sie in kalten Schweiß ausbrechen lassen, hatte ihr schreckliche Übelkeit und tiefen Schmerz bereitet. Sie war deshalb immer noch durcheinander, und ihre Muskeln schmerzten. Es war zu früh, um wieder zu essen.

Aber überall lagen tote Greifer, und Gaborn wagte es nicht, sich diese Gelegenheit entgehen zu lassen.

Averan stakste durch die Asche. Eine Sternschnuppe schoß über sie hinweg. Sie blickte auf, sah beinahe sofort eine zweite und bemerkte, daß nur wenige Gree bei den toten Greifern geblieben waren. Entweder hatte der Rauch sie getötet, oder sie waren dem Rest der Horde gefolgt.

Wieder bebte der Boden, und ein paar Steine stürzten von Mangans Felsen und fielen auf die Greifer.

»Habt Ihr das Erdbeben gemacht?« fragte Averan Gaborn.

»Nein«, sagte er. »Ich habe nichts damit zu tun.«

Sie sah einen Schleimwurm in einiger Entfernung. Er lag auf dem Rücken und zog ächzend die Luft ein. Aus den Zecken unter den Kiefern drang Schleim.

»Geh nicht zu nahe ran«, warnte Gaborn sie.

»Schon gut«, meinte Averan. »Sie bewegt nicht einmal mehr die Fühler.« Sie starrte den Schleimwurm an. »Die da hieß Erbauerin Hoher Dinge. Sie hat die Nesthalle der Einen Wahren Meisterin gebaut.«

Sie ging näher heran. Dieser Schleimwurm war ein schönes Tier gewesen. Viele Schleimwürmer waren dazu ausgebildet, ihre Schleimabsonderung zu nutzen, um die Decken von Höhlen und Tunneln zu verstärken, aber dieser hier hatte sich besonders hervorgetan. Seine Gewölbe waren ein Wunder an Anmut und Kraft gewesen.

»Tut das Ungeheuer dir leid?« fragte Gaborn.

Averan schloß die Augen und spähte in ihre Erinnerungen. »Sie sind lebendig«, antwortete sie. »Die da war ein Künstlerin. Sie hätte bleiben sollen, wo sie hingehört.«

Binnesman sagte: »Gut, mein Kind. Du lernst. Alles Leben ist kostbar. Alles muß geachtet werden.«

Eine lange Weile suchten Averan und Gaborn zusammen mit hundert Spähern. Nach einer Stunde hörten sie, daß mehr als tausend Greifer bei der Stampede umgekommen waren und Skalbairns Männer immer noch die Verwundeten töteten und bereits mehr als zweitausend erledigt hatten. Der größte Teil der Horde floh nach Süden, den alten Pfad entlang zu ihrem Schlupfloch in die Unterwelt.

Sie suchten weiter.

Direkt am Felsen häuften sich die Kadaver an der Steilwand fünf oder sechs Greifer hoch. Die Späher suchten, so gut sie konnten, krochen durch kleine Ritzen, wo der Kopf oder das Bein eines Greifers als Stütze diente und Kriechraum bot.

Aber in einigen Fällen war es einfach unmöglich zu sehen, welche Greifer ganz unten lagen. Selbst Runenlords mit Kraftpferden konnten die gewaltigen Kadaver nicht einfach wegbewegen, und Gaborn begann, sich Sorgen zu machen, daß der Wegmacher auf diese Weise für immer verborgen bleiben würde.

»Herr«, rief ein Späher, »ich glaube, ich habe ihn gefunden!« Der Späher erschien dreihundert Schritte weiter in der Nähe des Felsens, wo er oben auf einem Haufen toter Greifer stand und heftig mit der Hacke winkte. Averan lief zu dem Haufen von Kadavern. »Es ist ein großes Tier«, sagte der Späher, als sie näher kam, »wie du uns gesagt hast. Und er hat sechsunddreißig Fühler und große Pfoten. Es ist nicht einfach, da unten mehr zu erkennen, aber er hat eine Rune auf der rechten Schulter, genau wie du gesagt hast. Der Rest von ihm ist unter anderen vergraben, und ich kann es nicht erkennen.«

Averan kletterte auf einen Felsen und schürfte sich an den Flechten beinahe die Hände auf.

Sie stieg mit Gaborns Hilfe auf einen Greiferkadaver. Der Kadaverhaufen hier war hoch, und um zu dem zu gelangen, den sie sehen wollte, mußte sie ganz hinaufsteigen und hinüberklettern. Sie stand gerade auf einer Zauberin, als der Greifer sich bewegte, und einen erschreckenden Augenblick lang wagte sie nicht, sich zu regen, weil sie befürchtete, das Ungeheuer sei noch am Leben.

Sie sah zu, wie der Späher in eine kleine Höhle kroch, die von Kadavern gebildet wurde. Er zwängte sich unter einem Greiferbein durch in eine Grotte. Die Fackel beleuchtete den Weg.

Averan folgte ihm nach unten. Der Pfad war unwegsam – man mußte hier auf das Bein dieses Greifers treten und aufpassen, daß man sich nicht am Ellbogenstachel stieß, dann auf jenen Kopf steigen und nicht der Fackel in den Weg geraten. Man durfte erst recht nicht daran denken, daß einer der Greifer verrutschen könnte und den ganzen Haufen zum Einsturz bringen würde. Gaborn und Binnesman folgten ihnen.

Der Späher hatte den Boden erreicht, wich in eine kleinere Nische zurück und blieb stehen. Averan folgte. Rauch wirbelte in der reglosen Luft, und die Fackel brannte heiß. Averan blickte im Fackellicht auf und sah einen Greiferkopf. Sie unterdrückte einen Aufschrei.

Das ist er! dachte sie sofort. Vier tote Greifer bedeckten den größten Teil dieses Kadavers. Aber eine große Pfote ragte nahe der Schnauze vor, und ein Teil der Schulter war zwischen den Beinen eines anderen Greifers zu sehen.

Er sah ganz wie der Wegmacher aus. Averan schloß die Augen. Ihre einzigen Erinnerungen an dieses Geschöpf waren die von anderen Greifern. Greifer betrachteten die Welt nicht auf dieselbe Art wie Menschen. Für einen Greifer schimmerte der ganze Körper in unterschiedlichen Blautönen. Also war es schwierig zu sagen, ob dies nun tatsächlich der Wegmacher war.

»Ja«, sagte Averan mit vor Erwartung und Angst angespannter Stimme. »Er könnte es sein.« Nachdem sie sich heute schon Tausende von Greifern angesehen hatte, war sie skeptisch.

Der Kadaver eines anderen Greifers drückte das Gesicht des möglichen Wegmachers zusammen, so daß die Knochenplatte auf dem Schädel nach hinten gedrückt war und die Züge verzerrte. »Wenn er nicht so eingedrückt wäre, wäre ich vielleicht sicherer.«

»Was ist mit der Rune?« fragte Gaborn. Der Greifer

hatte eine Rune auf der Schulter, die immer noch leicht glühte.

»Ich weiß es nicht«, gab Averan zu. »Greifer können diese Farben nicht sehen. Sie gehen einfach dem Geruch der Runen nach – es sind magische Beschwörungen, die in Gerüchen niedergeschrieben wurden.« Averans Erinnerung ließ sie nicht die Form der Rune sehen, und sie hätte nicht sagen können, ob sie sich an der richtigen Stelle des Körpers befand.

Sie starrte lange Zeit hin. Sie konnte nichts außer Rauch riechen. Hätte sie den hervorragenden Geruchssinn eines Greifers gehabt und wäre sie imstande gewesen, an den After dieses Ungeheuers zu gelangen, hätte sie es genauer gewußt. »Ich kann nicht sicher sein.«

»Wirst du von diesem da essen?«

Averan blickte auf. Angst bewirkte, daß sie heftiger atmete, und sie bemerkte, daß sie die Faust geballt hatte und die Nägel ihr in die Handfläche drangen. »Ich bin nicht sicher. Vielleicht ist er es nicht.«

»Aber es ist bis jetzt die beste Übereinstimmung?«

Averans Magen zog sich vor Angst zusammen. »Ja«, sagte sie. »Aber ich kann es nicht.«

Gaborn legte die Hand unter ihr Kinn und sah ihr in die Augen. »Hör mir zu. Die ganze Welt hängt davon ab, daß du jetzt stark bist. Wir haben die Greifer vom Felsen vertrieben, aber ich spüre bereits, wie sich neue Bedrohung erhebt. Morgen werden Männer in der Schlacht sterben, Hunderte, vielleicht Tausende. Und Zehntausende mehr sind in Gefahr.«

»Soll es mir das einfacher machen?« fragte Averan.

»Männer lernen, ihr Leben zu geben«, sagte Gaborn. »Sie geben es im Kampf. Sie reiben sich auf, indem sie arbeiten, um ihre Frauen und Kinder zu erhalten.«

»Frauen tun dasselbe«, sagte Averan, die an ihre Mutter dachte.

»Das stimmt«, erwiderte Gaborn. »Ich verlange nicht mehr von dir als das, was jeder Mann und jede Frau tut. Wenn du aufwächst, mußt du dich selbst hingeben. Manchmal gibst du dein ganzes Leben in einem einzigen Augenblick, aber meistens ist es so, daß man sich Minute um Minute gibt, indem man schwere Arbeit leistet. Und ich fürchte, du mußt jetzt ganz schnell erwachsen werden.«

Binnesman nahm sie tröstend in die Arme. Gaborn konnte ihr keinen Trost geben. Er konnte nicht zulassen, daß sie vor ihrer Pflicht zurückschreckte.

»Meine Männer haben den größten Teil der Kadaver in den vergangenen zwei Stunden untersucht«, drängte Gaborn. »Wir haben keinen anderen Greifer gefunden, der der Beschreibung entspricht.«

Averan schluckte. Gaborn bat sie nur, erwachsen zu werden. Das würde ohnehin geschehen, ob sie es wollte oder nicht. »Ich werde ihn essen.«

Sobald sie zugestimmt hatte, war sie vor Erleichterung überwältigt. Sie brauchte dies nur ein einziges weiteres Mal zu tun.

Gaborn seufzte tief, kniete sich nieder und legte die Arme um sie. »Danke«, sagte er.

Gaborn war erschöpft – nicht nur körperlich erschöpft,

sondern geistig und emotional auf eine Art ausgelaugt, wie er es nie zuvor verspürt hatte. Er sagte zu dem Späher: »Bringt ihr, was sie braucht.« Das süße Dreieck des Greifers war einigermaßen zu erreichen, so daß ein Mann imstande sein sollte, einen Teil des Hirn aus dem Schädel zu holen.

Er tätschelte Binnesmans Schulter und flüsterte: »Bleibt bei ihr. Tröstet sie so gut wie möglich. Ich muß mich ein wenig ausruhen.«

Er ging zu seinem Pferd und ritt eine Meile am Felsen entlang nach Norden. Sein Days folgte, bis sie die abgestürzte Statue Mangans erreicht hatten.

Der Krieger war in ein Dutzend Teile zerbrochen. Gaborn stieg ab, kletterte auf die Seite von Mangans Kopf und setzte sich dort hin, die Hand auf dem Stein, von einer gewissen Ehrfurcht erfüllt.

Man wußte wenig über Mangan – ein paar Zitate und diese Statue. Vor über tausend Jahren hatte er hier eine Festung gebaut. Er hatte verhindert, daß Krieger aus Muttaya das westliche Mystarria eroberten. Er hatte diese Festung gebaut und sich in einem Dutzend wilder Schlachten gegen die feindlichen Streitkräfte gestellt. Er war in einem eher würdelosen Scharmützel jung gestorben, und fünfzig Jahre später hatte sein Sohn zu seiner Ehre die Statue errichten lassen. Nun fühlte sich der verwitterte Stein unter Gaborns Hand rauh an. Die Flechten waren dick darauf gewachsen.

Gaborn blickte auf, als eine Sternschnuppe am Horizont niederging. Er hatte in den vergangenen drei Stunden Hunderte davon gesehen.

Gaborn staunte. Ihm wurde klar, daß sich die Dinge wirklich veränderten. Er spürte die Gefahr für die Verwundeten von Carris, die auf dem Donnestgree unterwegs waren, immer deutlicher.

Inzwischen kannte er sich mit diesen Dingen ein wenig besser aus. Manchmal spürte er die Gefahr weit im voraus. Zu anderen Zeiten schien sie ganz plötzlich zu entstehen. Es war, als versuchte man, in einen Topf kochenden Wassers zu starren und herauszufinden, welche der Blasen, die im Wasser entstanden, als erste nach oben steigen und platzen würde. Es war keine exakte Wissenschaft, und Gaborn befürchtete, daß das mit den Entscheidungen zusammenhing, die er und seine Feinde ununterbrochen trafen.

Aus dem Nichts verspürte er plötzlich eine große Bedrohung für Borenson und Myrrima. Er versuchte verzweifelt, sie zu warnen, konnte sie aber nicht erreichen. Er fragte sich, wie lange dies dauern würde. Würde die Erde ihn ewig bestrafen? Würde sie wirklich zulassen, daß seine Erwählten starben? Oder konnte er es wagen zu hoffen, daß ihm seine Kräfte in dieser Stunde der Not zurückgegeben wurden?

Er konnte den Gedanken nicht ertragen, daß ihm seine Erwählten entrissen wurden. Es ging nicht nur um andere Menschenleben. In gewisser Weise verlor er auch jedesmal einen Teil von sich, wenn einer seiner Erwählten starb.

Aber es geht auch nicht nur um mich, begriff er nun. Wenn ein Mann stirbt, dann verliert vielleicht eine Frau ihren Ehemann und ein Kind seinen Vater. Ein ganzes

Dorf kann diesen Verlust spüren. Vielleicht war er ein Bäcker oder jemand, der einem das Leben mit einem Scherz leichter machen konnte. Fähigkeiten gehen verloren, die eine Gemeinschaft schwächen, und in geringerer Weise leiden ein ganzes Land und eine Welt.

Wir, die Menschheit, bilden einen einzigen Stoff. Einen einzigen Faden herauszuziehen schadet uns allen.

Und wie viele Fäden sind schon gezogen worden!

Gaborn trauerte schmerzlich um seinen eigenen Vater, um Iomes Eltern, um die Hunderttausenden, die bereits gestorben waren, und um die Millionen, die nun an der Schwelle des Todes standen.

Er seufzte. »Raj Ahten ist in der Nähe von Kartish«, sagte Gaborn leise zu seinem Days. »Er schwindet dahin. Er hat heute noch mehr von meinen Erwählten getötet – ein Dutzend Männer.«

»Ihr verbringt viel Zeit damit, Euch um das Schicksal Eures Feindes zu sorgen«, meinte der Days.

Gaborn drehte sich um und warf dem ausgemergelten Gelehrten einen Blick zu. Der Mann saß auf dem kalten Stein, die Knie ans Kinn gezogen, die Kapuze über den Kopf. Gaborn sagte: »Wenn ich es selbst entscheiden könnte, hätte ich am liebsten überhaupt keine Feinde. Wißt Ihr, was Raj Ahten in Kartish vorgefunden hat?«

»Die Zeit wird alles enthüllen«, antwortete der Days.

Gaborn sagte: »Ich spüre große Gefahr. Ich fürchte, daß Kartish bereits zerstört ist.«

»Ich kann solche Vermutungen weder bestätigen noch abstreiten«, sagte der Days.

Nachdem er sein ganzes Leben mit Days verbracht

hatte, erwartete Gaborn nichts anderes. Er hatte sein Bestes versucht, diesem Mann Hinweise zu entlocken, aber nichts erreicht.

Gaborn hatte sich die Zeichnung des Emirs von Tuulistan eingeprägt. Sie enthüllte die geheimen Lehren der Days aus dem Saal der Träume aus dem Haus des Verstehens. Als Gaborn den Mann vor sich betrachtete, hatte er das Bild vor seinem geistigen Auge.

Die drei Sphären des Menschen:

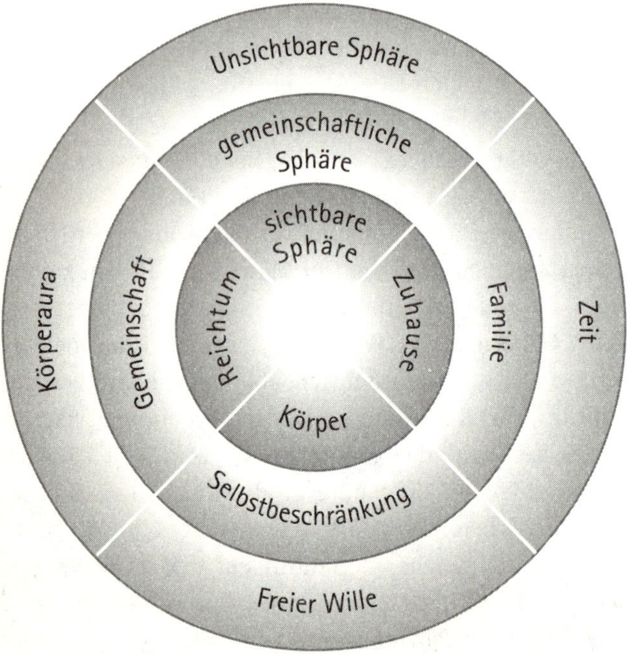

Die Zeichnung erklärte, wie sich jeder Mensch als Herr seines eigenen Reiches betrachtete. Sie zeigte, wie die Menschen gut und böse einschätzen, basierend darauf, ob ein anderer Mensch diesem Reich wohlwill oder ihm schadet.

Gaborn kämpfte innerlich, und plötzlich hatte er eine Einsicht. Ihm kam es so vor, daß kein Mensch in der Abgeschiedenheit wirklich gut sein konnte. Um solche Tugenden zu entfalten, mußte er erkennen, daß er unlösbar mit seiner Gemeinschaft verbunden war, mit der Bruderschaft der Menschheit.

Ein wirklich guter Mensch, dachte er, konnte nicht für sich allein leben. Wie einige der Mystiker in Indhopal, die sich weigerten, Kleider zu tragen oder Essen zu sich zu nehmen, das andere brauchen könnten, ergab er sich ganz dem Dienen.

Gaborn verspürte ein intensives Bedürfnis, zu einem solchen Menschen zu werden. Er war als Herrscher geboren, aber wollte jeden wachen Augenblick dem Schutz seines Volkes widmen. Er wollte jeden Gedanken auf ihre Nöte konzentrieren, jede seiner Taten. Dennoch ... nichts von dem, was er tat, schien jemals zu genügen.

Es gab etwas am Wesen von Gut und Böse, das er noch nicht begriffen hatte, ein Geheimnis, das sich ihm immer noch entzog.

Er blinzelte. Seine Augen brannten und waren übermüdet. Der Days saß einfach nur auf dem Felsen.

Warum? Wenn der Days das Wesen von Gut und Böse verstand, warum handelte er dann nicht?

Waren die Days überhaupt noch Menschen? Hatten sie denn kein Mitgefühl?

Plötzlich erschienen Verbindungen in Gaborns Geist, woben sich hindurch wie Blitze durch die Wolken. Wieder dachte er an das Diagramm. Alles schien an seinen Platz zu fallen. Er hatte das Gefühl, dicht vor einer Enthüllung zu stehen.

»Zeit!« flüsterte er triumphierend. Vielleicht ging es in dem Diagramm überhaupt nicht um Gut und Böse. Vielleicht ging es um *Zeit*.

Die Days behaupteten, Diener der Zeitlords zu sein, aber wer hatte schon je einen Zeitlord gesehen? Sie waren nur Legenden, Personifizierung einer Naturkraft. Nun erkannte er es deutlicher. Die Lehren der Days erklärten, wenn einer versuchte, einem das Geld oder die Frau oder die Stellung in der Gemeinschaft abzunehmen, hielt man ihn für böse. Aber wenn er die Stellung verbesserte, einen lobte oder Reichtum verschaffte oder einem seine Zeit zur Verfügung stellte, hielt man ihn für gut.

Aber dann fiel Gaborn etwas ein: Was besitze ich, was mir die *Zeit* nicht abnehmen wird? Meine Frau, meinen Vater, meine Familie? Meinen Reichtum, mein Leben? Alles, was ich bin, wird die Zeit mir stehlen. Ich *habe* nichts!

Offensichtlich hatten die Days das erkannt. Etwas an dieser Erkenntnis nagte allerdings an Gaborn. Man konnte aus diesem Argument schließen, daß die Zeit das absolut Böse war, denn sie würde einem Menschen schließlich allen Stolz und alle Aufgeblasenheit nehmen.

Gaborn betrachtete nachdenklich seinen Days. Er konnte nicht erwarten, daß ihm einer von ihnen diese Beobachtung erklärte oder seine Spekulationen bestätigte. Der Orden, dem sie angehörten, verlangte von ihnen, Abstand zu den Lords zu halten, sie nur zu beobachten und nie den Verlauf der Ereignisse zu beeinflussen, den die Zeit ihnen vorschrieb.

Also beobachteten sie einfach, was geschah. Aber zu welchem Zweck? Warum stellten sie sich in den Dienst der Zeit, wenn die Zeit der Schurke war? Irgend etwas mußte ihm entgangen sein. Wenn die Zeit einem Menschen tatsächlich alles nahm, wovon er glaubte, es zu besitzen, dachte Gaborn, dann hielten die Days Besitz vielleicht für eine Illusion? Vielleicht glaubten sie, daß gut und böse nur Phantome seien. Oder vielleicht, dachte Gaborn, dessen Gedanken sich nun schier überschlugen, erkannten sie, daß die Zeit uns auch alles gibt, was wir haben. Sie gibt uns unser Zuhause und unseren Reichtum, die Menschen, die wir lieben. Sie gibt uns jede kostbare Sekunde, die wir genießen können.

So ist die Zeit letztendlich vielleicht ein Paradoxon: Schöpfer und Zerstörer, Freudenspender und Ursache von Kummer. Vielleicht hielten die Days sich für erleuchtet, weil sie sich von diesem Paradoxon nicht berühren ließen. Das hätte zweifellos ihre Taten – oder genauer gesagt, was sie nicht taten – erklärt.

Aber was konnten sie hoffen, durch ihren Dienst zu erlangen?

Zeit. Die Days dienten den Zeitlords. Konnten sie hoffen für ihren Dienst mehr *Zeit* zu erhalten? Binnesman hatte schon Hunderte von Jahren gelebt. Die Erde hatte sein Leben verlängert. Man wußte auch, daß Wasserzauberer sehr lange leben konnten.

Konnte sein Days hoffen, sein eigenes Leben ähnlich zu verlängern? Es war ein seltsamer Gedanke.

Dann befiel Gaborn ein unangenehmer Verdacht. In allen Chroniken der Leben der diversen Könige wurden die Days selbst nie erwähnt. Die Autoren wurden nicht genannt, blieben vollkommen anonym. Hin und wieder teilte man ihnen andere Pflichten zu. Gaborns eigener Days war zu ihm gekommen, als er noch ein Kind gewesen war. Er hatte damals schon ganz ähnlich ausgesehen wie heute – hager und etwa fünfzig Jahre alt. Sein Haaransatz war nicht weiter zurückgewichen, und in etwa fünfzehn Jahren waren keine Altersflecken aufgetaucht.

Dennoch konnte Gaborn das nicht ganz glauben. Wenn die Days tatsächlich so lange lebten, wäre es schon früher jemandem aufgefallen – es sei denn, die Days hatten, wie andere Zauberer, unterschiedliche Grade an Macht.

Vielleicht waren sie selbst die Zeitlords. Wenn einer von ihnen vor Gaborn stünde, würde er es überhaupt wissen?

»Wie alt seid Ihr?« fragte Gaborn den Days.

Der Days sah ihn an. »Wie alt sehe ich aus?«

»Fünfzig Jahre.«

Der Days nickte. »Das wäre ungefähr richtig.« Die Antwort war ungenau und offensichtlich ein Versuch auszuweichen.

»Wessen Leben habt Ihr aufgezeichnet, bevor Ihr mit meiner Geschichte begonnen habt?«

»Das von Picabo Zwanesh, einem Fürsten aus Inkarra«, erwiderte der Days.

Gaborn hatte den Namen noch nie gehört, nicht einmal einen ähnlichen. Er wußte auch nicht, daß sein Days Inkarranisch beherrschte. »War er der erste, den Ihr begleitet habt?«

»Ja.« Aber die Antwort kam langsam. Ein weiterer Ausweichversuch?

»Wie lange hofft Ihr zu leben?«

»Nach dem, was Ihr sagt, wäre alles, was über eine Woche hinausgeht, eine große Gunst.«

Das war rätselhaft. Irgend etwas fehlte noch immer. Einen Augenblick lang hatte Gaborn sich am Rand einer Enthüllung geglaubt. Nun war er nicht sicher, ob er der Wahrheit nur im geringsten näher gekommen war.

Sein Days würde ihm zweifellos keine Hinweise geben. Gaborn konnte sich nicht leisten, länger darüber nachzudenken. Ihm wurde zu deutlich, wie schnell jede kostbare Sekunde verging. Die Zukunft raste auf ihn zu. Er mußte sich ausruhen. Es würde eine Zeit kommen, in der er nicht mehr imstande wäre, sich diesen Luxus zu leisten.

Alle paar Minuten zog eine Sternschnuppe über den Himmel wie ein Pfeil, der vom himmlischen Bogen geschossen wurde. Kurz nach Mittwinter, etwa drei Tage nach dem Brautfest, war es normal, daß der Himmel so aussah, aber doch nicht jetzt!

»Wenn Ihr das Buch meines Lebens schreibt«, fragte

Gaborn, »werdet Ihr der Welt erzählen, wie weh es mir getan hat, meine Freunde so zu benutzen? Werdet Ihr aufzeichnen, daß ich niemandem etwas Böses wünschte – nicht einmal meinen Feinden?«

Der Days antwortete: »Es heißt, daß ›die Taten den inneren Menschen enthüllen, selbst wenn er sich in feine Worte kleidet‹.«

»Aber manchmal erzählen die Taten nur die Hälfte der Geschichte«, sagte Gaborn. »Es gefällt mir nicht, mich dieses Kinds zu bedienen. Averan sollte es gestattet sein, zu einer schönen Frau aufzuwachsen, eigene Söhne und Töchter zu haben und einen Mann, der sie wirklich liebt. Euer Buch wird nur berichten, daß ich sie schrecklich ausgenutzt habe. Es beschämt mich, daß ich es tun muß.«

»Eure Gefühle werden als Fußnote erwähnt werden«, erklärte der Days.

»Ich danke Euch«, versicherte ihm Gaborn ehrlich.

Aus der Ferne erklang ein Ruf. Gaborn wandte sich nach Süden. Ein Mann kam schnell auf ihn zugeritten, eine brennende Fackel in der Hand. Er erkannte den Späher, den er bei Averan und Binnesman zurückgelassen hatte.

»Ja?« rief Gaborn.

»Herr«, sagte der Ritter, als er näher kam, »ich habe Euch gesucht. Ich denke, Ihr solltet es wissen: Das Mädchen Averan hat von dem Greifer gegessen. Sie ist sehr krank.«

Gaborn wurde kalt. »Wie krank?«

»Sie hat ein paarmal aufgeschrien, und dann ist ihr

der Schweiß ausgebrochen. Dann ist sie zu Boden gefallen und hat Zuckungen bekommen. Sie hat sich schlimm auf die Zunge gebissen und Blut geschluckt. Sie wäre beinahe daran erstickt ...«

»Bei den Mächten!« fluchte Gaborn. »Was habe ich nur getan?«

»Ich habe ein Messer zwischen ihre Zähne geschoben und ihr den Mund aufgestemmt, aber wir mußten sie auf den Bauch legen, damit sie nicht an ihrem eigenen Blut erstickt. Und wir können sie nicht dazu bringen, etwas zu trinken.«

Gaborn sprang vom Felsen und rannte zu seinem Pferd.

»Binnesman und die grüne Frau tun ihr Bestes, um sie am Leben zu erhalten«, sagte der Späher.

Gaborn sprang in den Sattel und galoppierte nach Süden. Dort fand er eine kleine Gruppe von Menschen vor, die im Kreis standen.

Zwei Lords drückten Averan auf den Boden, damit sie sich bei ihren Krämpfen nicht verletzte. Sie hatte die Augen verdreht, so daß beinahe nur das Weiße zu sehen war, und ihre Lider zuckten. Sie atmete keuchend.

Binnesman beugte sich über sie und schwang langsam seinen Stock, während er eine Rezitation beendete.

Der Gestank sagte Gaborn, daß Averan sich übergeben hatte, und feuchte Pfützen in der Asche zeigten die Reste ihrer Mahlzeit.

Er wandte sich angewidert ab. Nach langen Minuten kam Binnesman zu ihm und legte ihm die Hand auf die Schulter.

»Der Greifer, den sie gegessen hatte, muß schon länger dem Tod nahe gewesen sein. Er litt gewaltig. Sie war kaum mit Essen fertig, als sie rief: ›Ich sterbe. Ich sterbe.‹«

Gaborn wagte nicht zu sprechen.

»Sie hat den größten Teil ihrer Mahlzeit wieder von sich gegeben«, sagte Binnesman. »Und damit hat sie sich vermutlich das Leben gerettet.«

Gaborn schüttelte den Kopf, unfähig, einen klaren Gedanken darüber zu fassen, was er als nächstes tun sollte. »Und vielleicht haben wir damit unseres verloren.«

KAPITEL 20
Herzensangelegenheiten

Ich weiß nicht, was ich mehr fürchte – das Gift der Natter, die Berührung eines Wichts oder den Zorn meiner Frau.

König Da'verry Morgaine

Borenson starrte im Sternenlicht Myrrimas rechte Hand an. Die Knöchel und die mittleren drei Finger waren eisig und beinahe so weiß wie der Reif, der den Boden im Umkreis von fünfzig Schritten überzog.

Er berührte ihre Haut und fand sie so bitterkalt, daß sie sich heiß anfühlte. Ihre Zähne klapperten, und sie zitterte vor Kälte.

Der Toth-Wicht hatte sie mit einem Bann belegt.

»Verflucht«, sagte er. Ihre Finger waren so gut wie verloren. Sie würde sie sicher nicht mehr benutzen können – vielleicht sogar die ganze Hand nicht.

Borensons Herz schlug immer noch heftig. Der Todesschrei des Wichts hallte endlos in seinem Geist wider. Seine Gedanken überschlugen sich. Seine Frau hatte einen Wicht gebannt. Das war eigentlich unmöglich. Nur ein mächtiger Zauberer wäre dazu in der Lage gewesen. Und nun sah es so aus, als würde sie ihre Hand verlieren.

Das hat sie für mich getan, begriff er. Sie hat sich vor mich gestellt und gegen das Ungeheuer angekämpft, genauso wie sie gegen die Greifer bei Mangans Felsen gekämpft hat.

Er konnte nicht klar denken. Er hauchte auf ihre Hand, versuchte sie zu wärmen.

»Wickeln wir sie ein und versuchen, sie warm zu halten«, meinte er und zog seinen Umhang aus. Vorsichtig wickelte er den Umhang um die verletzte Hand.

»Es ist keine Wärme übrig«, sagte Myrrima. »Und die Kälte breitet sich aus.«

Die Berührung der Luft ringsumher war überraschend eisig, als könnte an diesem Ort eine ganze Woche lang nichts tauen. Eis hing in Borensons Bart. Die Luft selbst fühlte sich so brüchig an wie die Eiskruste zu seinen Füßen.

Ein Feuer? überlegte er. Aber das Handwerkszeug dazu war in seinen Satteltaschen. Er spähte die Straße entlang. Die Pferde waren beide davongerannt. Die Begegnung mit dem Wicht würde sie vermutlich veranlassen, bis zum Morgengrauen zu rennen.

»Kannst du laufen?« fragte Borenson. »Fenraven kann nicht so weit entfernt sein.«

»Ich kann laufen«, sagte Myrrima durch klappernde Zähne hindurch. »Aber kannst du mit mir Schritt halten?« Sie war jetzt ein Runenlord mit mehr Gaben der Muskelkraft und des Stoffwechsels als er, und außerdem verfügte sie über Gaben des Durchhaltevermögens. Sie würde weiter und schneller laufen können als er.

»Nein«, sagte er. »Aber es muß in Fenraven einen Heiler geben oder zumindest eine Hebamme. Vielleicht solltest du vorausgehen.«

Zitternd kam Myrrima auf die Beine. Bei all ihren Gaben schien die Anstrengung sie zu erschöpfen. Sie griff nach ihrem Bogen, benutzte ihn als Stock und begann vorwärts zu hinken. Borenson erinnerte sich daran, wie Hoswell nur vor ein paar Stunden vom Schlachtfeld geflüchtet war und den Bogen auf dieselbe Weise benutzt hatte. Hoswell war jetzt tot.

Borenson trabte neben Myrrima her.

Sie sah mit entschlossenem Blick die Straße entlang. »Wir müssen die Pferde finden«, sagte Myrrima, immer noch mit klappernden Zähnen. »Ich habe ein wenig von Binnesmans Heilsalbe in meinen Satteltaschen.«

Es war eine Erleichterung, von der Eisfläche wegzukommen. Die warme Nachtluft schien um Borenson herumzuwirbeln. Er fühlte sich davon erfrischt und war hoffnungsvoller. Er begriff, daß es ihm zuvor noch an ... etwas Lebenswichtigem gefehlt hatte. Er hoffte, daß Myrrima es ebenfalls spürte.

Die Sterne leuchteten, ein pudriger Schein am Himmel, der kaum durch den Dunst drang. Bald kamen sie über einen kleinen Hügel, und Borenson spähte begierig die Straße entlang. An einigen Stellen zogen sich Nebelschwaden über die schlammige Straße. Schwarze Bäume reckten blattlose Äste in den Himmel.

Er konnte meilenweit kein Lampenlicht sehen und auch keine Spur von seinen Pferden.

Es war nicht unwahrscheinlich, daß sie auf diesem Straßenabschnitt einem weiteren Wicht begegnen würden.

Vor uns ist noch ein Reiter, erinnerte er sich. Wahrscheinlich handelt es sich um einen Meuchelmörder aus Muttaya.

Borenson hatte keine Gaben. Sein Kriegshammer steckte in der Scheide am Sattel. Seine einzige Waffe war das lange Messer, das an sein Bein geschnallt war.

Myrrima warf einen Blick zum Horizont und stöhnte verzweifelt. »Wie groß ist Fenraven?« fragte sie, als sie keuchend dastand.

»Nicht groß«, sagte er. Er war nie dort gewesen, aber er hatte von dem Ort gehört.

»Dann können wir die Lichter vielleicht einfach nicht sehen. Es könnte ganz in der Nähe sein.«

Borenson wußte, daß Fenraven auf einer kleinen Insel direkt hinter den Sümpfen lag. Das fließende Wasser ringsumher bannte die Gespenster, aber die Menschen von Fenraven hängten auch immer Laternen vor die Tür, um ganz sicher zu sein.

Wenn wir auch nur in der Nähe wären, das wußte er, würden wir diese Lichter sehen, oder den Rauch, der aus den Schornsteinen aufsteigt. Aber es gab nichts. »Du könntest recht haben«, log er, in dem Versuch, sie ein wenig zu trösten, »es könnte überall sein.«

Myrrima nickte und hinkte weiter.

Beinahe eine halbe Stunde lang versuchte er, im Laufschritt mitzukommen. Er zog seine Rüstung aus, warf sie zusammen mit dem Helm weg.

Myrrima atmete rasch und flach. Sie hielt den verwundeten Arm gegen die Brust wie eine Klaue, Borensons Umhang darum gewickelt. Er sah ihr an, daß sie große Schmerzen hatte.

Sie rannten durch die nebligen Wälder, und Borenson lauschte angestrengt nach Geräuschen, die auf Gefahr oder auf seine Pferde hinweisen würden. Wasser tröpfelte von Ästen und fiel mit saugenden Geräuschen in den Schlamm. Der Wind wehte leicht und ließ Blätter rascheln. Borenson erinnerte sich an den Glorreichen der Finsternis, der Gaborns Lager an diesem Tag angegriffen hatte, und den Sturm, der ihnen unerklärlicherweise an diesem Nachmittag vorausgeeilt war.

War dies eine Art Rache? fragte er sich. Myrrima hatte dem Geschöpf immerhin großen Schaden zugefügt. Er wünschte sich nur, sie hätte es töten können.

Nach der ersten halben Stunde war Myrrima langsamer geworden und hatte dann immer nur für kurze Zeit beschleunigt, um wieder in den Schritt zu fallen. Inzwischen konnte er ihr gut folgen.

Aber er war erschöpft. Er nahm an, sie hätten inzwischen drei Meilen zurückgelegt. Er war am ganzen Körper taub. Er beobachtete sie weiterhin. Sie schien jeden Augenblick erschöpfter. Er befürchtete bei beinahe jedem Schritt, daß sie nun zusammenbrechen würde.

Sie erreichten eine andere Hügelkuppe und spähten auf die Straße hinaus. Sternschnuppen fielen, als wollten sie den Himmel vollkommen leeren.

Die Hügel um sie herum waren höher geworden. Der Nebel in den Tälern darunter war dicker. Endlich schob sich ein Sichelmond über den Horizont und umriß sie mit seinem Licht. Weit im Süden konnte Borenson die zerklüfteten weißen Gipfel des Alcairn-Gebirges erkennen. Keine Spur von den Pferden, kein Anzeichen einer Stadt.

Er sah Myrrima an, und was er entdeckte, bewirkte,

daß ihm eiskalt wurde. Sie war totenbleich und atmete nur noch sehr flach. Bei jedem Atemzug kam Nebel aus ihrem Mund und hing in einer kleinen Wolke um ihr Gesicht.

Aber es war nicht so kalt, daß dasselbe mit *seinem* Atem geschah.

Die Hellen mögen sie schützen! betete er lautlos.

»Alles in Ordnung?« fragte er.

Schwach schüttelte sie den Kopf.

»Sehen wir uns diese Hand mal an«, meinte er.

Myrrima schüttelte den Kopf und wich zurück, aber er hielt sie fest. Ihr rechter Arm bewegte sich nicht mehr. Es schien, als sei er vom Ellbogen an gefroren. Borenson begann vorsichtig, seinen Umhang abzuwickeln. Das Tuch war an ihrer Haut festgefroren. Es gelang ihm, es zu lösen, und er sah, daß nun mehr als die Fingerknöchel und die Finger weiß waren. Das Eis hatte sich über den Arm ausgebreitet und hatte beinahe ihre Schulter erreicht.

Es war, als kröche der Tod langsam weiter.

Entsetzt starrte er sie an.

Myrrima nickte, als lieferte ihr der Anblick nur die Bestätigung dessen, wie sie sich fühlte.

»Es wird mich töten«, sagte sie.

Borenson sah sich erschüttert um. Es gab keine Möglichkeit, gegen Kräfte aus der Anderwelt anzukämpfen. Er war kein Zauberer, er hatte keine Waffen.

»Vielleicht ... wenn wir den Arm abschneiden ...« Schon der Gedanke entsetzte ihn. Er hatte nie eine Amputation durchgeführt. Er hatte keine Verbände, es gab nichts, was ihr die Schmerzen erleichtern würde. Und so, wie es aussah, würde er den Arm an der Schulter abtrennen müssen. Er wäre nicht imstande, die Blutung zu stillen.

Myrrima schüttelte den Kopf. »Ich ... ich glaube nicht, daß es funktionieren wird.«

»Ja«, sagte er, »lehne dich einen Augenblick an mich.« Er trug immer noch die Polster, die er unter der Rüstung brauchte, und darunter war er verschwitzt. Er schnürte Polster und Hemd an der Brust auf und zog dann ihren Arm an sich. Ihre Berührung war wie bitteres Eis, und einen Augenblick lang fragte er sich, ob der Fluch des Wichts ihn nun auch befallen würde.

Aber das war ihm gleich.

Früh an diesem Morgen hatte er Gaborn gefragt, was der König noch von ihm verlangen würde. Borenson hatte bereits seine Männlichkeit und seine Ehre verloren. Nun wurde ihm klar, daß er noch mehr verlieren würde, etwas so Kostbares, daß er seinen Wert nie wirklich geschätzt hatte: seine Frau.

Myrrima lehnte sich schwer gegen ihn, als wollte sie sich stützen, und sie atmete schnell und verängstigt.

So hätte es nicht sein sollen, dachte er. Als er vor vier Tagen Burg Sylvarresta verlassen hatte, hatte er geglaubt, damit auch Myrrima für immer zu verlassen.

Ich war derjenige, der sich auf den Weg nach Inkarra gemacht hatte. Ich war derjenige, der niemals hätte zurückkehren sollen.

Er hatte sich vor diesem Wissen schützen wollen. Er hatte sich geweigert, sich ihr hinzugeben, in der Hoffnung, auch sie damit zu schützen. Das erkannte er nun plötzlich alles. Myrrima hatte recht gehabt.

Er hatte versucht, sich von allen Gefühlen für sie abzutrennen. Aber er hatte sie von dem Augenblick an, als er sie gesehen hatte, geliebt.

Er begann zu befürchten, daß er *wußte,* was das bedeutete. Er hatte hinter Gaborn gestanden, als dieser im Haus des Verstehens studierte. Borenson war selbst nie Schüler gewesen, er hatte nur Augen und Ohren nach Gefahren aufgehalten. Aber er hatte einiges gelernt.

Nun versuchte er, sich an etwas zu erinnern, was er einmal gehört hatte, als Gaborn einer Lektion im Saal des Herzens lauschte. Die Erinnerungen kamen träge, und Borenson fragte sich, wieso das so war. Vielleicht war es alles so langsam, weil er Gaben der Geisteskraft verloren hatte, als Raj Ahten den blauen Turm zerstörte. Vielleicht ging es langsam, weil er nie sonderlich auf Herdmeister Jorlis geachtet hatte. Wer konnte schon einen Mann ernst nehmen, der sein ganzes Leben damit verbrachte, über Gefühle nachzudenken.

Im Saal des Herzens hatte Herdmeister Jorlis gelehrt, daß jeder Mann zwei Arten von Geist hat, den »oberflächlichen Geist« und den »tiefen Geist«.

Jorlis hatte erklärt, der oberflächliche Geist sei kalt, logisch und rational. Er wisse wenig von Liebe. Er sei der Teil des Geistes, der sich um Zahlen und Konten kümmert. Aber Jorlis hatte auch gesagt, daß jeder Mensch noch eine andere Art Geist hatte, den tieferen Geist. Das war der Teil des Hirns, der träumte und versuchte, die Welt zu verstehen. Es war der kreative Teil des Geistes, der zu unerwarteten Einsichten kam. Es war der Teil, der einem bestätigte, wenn man die richtige Wahl traf, und der einen vor Gefahren warnte, indem er Gefühle von Unsicherheit und Angst bewirkte.

Borenson war solchen Lektionen gegenüber immer skeptisch gewesen. Immerhin war Jorlis eher ein Weichei – ein grobknochiger Mann mit roten Wangen und weichem Fleisch.

Aber Jorlis behauptete, daß der tiefere Geist für Wochen und Monate über Probleme nachdachte, unabhängig vom oberflächlichen Geist, bis er auf Lösungen kam, die der oberflächliche Geist nie begreifen konnte. Daher hielt er den tieferen Geist für erheblich weiser.

Jorlis hatte gesagt, wenn ein Mann sich auf den ersten Blick in eine Frau verliebte, sei es eine Warnung des tieferen Geistes, daß die Frau vor ihm seiner Vorstellung einer idealen Gefährtin entsprach.

Der tiefere Geist schuf diese Vorstellung. Er sagte einem Mann, daß seine perfekte Geliebte die Sanftheit seiner Tante hätte und die Augen seiner Mutter. Sie würde Kinder so liebevoll behandeln, wie es eine Nachbarin getan hat, und denselben Sinn für Humor haben wie sein Vater. All diese Züge wurden zu einem Bild gebündelt: Aus geborgten Fäden entstand ein grober Wandteppich.

»Das Wiedererkennen, das du spürst, wenn du der Frau deiner Träume begegnest, dieser Schwindel, die Erregung der Entdeckung«, hatte Jorlis gesagt, »ist nur der tiefere Geist, der zu dir spricht. Er erklärt dir, daß er in jemandem einige der Tugenden erkannt hat, die du schon lange suchtest. Der tiefere Geist hat nicht immer recht, aber es ist immer wert, ihm zu lauschen.«

Unsinn, hatte Borenson gedacht. Jorlis war ihm immer ein wenig seltsam vorgekommen.

Aber bei Myrrima hatte alles, was sie tat, Borenson davon überzeugt, daß in seinem Fall der tiefere Geist recht hatte.

Sie war alles, was er je von einer Frau erhofft hatte. Sie war voller Wärme und Mitgefühl und endloser Hingabe. Sein ganzes Leben hatte er sich nur wie ein halber Mensch gefühlt.

Myrrima vervollständigte ihn.

Also hielt er sie im Arm.

Die Kälte ihrer Wunde drang in seine Seite, und er hätte nicht sagen können, ob sein Versuch, Myrrima zu wärmen, irgendwie half. Er ertrug es lange Zeit, während sie bleicher und ihr Zittern heftiger wurde. Der Nebel um ihren Mund wurde mit jedem Atemzug dicker.

»Halt meine Hand«, flehte sie zähneklappernd. Er nahm ihre erfrorene rechte Hand in seine, aber sie schüttelte den Kopf. »Nicht die da, mit der kann ich nichts spüren.«

Er erfaßte sie trotzdem und nahm auch ihre Linke. Die Kälte der rechten Hand war wie ein Feuer, das seinen Arm entlangschoß. Es war nicht leicht zu ertragen. Er fragte sich, ob er die Kälte ablenken und selbst zu einem Kanal für ihren Tod werden konnte.

Nehmt mich, flehte er die Mächte an, nehmt mich an ihrer Stelle.

Sie lehnte sich schwer gegen ihn, ihr Kopf ruhte an seiner Schulter.

»Ich liebe dich«, flüsterte er ihr ins Ohr.

Sie nickte schwach. »Ich weiß.«

In der Ferne heulte ein einsamer Wolf den aufgehenden Mond über dem Wald an, während Sternschnuppen vom Nachthimmel fielen.

Er küßte sie auf die Stirn, und Myrrima ließ sich gegen ihn fallen. Sie sackte zusammen. Er hielt sie einen Augenblick fest. Sie atmete noch, aber er wußte nicht, wie lange sie sich ans Leben klammern würde.

Es war spät, vermutlich nach Mitternacht. Er war hungrig und erschöpft. Er hatte nur wenige Gaben, um sich zu helfen, keine des Durchhaltevermögens, und er hatte keine Ahnung, wie weit Fenraven entfernt sein würde. Noch Meilen, nahm er an.

Er überlegte, ob er Myrrima hier lassen und nach Hilfe suchen sollte. Sie war eine kräftige Frau, und er wußte nicht, wie weit er sie tragen konnte. Aber der Wolf heulte, und er wagte nicht, sie liegenzulassen. Außerdem wußte er, daß sie nicht alleine sterben wollte.

Also trug er sie weiter.

KAPITEL 21
Sternschnuppen

Katastrophen lehren uns Demut, Mitgefühl, Mut und Durchhaltevermögen. Darüber hinaus sind sie eine Plage, und ich kann sie nicht ausstehen.

Herzog Paldane

Wieder wurden die Gezeitenhöfe von einem Erdbeben erschüttert. Boten von überall im Land brachten Schadensberichte zu Iome. In den Stunden seit dem ersten Beben waren Türme in einem Dutzend Burgen eingestürzt, zusammen mit einer Brücke, die zwei der größeren Stadtinseln miteinander verband.

Schlimmer waren die Berichte über die Schäden in den ärmeren Vierteln. Dort waren billige Hütten eingestürzt und abgebrannt, so daß nun selbst die Menschen der Gezeitenhöfe an einem Dutzend Fronten Feuer bekämpften. Was noch schlimmer war: Riesige Wellen droschen nach dem ersten Beben auf den Strand im Norden ein. Die Wellen brachten Boote zum Kentern und fegten mehr als eintausend Hütten ins Meer.

Sie würden noch tagelang nicht wissen, wie viele Leben das gekostet hatte.

Also erhellten Feuer die Stadt, während von einem Dutzend Orte Rauchwolken aufstiegen.

Diener und Wachen aus Gaborns Palast hatten alle draußen Zuflucht gesucht und hatten Decken und Felle gebracht, um darauf zu liegen.

Aber niemand schlief.

Laternen beleuchteten den Hof. Die Köche brachten Vorräte an Brot heraus, riesige Schinken und ganze Rinderseiten. In einem Versuch, die Stimmung zu verbessern, beschlossen die Minnesänger des Königs zu singen und zu spielen. Das führte zu einem makabren Karneval.

Iome hatte beinahe das Gefühl, als hätte die Erde auch sie verflucht.

Aber als weitere Berichte kamen, wußte sie, daß das Beben nichts mit ihr zu tun hatte. Offensichtlich war die Zerstörung ein Dutzend Meilen nördlich am schlimmsten, wo ganze Dörfer dem Erdboden gleichgemacht worden waren.

Boten überfluteten das Schloß und verlangten, daß Rettungsmannschaften ausgeschickt wurden. Kämmerer Westhaven, der sich in Abwesenheit des Königs um solche Dinge kümmerte, überließ deren Beurteilung nun Iome.

Stundenlang saß Iome im Hof, während die Minnesänger spielten und Kuriere schreckliche Dinge berichteten. Mit der Hilfe mehrerer Schreiber und geringerer Lords schickte sie Leute aus, um bei den Rettungsversuchen zu helfen und Lebensmittel und Zuflucht für die Heimatlosen zu organisieren. Sie teilte Geld für den Wiederaufbau zu.

In einer Nacht gab sie zwölfmal so viel Gold aus wie ihr Vater in einem Jahr, bis sie begann, sich zu fragen, ob sie Gaborns gesamten Reichtum verteilte.

Sie hatte keine Erfahrung darin, ein solch großes Reich zu regieren. Die Probleme drohten, sie zu überwältigen. Wieder und wieder bot ihr Kämmerer Westhaven in wichtigen Dingen seinen Rat. Er war ein kompetenter Mann und kannte das Reich viel besser als sie.

Während sie arbeitete, hatte sich ihre Days am Boden zusammengerollt und sah einfach nur zu und strengte sich an, nicht einzuschlafen. Die Days hatte ihr, nachdem Iome sie aus dem Turm gezerrt hatte, ein dutzendmal wortreich gedankt. Lange Minuten hatte das Mädchen geweint, und Iome hätte sie gerne getröstet.

Offensichtlich machte sich die Days Sorgen um ihre Familie, die ein paar Meilen weiter nördlich lebte.

Aber Iome selbst fand keinen Trost. Bevor sie Heredon verlassen hatte, hatte es auch dort seltsame Erdbeben gegeben. Sie hatte sie wieder südlich von Carris gespürt, und nun hier an den Gezeitenhöfen. Hatten sie etwas miteinander zu tun?

Gaborn behauptete, es handelte sich um eine Botschaft: Die Erde litt Schmerzen. Aber wenn die kleineren Beben ein Zeichen dieses Schmerzes waren, fragte sich Iome, was nun diese vernichtenden Erschütterungen bedeuten konnten?

Intuition sagte ihr, daß diese Angelegenheiten miteinander zu tun hatten. Sie versuchte, sich nicht darum zu sorgen.

So bebte also der Boden, und Feuer tosten überall in der Stadt, als ein hochgewachsener, hagerer Gelehrter sich durch die Menschenmenge drängte, die sich im Hof der königlichen Festung versammelt hatte.

Er trug ein blaues Gewand, auf das silberne Sterne aufgestickt waren, die ihn als Astronomen kennzeichneten. Er hatte einen langen silbergrauen Bart und einen durchdringenden Blick.

Kämmerer Westhaven beugte sich zu Iome und flüsterte: »Herdmeister Jennaise aus dem Saal der Sterne. Ich befürchte, daß sein Wachturm eingestürzt ist. Aber darf ich Euer Hoheit daran erinnern, daß wir kein Geld für die Reparaturen ihrer Gebäude ausgeben. Das Haus des Verstehens ist immer nur von denen finanziert worden, die sich dort unterrichten lassen.«

Iome nickte.

Der Sterndeuter kam auf Iome zu und sagte mit ferecianischem Akzent: »Euer Hoheit, ich bitte um das Ohr der Königin. Wir haben ein großes, unerwartetes Problem.«

»Wie kann ich Euch denn helfen, Herdmeister Jennaise?«

»Ich weiß nicht, wo ich beginnen soll«, meinte der Sterndeuter in etwas verwirrtem Ton. Selbstverständlich nicht, dachte sie. Ferecianer wissen nie, wo sie beginnen, wie sie es zu Ende bringen oder wie sie zum Thema kommen sollen.

»Hat Euer Wachturm Schaden erlitten?«

»Das Observatorium? Es ist ein Chaos – überall liegen Karten und Schriftrollen durcheinander. Und es gab ein Feuer! Mein Assistent ist bei dem Versuch, die Karten zu retten, beinahe umgekommen. Es wird Wochen dauern, alles zu säubern. Ich bin sicher, daß das Wasser, mit dem wir das Feuer gelöscht haben, ebensoviel Schaden angerichtet hat wie die Flammen selbst – aber äh, hm, das ist nicht Eure Angelegenheit, nicht wahr? Tatsächlich bin ich nicht sicher, ob irgend etwas von dem, was ich zu berichten habe, Eure Angelegenheit ist.«

»Ich auch nicht«, erklärte Iome ganz ehrlich, denn sie hatte nun ebensowenig Ahnung, was sein Problem war, wie in dem Augenblick, als er zum ersten Mal den Mund öffnete. Er warf einen Blick auf die Diener und flüsterte: »Euer Hoheit, können wir vielleicht vertraulich miteinander sprechen?«

Iome nickte, und gemeinsam gingen sie über den Hof in den Schatten eines Hains von Pecanbäumen in einer dunklen Ecke an der Schloßmauer.

»Herrin«, sagte er, »was wißt Ihr von den Sternen?«

»Sie sind hübsch«, erklärte Iome trocken.

»Ja«, sagte Jennaise. »Und Ihr wißt vielleicht auch, daß die Konstellationen im Lauf des Jahres über den Himmel wandern. Am ersten Tag des Jahres wird Elwind über den nördlichen Bergen sichtbar. Im Hochsommer steht er beinahe direkt über uns.«

»Ich weiß«, sagte Iome.

»Dann muß ich Euch mit großer ... Verwirrung berichten, daß die Sterne am falschen Ort stehen.«

»Wie bitte?«

»Die Konstellationen in dieser Nacht sind nicht, wo sie sein sollten. Es ist alles sehr bestürzend. Heute ist der Dritte im Monat des Laubes. Unseren Karten entsprechend befinden sich die Sterne aber in der Position, die sie am Zwanzigsten des Erntemonats haben sollten – was zwei Wochen zurückliegt.«

»Wie ist das möglich?« fragte Iome. »Könnten die Karten falsch sein? Vielleicht ...«

»Die Karten sind nicht falsch. Ich habe sie hundertmal durchgesehen. Ich kann mir nur eine einzige Erklärung denken«, antwortete Jennaise. »Die Welt nimmt einen neuen Kurs durch den Himmel. Selbst der Mond ... nach meinen vorsichtigen Messungen ...«

Einen Augenblick zuvor hatte sich Iome überwältigt gefühlt. Nun geriet sie schier ins Taumeln. Sie starrte den Herdmeister mit offenem Mund an, und endlich gelang es ihr zu sagen: »Was können wir tun?«

Jennaise schüttelte den Kopf. »Ich ... vielleicht kann niemand helfen. Aber Euer Gatte ist doch der Erdkönig.«

Plötzlich erinnerte sich Iome an etwas, was Averan gesagt hatte. Die Eine Wahre Meisterin band die Rune der Zerstörung an die Rune des Himmels und die des Infernos. Sie hatte vor, eine neue Welt zu schaffen, auf der die Menschheit nicht überleben würde.

Wäre sie imstande, die Erde von ihrem ursprünglichen Kurs wegzureißen?

»Selbstverständlich«, sagte Iome. »Ich ... ich werde ihm sofort eine Botschaft senden.«

Selbst wenn die Eine Wahre Meisterin dies getan hatte, wie sollte Gaborn sie aufhalten? Er hatte den größten Teil seiner Kräfte verloren.

Der Sterndeuter wandte sich, um zu gehen, und Iome starrte verzweifelt über den Hof hinweg. Sie rief nach einem Kurier, weil sie vorhatte, Gaborn eine Nachricht zu schicken.

Aber noch während sie begann, im Geist Sätze zu bilden, begriff sie, daß sie Gaborn damit nichts mitteilen würde, was er nicht bereits wußte.

Er hatte Iome erklärt, wenn er die Herrin der Greifer nicht tötete, würde sein Volk sterben. Er kannte die Gefahr ebensogut wie sie.

Oder nicht? Gaborn konnte Gefahr spüren, aber er wußte nie, aus welcher Richtung sie kommen würde. Und beinahe all seine Erwählten in Mystarria waren immer noch in der Nähe von Carris. Er konnte keine Gefahr für jene spüren, die sich außerhalb der Stadt befanden. Sie fragte sich, was Gaborn sagen würde, wenn sie ihm ihren Verdacht eines bevorstehenden Angriffs auf die Gezeitenhöfe mitteilte. Würde er sie bitten wegzugehen oder zu bleiben? Sie fragte sich, wie er reagieren würde, wenn er wüßte, daß die Welt ihren bisherigen Kurs verlassen hatte.

In diesem Augenblick kam Grimeson mit einem Annektor auf den Hof. »Herrin«, rief er, »wir haben diese Gaben, die König Gaborn gewünscht hat.«

Iome hatte so viel im Kopf gehabt, daß sie die Gaben völlig vergessen hatte. Gaborn hatte den Annektoren befohlen, Vektoren für Averan vorzubereiten. Nun würde dieser Annektor die Vektoren zu Gaborn begleiten müssen.

»Holt Euch Pferde und macht Euch sofort auf den Weg«, sagte Iome zu Grimeson. »Jede Sekunde zählt.«

»Herrin«, sagte Grimeson, »diese Vektoren sind die ganze Nacht wach gewesen. Ich möchte nicht, daß einer von ihnen vom Pferd fällt. Wir haben eine königliche Kutsche, die beinahe so schnell wäre wie ein Pferd.«

»Also gut, dann nehmen wir die Kutsche.«

»Wir?«

Iome hatte das Gefühl, als fiele die Welt rings um sie her in Trümmer. Gaborn hatte sie hierhergeschickt, damit sie »in Sicherheit« war. Aber dann hatte es Erdbeben gegeben, Türme waren eingestürzt, und die Sterne fielen vom Himmel. Die Welt war außer Kurs geraten.

Es gab keinen sicheren Ort.

Ihr Platz war an Gaborns Seite, aber sie konnte ihm nicht in die Unterwelt folgen. Dort wäre sie nur eine Last für ihn. Er war immer noch der Erdkönig, und obwohl seine Kräfte geringer waren, war er der einzige, der auch nur die geringste Chance hatte, die Herrin der Greifer zu überwältigen.

Aber es mußte doch noch mehr für sie zu tun geben, als hier zu warten. Sie warf einen Blick über die Schulter und sah, wie Kämmerer Westhaven in ihrer Abwesenheit einem halben Dutzend Lords Ratschläge gab. Er kannte dieses Reich erheblich besser als sie.

»Grimeson«, erklärte sie mit fester Stimme, »holt meine Eskorte. Ich komme mit Euch. Ich muß mit Gaborn sprechen.«

Sie schrieb ein paar Zeilen an Kämmerer Westhaven, in denen sie ihn vor einem Angriff vom Meer her warnte, und reichte den Brief einem Pagen. Einen Augenblick später machte sie sich auf den Weg.

KAPITEL 22
Erinnerung an den Sommer

Tausend Schwertstreiche, die er im Kampf ausführt, bringen einem Mann weniger Ehre als eine einzige mitleidige Tat.

Ivarian Borenson

Borenson taumelte durch das nächtliche Moor und trug Myrrima auf den Armen. Sie war eine kräftige Frau, und selbst mit einer Gabe der Muskelkraft konnte er sie nicht leicht mitschleppen.

Er schaffte kaum mehr als eine Meile in der Stunde. Während der ganzen Zeit klammerte er sich an ihre rechte Hand, tastete nach Leben, hoffte, daß er ihr durch ein Wunder helfen konnte, noch ein wenig länger durchzuhalten.

Er befürchtete jedoch, daß es kaum einen Unterschied machte.

Tatsächlich wußte er nach einer Stunde, daß es keinen Unterschied gemacht hatte. Die Kälte, die von ihrer Hand ausging, ließ seine Knochen erstarren, machte sie fest wie Eisen. Seine eigene rechte Hand war an ihre gefroren.

Er bereute nicht den Entschluß, sie zu halten und sie zu wärmen. Er bereute nur, daß er ihre Hand nicht mehr spüren konnte, denn sein eigenes Fleisch schien wie mit dickem Wintereis überzogen.

Also trug er sie weiter über diesen unebenen Boden. Er hörte ihre Zähne klappern, und jedesmal, wenn ein kleiner Hauch eisiger Luft aus ihrem Mund kam, hielt er es für ein kleines Wunder.

Es wurde ungeheuer anstrengend, weiterzugehen. Er war inzwischen schweißüberströmt, und seine Beinmuskeln brannten.

Ohne eine Gabe des Durchhaltevermögens ermüdete er ebenso schnell und tief wie jeder andere Mensch. Er wagte nicht zu rasten, denn er befürchtete, wenn er stehenbliebe, würde er nicht mehr den Willen aufbringen können, sich weiterzubewegen.

Also taumelte er weiter unter dem sternenerleuchteten Himmel und den triefenden Bäumen hindurch, über eine Straße, die so feucht war, daß sie sich eigentlich nur für Kaulquappen und Würmer eignete. Der Wolf heulte weiter. Borenson fürchtete keine Meuchelmörder und Wichte mehr. Er wußte, daß sein Tod nicht mehr fern war. Die Kälte des Toth-Wichts hatte schon das Gefühl aus seiner eigenen Hand gestohlen und arbeitete sich weiter bis zum Ellbogen vor. Sein Gebet war offenbar zumindest zum Teil erhört worden.

Myrrima würde sterben. Er konnte es nicht aufhalten. Aber er wußte auch, daß er selbst nicht viel länger leben würde. Er hatte ihren Tod in seinen eigenen Körper aufgenommen.

Und so stolperte er dahin, als er plötzlich ein seltsames Gefühl zwischen den Beinen hatte, weil sich seine Hoden senkten.

Er hatte keine Vorahnung gehabt, hatte kein Kribbeln gespürt. Tatsächlich hatte er vergessen, daß kleine Jungen nicht mit hängenden Hoden zur Welt kommen. Statt dessen reiften sie in kleinen Säcken zwischen ihren Beinen und senkten sich erst nach ein paar Jahren.

Der Balsam des Zauberers hatte tatsächlich Wunder gewirkt. Es hätte auf keine natürlichere Weise geschehen können.

»Und jetzt werde ich diesem verdammten Zauberer nicht mal mehr ein Bier dafür ausgeben können«, knurrte Borenson und lachte über diesen grausamen Witz des Schicksals.

Er ging weiter. Hob einen Fuß, setzte ihn auf. Hob den zweiten Fuß, stolperte weiter.

Er konnte den Kopf nicht mehr aufrecht halten. Bei jedem Schritt schien die Welt zu verschwimmen, und er konnte den Blick nicht mehr konzentrieren.

Er verlor das Bewußtsein und taumelte eine Weile durch eine Traumlandschaft, während Myrrimas Schatten neben ihm trieb.

»Ich komme mit dir nach Inkarra, ganz gleich, was geschieht«, sagte sie. »Laß meinen Körper hier, und ich werde dir folgen. Er ist ohnehin schon kalt.«

Eine überwältigende Trauer überfiel ihn, und er blickte nach unten, um nachzusehen, ob es stimmte. Er konnte Myrrima nicht mehr atmen sehen. Die Kälte war inzwischen durch seinen gesamten Arm gezogen und stach in seine Schulter.

Er wollte sich nur noch neben Myrrima legen und sterben.

Er dachte an die Botschaft für König Zandaros. Er war nicht mehr sicher, ob er sie noch abliefern könnte. Er hatte immer versucht, Gaborn ein treuer Diener zu sein.

Es tat weh, fest stellen zu müssen, daß er nun doch versagen würde.

Es sollte wohl so sein, sagte sich Borenson.

Und Daylan Hammer, diese mythische Gestalt, sollte angeblich immer noch in Inkarra sein. Was war mit der Summe aller Menschen? Gab es ihn überhaupt?

Er ging weiter und mußte dabei wohl eingeschlafen sein. Er stolperte in ein Bachbett, rutschte über nasse, runde Steine. Einer davon bohrte sich in sein Knie und weckte ihn. Es war neblig. Schwaden erhoben sich aus dem Bach. Borenson kam auf die Beine, watete bis zu den Hüften im Wasser, unter den dunklen Bäumen.

Ich muß jetzt wohl näher an Fenraven sein, dachte er.

Er hörte ein Pferd wiehern. Er zuckte zusammen und begriff, daß er ihm Nebel, in der Dunkelheit oder vielleicht im Schlaf an dem Tier vorbeigelaufen war.

Sein eigenes Schlachtroß, dasjenige, das er Myrrima überlassen hatte, stand neben dem Bach. Die Zügel hatten sich im Gezweig verfangen. Er ging darauf zu, hielt Myrrima immer noch fest, während er ihn den Satteltaschen wühlte.

Er fand dort den Balsam des Zauberers, wie sie gesagt hatte.

Er holte den Tiegel heraus, und es gelang ihm, ihn mit einer Hand zu öffnen. Er sah Myrrima lange an. Es war dunkel und neblig. Er konnte kaum etwas sehen, weil ihm der Schweiß in den Augen brannte. Er konnte nicht sagen, ob sie noch atmete. Falls ihre Brust sich hob und senkte, spürte er es jedenfalls nicht.

Er blickte zum Himmel auf und sah zwei Sternschnuppen durch die Nacht fallen. Der Horizont wurde langsam heller. Bald würde der Morgen dämmern. Er fragte sich, ob er das wohl noch erleben würde.

Er setzte sich mit Myrrima nieder und rieb ihren Arm mit dem Balsam des Zauberers ein, dann das Handgelenk und schließlich jeden Finger ihrer rechten Hand.

Er hob nur ein winziges bißchen für sich selbst auf. Es war kaum mehr etwas übrig.

Dann legte er sich zu ihr neben den Bach. Er versuchte, dem Plätschern des Wassers über den Steinen zu lauschen. Er sah, daß der Nebel sich auf seltsame Weise bewegte. Er roch den feuchten Boden. Eine Grille zirpte in einem Brombeerdickicht und fügte der Musik des Wassers ihre einsame Serenade hinzu. Borenson hatte kein Gefühl in der rechten Hand. Er schmiegte sich an Myrrima, in der Hoffnung, sie wärmen zu können.

Seine Gedanken waren wirr. Er war todmüde, konnte aber nicht schlafen.

Eine Stunde lang lag er so da, während die Sterne langsam verblaßten, und falls Myrrima atmete, konnte er es nicht erkennen, konnte es nicht spüren. Er streichelte ihr Kinn. Es war kalt.

Sie ist tot, gab er schließlich zu, während ihm immer schwindliger wurde.

Der Balsam hatte seine Hand ein wenig gewärmt, hatte ein bißchen Leben zurückgebracht. Er zog die Hand aus Myrrimas erstarrtem Griff.

Es hatte keinen Zweck mehr, so zu tun als ob, oder zu hoffen, daß sie noch leben mochte. Auf der Insel Thwynn, wo Borenson zur Welt gekommen war, wurden die Toten nicht der Erde übergeben, sondern dem Wasser.

Also gab er Myrrima einen Abschiedskuß und bat sie um Verzeihung, weil er sie so schlecht geliebt hatte. Dann trug er sie zurück zum Bach und watete bis zu den Hüften hinein. Das Wasser schien wärmer zu sein als die Nachtluft. Es erinnerte sich immer noch an den Sommer.

Irgendwo in der Ferne krähte ein Hahn. Borensons Kopf war wirr vor Müdigkeit. Er übergab seine Frau dem Wasser und dem Nebel, ließ sie den Bach entlangtreiben. Ein Teil von ihm konnte nicht glauben, daß sie von ihm gegangen war. So war es mit dem Tod. Borenson starrte in den Nebel und lauschte der Musik des Wassers. »Laß sie Frieden in deiner Umarmung finden«, flüsterte er dem Bach zu, »während du sie zum Meer trägst.«

Es kam ihm vor, als hätte er seine Frau irgendwie verraten. Aber in seinem wirren und erschöpften Zustand konnte er sich nicht vorstellen, warum. Er drehte sich um und stolperte zu seinem Pferd. Es würde ein Gasthaus in Fenraven geben, aber er bezweifelte, daß er es sonderlich gemütlich finden würde.

KAPITEL 23
Kein Weg zurück

Das Leben ist eine Reise, und nach jedem einzelnen Schritt gibt es keinen Weg zurück.

Gaborn Val Orden

In der Morgendämmerung lag Averan zusammengerollt neben Frühling hinten auf einem Wagen, der eine Straße südlich von Carris entlangraste. Averans Zunge blutete nicht mehr, wo sie sich gebissen hatte, aber ihr dünnes Kleid war schweißdurchtränkt. Eine große Gottesanbeterin saß auf dem Kutschbock über ihr; sie hatte dieselbe graubraune Farbe wie der Wagen. Sie regte sich nicht.

Averan zitterte vor Schmerzen und war vollkommen erschöpft. Aber die Krämpfe hatten vor einer Stunde aufgehört. Sie wußte, daß sie überleben würde.

Am schlimmsten war das Wissen, daß sie versagt hatte. Sie hatte wieder den falschen Greifer gegessen. Der Wegmacher war immer noch mit der Greiferhorde unterwegs und wartete darauf, daß Gaborn ihn erwischte. Wartete auf Averan.

Verzweifelt schüttelte sie den Kopf. Die Greifer litten mehr als Menschen. Das wußte sie nun. Ihre Fähigkeit, Schmerz zu ertragen, überstieg bei weitem die jedes Menschen. Averan fürchtete, wenn sie noch einmal versuchte, Greiferhirn zu essen, würde sie sterben. Aber falls sie den Wegmacher noch fanden, würde sie sich nicht weigern können, es zu versuchen.

Sie wußte wenig über den Klingenträger, den sie gegessen hatte. Er hatte Schlauer Esser geheißen. Seine wenigen Erinnerungen quälten sie.

Schlauer Esser hatte sich oft unter feindlichen Nestern hindurchgegraben und Pläne für die mörderischen Kriege seiner Meisterin geschmiedet. Die Visionen, denen sich Averan gegenüberfand, waren grauenvoll – Angriffe durch feindliche Tunnel, Abreißen des besten Fleischs von den Leichen der Feinde, Verschlingen mit gewaltigem Appetit. Niemand wurde am Leben gelassen. Selbst die Eier der feindlichen Königinnen wurden von der Horde von Schlauer Esser vertilgt. Kein Menschenlord war jemals so gierig gewesen wie dieses Ungeheuer, das Averan gegessen hatte.

Er war ein Meister des Krieges gewesen, einer, der die alten Schlachten gegen die Menschen studiert und versucht hatte, neue Strategien zu finden.

Averan schloß die Augen gegen die aufgehende Sonne und versuchte zu vergessen.

Aber der Wagen donnerte weiter, immer auf der Spur der Greifer. In der stillen Morgendämmerung bedeckten Wolken den Himmel wie ein Laken aus weißer Seide, und dahinter erhob sich die Sonne wie eine rosafarbene Lampe, schimmernd und glühend. Morgennebel hing über den Feldern.

Die Greifer bewegten sich über die Ebene, schwarz im trüben Morgenlicht; wie eine gewaltige Elefantenstampede zogen sie über das goldene Grasland, wirbelten Staub auf und scheuchten Starenschwärme auf, die dann in unruhigen Wolken am Himmel umherwirbelten.

Inzwischen waren die Greifer langsamer geworden. In fünf Stunden hatten sie weniger als vierzig Meilen zurückgelegt.

Die Greifer waren vollkommen erschöpft. Averan wußte das aus der Erinnerung von Schlauer Esser. Immer noch drang ihr Schweiß aus jeder Pore. Immer noch hatte sie entsetzlichen Durst. Sie trank, aber Wasser genügte nicht. Sie lechzte nach mehr, aber wenn die Männer ihr mehr anboten, schnupperte sie daran und geriet in Panik. Sie wollte schwefliges Wasser.

Die Greifer selbst zeigten erste Anzeichen des Aufgebens. In der Nacht war einer nach dem anderen hinter die Marschlinie zurückgefallen. Sie hielten nicht inne, sondern begannen einfach, im Kreis herumzutaumeln. Ihre linken Beine marschierten weiter, während es die rechten nicht mehr konnten, so daß sie auf dem Boden herumkreisten wie Wasserkäfer auf einer Teichoberfläche.

Gaborn selbst war vor dem Morgengrauen zu Averans Wagen geritten, hatte im Mondlicht auf die kranken Greifer gezeigt und gefragt: »Weißt du, was das zu bedeuten hat?«

»Sie verdursten«, bestätigte sie.

»Dann wollen wir auf einen warmen Tag hoffen«, sagte er. »Vielleicht wird ein wenig Sonne ihr Ende beschleunigen.«

Nun verkrampfte sich Averans linker Arm. Sie schrie auf. Frühling setzte sich neben ihr aufrecht hin und begann, Averan übers Haar zu streicheln.

Eine Erinnerung an die Zeit, als sie noch klein gewesen war, suchte Averan heim. Sie erinnerte sich an ein Picknick mit ihrer Mutter am Kellysbach, direkt vor dem Gasthaus Zum Eber und Hirsch zu Hause.

Sie mußte noch sehr klein gewesen sein. Es war ihre erste Erinnerung an einen Bach.

Das Wasser des Kellysbach kam aus den Hügeln, plätscherte und gurgelte über runde Steine, die von den Wellen so glatt poliert waren wie Porzellan. Wasser, so kalt, daß es hätte Eis sein können, sprühte über die kiesigen Ufer. Das Spritzwasser schmeckte wie eisiger Regen, und das Plätschern und Gurgeln des Wassers über die Steine wurde zu einer beruhigenden Musik. Das Wasser überzog Averans Gesicht mit einer feinen Nebelschicht.

Hier und da wurde der Bach träger, und das Bett verbreitete sich zu Tümpeln. Dort schossen Elritzen in den Schatten moosiger Wurzeln umher, und Wasserläufer tanzten.

Stundenlang hatte sie in diesen Tümpeln nach Krebsen gefischt, die sich auf diese seltsam hüpfende Weise bewegten.

Danach hatte Averan oft unter einer Weide in einem Flecken Sonnenlicht gelegen, und ihre Mutter hatte ihr Geschichten erzählt und ihr übers Haar gestreichelt. Aber nun war Averan weit vom Kellysbach entfernt. Es schien eine Ewigkeit her zu sein.

Als Averan in den Armen der grünen Frau zitterte, blickte sie auf in die Augen des Geschöpfs. Frühlings Berührung war tröstlich, und Averan konnte die Erdkraft in ihr spüren, aber sie war nicht so tröstlich wie die Berührung einer Mutter.

Etwas Rätselhaftes, Wildes glitzerte in Frühlings Augen. Die grüne Frau war keine Frau, sie war nicht ihre Mutter oder eine Freundin. Frühling war nicht einmal ein Tier.

»Kannst du mir helfen?« fragte Averan. »Kannst du mir helfen, den Wegmacher zu finden?«

Die grüne Frau antwortete nicht. Sie hatte nicht einmal die Frage verstanden.

Plötzlich begannen die Männer überall auf den Wagen und ringsumher zu jubeln.

Averan richtete sich auf und sah sich um. Die Soldaten ritten langsam über die Ebene, gefolgt von den Frowth-Riesen. Die Greifer hielten sich an ihre Formation. Averan konnte keinen Grund für den Jubel erkennen.

»Was ist da los?« fragte sie den Fuhrmann.

Er schaute über die Schulter nach hinten. »Wir haben den Punkt erreicht, von dem aus es keinen Weg zurück gibt. Nun liegt die Unterwelt für die Greifer näher als Carris.«

Die Männer jubelten, als wäre das ein großer Sieg.

Gaborn ritt an den Wagen entlang, und ein Verwundeter in einem der vorderen Wagen rief ihm zu: »Greifen wir wieder an?«

»Noch nicht!« erwiderte Gaborn. Er betrachtete die Greifer nachdenklich, sah Averan an, als wollte er sie um Rat bitten, fragte aber nicht. Statt dessen ritt er weiter neben ihrem Wagen her.

Die Greifer schleppten sich langsam heimwärts, während Gaborns Armeen an ihrer Flanke ritten.

Die Sonne hatte gerade den Horizont hinter sich gebracht, als Gaborn plötzlich in sein Horn stieß und zum Rückzug blies. Er rief den Wagenlenkern zu: »Wendet die Wagen, schnell! Zurück!«

»Was ist denn? Was ist los?« fragte Averans Fuhrmann. Unsicher betrachtete er die Greifer. Nichts hatte sich verändert. Sie bewegten sich immer noch nach Süden. Der Fuhrmann zügelte die Pferde, wendete den Wagen. Er ließ die Peitsche über den Köpfen der Pferde knallen, und der Wagen begann, wieder über die Straße zu rumpeln, als die Kraftpferde erneut an Geschwindigkeit gewannen.

Dennoch, er konnte sie nicht ganz so schnell rennen lassen. Es waren schwere Zugpferde, die benutzt wurden, um Waren rasch zu transportieren, aber nur wenige hatten mehr als eine einzige Gabe des Stoffwechsels. Der gesamte Troß konnte sich nicht schneller bewegen als das langsamste Gespann.

»Geht von der Straße runter!« schrie Gaborn den Fuhrleuten zu. »Laßt die Pferde rennen. Die Greifer werden uns angreifen!«

Averan kam unter ihrer Decke hervor, spähte zu den Greifern hin und hielt nach Anzeichen von Gefahr Ausschau.

Sie konnte nichts Ungewöhnliches erkennen. Ihr Fuhrmann lenkte den Wagen von der Straße und ließ die Peitsche knallen. Die Räder sangen, und der Wagen holperte über Steine und Wurzeln. Die Wagen und ihre Fuhrleute warfen lange Schatten im frühen Morgenlicht.

Nach zwei oder drei Minuten blieb plötzlich die gesamte Greiferhorde stehen, und Zischen erklang.

Tausende Ungeheuer erhoben sich auf die Hinterbeine und standen mehrere Sekunden lang hoch aufgerichtet. Sie wandten sich nach Osten, ins Morgenlicht, und fuchtelten aufgeregt mit den Fühlern.

Das Zischen wurde lauter und lauter. Die Greifer schienen gereizt oder vielleicht auch verängstigt.

Averans Fuhrmann verfluchte seine Pferde und fragte: »Was ist da los?«

»Sie wittern etwas«, meinte Averan. Gaborns Männer waren an ihrer Flanke entlanggeritten. Averans Wagen befand sich vielleicht zwei Meilen seitlich ihrer Marschlinie.

Es sah beinahe so aus, als versuchten die Greifer, einen Blick auf etwas zu erhaschen oder einen flüchtigen Geruch besser wahrzunehmen.

Averan wandte sich nach Osten, aber sie konnte bis zum Horizont nichts anderes erkennen als goldene Ebenen mit vereinzelten Eichen und in der Ferne ein paar Hügeln.

Rochen sie eine andere Armee? fragte sie sich. Hofften sie auf Verstärkung, oder kam eine Armee Gaborn zu Hilfe? Averan bezweifelte das.

Sie wandte sich dem Himmel zu und hielt nach Gewitterwolken am Horizont Ausschau.

In diesem Augenblick begannen die Greifer, direkt auf Gaborns Truppen zuzurasen. Die Lords auf ihren Kraftpferden konnten den Ungeheuern leicht entkommen, aber die Frowth-Riesen hatten es schwerer. Sie sprangen über die Ebene und schwangen ihre Arme weit. Ihre Nüstern zuckten, und sie riefen einander in ihrer eigenen Sprache zu.

Nun pfiffen die Fuhrleute und ließen die Peitschen knallen und schrien: »Ho! Ho!«

Pferde wieherten entsetzt.

Sie sah, wie ein Gespann mit einem anderen zusammenstieß. Geschirre verhakten sich, und ein Pferd stolperte. Aus dem Wagen kippten Lanzen auf den Boden, während die Fuhrleute wie Puppen herumgeschleudert wurden.

Ein Fuhrmann hinkte und kletterte auf den nächsten vorbeifahrenden Wagen. Der andere rührte sich nicht mehr.

Greifer donnerten auf Gaborns Flanke zu. Sie rannten mit erneuter Kraft, schneller, als Averan es für möglich gehalten hätte, und ihre Zähne blitzten im Licht der Morgensonne.

Averan verstand nicht, wieso die Greifer plötzlich offensiv wurden.

Gaborns Ritter wandten sich nach Nordosten. Männer auf Streitrössern konnten den Ungeheuern leicht entkommen, aber Averans Wagen war eine andere Sache. Er rumpelte über die Ebene, und jedesmal, wenn ein Rad auf einen Stein traf, wurde Averan in die Luft geschleudert. Sie hörte es knacken, als eine Achse brach.

Sie klammerte sich fest. Die Frowth-Riesen hatten die Wagen nun beinahe eingeholt. Die Greifer kamen näher. Averans Herz klopfte heftig.

Frühling stand aufrecht auf dem Wagen. Sie beobachtete die Ungeheuer intensiv, als wollte sie sich auf das erste stürzen, das näher kam.

Ein Greifer ziemlich weit vorn packte einen großen Stein und warf ihn. Der Stein flog beinahe zweihundert Schritt weit und krachte in einen Wagen in Averans Nähe.

Der Wagen zerbrach. Fahrer und Pferde verwandelten sich ohne auch nur einen einzigen Schrei in blutigen Matsch. Holzsplitter flogen Dutzende von Schritten weit, und zusammen mit Fleischbrocken regneten Speichen und Metallsplitter über die Ebene.

Andere Greifer wiederholten rasch die Tat ihres Genossen und zerstörten ein Dutzend weiterer Nachschubwagen.

Averans Fuhrmann ließ die Peitsche knallen und den Wagen noch rascher über die Ebene rumpeln. Er fuhr durch eine Senke, und wieder hörte Averan die Achse knacken.

Brüllend rannte ein Greifer an ihrem Wagen vorbei.

Ein weiterer trampelte vorwärts, ein riesiger Klingenträger mit einem Ritterhaken in den Vordertatzen. Averan wußte aus den Erinnerungen von Schlauer Esser, wie brutal wirkungsvoll eine solche Waffe in erfahrenen Händen sein konnte.

»Hilfe!« schrie Averan.

Das hätte sie sich sparen können. Ihr Fahrer schlug mit der Peitsche nach den Ohren der Pferde und schrie ihnen zu, sich zu beeilen. Er lenkte das Gespann nach Osten und kippte den Wagen dabei beinahe um, wich dem Ungeheuer aber geschickt aus.

Der riesige Klingenträger schnitt dem nächsten Wagen den Weg ab.

Averan sah das Gesicht des Fuhrmanns. Er war ein älterer Mann mit silbernem Haar und einer abgetragenen Lederweste über dem rötlichen Hemd. Er schrie entsetzt auf und versuchte ebenfalls, nach Osten auszuweichen.

Der Klingenträger steckte die riesige Tatze aus, und Averan fürchtete schon, daß das Ungeheuer den Mann vor ihrer Nase pfählen würde. Statt dessen erwischte der Ritterhaken das Leitpferd am Hals. Der Greifer zog fest und riß das Pferd mit. Aber es war noch im Geschirr.

Der gesamte Wagen ruckte heftig, und das zweite Pferd stürzte, als die Deichsel brach. Das Vorderrad des Wagens stieß gegen ein stürzendes Pferd, und der Wagen wurde hoch in die Luft geschleudert. Dann krachte er fest wieder zu Boden, mit der Ladefläche nach unten.

Averan schloß die Augen, denn sie wollte nicht sehen, was aus dem Fuhrmann geworden war.

Plötzlich bemerkte sie, daß ihr Fuhrmann sich von den Greiferlinien entfernte.

Die Greifer hätten sie verfolgen und dreißig oder vierzig weitere Wagen zerstören können, aber das taten sie nicht. Statt dessen kam die Horde wieder zusammen, formierte sich und raste nach Osten.

Riesige Klingenträger taten sich zu einem Fünfeck von beinahe einer Meile Seitenlänge zusammen, während kleinere Greifer in dessen Mitte einen Stern bildeten. Innerhalb jeder Sternzacke sammelten sich ein paar scharlachrote Zauberinnen zu einem langgezogenen

Dreieck. Averan erkannte die Formation aus den Erinnerungen von Schlauer Esser.

Die Greifer nannte sie die Kriegsform.

Es war keine Formation zur raschen Flucht. Sie diente einem Angriff.

Averan klammerte sich an die Wagenseiten, ihr Herz klopfte wild vor Entsetzen, und sie dachte hektisch nach. Ihr Magen verkrampfte sich. Sie strengte sich an, ruhiger zu werden.

Der Fahrer verlangsamte das Tempo. Die Greifer waren nun an ihnen vorbei und stampften weiter nach Osten.

Averan war früher schon über diese Ebene geflogen, kannte jede Stadt, jedes Dorf. Im Osten gab es noch ein paar Hügel, und dahinter schlängelte sich der Donnestgree träge über die Ebene. Überall am Ufer befanden sich Dörfer und Bauernhöfe. Aber die einzige bedeutendere Stadt war Feldonshire, vierzig Meilen in östlicher Richtung.

Feldonshire war ein ausgedehntes Dreieck aus Hütten, Läden, Weizenmühlen, Bauernhöfen und Brauereien, das sich über bewaldete Hügel zog. Vom Himmel aus gesehen hatte es nie so recht wie eine Stadt gewirkt, sondern nur wie ein paar nebeneinander aufgereihte Dörfer.

Averan konnte sich nicht vorstellen, was die Greifer dort wollten – es gab keine Festungen und auch sonst nicht viel.

Gaborn galoppierte auf seinem Streitroß am Wagen vorbei und schrie: »Sie greifen Feldonshire an!«

Während Gaborn auf seinem Streitroß dahinjagte, beobachtete er verwirrt die Greifer. Er konnte spüren, wie die Gefahr für Feldonshire, etwa vierzig Meilen östlich von ihm, rasch größer wurde. Viele Verwundete aus Carris waren über Nacht flußabwärts gefahren. Nun lagerten sie in dieser Stadt. Seine Erdsinne schrien seinen Erwählten Warnungen zu: »Flieht! Flieht!«

Die Horde raste nun in einer seltsamen neuen Formation über die goldene Ebene. Der Staub, den sie dabei aufwirbelte, stieg Tausende Fuß hoch. Die Morgensonne warf durch diesen Staub ein seltsames, kränkliches Licht.

Aber wieso Feldonshire?

»Wasser!« sagte Averan. »Sie wollen trinken.«

»In Feldonshire?« fragte Gaborn.

»Nein, in den Teichen von Stinkwasser, nur drei Meilen hinter der Stadt. Ich habe sie aus der Luft gesehen – wie grüne Edelsteine. Es ist Schwefel im Wasser.«

Gaborn wußte von diesen Teichen. Das heiße, mineralische Wasser, das dort aus dem Boden drang, war für alle, die in der Nähe lebten, ein Fluch. Niemand konnte im Umkreis von Meilen das Land bebauen, und an so manchem kalten Wintermorgen wurden die stinkenden Dämpfe bis nach Feldonshire geweht.

Wäre das möglich? fragte er sich. »Aber Feldonshire ist vierundvierzig Meilen weit entfernt!«

Averan nickte nachdrücklich. »Wir wissen, daß es vierundvierzig Meilen weit entfernt ist, aber vielleicht wissen die Greifer das nicht. Für sie ist Wasser nur ein Geruch in der Luft.«

Konnte ein Greifer so weit entferntes Wasser riechen? Wölfe rochen Blut vier Meilen weit, und das Stinkwasser roch vermutlich intensiver als Blut.

So rasten die Greifer also nach Osten, direkt in den Wind. Eine Reihe eichenbedeckter Hügel erhob sich dort. Die Greifer würden durch den Wald stürmen und eine meilenweite Spur der Verwüstung zurücklassen.

Gaborn leckte sich die Lippen. Einige Greifer waren bereits zurückgefallen, waren zu schwach, das mörderische Tempo halten zu können. Mehrere hundert Lanzenreiter waren hinter ihnen her.

Vierundvierzig Meilen. Wie lange konnten sie rennen, bevor sie vollkommen erschöpft waren?

Auf die eine oder andere Weise würde er den Wegmacher erwischen. Er mußte schnell sein, um sie abfangen zu können.

»Skalbairn«, schrie Gaborn. »Schickt ein Dutzend Eurer schnellsten Reiter nach Feldonshire. Wenn die Greifer dieses Wasser wollen, müssen wir dafür sorgen, daß sie es nicht bekommen.«

»Herr?« fragte Skalbairn unsicher.

»Vergiftet die Teiche«, befahl Gaborn.

»Vergiften?« fragte Binnesman.

Gaborn schaute nachdenklich drein. Er war der Erdkönig, und die Erde war mit dem Wasser verbündet. Seit Generationen hatten sich seine Ahnen mit dem Wasser verbündet.

»Mir fällt diese Entscheidung alles andere als leicht«, sagte Gaborn.

»Was sollen wir benutzen?« fragte Skalbairn.

»Was Ihr finden könnt. Wendet Euch an die Holzschnitzergilde. Bittet Gildemeister Wallach um Hilfe.«

»Jawohl«, erwiderte Skalbairn. Er rief ein paar Männer zusammen und schickte sie nach Feldonshire. Baron Waggit ritt mit ihnen.

Aber es würde nicht genügen, nur das Wasser zu vergiften. Die Greifer würden durch Feldonshire hindurchstürmen.

Gaborn spürte Gefahr für Tausende von Flüchtlingen. Er konnte sich vorstellen, wie die Flußufer im Augenblick aussahen, nachdem die Verwundeten aus Carris dort ihr Lager aufgeschlagen hatten.

Er würde die Horde ablenken müssen, wenn das möglich war – ihnen den Weg blockieren oder sie zumindest lange genug aufhalten, um seine Leute zu retten.

Bei dem Tempo, mit dem sich die Horde im Augenblick bewegte, würde sie Feldonshire in zwei Stunden erreichen. Selbst seine schnellsten Kuriere würden neun Meilen die Straße entlang nach Ballyton reiten und sich dann nach Südosten wenden müssen. Das waren sechzig Meilen. Selbst auf Kraftpferden würde das den größten Teil einer Stunde dauern.

Damit blieb den Bürgern von Feldonshire nur eine Stunde, um ihre Stadt zu verlassen.

»Ihr da«, rief Gaborn einem weiteren Dutzend Runenlords zu. »Holt ein paar Fühler von den Hinterteilen toter Greifer. Wir zünden ein zweites Feuer an! Vielleicht können wir sie wieder abschrecken. Kennt einer hier Feldonshire?«

Ein junger Lord meldete sich. »Euer Hoheit, meine Familie stammt von dort. Ich bin nahe dem Dunkelwald aufgewachsen.«

Der Dunkelwald war ein Nußbaumwald nördlich von Feldonshire. Die örtlichen Handwerker benutzten das Holz, um daraus Tischplatten, Holzschalen, Paneele, Truhen und Schränke, dekorative Simse und kunstvolle Türen zu schnitzen. Viele der schönsten Handwerksarbeiten in Mystarria kamen aus Feldonshire.

»Dann wißt Ihr auch, wo wir das Feuer am besten entfachen?«

Der Lord schaute den Greifern hinterher. »In Shrewsvale.«

»Ihr wollt ein Dorf niederbrennen?« fragte Gaborn.

»Von *wollen* kann keine Rede sein – eine meiner Schwestern wohnt dort. Aber das ist die Richtung, in die die Greifer rennen, wenn ich es richtig einschätze.«

Ein weiterer Lord meldete sich zu Wort. »Er hat recht. Die Hügel erheben sich zu beiden Seiten, und Shrewsvale liegt mitten im Paß. Es gibt keine bessere Stelle, um die Greifer aufzuhalten.«

Gaborn hatte gehört, daß es auf dem Paß ein gutes Gasthaus gab.

Er nickte Langley zu. »Nehmt tausend Lanzenreiter auf langsameren Pferden und die Frowth-Riesen, und folgt den Greifern. Sorgt dafür, daß Ihr Euch die Position eines jeden Greifers merkt, der der Wegmacher sein könnte.

Ich selbst führe tausend schnellere Reiter nach Shrewsvale.«

KAPITEL 24
Die Festung

Wenn wir schon sterben sollen, dann laßt uns ruhmreich sterben.

Gebet aus Indhopal

Träge dämmerte der Morgen über Kartish und färbte das graue, verwüstete Land rosig. Raj Ahten bereitete sich auf den Angriff auf die Greiferfestung vor. Kein Vogel sang. Kein Vieh war auf den Feldern zu sehen. Nicht einmal der Wind seufzte.

Schatten sammelten sich in den Senken, während das Sonnenlicht die Hügelkuppen vergoldete. Über ihren Köpfen schwebte der Ballon mit einem Flammenweber und zwei einfachen Soldaten. Der graakförmige Ballon hing wie eine Möwe in der reglosen Morgenluft.

Raj Ahten stand auf einem Hügelkamm und spähte abwärts. Unter ihm erhob sich die monströse Greiferfestung. Ein widerlicher, bräunlicher Rauch hing darüber, kreiste wie ein träger Wirbelsturm. Durch Nebelschwaden konnte Raj Ahten Hunderttausende Sterbender und Verwundeter auf dem Schlachtfeld erkennen. Pusnabish hatte seine Männer in den Krieg geführt, aber die Flüche der Todesmagierin waren so stark, daß kein einfacher Soldat diese wirbelnden Nebel überleben konnte. Männer und Pferde mit bis zu drei Gaben des Durchhaltevermögens, die in den Nebel gerieten, schafften es nur ein Dutzend Schritte weit, bis sie zusammenbrachen.

Was noch schlimmer war: Raj Ahtens Zauberer hatten

ihn gewarnt, daß der Nebel an seinen Kurs gebunden war. Selbst ein starker Wind bei Sonnenuntergang hatte ihn nicht weggeweht. Statt dessen kreiste der Dunst weiter, als bewohnte er seinen eigenen Raum und folgte nur seiner eigenen Zeit.

Raj Ahten würde nicht in der Lage sein, einfache Soldaten in den Kampf zu schicken. Sie würden nur nützlich sein, wenn die Greifer zu fliehen versuchten.

Bei Carris hatte Raj Ahten gesehen, wie Schleimwürmer einen einzelnen schwarzen Turm erbauten, der seltsam zur Seite geneigt war. Der Turm war gewunden gewesen wie das Horn eines Narwals.

Hier hatten die Greifer neun solcher Türme gebaut, die im Kreis standen und sich nach außen lehnten. Das Ganze erinnerte Raj Ahten an eine glitzernde schwarze Dornenkrone.

Innerhalb dieses Kreises befand sich ein Nest oder eine Festung aus Strängen bläulichweißen Schleims, die in einem bizarren und komplizierten Muster gesponnen waren. Kleinere schwarze Stacheln und Türmchen schossen dort heraus wie die Stacheln eines Seeigels, und überall gab es kleine Löcher – ähnlich wie die Schlitze für die Bogenschützen in einer Menschenburg.

Raj Ahten konnte keine Wachen erkennen. Aber durch die Schlitze erspähte er ein unheimlichen Schimmern, die Farbe des Lebens, eine Farbe, die nur er sehen konnte.

Eine unglaubliche Menge von Greifern verbarg sich in dieser Festung.

Ringsumher würden tiefe Gräben verhindern, daß die Festung auf Streitrössern angegriffen werden konnte.

Die Gräben schienen mindestens zwanzig Fuß tief zu sein. Selbst ein Runenlord in Rüstung würde beim Erklettern der Seiten Schwierigkeiten bekommen.

Hinter der Festung selbst, in den Geröllhalden der Mine, befand sich eine Greiferstadt. Die Eingänge zu den Höhlen erhoben sich zu Tausenden.

Das hier ist Wahnsinn, sagte sich Raj Ahten. Bei Carris hatten seine Ritter sich angestrengt, die Mauern einer Burg mit nur einem Eingang zu halten. Das hatte sich als beinahe unmöglich erwiesen. Hier würde er die Greifer in ihrer eigenen Festung angreifen müssen, einer Burg, von deren Bauweise und -plan er nichts wußte.

Seltsam aussehende Greifer klammerten sich oben an jeden schwarzen Turm. Solche Greifer hatte er bei Carris nicht gesehen. Es handelte sich offenbar um eine weitere Unterart, die in den alten Aufzeichnungen nirgendwo beschrieben wurde.

Die Knochenplatten auf ihren Köpfen ragten in einem merkwürdigen Winkel nach hinten und ließen ihre Schnauzen besonders lang wirken. All diese Greifer hatten sechsunddreißig Fühler. Ihre Vorderbeine schienen länger zu sein als die eines Klingenträgers, ihre Haut war von einem bräunlichen Grau. Sie standen oben auf den Türmen und drehten unablässig die Köpfe.

Obwohl Raj Ahten auf einem Hügelkamm beinahe zwei Meilen entfernt in Deckung gegangen war, wandten sich die Greifer ihm zu und fuchtelten fragend mit ihren Fühlern.

Ein gewöhnlicher Greifer hätte ihn nicht bemerken können.

Selbst Greifer haben ihre Weitseher, stellte er nun fest. Diese Art mußte wahrhaftig selten sein, wenn sie nur so wenige hatten, um Wache zu halten.

Er nahm es als ein Zeichen. Wahrhaftig, die legendäre Herrin der Unterwelt war an die Oberfläche gekommen. Nun würde Raj Ahten gegen dieses Ungeheuer kämpfen.

Er betrachtete die Festung in einer Mischung aus Staunen und Verwirrung. Keine Festung hatte je einen Angriff Raj Ahtens überstanden.

Eine Festung ist nur eine Hülse, in der sich ein in die Enge gedrängter Feind verbirgt, erinnerte er sich.

Raj Ahten blinzelte und hielt nach Schwachpunkten dieser Festung Ausschau. Er konnte keine erkennen, ließ sich aber nicht abschrecken.

Pusnabish hatte ihm bei der Vorbereitung dieser Schlacht gut gedient. In den vergangenen beiden Tagen hatte er seine Truppen gut beschäftigt. Kraftpferde hatten Ballisten aus jeder Festung innerhalb von zweihundert Meilen herangeschafft und damit die Verteidigungsanlagen der reichsten Burgen in ganz Indhopal geplündert.

Pusnabish hatte Männer nach Aven geschickt und das Pulver holen lassen, mit dem Raj Ahtens Flammenweber experimentiert hatten.

Er hatte zehntausend Elefanten zusammentreiben lassen, darunter vierzehn Kriegselefanten mit Gaben der Muskelkraft, des Stoffwechsels und des Durchhaltevermögens.

Und mehr als das, Pusnabish hatte erkannt, daß Feuer der Schlüssel zur Vertreibung der Greifer sein könnte.

Kartish war nicht für viele Bäume bekannt, aber entlang den Bachbetten wuchsen Feigen- und Zitrusbäume. Die Seuche hatte die Obstgärten verwüstet. Also hatten seine Männer jeden toten Baum im Umkreis von dreißig Meilen zusammengetragen und nördlich der Greiferfestung einen riesigen Scheiterhaufen errichtet. Das heiße Klima hatte das Holz in den vergangenen zwei Tagen weiter ausgetrocknet.

Von dem Augenblick an, als Raj Ahten im Kanarienpalast erschien, waren seine Männer kampfbereit.

Nun blies Raj Ahten in ein gewundenes Widderhorn, und seine Männer bereiteten den Angriff vor.

Eine Meile hinter ihm begannen zweihunderttausend Männer fünfundzwanzigtausend Artilleriegeschütze an Ort und Stelle zu zerren. Mit ihnen marschierte eine Million gutbewaffneter gewöhnlicher Truppen als Eskorte.

Darüber hinaus waren zwei weitere Millionen Männer und zehntausend Elefanten damit beschäftigt, tote Bäume auf die Festung zuzuzerren.

Raj Ahten hielt auf den Hügelkamm zu, und viertausend Unbesiegbare – sämtliche Lords des südlichen Indhopal – folgten ihm.

Sie waren eine strahlende Truppe und trugen den Wohlstand Indhopals. Für diesen Kampf hatten sie die schweren Schuppenpanzer zurückgelassen, die sie in nördlicherem Klima getragen hätten. Statt dessen hatten sie sich gerüstet wie ihre Vorfahren – ein Dutzend Schichten fest gewebter Seide. Diese Rüstungen waren sowohl leichter zu tragen als auch schwerer zu durchdringen als lackiertes Leder, und der Stoff konnte in der Hitze immer noch atmen.

Also ritten die Lords von Indhopal in schimmernden langen Westen in den Krieg, die hellrot und goldgelb gefärbt waren. Ihre Turbane waren mit Rubinen, Smaragden und Diamanten von der Größe von Hühnereiern geschmückt. Ihre Pferde und Kriegselefanten waren angetan wie zu einer Parade. Die Männer trugen blitzende Lanzen, üppig dekoriert mit Blattgold, und ihre Schwertscheiden glitzerten von Edelsteinen und Silber.

Nie in der Geschichte von Indhopal hatte sich eine solche Armee zusammengefunden.

Der Boden bebte von den Marschtritten von Raj Ahtens Truppen, während Staubwolken sich über der Ebene erhoben, aufgewirbelt von den Bäumen und Artilleriegeschützen, die in Stellung gebracht wurden.

Die Greifer regten sich nicht.

Eine Stunde lang näherten sich die einfachen Soldaten dem wirbelnden Nebel und legten ihre Holzlasten ab. Raj Ahten beobachtete die Festung und sah, wie Greifer hektisch hinter den »Fenstern« umherhuschten. Aber sie flohen nicht und versuchten auch nicht anzugreifen. Er hatte irgendeine Art des Widerstands erwartet, aber die Greifer warfen nicht einmal mit Steinen nach seinen Männern.

Für Raj Ahten schien der Grund offensichtlich. Die wirbelnden giftigen Nebel erstreckten sich beinahe eine Viertelmeile im Umkreis der Festung. Die Greifer konnten seine Armee einfach nicht erkennen.

Also wartete die Horde.

Berge von Holz begannen sich zu erheben. Die Flammenweber überwachten die Soldaten und ihre Elefanten. Sie ließen zwei Scheiterhaufen errichten, einen östlich der Greiferfestung, den anderen westlich.

Raj Ahten hatte erwartet, daß die Zauberer das Holz einfach aufschichten ließen, aber es gab Unmengen davon, und die Flammenweber ließen es in Form einer gewaltigen Rune von einer Meile Durchmesser aufhäufen. Im Osten war es die Feuerrune, im Westen die der Nacht.

Zehntausende Arbeiter waren immer noch mit dem Holz beschäftigt, als die Flammenweber die Arme zum Himmel erhoben. Dunkelheit breitete sich von Horizont zu Horizont aus, als sie Feuer aus dem Himmel zogen und es zischend auf die Scheite niedersank.

Die Schreie brennender Menschen erfüllten die Luft, und die Soldaten begannen mit einem entsetzlichen Totentanz.

Raj Ahten nahm dies ungerührt auf. Es gefiel ihm nicht, seine Männer sterben zu sehen. Aber Rahjim hatte ihm versichert, daß ein Opfer notwendig sei. »Es werden ein paar tausend Männer sterben. Aber es ist besser, ein paar tausend zu verlieren, als daß wir alle umkommen.«

Der Gestank von verbranntem Haar und kochendem Fett erfüllte die Ebene. Nun standen Rahjim und Az in den Runen und glühten vor Flammen.

Raj Ahten hatte selten den großen Mächten geopfert. Aber nun war er verzweifelt. Trotz der Gaben des Durchhaltevermögens, die er am Vorabend erhalten hatte, breitete sich die Taubheit in seinem linken Arm weiter aus.

Raj Ahtens Zauberer, in Feuer gehüllt, begannen in den Flammen zu tanzen, wanden und drehten sich, bis sie beinahe selbst zu Flammen wurden. Hitze von den brennenden Runen traf Raj Ahten selbst in einer halben Meile Entfernung. Holz kreischte widerstrebend auf und entsandte eine Rauchwolke zum Himmel.

Auf einem der Festungstürme brach ein Weitseher-Greifer zusammen, während die anderen vor der Hitze zurückwichen.

Pusnabish hielt sich die Hand vors Gesicht und rief: »Großes Licht, dieses Feuer ist zu heiß. Selbst Männer mit vielen Gaben werden die Festung so nicht angreifen können.«

»Vielleicht tun uns die Greifer den Gefallen und backen in ihrem eigenen Ofen«, wandte ein zweiter Lord ein.

Raj Ahtens Herz klopfte heftig. Er spürte die Hitze, aber er fürchtete sie nicht. Die Kälte in seiner linken Hand ließ ein wenig nach. Sie fühlte sich jetzt lebendiger an.

Az hatte ihm wieder und wieder versprochen, daß das Feuer ihn heilen könnte, aber nur, wenn er zuließe, daß es seine Menschlichkeit wegbrannte.

Raj Ahtens Pulsschlag wurde rascher.

Das Inferno wurde noch mörderischer. Flammen tanzten Hunderte von Fuß in die Luft hinauf, und Rauchwolken wogten.

»In der Mitte dieser Festung ist eine große Rune eingezeichnet«, rief Raj Ahten seinen Adligen zu. »Ich werde dem ersten Mann, der seinen Kriegshammer darin begräbt, eine Truhe Rubine schenken.« Wieder blies er sein Horn, damit sich die Männer für den Angriff bereithielten.

Seine Lords stießen Kriegsschreie aus.

Über der Festung begannen die Soldaten im Graakballon Säcke explosiven Pulvers auszuleeren. Das Pulver rieselte in schmutzigen Streifen abwärts – Vorhänge von Rot, Grau, Gelb. Die Hitze war so intensiv, daß die Männer bald nicht mehr konnten. Einer fiel vornüber und konnte den Sack, den er hielt, nicht mehr ausleeren. Einen Augenblick lang flammte auch der Flügel des Graak auf, aber der Flammenweber Chespot zog die Hitze rasch an sich und verstreute weiter das Pulver.

Plötzlich kam eine Kugel grellweißen Lichts aus dem Westen geschossen und entzündete die tödlichen Pulver.

Das Ergebnis war eine gewaltige Explosion, deren Dröhnen meilenweit widerhallte. Der Boden bebte, und drei schwarze Türme der Greiferfestung stürzten ein. Nun konnten die Greifer nicht mehr ignorieren, was geschah.

Aus den Bauen im Süden stürzten Tausende von ihnen, die Waffen in den Tatzen.

Inzwischen schleuderte die Todesmagierin einen Gegenbann aus der Festung. Mit einem dröhnenden *Wusch!* brach eisige Luft aus jeder Öffnung der Festung. Eiskristalle glitzerten im Licht und verdampften dann.

»Angriff!« schrie Raj Ahten, und seine tausendfach verstärkte Stimmkraft trug dieses Wort weit über die Hügel.

Die Artilleristen südlich der Flammen schossen einen

Hagel von Steinen und Ballistenbolzen auf die Horde ab. Die einfachen Soldaten wichen nicht zurück. Sie teilten sich in zwei Flügel auf und stürzten den Greifern entgegen.

Raj Ahten kümmerte sich nicht mehr um den Kampf auf der Ebene. Er trieb ein großes Kaiserliches Streitroß auf die Festung zu und zog seinen Hammer. Hinter und neben ihm ritten seine Runenlords.

Flankiert von den beiden gewaltigen Feuern, verspürte er plötzlich so etwas wie Gelassenheit. In dieser Schlacht gab es eine Präsenz, die er nie zuvor verspürt hatte. Er nahm sie wahr wie eine Wolke, die über dem Schlachtfeld hing, wie einen Adler, der darauf wartete, sich auf seine Beute zu stürzen.

Sie sprach nicht, aber Raj Ahten war sicher, daß sie seiner bewußt war.

Er begegnete dem wirbelnden Nebel und hielt den Atem an, als sein Streitroß in den fluchbeladenen Dunst eindrang. Seine Augen und seine Nase brannten schon, als sie die Luft berührten.

Sein Pferd hatte die Gräben erreicht, und Raj Ahten sprang aus dem Sattel. Der Himmel über ihm wurde schwarz, als er auf der anderen Grabenseite hochkletterte. Die Flammenweber zogen Feuer aus dem Himmel. Einen Augenblick später würden sie anfangen, gewaltige Flammenkugeln auf die Öffnungen der Festung zu schleudern.

Schreie erklangen, als seine Armeen mit der Greiferhorde zusammenstießen.

Der Himmel wurde wieder heller, erfüllt von feurigem

Licht und einem lauten Rauschen. Az hatte eine Feuerkugel geschleudert.

Ein halbes Dutzend Krieger hatte den Eingang der Festung erreicht und stürmte hinein. Das Greifernest war schmerzhaft dunkel.

Oberhalb des Eingangs befanden sich Öffnungen. Der erste Krieger, der die Festung stürmte, hielt eine halbe Sekunde inne, und schon schoß ein Ritterhaken abwärts, erfaßte ihn unter dem Kinn und riß ihn nach oben.

Ein zweiter Mann wurde von einer Greiferklinge zwischen den Beinen getroffen. Die Wucht des Angriffs trieb ihn ein Dutzend Fuß hoch. Es regnete Blut, als er niederstürzte. Ein dritter Mann erkannte die Gefahr und wich rasch einem Schlag von oben und einem aus einer Seitenöffnung aus. Der Eingang wurde zu einem tödlichen Spießrutenlauf.

Der Tunnel wand sich vom Eingang in vollkommene Finsternis. Raj Ahten roch die zunehmende Kraft eines Greiferfluchs am Tunnelende, und der Fluch wurde losgelassen, bevor er seine Männer noch warnen konnte.

Er wich vom Eingang zurück. Eine graugrüne Wolke schoß aus der Nestöffnung. Zwanzig Männer verschwanden.

Raj Ahten stürzte hinein, bevor die Zauberin ihm einen weiteren Fluch entgegenschleudern konnte.

Ihm wurde klar, daß er vielleicht der einzige Mensch auf der Welt war, der in diese Greiferfestung eindringen konnte. Er verfügte über Gaben des Sehvermögens, die ihn die schimmernden Umrisse der Greifer selbst in vollkommener Dunkelheit erkennen ließen. Sein Stoffwechsel und seine Anmut versetzten ihn in die Lage, tödlichen Klingen schneller auszuweichen, als sich die Greifer bewegen konnten.

Weniger als eine Sekunde, nachdem die Zauberin ihren Fluch gewirkt hatte, war er schon im Tunnel.

Er sprang in ihr offenes Maul und stieß ihr den Kriegshammer in den weichen Gaumen, bevor sie auch nur wußte, daß er angegriffen hatte. Hirn und Blut regneten auf ihn hernieder, als sie erschrocken das Maul weiter öffnete und zurücktaumelte.

Raj Ahten rollte aus ihrem Maul und duckte sich zwischen ihren Beinen durch. Er empfand plötzlich Frieden und Wohlbehagen. Es lag etwas zutiefst Zufriedenstellendes darin, einen Greifer zu töten.

Die Wände bebten, als eine weitere Feuerkugel auf die Festung krachte und Licht durch tausend kleine Öffnungen eindrang. Vor sich erspähte Raj Ahten sein nächstes Ziel – eine weitere Zauberin.

Er hatte sich Zugang zur Greiferfestung verschafft.

KAPITEL 25

Der Kopf der schwarzen Königin

Was nützt schon ein Schlag, der den Gegner nicht tötet? Er macht ihn nur auf die drohende Gefahr aufmerksam.

Aus den Belehrungen der Schweigenden

Hört mich! Hört mich an, mein Volk!« rief ein Mann in die Morgendämmerung hinaus und erfüllte die Straßen mit dem Klang seiner Stimme.

Der Emir Owatt erwachte aus seinem Schlummer im Turm der Übereigner in Bel Nai, einer Stadt am Meer in dem kleinen Land Tuulistan, direkt nördlich von Kuhran.

Der Emir war blind. Er hatte Raj Ahten die Gabe seiner Sehkraft abgetreten. Und da der Emir von seinem Volk geliebt wurde, hatte Raj Ahten ihn zu seinem Vektor gemacht.

Als solcher wurde er hier in Bel Nai verwöhnt wie die Katze so mancher alten Frau.

Der Emir rührte sich nicht; er ging nicht hinaus auf den Balkon, um besser hören zu können. Der Bursche, der da rief, hatte große Gaben der Stimmkraft, so daß seine Worte durch die staubigen Straßen flogen und sich über den Stadtlärm erhoben – das Brüllen der Kamele, das Krähen der Hähne, die ersten morgendlichen Rufe der Händler im Basar. »Hört die Worte von Wuqaz Fahaqin, Kriegsherr der Ah'kellah, der ich Atwaba ausrufe gegen einen Mörder der widerwärtigsten Art: ihn, der sich selbst ›Sonnenherrscher‹ nennt – Raj Ahten!«

Erst vor sechs kurzen Jahren war Emir Owatt im Palast der Trauerranken in Ma'al in Gefangenschaft geraten. Zu diesem Zeitpunkt hatten Raj Ahtens Unbesiegbare die gesamte Stadt bereits umzingelt gehabt. Indem er sich ergab, hatte der Emir gehofft, sein Volk davor zu retten, daß es niedergemetzelt wurde.

Nun stieg er aus dem Bett und schlurfte zu dem kleinen offenen Fenster und packte die Gitterstäbe mit beiden Händen. Die kühle Nachtluft, die vom Meer hereingeweht wurde, traf ihn wie die Handfläche einer Frau.

Der neunjährige Messan kam die Turmtreppe hinaufgerannt. »Vater! Vater! Hörst du das?«

»Ja, ich höre es wohl«, erwiderte der Emir. »Komm, sei meine Augen. Erzähle mir, was du siehst.«

Der Junge packte den Burnusärmel seines Vaters und stellte sich auf die Zehenspitzen. Der Geruch nach Staub, Kamelen und Rauch hing über der Stadt, zusammen mit dem Duft feuchten Hanfs, den die Frauen auf den Märkten zu Seilen und Körben flochten.

Emir Owatt konnte rasche Schritte hören, dann die Stimmen der Wachen am Tor.

»Vor der Festung versammelt sich eine große Menschenmenge«, flüsterte Messan. »Und auf dem Platz kann ich drei Unbesiegbare zu Pferd erkennen.«

»Bist du sicher, daß es Unbesiegbare sind?«

»Sie sitzen auf Kaiserlichen Schlachtrössern, und alle tragen die Umhänge, wie sie die Unbesiegbaren der Ah'kellah tragen. Ein Mann hat Flügel auf Brustharnisch und Helm. Er hält etwas – den Kopf eines Mannes! Er hat ihn am Haar gepackt.«

Owatt konnte das Klirren von Rüstungen hören, dann die Schritte von Stiefeln auf Steinboden.

»Was tun die Wachen?«

»Ein paar rennen zum Tor, andere beziehen Posten auf den Türmen. Einige haben die Bögen gespannt und sehen aus, als würden sie gleich schießen.«

»Unsere Wachen werden nicht schießen«, sagte der Emir voraus. »Wuqaz Faharaqin wird hier hoch geachtet. Sie müssen sich anhören, was er zu sagen hat.«

»Hört mich an!« rief Wuqaz. »In Rofehavan hat sich ein Erdkönig erhoben. Er nennt sich Gaborn Val Orden. Er hat Iome Vanisalaam Sylvarresta geheiratet und ist nun durch diese Ehe ein Vetter unseres Herrn. Der Erdkönig hat verkündet, daß wir uns in großer Gefahr befinden, und er fleht Raj Ahten an, den Streit zwischen ihnen beiseite zu schieben, bis die Feinde der Menschheit niedergestreckt sind. Aber Raj Ahten entehrt unsere Nation. Er unterstützt die Sache der Greifer, indem er gegen seinen eigenen Verwandten kämpft!«

Diesen Worten folgten ungläubige und entsetzte Rufe vom Platz her. Ein paar Leute riefen: »Lügner! Der Mann lügt!«

»Wuqaz hält den Kopf hoch und zeigt ihn den Leuten«, erklärte Messan.

Der Junge schwieg, während Wuqaz berichtete, was in Carris geschehen war. Wuqaz erzählte von einem Kampf, bei dem Greifer eine Festung umzingelt hatten. Er erzählte, wie seine Männer zur Verteidigung von Carris gekämpft und damit die gesamte Menschheit verteidigt hatten.

Aber Raj Ahten hatte versucht, mit dem Boot aus der Stadt zu fliehen, und Frauen, Kinder und seine eigenen Soldaten der Grausamkeit der Greifer überlassen.

Und als der Erdkönig schließlich angegriffen und Raj Ahten und all seine Unbesiegbaren Erwählt hatte, hatte Raj Ahten versucht, seine Truppen zurückzuhalten, damit sie dem Erdkönig nicht halfen und ihn dem Tod überantworteten.

»Selbst als seine geliebte Frau, Saffira, erschien und unseren König anflehte, seinen Krieg beiseite zu schieben«, rief Wuqaz, »verweigerte Raj Ahten die Hilfe. Sie hatte Gaben der Anmut und Stimmgewalt von Tausenden, und nur der Stärkste hätte sich ihr widersetzen können. Raj Ahten widerstand.

Er ließ zu, daß die Greifer seine eigene Frau töteten, während der Erdkönig der Greiferhorde allein gegenübertrat.«

Als er das hörte, keuchte Emir Owatt entsetzt, dann sank er auf die Knie und mußte sich an die Mauer lehnen. Messan versuchte, ihn zu stützen.

Der Emir hatte so etwas schon lange befürchtet. Er hatte es seit jener schrecklichen Nacht gefürchtet, in der Raj Ahten Ma'al belagerte. Schon damals hatte er gewußt, daß sein winziges Reich niemals imstande sein würde, sich Raj Ahten zu widersetzen.

In Gedanken erlebte er nun wieder diese Nacht. Er würde nicht kämpfen können, aber er hatte einen anderen Plan entwickelt, einen, der ihm Hoffnung gab, den Wolfslord immer noch besiegen zu können.

Er hatte alle Zwingeisen aus seiner Schatzkammer genommen und sie von den Annektoren neu schmieden lassen, so daß jedes eine Rune der Anmut aufwies. Dann hatte er sie bei seiner jungen Tochter Saffira benutzt.

Raj Ahten war ein gieriger Mann. Der Emir hatte angenommen, daß der Wolfslord nicht in der Lage sein würde, dem Kind zu widerstehen. »Flehe ihn an, uns nicht zu töten«, hatte Owatt Saffira angewiesen. »Er wird uns um deinetwillen verschonen. Bitte ihn, mir einen Ehrenplatz unter seinen Übereignern vorzubereiten.«

Nachdem Owatt sich ergeben hatte, hatte Raj Ahten die Zunge des Emirs verlangt, weil er glaubte, Owatt müsse große Gaben der Stimmkraft haben, mit denen er sein Volk verlockte. Wie sonst konnte es sein, daß die Gemeinen einen Lord so liebten?

Aber an den Narben des Emirs war zu erkennen, daß er über keine Gaben der Stimmkraft verfügte. Owatt bot ihm statt dessen seine Augen an und sagte zu Raj Ahten: »Nehmt sie, denn ich will nicht sehen müssen, wie Ihr mein Volk leiden laßt.«

Es war eine schlechte Wahl gewesen. Zu oft hatte Owatt die Schreie der Menschen vom Marktplatz gehört.

Er hatte schon lange befürchtet, daß Saffira eines gewaltsamen Todes sterben würde. Er hatte angenommen, Raj Ahten würde sie bei einem Wutanfall schlagen. Bei seinen Gaben der Muskelkraft hätte jeder Schlag das Mädchen sofort getötet.

Aber Raj Ahten gewann Saffira lieb – so sehr sein Wesen das zuließ. Er hatte sie verwöhnt, ihren Wünschen nachgegeben, sie geschwängert und sie mit Geschenken überschüttet. Sie war so sehr seine Frau gewesen, wie das bei einem Mann wie ihm nur möglich war.

Nun hatte der Emir erfahren, daß Raj Ahten die hübsche kleine Saffira tatsächlich getötet hatte.

Auf dem Platz rief eine alte Frau zornig: »Lügner! Schlangenzunge!«

Wie immer war der Emir überrascht, daß sich einfache Menschen zur Verteidigung Raj Ahtens bereitfanden. Sich gegen ihn auszusprechen war verboten, daher hörte man monatelang nicht ein einziges unzufriedenes Flüstern.

Ich bin blind, dachte der Emir, und selbst ich kann sehen, wie böse dieser Mann ist.

Wuqaz rief: »Ich lüge nicht. Laßt mich weitererzählen: Hier ist der Kopf eines Unbesiegbaren – sein Name war Pashtuk –, den Raj Ahten bei dem Versuch, den Erdkönig zu töten, niedergemetzelt hat.

Ich beschwöre euch also im Namen der Atwaba: Werft Raj Ahtens Joch ab! Es kann nur einen König geben – den Erdkönig!«

Das Herz des Emirs klopfte heftig. Er wußte, daß Wuqaz zu ihm gesprochen hatte. Ja, er befand sich auf dem Markt, mehr als hundert Schritt unterhalb dieses Zimmers, aber er war hergekommen, um vor diesen Mauern zu sprechen, weil er wußte, daß sich der Emir hier befand, weil er wußte, daß Owatt sich vielleicht duckte, aber trotzdem niemals wirklich aufgeben würde.

Als Wuqaz diese letzten Worte rief, surrten Bogensehnen, und Pfeile flogen durch die Luft. Aus den Straßen waren ängstliche Schreie zu hören.

Emir Owatt brauchte keine Augen, um zu wissen, was geschah. Bogenschützen im Turm hatte auf die Ah'kellah geschossen. Pfeile hatten Menschen in der Menge getroffen, Männer, Frauen und Kinder. Den Geräuschen nach zu schließen, war in der Menge ein Kampf ausgebrochen – einige wollten gegen Raj Ahten kämpfen, andere verteidigten ihn.

»Vater!« rief Messan, »einer von Wuqaz' Männern ist getroffen. Ein Pfeil steckt in seinem Auge. Er ist vom Pferd gefallen. Wuqaz und die anderen versuchen wegzureiten.«

Nun tobte der Kampf. Eine Frau schrie schmerzerfüllt auf, ein Pferd wieherte, das Geräusch von Hufen, die auf Fleisch trafen, erklang. Männer brüllten zornig. Kinder weinten verängstigt.

Menschen schrien, als Reiter sie angriffen, und flohen.

Messan sagte: »Wuqaz ist weg!« Aber die Kampfgeräusche hielten an.

»Wer gewinnt?« fragte der Emir.

»Die Wachen, die für Raj Ahten kämpfen«, bestätigte sein Sohn.

In diesem Augenblick begriff der Emir etwas. Er hatte diese Menschen da draußen immer als »sein Volk« betrachtet. Aber indem er sich Raj Ahten ergab, hatte er diese Menschen weggegeben – hatte sie einem Mann ohne Gewissen übergeben, einem Mann ohne Ehre, der sie wie Vieh behandelte.

Er hatte weder sich noch seine Tochter noch sein Volk gerettet. Er hatte sie *ausgeliefert*.

Jetzt war es an der Zeit, sie sich zurückzuholen.

»Eil dich«, sagte der Emir. Er ging zu einer Truhe und holte einen Beutel heraus, in dem sich außer Münzen auch noch ein besonders großer Rubin befand. »Während die Wachen am Haupttor beschäftigt sind, möchte ich, daß du dich durch die Hintertür nach draußen schleichst. Wenn die Wachen dort versuchen, dich aufzuhalten, sagst du ihnen, heute sei mein *Purifam* und du seist unterwegs, um mir ein paar Feigen zum Frühstück zu holen.« Er reichte dem Kind die Münzen und drängte: »Sobald du den Palast verlassen hast, gehst du zur Villa meiner Schwester. Erinnerst du dich, wo sie ist?«

»Auf dem Hügel?«

»Genau. Bitte sie, dich zu verstecken. Hast du mich verstanden? Du darfst auf keinen Fall zurückkommen. Ich werde nicht mehr hier sein.«

»Warum?« fragte sein Sohn. »Wohin gehst du?«

»Ich ziehe in den Krieg«, erwiderte der Emir.

Drunten im Bergfried der Übereigner befanden sich Raj Ahtens wichtigste Vektoren. Die Luft hier in Bel Nai war besonders gesund, und so hatte Saffira Raj Ahten im Lauf der Jahre überredet, jene hier anzusiedeln, die als Vektoren für Durchhaltevermögen dienten.

Der Emir war gut auf diesen Tag vorbereitet. Er hatte schon lange gewußt, daß er dem Wolfslord von Indhopal an keiner kriegerischen Front wirklichen Schaden zufügen konnte. Aber hier, hinter den Linien, konnten sich seine Taten vernichtend auswirken.

Er hätte schon vor einem Jahr zugeschlagen, wären seine Kinder nicht gewesen. Er hatte einmal große Hoffnung darauf gesetzt, daß seine Tochter Raj Ahten vom Weg des Bösen abbringen könnte. Später hatte der Emir gewußt, daß Raj Ahten Messan als verborgene Drohung im Palast behielt. Sollte Owatt sich gegen ihn wenden, wäre das Leben seines Sohnes nichts mehr wert.

»Wie meinst du das?« fragte Messan nun. »Ich will bei dir bleiben.«

Der Emir sagte seinem Sohn nicht, was er vorhatte. Statt dessen ging er zu dem Schachspiel, das er und sein Sohn nun seit Jahren benutzt hatten. Wieder und wieder hatte er Messan erklärt, er müsse Opfer bringen, wenn er hoffen wollte, ein Spiel zu gewinnen. Er hoffte nun, daß sein Sohn ihn verstand. Er riß den Kopf der schwarzen Königin ab und holte eine vergiftete Nadel heraus. Der Körper der Königin war ein Tintenfaß, gefüllt mit tödlichem Gift.

Die Wachen würden Emir Owatt für das, was er tun würde, töten. Er hoffte nur, seinen Sohn retten zu können.

»Geh jetzt, schnell«, flüsterte er. »Sei wachsam, und benimm dich ganz ungezwungen.«

KAPITEL 26
Kleine Opfer

Jeden Tag bringen wir alle kleine Opfer, um die Fortdauer der Zivilisation zu sichern. Auf diese Weise sind wir alle Übereigner.

König Mendellas Val Orden

Gaborns Armee raste in der Hoffnung, den Greifern den Weg abzuschneiden, nach Norden. Langley führte die andere Hälfte an, die zusammen mit den Frowth-Riesen den Greifern direkt folgte, um alle niederzumetzeln, die zurückfielen.

Binnesman ritt zu Averans Wagen, nahm sie am Arm und hob sie in den Sattel. Bei dem Scharmützel war ein Lord von seinem Pferd gestürzt. Binnesman zeigte auf die weiße Stute, eine Meile entfernt, die bei ihrem toten Herrn stand. »Würdest du es wagen, ein Schlachtroß ohne Hilfe zu reiten?« wollte Binnesman wissen.

»Es ist leichter, als einen Graak zu reiten«, versicherte ihm Averan. »Und wenn man stürzt, ist der Boden nicht eine ganze Meile tiefer.«

Sie galoppierten hinüber zu dem Tier, gefolgt von Frühling auf ihrem eigenen grauen Hengst. Binnesman sprang aus dem Sattel, und Averan hielt die Zügel in der Hand. Sie versuchte, den toten Ritter nicht anzusehen, während Binnesman die Lederriemen von der schweren Decke des Pferdes schnitt.

Aber sie mußte hinsehen, und sei es nur, um sich zu überzeugen, daß er wirklich tot war.

Dieser Mann würde zweifellos nie wieder reiten. Er war schlimm gestürzt, hatte sich das Genick gebrochen und war mit dem Kopf auf Steine geprallt. Die Fliegen hatten sich schon auf ihn gestürzt.

Innerhalb kürzester Zeit hatte Binnesman dem Pferd die Rüstung abgenommen und behielt nur den Sattel und eine gesteppte Decke, die zur Polsterung der Rüstung gedient hatte. Nun war das Pferd für rascheres Tempo bereit.

Inzwischen waren Gaborns Truppen alle nach Norden geflohen, und die Wagen folgten. Averan konnte sich vorstellen, daß es zum Mittagessen nur aufgewirbelten Staub gab.

Aber Binnesman sprang wieder auf sein Pferd, hob Averan auf die weiße Stute und wandte sich nach Osten, um Langleys Männern zu folgen.

»Was wollen wir dort?« fragte Averan.

»Wir bringen eine Warnung nach Feldonshire«, sagte Binnesman.

»Ihr meint, wir bleiben nicht auf der Straße?« fragte Averan.

»Durch den Wald können wir schneller sein als Gaborns Männer auf der Straße.«

Averan konnte das kaum glauben. Der riesige Kaiserliche Hengst, den der Zauberer ritt, war dafür gebaut, auf den Ebenen schnell zu sein, nicht in den Hügeln. Ihr eigenes Tier mit den kleinen Hufen und den kräftigen Beinen würde vielleicht in den Bergen besser zurechtkommen. Aber sie wußte auch, daß Erdzauberer sich in Wäldern ungewöhnlich gut auskannten.

»Also gut«, meinte Averan. »Aber würde Gaborn nichts dagegen haben? Er wird wollen, daß ich an seiner Seite bleibe und ihn berate.« Der Gedanke, mit Gaborn zu reiten, erschreckte sie. Er würde sie bitten, noch einen Greifer zu essen, wenn sie einen fanden, der aussah wie der Wegmacher.

»Mhm ...«, meinte Binnesman und runzelte nachdenklich die Stirn. »Ich habe das Stinkwasser nie gesehen. Wie groß, sagst du, sind diese Tümpel?«

»Nicht sonderlich«, erwiderte Averan. »Sie werden im Winter größer, wenn der Regen sie gespeist hat, und trocknen im Sommer beinahe aus.«

»Ich habe eine Idee«, meinte Binnesman. »Es mag sein, daß ich das Stinkwasser heilen kann, daß ich es reinigen kann, statt es zu vergiften. Aber wir müssen uns beeilen. Diese Magie braucht ihre Zeit.«

»Glaubt Ihr wirklich?« fragte Averan. »Ihr seid kein Wasserzauberer.«

Binnesman seufzte unsicher. »Ich kann es nur versuchen.«

Also machten sie sich auf den Weg zu den Hügeln und galoppierten unter einer gelben Wolke über die Ebene. Sie überholten Langleys Truppen.

Der Zauberer trieb sein Pferd einen steilen Hügel hinauf. Er hielt einen Augenblick inne, bis Averan und die grüne Frau ihn eingeholt hatten. Der Wald vor ihnen hatte beinahe undurchdringliches Unterholz, und es gab nur ein paar Wildpfade. Schweine hatten hier vor kurzem nach Eicheln gewühlt. Der Boden sah aus, als wäre er gepflügt.

Direkt im Süden hatten auch die Greifer den Wald erreicht. Bäume begannen unter ihrem Angriff zu brechen. Ein Hirsch kam entsetzt aus dem Wald gesprungen, sein riesiges Geweih krachte gegen die Büsche. Er sah den Zauberer und sprang davon.

Binnesman hob seinen Stock und rezitierte: »Der Weg ist lang, wir müssen uns eilen. Macht Platz für uns, wir können nicht verweilen.«

Vor ihnen drang ein Rascheln aus den Bäumen, als bräche ein großes Tier durchs Unterholz und streifte dabei Büsche und trockenes Laub. Plötzlich entdeckte Averan einen Weg, den sie zuvor nicht gesehen hatte. Die Zweige auf beiden Seiten des Wegs bebten.

»Da!« rief sie.

»Tatsächlich«, meinte Binnesman trocken.

Er trieb sein Pferd auf den Weg und galoppierte wie der Wind los. Averan ließ ihn voranreiten und folgte ihm, ihrerseits gefolgt von Frühling. Sie legte keinen Wert darauf, daß ihr niedrig hängende Zweige ins Gesicht schlugen.

Aber nach der ersten Meile begriff sie, daß es keine niedrig hängenden Zweige gab. Der Pfad blieb frei und war beinahe gerade. Laub bedeckte den Waldboden, aber wo immer sie sich hinwandten, schien es keine Steine und Wurzeln im Weg zu geben, als wäre dies eine gut bereiste Straße.

Wenn sie sich allerdings umsah, sah sie keinen Weg mehr. Zweige bewegten sich wie Arme und blockierten ihren Rückweg.

Averans Herz schlug heftig, und sie ritt voller Ehrfurcht weiter. Sie hatte die Todesmagierin in der Schlacht gesehen, wie sie ihre zerstörerischen Zauber wirkte, und sie hatte gesehen, wie Frühling einen Greifer mit einem einzigen Schlag tötete. Aber sie nahm an, daß Binnesman sehr viel mächtiger war als die grüne Frau oder eine Greifermagierin.

Sie galoppierten weiter. Die Pferde rannten unermüdlich, bis sie die Hauptstraße erreichten. Lange vor Gaborns Männern traf Binnesman im Dorf Shrewsvale ein.

Averan sah es, als sie aus dem Wald kamen. Weiße Hütten mit Strohdächern zogen sich über die grünen Wiesen am Nordhang des Tals. Tausend Jahre alte, niedrige Steinmauern trennten die Felder voneinander: Hier war eine Weide voller Schafe, dahinter ein Gerstenfeld. Dort wuchsen hohe Sonnenblumen in einem Garten. Am Südhang des Tales wand sich die Straße zur Stadt hinauf. Ein großes Gasthaus mit einem Ziegeldach erhob sich neben der Hauptstraße, auf beiden Seiten von kleinen Läden flankiert.

Binnesman eilte zur ersten Hütte. Rotes Geflügel huschte ihnen aus dem Weg, als sie zur Tür kamen. Binnesman schrie: »Flieht von hier, die Greifer sind auf dem Weg!«

Die Frau des Dorfhirten kam heraus und wischte sich die Hände an der Schürze. Sie war eine Frau mit weitem Gesicht, ergrauendem Haar und einem großen Mund. »Was?« fragte sie barsch. »Was schreit Ihr hier herum? Ich bin am Backen.« Offensichtlich glaubte sie, einem Verrückten gegenüberzustehen.

»Es tut mir leid, Euch zu stören, gnädige Frau«, erklärte Binnesman mit spöttischer Förmlichkeit, »aber Greifer sind auf dem Weg, und König Orden wird vermutlich vor Eurer Türschwelle Krieg führen müssen. Ich schlage vor, daß Ihr die Nachbarn warnt und Euch auf die Flucht vorbereitet.«

Averan sah die Frau mitleidig an.

Dieselben Greifer hatten ihr Zuhause in Burg Haberd zerstört und Carris verwüstet. Nun würden sie durch dieses Tal toben und Hütten dem Erdboden gleichmachen, die schon Generationen lang standen.

Die Frau wischte sich weiter die Hände ab und sah Binnesman streng an. »Ich kann nur hoffen, daß Ihr die Wahrheit sagt«, warnte sie ihn. Noch während sie das tat, starrte sie verwirrt die grüne Frau an. Es geschah offensichtlich nicht jeden Tag, daß eine grüne Frau oder ein Zauberer auf ihrer Schwelle stand und sie vor Gefahr warnte.

»Ihr solltet Euch lieber beeilen«, sagte Binnesman.

Dann spornten sie die Pferde wieder an und ritten über die Kopfsteinstraßen des eigentlichen Dorfes.

Es war ein schönes kleines Dorf. Averan konnte an den Häusern sehen, daß sie sich Feldonshire näherten. Der Türrahmen des Gasthauses war kunstvoll aus feiner Eiche geschnitzt. Auf dem linken Türpfosten war ein Minnesänger mit einer Laute unter dem Arm zu sehen. Der rechte zeigte einen Lord, der sich freundlich mit ihm unterhielt. Die Perspektive war so verdreht, daß es aussah, als kämen sie beide zur Tür heraus. Ein geschnitztes Fries auf dem Türsturz zeigte einen Tisch mit gutem Essen: Trauben und Äpfel, Brot und ein Kaninchenbraten.

Das Gasthauszeichen zeigte in üppiger Schnitzerei Reisende. Das Zeichen selbst verkündete, daß dieses Gasthaus ›Zum Brotlaib und Bierkrug‹ hieß.

Binnesmans Geschrei lockte bald jeden Ladenbesitzer heraus. Das Gasthaus gehörte dem Bürgermeister von Shrewsvale. Er läutete die Dorfglocke.

Averan sagte wenig und nickte nur nachdrücklich, als Binnesman die Menschen warnte. Sie bemerkte den Blick eines dunkelhaarigen Mädchens, das eine Puppe aus Riedgeflecht in einer Hand hielt und die kleine Faust ihres jüngeren Bruders in der anderen.

Das Mädchen war noch keine sieben Jahre alt, und Averan begriff plötzlich, daß sie in der nächsten Stunde vielleicht Schrecknissen gegenüberstehen würde, die so mancher Graubart noch nicht gesehen hatte.

Sie verließen das Dorf und trabten den Feldweg entlang, durch weitere Ansiedlungen. Überall zügelte Binnesman sein Pferd und erzählte seine Geschichte. Überall begannen die Dorfglocken zu läuten, so daß man dem Weg folgen konnte, den sie nahmen. Das wiederum bewirkte, daß sich häufig im nächsten Ort die Menschen bereits versammelt hatten, um auf die Neuigkeiten zu warten.

Sie waren erst halbwegs zwischen Shrewsvale und dem eigentlichen Feldonshire, als Gaborns Boten sie auf der Straße überholten.

Als sie die Stadt erreichten, läuteten auch dort bereits die Glocken. Die Warnung vor dem Angriff war ihnen nun weit voraus.

Menschen rannten hektisch durch die Straßen. Pferde

wieherten und schnaubten und tänzelten mit zurückgelegten Ohren und zuckenden Nüstern. Sie konnten die Angst ihrer Herren spüren. Acht Meilen westlich stieg Rauch aus den Hügeln auf.

Averan stellte sich vor, daß Gaborn die Felder bei Shrewsvale bereits angezündet hatte.

Die Bürger von Feldonshire flohen aus ihren Läden und Hütten und wurden zu einem stetigen Strom, der sich nördlich aus der Stadt heraus bewegte, über die Brücke hinweg, die den Donnestgree überspannte.

Kätner in schlichten Kapuzenhemden hatten ihre Habe in Säcke gesteckt, die sie herstellten, indem sie vier Ecken eines Bettlakens zusammenbanden. Reichere Bauern flohen mit Wagen, die mit schmuddeligen Kindern gefüllt waren. Ein Kaufmann hatte seine Familie in eine Kutsche gepackt, brüllte jeden an, der ihm in den Weg geriet und ließ die Peitsche über den Köpfen jener knallen, die es wagten, seine Flucht zu behindern.

Alles gewöhnliche Leute. Ohne Kraftpferde oder Gaben würden sie sich nur langsam bewegen können. Und noch schlimmer, sie ließen sich Zeit, um ihre Sachen zu packen. Menschen, die in Läden arbeiteten, mußten erst ihre Kinder zu Hause abholen. Sie rafften Lebensmittel zusammen, packten ihre Habe ein.

Beladen mit diesem Gewicht würden sie noch langsamer vorankommen.

Die Brücke wurde bereits zu einem Engpaß.

Und das schlimmste war, daß überall an den Ufern des Donnestgree Tausende verwundeter Flüchtlinge aus Carris lagerten. Die Zelte dort am Fluß bildeten eine eigene Stadt, und Heiler kümmerten sich um die Verwundeten. Feuer zogen sich am Flußufer entlang, und die meisten dienten nicht dem Kochen von Essen, sondern in den Töpfen wurden Verbände für Wunden gesäubert. Über allen Büschen hingen Lappen und Tücher zum Trocknen.

Averan hatte noch nie einen solchen Krankenhof gesehen, wie die Soldaten ein Lager nannten, in dem die Verwundeten untergebracht waren. Mit all den trocknenden Verbänden und grauen Segeltuchzelten und dem überall aufsteigenden Rauch sah dieser Krankenhof aus wie eine Stadt aus Lumpen.

Die meisten Verwundeten waren schwer bandagiert. Nur wenige konnten selbst laufen, und es gab keine Möglichkeit, sie rasch auf den Weg zu bringen. Die Boote, die sie flußabwärts gebracht hatten, waren alle weg – sie waren nach Norden zurückgekehrt, um eine weitere Ladung Flüchtlinge zu transportieren. Diese Menschen zu Fuß zu evakuieren, war nicht innerhalb von Stunden möglich. Es war eine Arbeit, die Tage brauchen würde.

Sie wußten, was geschehen würde.

Verwundete Männer und Frauen schrien vor Angst und Schmerz. Flehentliches »Hilfe! Hilfe!« und »Gnade!« erhob sich aus Dutzenden von Kehlen zusätzlich zu dem allgemeinen Lärm von schutzsuchenden und fliehenden Menschen.

Einige kamen heldenhaft auf die Beine und taumelten über die Brücke. Sie bewegten sich langsam und blokkierten den Weg für jene, die ihnen folgten. Stöcke oder Stäbe hätten ihnen helfen können, aber jeder Stock am

Flußufer war bereits zu irgend etwas verwendet worden. Zwei Männer im Hellrot der Stadtwache standen auf der Brücke und baten alle: »Helft den Verwundeten. Packt euch jemanden und helft ihm hinüber! Wir haben noch viel Zeit!«

Aber alle wußten, daß sie viel zu wenig Zeit hatten.

Zwischen den Zeltreihen versuchten Heiler und Bürger der Stadt, so viele Verwundete wie möglich zu retten. Bauernwagen reihten sich am Fluß entlang auf. Aber die Heiler nahmen nur die Kinder und Frauen, was der geringere Teil der Verwundeten war, und überließen die Männer dem Tod.

Averan sah einen Mann, der in der Nähe auf einer Pritsche vor seinem Zelt lag und sich zusammengerollt hatte und einfach nur noch wartete.

Sie erinnerte sich an Gaborns Worte vom vergangenen Abend. Er hatte versucht, ihr zu sagen, daß die Männer auf dieser Welt am häufigsten starben, daß sie sich aufrieben. Sie hatte es nicht glauben wollten. Nun sah sie den Beweis dafür und fragte sich, wie das sein würde.

Als Binnesman zur Gildehalle der Holzschnitzer ritt, folgte ihm Averan auf ihrer weißen Stute und starrte auf die Menschen nieder und empfand tiefstes Mitgefühl und Verzweiflung.

Ich bin nicht mehr wie sie, begriff sie. Ihr Pferd konnte sie rasch davontragen. Sie verspürte nicht denselben Schrecken wie diese Menschen, sondern nur Mitgefühl.

Als Averan noch klein gewesen war, hatte Brand einmal eine alte Tür aufgelesen, die auf einem Feld unterhalb des Horsts der Graaks in Burg Haberd lag. Averan hatte gesehen, wie eine Mäusefamilie in Panik davonrannte, geblendet vom plötzlichen Licht. Drei Generationen von Mäusen hatten dort gewohnt – eine Mutter und fünf Kinder und dazu sechs kleine, rosafarbene Neugeborene. Weder Averan noch Brand hatten den Mäusen etwas tun wollen. Aber sie hatten einen Augenblick lang zugesehen, wie sie entsetzt herumhuschten, bevor sie die Tür wieder niederlegten.

So kam sich Averan jetzt vor, distanziert von all der Unruhe, weit von allem entfernt.

Binnesman war zur Gildehalle geritten, um dort mit ein paar Leuten zu reden. Er stieg aus dem Sattel und sagte: »Paß auf die Pferde auf, während ich mich mit Gildemeister Wallach unterhalte.« Wallach war hier in Feldonshire mehr als nur der Gildemeister der Holzschnitzer. Er diente als Bürgermeister der Stadt, und obwohl er keine Gaben hatte, achteten ihn die Bürger, als wäre er ein Lord.

Binnesman nahm Frühling mit in die Gildehalle. Averan hielt die Zügel ihrer Pferde und saß alleine draußen.

Die Gildehalle der Holzschnitzer beherrschte die Mitte der Stadt. Das massive Gebäude war ein einziges Lob auf die Gilden. Es war fünf Stockwerke hoch und aus behauenem, in Mörtel gesetztem Stein gebaut. Die hohen Decken der oberen Stockwerke waren von Strebepfeilern gestützt, mit Querstützen aus schwarzem Nußbaumholz, in das elegante Waldszenen aus dem Dunkelwald gemeißelt waren – Bären und Hirsche, Gänse, die majestätisch über den Donnestgree flogen.

Jeder Giebel, jede Türplatte, jeder Türsturz und jeder

Fensterladen waren ein kleines Wunder an Präzision und Einzelheiten. Die Holzschnitzer hatten das Waldmotiv überall fortgesetzt. Wunderbar geschnitzte Eichhörnchen eilten über Fichtenäste, die in die Giebel und Stützbalken gemeißelt waren. Auf dem Haupttor war ein Weg abgebildet, der in den Wald führte und an dessen Seite sich zwei Fasanen neben einem Stein das Gefieder putzten. Ein Balkon am obersten Stockwerk zeigte Holzstatuen bekannter Schnitzer, die mit Hämmern, Meißeln und Sägen an der Arbeit waren.

Die Gildehandwerker hatten ihre Halle aufs beste gepflegt. Die dunklen Holzoberflächen schimmerten alle, als hätten die Handwerker erst vor Tagen eine Schicht Schellack angebracht. Da der Winter bevorstand, begriff Averan, daß dies vermutlich tatsächlich der Fall war.

Das Gebäude stellte ein Denkmal für die Schönheit von Holz in all seinen Formen dar. Vor dem Haus stand eine Reihe von Nußbäumen, die sich an der Ostseite entlang weiter bis zum Fluß zog. Die Blätter hatten sich bereits dunkelbraun verfärbt.

Schade, daß dieses Gebäude nicht mehr lange stehen wird, dachte Averan. Ich sollte es bewundern, solange ich noch kann.

Sie starrte zur Gildehalle hoch, als jemand sagte: »Hallo, Mädchen, ich werde dir herunterhelfen.«

Ein Mann legte seine Hände um ihre Taille und zerrte. Als Averan sich umdrehte, sah sie sich einem Burschen mit grauem Stoppelbart und einem Mund fauler Zähne gegenüber. Er hatte die Kapuze über den Kopf gezogen.

»Was ist?« fragte sie. Sie packte die Zügel, aber er hatte sie schon so schnell vom Pferd geholt, daß sie kaum Zeit hatte, sich zu fragen, was hier los war.

Er stellte sie auf den Boden, nahm ihr dabei die Zügel ab und drängte: »Mach schon. Das sind nicht deine Pferde. Sie sind eine Menge Geld wert. Was hattest du wohl mit ihnen vor?«

Sie dachte einen Augenblick, daß er vielleicht den Besitzer der weißen Stute kannte und damit tatsächlich ein Argument hatte. Sie wollte dazu ansetzen, ihm zu widersprechen, als er sie schlug. Einen Augenblick lang stand sie noch aufrecht, und im nächsten stieß er mit der Faust zu, und Averan wirbelte herum.

Die ganze Welt drehte sich und wurde einen Augenblick lang dunkel. Schmerz stach durch Averans Kopf und ihren Unterkiefer. Alles schien kalt zu werden.

Sie lag auf dem Pflaster, während Leute schrien: »Ein Dieb! Der Mann hat ihre Pferde gestohlen!«

Sie konnte hören, wie der Bursche »Ho!« schrie, als er davongaloppierte. Hufe klapperten auf dem Pflaster.

Averan blickte auf, um zu sehen, wohin er geritten war, aber eine Menschenmenge drängte sich um sie. »Armes Mädchen«, sagte eine alte Frau und beugte sich vor, um Averan auf die Beine zu helfen. Averan roch Kochdünste an ihrem Wollschal.

Averans Kiefer schmerzte, und sie bewegte ihn vorsichtig, weil sie herausfinden wollte, ob etwas gebrochen war. Ihr Magen zog sich zusammen, als müsse sie sich gleich übergeben. Sie war mit dem Hinterkopf aufs Pflaster gefallen. Sie hob die Hand, berührte ihn, zuckte zusammen und starrte das Blut auf ihren Fingern an.

Einen Augenblick zuvor war sie noch so selbstzufrieden gewesen. Nun war sie nicht anders als alle anderen ringsumher.

Averan war wütend auf den Fremden, der ihr Pferd gestohlen hatte. Sie war wütend auf sich selbst, weil sie es zugelassen hatte.

Beinahe ohne es zu merken, begann sie mit einem Zauber.

Sie stellte sich Binnesmans großen Kaiserlichen Hengst vor und konzentrierte sich darauf. Sie sah, wie er die Straße entlangrannte und sein neuer Herr ihn mitzerrte.

Das Pferd war vollkommen verwirrt. Es spürte die Angst der Menschen ringsumher, hörte das entfernte Grollen der sich nähernden Horde. Es sehnte sich danach, zu fliehen und die offenen Ebenen von Indhopal zu erreichen.

Es träumte von süßem Gras und davon, in der Nacht durch die Felder mit wehender Mähne und flatterndem Schweif zu galoppieren. Es erinnerte sich an die Stuten seiner Herde und den Geschmack des Wassers der Bergbäche.

Das alles war wunderbar und für Averan vollkommen fremd. Averan berührte das Bewußtsein des Pferdes und erkannte sofort, daß sie beinahe keine Verwandtschaft zu diesem hinreißenden Tier verspürte.

Averan rief nach ihm, und das Bild glitt sofort aus ihrem Geist. Sie konnte es nicht halten. Binnesmans Streitroß würde ihrem Ruf nicht folgen. Das Pferd wollte hier weg.

Sie versuchte eine andere Taktik. Sie konzentrierte sich auf ihren Angreifer. Sie stellte sich sein Gesicht vor. Sie konnte sich seinen ergrauenden Bart vorstellen, seine faulen Zähne, den warzigen Leberfleck direkt unter dem linken Auge.

Er verließ eilig die Stadt, führte die beiden anderen Pferde hinter sich her und sah sich um, um sich zu überzeugen, daß niemand ihm folgte. Er kicherte vergnügt, weil er glaubte, entkommen zu sein.

Averan griff mit ihrem Geist nach ihm, versuchte, ihn besser zu erfassen. Sie atmete gemeinsam mit ihm ein, atmete aus, wenn er es tat. Sie konnte spüren, daß seine Blase voll war. Er war so aufgeregt, er würde wirklich bald pinkeln müssen.

Sie tauchte tiefer in seinen Geist, konnte das Flüstern seiner Gedanken hören. »Schöne Pferde. Ich werde sie verkaufen – und diesmal gibt's nicht nur ein Bier!« Sie entdeckte Bilder in seiner Phantasie – der Dieb zusammen mit nackten Frauen.

Sein Geist war ein Gewimmel von Dreck. Averan wagte beinahe nicht, ihn zu berühren.

Sie rief ihn, befahl ihm, die Pferde zu wenden. »Kehr zurück!« warnte sie, »du überläßt vielleicht ein Kind dem Tod.«

Einen Augenblick lang hielt der Dieb den Atem an.

Wo ist denn *dieser* Gedanke hergekommen? fragte er sich. Er murmelte mit spöttischer Stimme: »Du überläßt vielleicht ein Kind dem Tod!«

Dann gackerte er entzückt und spornte Averans weiße Stute an.

Averan zog sich zurück, schnellte in ihr eigenes Bewußtsein, und ihre Knie gaben beinahe unter ihr nach. Der Versuch hatte sie erschöpft, und sie hatte Schweißperlen auf der Stirn.

Es wäre leichter, Maden herbeizurufen als diesen Mistkerl. Und außerdem wäre das erheblich sauberer. Binnesman hatte sie ja bereits gewarnt, daß es viel schwieriger sein würde, einen komplizierten Geist zu beeinflussen.

Vielleicht hätte ich mich an die Pferde halten sollen, dachte sie bedauernd.

Averan ging in die Gildehalle. Direkt hinter dem Eingang begegnete sie Binnesman, der eine großartige Treppe herabschritt und dabei drängend auf den Gildemeister Wallach einredete, einen beeindruckenden Mann, der seine hölzerne Amtskette mit großer Autorität trug. Frühling kam hinter ihnen.

Der Gildemeister sagte gerade: »Ich verstehe Eure Sorge, aber meine Männer sind schon vor einer Viertelstunde aufgebrochen. Ich befürchte, die ersten Wagenladungen Gift befinden sich bereits im Wasser.«

»Was habt Ihr geschickt?«

»Nicht viel – Laugenseife und Lack. Ich dachte daran, Bier zu benutzen. Nicht alles Bier aus Feldonshire ist zum Trinken geeignet. Ich würde viel lieber einen Teich damit vergiften, als es meinen Innereien zuzumuten.«

Die Männer waren so tief in ihr Gespräch versunken, daß keiner von ihnen Averan auch nur bemerkte. »Binnesman«, rief sie und stützte sich an eine Wand. »Man hat uns beraubt: Ein Mann hat unsere Pferde gestohlen!«

»Was?« wollte Wallach wissen. »Was für ein Mann?«

»Ein Fremder«, sagte Averan und versuchte verzweifelt, ihn zu beschreiben. »Sein ... sein Atem roch nach Roggenbrot und ... Fisch.«

»Wo ist er jetzt?« fragte der Gildemeister.

»Der ist lange weg!« erwiderte Averan. Draußen hörte man den Lärm aus der Stadt, die Schreie der Menschen, den Tumult von Pferden.

Der Gildemeister seufzte tief. »Macht Euch keine Gedanken. Ihr könnt die Stadt auf meinem Wagen verlassen. Das mit Euren Pferden tut mir leid. Es gibt überwiegend gute Menschen in Feldonshire. Aber ...«

Binnesman sah Averan an. »Hast du versucht, die Tiere zurückzurufen?«

»Ich ... ich habe es versucht, und auch bei dem Dieb. Er will nicht zurückkommen.« Averan ging ein paar Schritte und sackte erschöpft auf einen Stuhl.

KAPITEL 27
Ein Feuer in den Hügeln

In alten Schriften heißt es, Fallions Männer hätten die Unterwelt auf der Suche nach Toth durchforscht. Erst in den tiefsten Tiefen, viele Meilen unter der Oberfläche, fanden sie »viele Anzeichen« von Greifern. Die meisten von Fallions Männern starben nicht in Kämpfen mit Greifern oder Toth, sondern von der »schrecklichen Hitze, die uns zu Tode bekümmerte«.

Herdmeister Valen aus dem Saal der Tiere

Endloser Donner dröhnte durch die Hügel unterhalb von Shrewsvale. Damit kam auch ein Geräusch, als knisterten eine Million trockener Blätter auf dem Waldboden gleichzeitig.

Die Horde drängte vorwärts.

Krähen flatterten aus dem alten Wald auf, schwarze Schwingenfedern bewegten sich heftig, als sie versuchten zu entkommen. Sie schwebten in einem dunklen Dunst oberhalb der Gree. Die kalte Sonne starrte durch eine dicker werdende, gelbliche Wolke. Riesige Eichen mit herbstbraunen Blättern schauderten und brachen und hinterließen klaffende Löcher im Wald.

Die Greifer näherten sich in einer Formation, die Menschen noch nie zuvor gesehen hatten, der seltsamen neuen Kriegsform. Gaborn zügelte sein Pferd auf einer Hügelkuppe und spähte in den Wald hinab. Er sah, wie die Greifer vorwärts eilten, entdeckte graue Panzer unter den Bäumen. Sie bewegten sich mit frischer Wut. Hundertmal schon hatte er daran gedacht, Männer auszuschicken, um die Greifer aufzuhalten, aber seine Erdkräfte hatten ihn davor gewarnt. Die Lanzenreiter wagten nicht, anzugreifen. Es schien vergeblich, die Männer auch nur auf Bogenschußweite in die Nähe der Greifer zu schicken. Irgend etwas war mit der Horde geschehen.

Die Hoffnung auf Wasser hatte ihnen neuen Mut gegeben. Zweifellos lernten sie. Averan sagte, sie kannten Gaborns Namen und fürchteten ihn.

Gaborn hatte sie bei Carris relativ leicht geschlagen, als das Gewitter sie in Panik versetzt hatte. Aber er hatte so viele von seinen Kräften verloren. Nun wagte er nicht, sie anzugreifen.

Vielleicht spürten sie ja seine Schwäche.

Die Tatsache allein, daß sie gelernt hatten, sich zu verteidigen, entsetzte ihn. Was, wenn sie anderen Greifern ihre Geheimnisse mitteilten?

Mit jeder Minute befürchtete Gaborn mehr, daß er nicht in der Lage sein würde, die Horde aufzuhalten oder sie auch nur von ihrem Ziel abzulenken. Er fragte sich, ob seine Männer die Teiche in Stinkwasser rechtzeitig erreicht hatten, um sie zu vergiften. Kalte Angst erfaßte ihn.

Er drängte sich an den Männern vorbei und hatte erwartet, Binnesman auf seinem grauen Streitroß nahe der Spitze zu finden. Aber der Zauberer war nirgendwo zu sehen.

Er erreichte die grünen Felder und Wiesen von Shrewsvale kaum eine halbe Stunde vor den Greifern. Als er dort eintraf, fand er Baron Waggit, der die Glocke läutete.

»Habt Ihr Binnesman hier gesehen?« fragte Gaborn Waggit.

»Er hat sich auf den Weg gemacht, um Feldonshire zu warnen«, erklärte Waggit.

Gaborn seufzte erleichtert.

Im Dorf hatten Bauern und Kaufleute bereits ihre Pferde angeschirrt. Sie holten alles mögliche aus ihren Häusern und Scheunen – Kissen, Essen, Decken, Ferkel und Lämmer. Eine Frau stand vor dem Gasthaus und schlug auf eine Pfanne und schrie hektisch nach ihrem Sohn. Ein anderer Mann hatte überhaupt nicht vor zu fliehen. Statt dessen hatte er die Tür zu einem Keller geöffnet, und Gaborn sah zu, wie er seine Frau und acht Kinder hineinscheuchte; dann kam er wieder nach oben und packte ein Lamm mit einer und einen Hahn mit der anderen Hand.

Gaborn rief Waggit zu: »Schafft diesen Mann und seine Familie da raus!«

Er konnte seine Verzweiflung nicht verbergen. Er war nicht nur irgendein König, er war der Erdkönig. Aber seine Untertanen folgten nicht immer seinem Rat, selbst wenn es darum ging, ihr Leben zu retten.

Gaborn betrachtete abschätzend das Gelände und entschied, wo er seine Kampflinie aufstellen würde. Niemand hatte hier in Shrewsvale je eine Belagerungsmauer gebaut. Es gab Schafspferche am Wald, und die würden die einzige Barrikade darstellen. Die niedrigen Steinmauern konnten keine Greifer aufhalten, würden sie nicht einmal verlangsamen. Die sorgfältig aufeinandergehäuften grauen Steinblöcke waren von keiner größeren militärischen Bedeutung als eine in den Sand gekratzte Linie.

Er ging auf ein Feld, wo ein alter Heuschober stand; das Stroh darin war im Laufe des Jahres grau vermodert. Er versuchte mit Feuersteinen und Stahl ein Feuer zu entzünden. Nach fünf Minuten stand der Heuschober in Flammen.

Der Wind arbeitete gegen ihn. Drunten auf der Ebene hatte der Wind nach Osten geweht. Aber hier im Tal regte sich nichts. Er würde kein Feuer haben, das den Greifern vom Wind entgegengetrieben wurde.

Kaum hatte er den Heuschober entzündet, als auch schon die Hauptstreitmacht seiner Armee eintraf, knapp über tausend Männer mit Lanzen. Lords eilten ins Tal hinab und formierten sich hinter den Schafspferchmauern, als könnten sie dort einem Angriff der Greifer standhalten.

Skalbairn berichtete: »Herr, die Greifer sind weniger als sechs Meilen entfernt, und nun bewegen sie sich schneller. Sie wissen, daß sie näher am Wasser sind. Wir haben vor etwa einer halben Stunde gehört, daß Langleys Männer einiges erreichen. Viele Greifer können mit der Hauptmacht nicht Schritt halten.«

Gaborn nickte wie betäubt. Er spähte in den Himmel hinauf. »Wo sind diese Männer mit den Fühlern?«

Skalbairn schüttelte verärgert den Kopf. »Sie müßten jeden Augenblick hier sein.«

Gaborn konnte nicht warten. »Entzündet die Bäume mit Fackeln«, befahl er. Fünfzig Lords kamen angerannt. Sie hatten mit ihren Lanzen Strohballen aufgepickt und diese entzündet. Die Pferde übersprangen die niedrige graue Steinmauer und trabten auf die Bäume zu.

Das Herbstlaub hatte bereits zu fallen begonnen, und der Boden hier war seit ein paar Tagen trocken. Dennoch, das Feuer toste nicht, wie Gaborn gehofft hatte. Es qualmte und spuckte und füllte die Luft mit trübem, grauem Rauch.

Die Greiferhorde marschierte weiter. Die Masse von Körpern, die sich über Felsen und Wege schob, bewirkte ein dumpfes Dröhnen.

Baron Waggit kam den Hügel hinabgeritten, die Spitzhacke in der Hand. Gaborn sah den jungen Mann an und fühlte sich zutiefst beunruhigt. Waggit war in Gefahr, und er würde den Kampf vielleicht nicht überstehen.

»Ihr habt Euch also entschlossen mitzukämpfen?«

»Wenn ich darf, werde ich es versuchen. Aber ... ich weiß nicht genau, was ich tun soll.«

»Ihr habt im Dorf die Glocke geläutet und bereits einen Mann und seine Familie gerettet«, sagte Gaborn. »Ihr müßt Euch nicht in der Schlacht opfern. Ganz bestimmt nicht in dieser Schlacht.«

»Ich ... ich möchte gern bleiben.«

»Ich werde dafür sorgen, daß Ihr mit der Ausbildung zum Ritter bald beginnen könnt.«

»Danke«, sagte Waggit leise.

»Bleibt in meiner Nähe«, sagte Gaborn. »Bewegt Euch, wenn Ihr seht, daß ich mich bewege.«

Waggit nickte.

Skalbairn entdeckte den Baron, ritt auf ihn zu und

rief: »Guter Mann! Guter Mann!« Er warf einen Blick auf die Unabhängigen Ritter, die sich versammelt hatten, und rief: »Habe ich Euch erzählt, daß er meine Tochter heiraten wird?«

Waggit schüttelte über Skalbairns Scherz den Kopf. »So etwas habe ich nie gesagt!«

Aber die Ritter jubelten alle, als wäre es bereits beschlossene Sache.

Gaborns Sinne schrien ihm eine Warnung zu. Ein paar Meilen westlich hielten sich immer noch verwundete Flüchtlinge in Feldonshire auf. Er strengte sich an, ihnen eine Botschaft zu senden. »Flieht!«

Aber entweder hörte ihn niemand, oder sie gehorchten nicht.

Die tausend Ritter hatten sich über das Feld ausgebreitet. Gaborn rief: »Meine Herren, wir halten die Stellung hier so lange wie möglich. Wir müssen den Greifern vortäuschen, daß wir kämpfen werden, in der Hoffnung, daß sie sich zurückziehen. Aber haltet Euch bereit, auf meinen Befehl hin den Rückzug anzutreten.«

Noch während er sprach, flatterten Gree über ihn hinweg, und ihre Flügel quietschten wie alternde Scharniere. Der Boden begann zu beben, und Gaborn schaute das Tal entlang nach Süden. Zwei Meilen entfernt stürzten Bäume um.

An Hängen des Tales hatten ein paar Feuer zu flakkern begonnen. Rote und gelbe Flammensäulen ragten auf und verschlangen ganze Eichen. Die Hitze drosch auf Gaborn ein, und es roch trockener als zuvor, Äste knisterten, und Zweige zischten. Aber die Mitte des Talbodens wollte nicht so recht brennen.

Wir hätten schon vor einer Stunde mit Fässern voll Öl und Pech hier sein müssen, erkannte Gaborn.

Einen Augenblick lang wagte er zu wünschen, einen Flammenweber in seinem Gefolge zu haben.

Die Greifer waren zwei Meilen entfernt, dann nur noch eine. Die erste Reihe ihrer Formation füllte das Tal von Norden nach Süden. Weit entfernt im Nordwesten, hinter dem Dröhnen der stampfenden Greiferfüße, erklang ein einzelnes Kriegshorn und verkündete, daß Truppen hinter feindlichen Linien abgeschnitten waren.

Gaborn begriff, was geschehen war.

Die Männer, die die Fühler bringen sollten, waren abgeschnitten, zweifellos überrascht von der Geschwindigkeit der Greifer. Gaborn schnupperte an seinen Händen. Er konnte immer noch den modrig-knoblauchartigen Geruch spüren, von dem Averan erzählt hatte, es handle sich um den Todesschrei eines Greifers. Er hoffte, daß sich genügend Reste davon an den Händen seiner Männer befanden, damit die Greifer, oder doch zumindest einige, Furcht verspürten.

»Haltet die Stellung, Männer«, schrie Gaborn. »Haltet die Stellung.« Die Krieger hatten zu Pferd fünfzig Fuß unter der Steinmauer Aufstellung genommen. Wenn Gaborn den Angriff befahl, würden die Kraftpferde einfach über die Mauer hinweg springen.

Einige Lords senkten die Lanzen. Andere hatten die Bögen gespannt. Nun legten sie Pfeile auf.

Der kleinste Hauch einer Brise kam von den Hügeln

herab, brachte die Flammen zum Züngeln und Gaborns Hoffnung zum Wachsen. Eine flackernde, schimmernde Mauer erhob sich an einigen Stellen über dem Waldboden und bildete einen niedrigen Feuervorhang unter den Bäumen.

Aber ebenso schnell ließ der Wind wieder nach.

In der Ferne konnte er nun die Greifer zwischen den Eichenstämmen erkennen. Sie waren in lockerer Formation gerannt, aber nun spürten sie, daß ihnen Ärger bevorstand. Sie schlossen die Ränge und bildeten einen eine halbe Meile breiten Wall. Klingenträger marschierte Schulter an Schulter mit Klingenträger.

Jetzt anzugreifen wäre Selbstmord. Greifer mit Steinen würden hinter dieser Mauer die Artillerie bilden, und Magierinnen würden ihre giftigen Zauber weben.

Die Greifer näherten sich langsam und mit fuchtelnden Fühlern. Wenn sie zu einem Baum kamen, senkten die Klingenträger einfach die massiven Köpfe und rammten ihn nieder. So schnitten sie eine gewaltige Schneise in den Wald.

Die Greifer waren nun nur noch eine Viertelmeile entfernt. Gaborn versuchte, mutig zu sein, aber seine Erdsinne warnten: »Flieht! Flieht!«

Jeder einzelne Mann unter seinem Kommando war gefährdet.

»Noch nicht«, flüsterte Gaborn seiner Herrin zu. In Feldonshire lagen seine Erwählten immer noch verwundet darnieder, während andere sich mühsam über die Brücke über den Donnestgree drängten. Er hoffte, ihnen ein wenig Zeit verschaffen zu können. Jede Minute, die er die Greiferhorde hier verlangsamte, könnte ihm weitere hundert Seelen retten. »Noch nicht.«

Dann waren die Greifer nur noch zweihundert Schritte entfernt und hatten den vor sich hin glimmenden Wald beinahe erreicht.

Sie wurden nicht langsamer. Tatsächlich schienen sie sich schneller zu bewegen, als sie sich den Flammen näherten, als hießen sie sie willkommen.

Als sie das Feuer erreichten, senkten sie die Köpfe, drückten sie gegen den Boden und schoben die brennenden Blätter beiseite. Selbst Bäume, in denen die Flammen knisterten, fielen unter dem Aufprall.

Die Horde marschierte einfach weiter und trampelte die Flammen nieder. Greifer zischten ihren Nachbarn Warnungen zu.

»Rückzug!« schrie Gaborn.

Die Greifer ließen einen Steinregen niederprasseln. Felsblöcke vom Gewicht eines Mannes flogen und stürzten auf die ersten Ränge von Gaborns Truppen.

»Weiche aus«, warnte die Erde, und Gaborn riß sein Streitroß nach links. Ein großer Stein krachte gegen die Schafspferchmauer und brachte sie zum Einsturz. Aufflackerndes Laub und kleinere Steine flogen an Gaborn vorbei und auf seine Männer zu. Pferde und Reiter zerbarsten zu umherspritzenden Fleischbrocken. Gaborn wurde entsetzlich übel, als ihm ein halbes Dutzend Männer entrissen wurde.

Er warf einen Blick über die Schulter und sah, daß Baron Waggit ihm folgte. Der junge Mann war seinen Anweisungen genau gefolgt, und das hatte ihm das Leben gerettet. Waggits bleiche Gesichtsfarbe zeigte, daß er wußte, wie knapp er dem Tod entronnen war.

Auf der linken Seite des Schlachtfelds flog ein anderer Felsblock aus den Reihen der Greifer und schnitt in Gaborns Linien.

Seine Männer rissen ihre Pferde herum und flohen.

KAPITEL 28
Herrscher der Dunkelheit, Sonnenherrscher

Viele Männer träumen davon, es gut zu machen, aber wenige verleihen ihren Träumen Gestalt.
Daher können wir nicht davon ausgehen, daß Größe etwas mit dem Herzen oder dem Geist zu tun hat, solange keine Taten erfolgen. Dies zu tun würde jene verhöhnen, die ihre Größe durch Taten beweisen.

Arunhah Ahten, Vater von Raj Ahten

In der Festung der Greifer herrschte Finsternis. Feuerkugeln schlugen auf die äußeren Mauern ein und beleuchteten kurz die Schlitze in den Festungsmauern. Das Greifernest bebte unter der Wucht ihres Aufpralls. Aber tief im Herzen des Nestes konnte kein Licht von außen eindringen.

Mit seinen scharfen Ohren vernahm Raj Ahten die Kriegsschreie draußen auf der Ebene.

Er eilte durch einen Tunnel und ließ dabei eine Reihe toter Zauberinnen und Klingenträger zurück.

So tief im Nest gab es keine Löcher in den Mauern, und von den flackernden blauen Runen auf den toten Zauberinnen ging nur wenig Licht aus.

Dunkelheit war das Element der Greifer. Sie brauchten kein Licht, um zu jagen. Selbst das wäßrige Licht der Runen war vermutlich nur ein Zufall. Die Greifer wußten nicht, daß ihre Tätowierungen schimmerten.

Aber vor Raj Ahten schien ein ganzer Raum von Feuer erfüllt zu sein. Er raste auf einen Eingang zu und spähte von einem Vorsprung zwanzig Fuß in die Tiefe.

Vor ihm breitete sich das Siegel der Zerstörung aus, mit pulsierenden, zuckenden Farben. Es hatte einen Durchmesser von beinahe zweihundert Schritt. Ein Dutzend scharlachroter Zauberinnen befand sich dort. In der Mitte des Siegels, wie eine große Spinne im Netz, hockte eine riesige Magierin.

Sie war tatsächlich größer als die, die Raj Ahten bei Carris gesehen hatte.

Raj Ahten wagte nicht, den Greifern Zeit zum Reagieren zu lassen. Sein linker Arm war immer noch taub, und er konnte den Atem nicht viel länger anhalten. Bald würde er gezwungen sein, die widerwärtige Luft einzuatmen und zu erfahren, wie entsetzlich sie roch.

Er machte mehrere Schritte, sprang von dem Vorsprung direkt auf den Kopf der großen Magierin. Sein rechtes Bein brach vom Aufprall direkt unterhalb des Knies.

Er ertrug den Schmerz und drosch seinen Kriegshammer direkt ins süße Dreieck der Magierin. Er fürchtete, daß für ein solches Ungeheuer die Klinge selbst zu kurz war. Er riß die Waffe wieder heraus und stieß den Stiel ins Loch, als wäre er eine Lanze.

Die Wunde schien ihr nichts auszumachen. Die Magierin schüttelte den Kopf und warf ihn zu Boden. Trotz all seiner Gaben des Stoffwechsels und des Durchhaltevermögens war Raj Ahtens Bein noch nicht geheilt, als er schmerzlich auf den Boden prallte.

Das Siegel der Zerstörung selbst sah aus, als bestünde

es aus glühendem Glas, aber es fühlte sich so fest an wie Stein. Die Absonderungen der Schleimwürmer waren unregelmäßig gehärtet. Gespenstische Feuer in tiefstem Purpur flackerten durch die ganze Anlage, und hier und da zuckte es blau. Magischer Rauch erfüllte den Raum.

Die Rune der Zerstörung war ausgesprochen mächtig.

Raj Ahten schwang den Hammer und schlug Buckel der Rune ab. Ein blendendweißer Blitz brach heraus.

Die große Magierin wandte sich ihm zu. Gree flatterten von ihrem aufgeblähten Körper in Schwärmen auf, und ihr Stock blitzte in kränklichem Gelb.

Raj Ahten sprang beiseite, als ein Blitz reiner Nacht von dem Stock ausging. Er krachte dort, wo er gestanden hatte, in die Rune und öffnete einen weiten Riß.

Die Rune barst. Eine scharlachrote Zauberin, die von dem schwarzen Blitz getroffen wurde, zischte voller Qual und wurde zur Seite geschleudert. Die linke Hälfte ihres Körpers war verschwunden, sie war weggesprengt worden oder wie von Säure aufgelöst.

Raj Ahten wagte nicht, der Magierin die Zeit für einen zweiten Angriff zu lassen. Er rannte über die Rune der Zerstörung, schoß nach links und rechts.

Die riesige Magierin bäumte sich erschrocken auf.

Sie war mindestens sechs Fuß höher als das Ungeheuer bei Carris. Nie hatte man von einem solch gewaltigen Greifer gehört. Dies, sagte Raj Ahten sich, ist sicher die große Herrin der Unterwelt.

Er würde nie imstande sein, hoch genug zu springen, um seinen Hammer in ihr Hirn zu schlagen, und sie war klug genug, das Maul zu schließen, damit er nicht durch den Gaumen aufwärts schlagen konnte.

Sein bestes Ziel war die empfindliche Stelle an ihrer Kehle, aber er hätte lieber eine Lanze gehabt, mit der man besser zustechen konnte.

Er drehte den Kriegshammer um. Der Griff war beinahe sechs Fuß lang. Mit seinen Gaben der Muskelkraft war es nicht schwierig, hoch in die Luft zu springen. Er warf den Hammer mit ganzer Kraft und riß sich die Schulter aus dem Gelenk, als er das tat.

Der Kriegshammer vergrub sich im Brustkorb des Ungeheuers, und die Todesmagierin bäumte sich in dem Versuch zu fliehen höher auf.

Raj Ahten fiel auf die Rune zurück und huschte aus der Gefahrenzone.

Die Magierin warf ihren Stock hin, griff mit ihren ungeschickten riesigen Tatzen zu und begann, den Kriegshammer herauszuziehen. Sie packte ihn zwischen zwei Klauen und riß ihn von sich weg. Er klirrte gegen das Dach und fiel dann ein Dutzend Schritte entfernt nieder.

Sie griff nach ihrem Stock. Raj Ahten sprang auf seinen Kriegshammer zu.

Er hatte nicht tief genug getroffen. Ein fester Treffer im Brustkorb hätte sie auf der Stelle sterben lassen sollen, in etwa so, wie ein Schlag auf die Nieren eines Mannes diesen töten würde.

Ringsum beeilten sich scharlachrote Zauberinnen, sich dem Kampf anzuschließen. Die große Magierin senkte den Kopf und griff an, riß ihr Maul weit auf.

Darauf hatte Raj Ahten gewartet. Er packte seinen

Kriegshammer und sprang ihr ins Maul. Die trockene, kratzige Oberfläche ihrer Zunge fühlte sich an, als bestünde sie aus Kies.

Ihre Kiefer schlossen sich rasch, und sie bog den Kopf zurück, weil sie ihn verschlingen wollte. Raj Ahten sprang und stieß den Kriegshammer tief in ihren weichen Gaumen, öffnete einen gewaltigen Riß.

In einem Regen von Blut riß er den Hammer wieder heraus. Blut und Hirn spritzte.

Die Todesmagierin taumelte ein paar Schritte.

Raj Ahten schlug mit dem Hammer hinten gegen ihre Kehle, um sie zum Würgen zu bringen.

Als sie ihn ausspuckte, kam ein Dutzend anderer Runenlords in den Festungsraum gesprungen. Bhopanastrat schrie: »Tötet sie alle und sichert die Festung!«

Die scharlachroten Zauberinnen wichen zurück, versuchten sich zurückzuziehen. Aber es gab keine Fluchtmöglichkeit. Die Festung war umstellt. Raj Ahten hatte bereits seinen Weg hineingefunden und das Herz der Verteidigung der Greifer herausgerissen.

Sekunden später erschien auch Pusnabish. Runenlords schwärmten zu Hunderten in die Festung.

Raj Ahten rannte nach draußen in die frische Luft und überließ es anderen, seine Arbeit zu vollenden.

Er stellte sich vor, wie die Welt nun sein Lob singen würde. Es würde Paraden in Maygassa geben, wenn er den Elefantenthron bestieg. Die Menschen würden die Straße unter seinen Füßen mit Teppichen aus Rosen, Gardenien und Lotusblüten bedecken. Die gewaltigen goldenen Gongs vor dem Westtor der Stadt würden einen Monat lang Tag und Nacht geschlagen werden. Die schönsten Frauen des Reiches würden ihn aufsuchen, in der Hoffnung, daß er sie schwängerte, während mächtige Herren und Kaufleute ihn mit Geschenken überschütten würden.

Sein Sieg würde alles bei weitem übertreffen, was Gaborn Val Orden je erreicht hatte. Er, Raj Ahten, hatte die größte Greifermagierin getötet und die Welt gerettet.

Noch tausend Jahre lang würde man über ihn Lieder singen. Kinder, die jetzt noch nicht einmal geboren waren, würden am Lagerfeuer sitzen und hören, wie Raj Ahten die Herrin der Unterwelt bekämpft hatte. Sie würden staunend die Münder aufreißen und versuchen, vor ihren Vätern zu verbergen, wie sie vor Angst schauderten.

All das und mehr stellte sich Raj Ahten vor, als er die Festung verließ und ins Tageslicht zurückkehrte. Die giftige Luft umwirbelte den Bau der Greifer in einer schmutzigen Wolke.

Er ließ sich in den Graben fallen, den die Greifer gebaut hatten, und spürte plötzlich ein Übelkeit erregendes Reißen.

Dieses Gefühl kannte er nur zu gut. Seine Übereigner starben.

Vor dem Palast von Bel Nai schien das Morgenlicht auf den Marktplatz. Weiße Tauben flatterten um die Türme der Zitadellen oder stolzierten gurrend auf Dächern herum.

Im Basar rief ein Kaufmann wie immer: »Frisch geröstete Pistazien, immer noch heiß!«

Kamele ruhten in den Straßen und kauten träge vor sich hin.

Hier, tausend Meilen nördlich von Kartish, hatte man noch nicht von dem Angriff der Greifer gehört. Raj Ahtens Minister hatten die Bevölkerung nicht beunruhigen wollen.

Aber tief drinnen im Bergfried der Übereigner starben vier Männer. Drei von ihnen hatten als Vektoren Durchhaltevermögen an Raj Ahten übertragen. Emir Owatt kannte sie der Stimme nach. Einer von ihnen war Korab Manthusar, ein Übereigner, der beinahe zwölf Jahre als Vektor gedient hatte. Ein anderer war Jinjafal Dissai, der seit weniger als fünf Jahren Durchhaltevermögen übertrug.

Zusammen waren sie für Hunderttausende Gaben verantwortlich. Sie hatten gerade Tee getrunken und Schach gespielt, als sich der Emir auf sie stürzte und sie mit seiner Giftnadel stach.

Das Harz des Giftes lähmte die Lungen und würde bewirken, daß die Männer keuchend zusammenbrachen. Da sie selbst über kein Durchhaltevermögen verfügten, würden sie dem Tod nicht lange widerstehen können.

Aber obwohl das Gift versprach, rasch zu wirken, starben sie nicht früh genug. Beide Männer waren imstande, einen Schrei auszustoßen.

Der Emir fuhr herum und stach nach einem dritten Übereigner.

Eine Wache in der Nähe hatte den Lärm gehört, eilte herbei und schnitt den Emir in Stücke.

Als der alte König starb, hielt der Wachsoldat seine Hand.

Einen Augenblick lang stellte der Emir sich vor, daß der Mann ihm Trost spenden wollte, aber erst in seinen letzten Sekunden erkannte er, daß der Soldat ihn festhielt, damit er die Giftnadel nicht in ein weiteres Opfer versenken konnte.

Keuchend stand Raj Ahten vor der Greiferfestung und erstickte beinahe an der fauligen Luft. Selbst jetzt konnte er den Fluch der großen Magierin noch schmecken: »Atmet nicht mehr.«

Die Macht dieses Fluches war nicht zu leugnen.

Der Fluch erreichte seine Lungen, umklammerte sie wie ein Schraubstock. Er kämpfte verzweifelt dagegen an, aber seine verbliebenen Gaben des Durchhaltevermögens würden nicht genügen.

Übereigner starben, Vektoren starben. Binnesmans Fluch hatte ihn geschwächt. Er war nicht die Summe aller Menschen.

Er rang nach Luft, und sein Herz schlug heftig. Noch einen Augenblick zuvor hatte er sich vorgestellt, wie man ihn als Retter der Welt lobpreisen würde. Nun lag er unter dunklen Rauchwolken keuchend in dieser Grube.

Über Raj Ahtens Kopf hinweg schoß ein Feuerball auf die Festung zu und krachte in ihre Seite. Köstliche Hitze breitete sich in hundert Richtungen aus. Flammen tosten ganz in der Nähe.

Raj Ahten spürte die Wärme wie beruhigenden Balsam und erinnerte sich, wie köstlich sie sich an seiner

Haut am Lagerfeuer hoch oben im Hest-Gebirge angefühlt hatte.

»Ich heile Euch«, flüsterte Az in seiner Erinnerung.

Der Himmel verdunkelte sich, als Az abermals Feuer aus der Luft lockte. Es wirbelte in seine Hände hinab, ein leuchtender Strudel, ein Gewebe von Licht, das die Dunkelheit durchdrang.

Raj Ahten, unfähig, aufrecht zu gehen, kroch darauf zu. Er bebte. Trotz all seiner Gaben der Muskelkraft zitterte er wie eine alte Frau und keuchte in der stinkenden Luft. Er erreichte den Rand der Grube und blickte auf zu der brennenden Rune, die sich nur dreihundert Schritt entfernt befand.

Eine Welle von Übelkeit überflutete ihn. Er hatte das Gefühl, als hätte man sein Herz aus dem Leib gerissen. Wieder war ein Vektor gestorben.

Ein Meuchelmörder in Bel Nai, begriff er.

Ich werde nicht mehr lange genug leben, um meine Belohnung zu erhalten. Ich werde die Lieder, die ich verdient habe, niemals hören.

Er kletterte über den Rand der Grube und begann auf das große Feuer zuzugehen.

Az stand im Herzen der Rune der Nacht, zog Flammen an, stahl das Licht aus dem Himmel.

»Az!« rief Raj Ahten mit dem letzten Rest seiner Kraft. Seine Stimme schallte über das Schlachtfeld. Er brach in die Knie, mußte sich anstrengen, auch nur eine flehentliche Hand zu heben.

Az schaute zu ihm nieder, erkannte, wie es um ihn bestellt war, und warf die Feuerkugel.

Sie dehnte sich aus, als sie näher kam, bis Raj Ahten nichts anderes mehr sah.

In einem einzigen Augenblick verglühte seine Kleidung zu Asche. Das Feuer durchdrang ihn mit tausend brennenden Reißzähnen. Alles, was er nicht mehr brauchte, die Schlacke seiner Menschlichkeit, schmolz dahin.

Ein intensives Licht brannte in seinem Geist und erweiterte sein Blickfeld. Er erkannte sofort, daß er sein Leben lang auf dieses Ziel zugereist war. Er hatte sich vorgestellt, der Menschheit zu dienen, indem er zur Summe aller Menschen wurde, während andere behaupteten, er diente nur sich selbst.

Aber an jedem Kreuzweg auf dem Weg seines Lebens hatte er sich entschieden, dem Feuer zu dienen.

Schon als junger Mann hatte er den Titel des »Sonnenherrschers« angenommen. Nun ergriff ihn sein Herr und reinigte ihn wie kostbares Erz in den Flammen. Die Schlacke schmolz dahin, und was blieb, war kaum mehr Fleisch – nur ein Gefäß, das ein makelloses Licht verbarg.

Raj Ahten war kein Mensch mehr. Er war die Macht, der er so treu gedient hatte, und nun würden sich alle geringeren Flammenweber dieser Welt vor ihm verbeugen und ihn bei seinem geheimen Namen nennen.

Brennend und nackt zog er wunderbare Rauchwolken hinter sich her und schritt geheilt und verändert aus dem Feuer. Tatsächlich sah er nun aus, wie die Sonne selbst. Und die Flammen zischten dabei seinen neuen Namen: Scathain.

KAPITEL 29
Feldonshire

Ich sehne mich nach Frieden. Ich wünschte mir, daß alle Dörfer meines Reichs ununterbrochen vor Frieden überflössen, wie Schaum aus einem Krug warmen Biers überfließt.

Erden Geboren

Gildemeister Wallach führte Averan, Binnesman, und die grüne Frau zur Rückseite der Gildehalle, wo sich ein von Werkstätten gesäumter, mit Kopfstein gepflasterter Platz befand.

Hier entwarfen Zeichner die künftigen Schnitzereien, während Gesellen das Holz schnitten und Meisterschnitzer sich mit den Einzelheiten befaßten. Averan war überrascht, sogar zwei Schmieden zu sehen, in denen die Werkzeuge der Schnitzer hergestellt wurden.

Dann gab es eine Werkstatt, in der die fertiggestellten Arbeiten Firnis und Farbe erhielten und wo vier kräftige Männer gerade damit beschäftigt waren, Fässer auf einen Wagen zu laden. Das Gespann war bereits angeschirrt. Vom Wagen her roch es giftig – in den Fässern befanden sich ranziges Leinsamenöl, denaturierter Alkohol, giftiger Lack und Säcke von Salzkristallen und Farbpulvern, die Averan nicht einmal erkannte. All das schienen Bestandteile diverser Firnisse und Stoffe zu sein, die das Holz erhalten sollten. Die Holzschnitzer verluden praktisch alles, von dem sie hofften, daß es einen Greifer vergiften würde.

»Sind die anderen Wagen schon weg?« fragte Wallach.

»Ja«, murmelte einer seiner Männer. Er wischte sich mit dem Ärmel den Schweiß ab.

»Laßt den Rest hier«, sagte Wallach ihnen und zeigte auf die Gifte. »Rettet euch und eure Familien.«

Die Arbeiter sprangen vom Wagen. Binnesman und Wallach nahmen auf dem Kutschbock Platz, Averan und die grüne Frau kletterten auf die Fässer.

Als sie den Stall verließen, konnte Averan in der Ferne ein Tosen wie von Meeresbrandung hören. Die Greifer waren im Anmarsch.

Sie versuchte, allein aus dem Geräusch die Entfernung abzuschätzen. In den letzten beiden Tagen hatte sie das recht gut gelernt. »Ich denke, sie sind noch etwa drei Meilen entfernt. Sie werden in weniger als fünf Minuten hier sein.«

Diese Worte schienen Wallach zu überraschen. »So bald?«

»Vielleicht noch eher«, erklärte Averan.

Wallach warf Binnesman einen Blick zu. Der Zauberer zog die Brauen hoch. »Eher, würde ich sagen. Die Greifer bewegen sich, so schnell sie können.«

Wallach ließ die Peitsche knallen, pfiff und rief. Die Pferde stürmten aus dem Stall und den Hügel hinauf.

Sie sind langsam, bemerkte Averan. So langsam.

Es waren keine Kraftpferde. Es waren große, gewöhnliche Tiere. Jahrelanges Schleppen schwerer Lasten hatte ihnen Kraft gegeben. Aber selbst wenn sie nur einen leichten Wagen mit Höchstgeschwindigkeit zogen, konnten sie kaum schneller sein als ein Greifer.

Wallach trieb sie die Straße entlang nach Süden und schrie: »Aus dem Weg«, wenn jemand wagte, dort unterwegs zu sein. »Fünf Minuten. In fünf Minuten sind die Greifer da!«

Erst jetzt begriff Averan die Gefahr. Als sie in den Ostteil der Stadt kamen, wo Arbeiterhütten die Straße säumten, waren überall noch Menschen. Viele schafften immer noch Sachen aus den Häusern und bepackten Pferde. Eine alte Frau versuchte rasch, einen Apfelbaum leerzupflücken. Eine junge Mutter holte die Wäsche von einem Busch, wo sie sie zum Trocknen aufgehängt hatte, während ihre Kinder ihr am Schürzenbändel hingen.

Hunde kläfften den Wagen an.

Die Straße zog sich einen kleinen Hügel hinauf, und ein paar Minuten lang konnte Averan ganz Feldonshire hinter sich ausgebreitet sehen. Im Nordwesten erschien der Dunkelwald als brauner Fleck vor dem silbernen Wasser des Donnestgree. Im Süden lag ein Dutzend Dörfer zwischen den Hügeln. Boote schwammen auf dem Fluß, trieben auf der schimmernden Wasserstraße flußabwärts. Überall im Osten der Stadt war die Straße schwarz und verstopft von Reisenden. Viele von ihnen kamen aus Shrewsvale und den Dörfern im Westen. Sie eilten zu Pferd, auf Wagen, zu Fuß übers Land.

Drei Meilen hinter ihnen in den Hügeln erhob sich eine Staubwolke, wo die Greifer tobten. Von hier oben war das Geräusch ihres Marschs deutlicher zu hören, ein ununterbrochenes Dröhnen.

Auch die Schreie der Menschen waren über Meilen hinweg zu hören.

»Sie werden alle sterben«, flüsterte Averan. Sie kletterte zur Rückseite des Wagens und starrte hinaus. Sie fühlte sich hilflos.

Sie hatte geglaubt, daß sie und Binnesman etwas Gutes erreicht hätten. Sie hatten die Menschen so gut wie möglich gewarnt. Aber es hatte nicht genügt.

»Nicht alle«, meinte Binnesman. »Wir haben einige gerettet. Vielleicht sogar viele.«

Aber als der Wagen den Hügel erreicht hatte, sah Averan die ersten Reihen der Greifer in der Ferne über eine Erhebung stürmen. Menschen zu Fuß und mit Wagen flohen vor ihnen.

Die Beine der Menschen trugen sie nicht rasch genug. Verstecken half auch nichts. Die Menschen waren vor der Greiferhorde kaum mehr als Mäuse vor der Katze.

Gaborns Truppen flohen in einer langen Reihe, ihre Rüstungen blitzten in der Sonne. Sie eilten nach Süden in die Hügel, hilflos vor dem Angriff.

Binnesman zog Averan zurück. »Laß das«, sagte er. »Zusehen wird nichts helfen.«

Doch, dachte Averan. Zuzusehen machte sie wütend, und Wut machte sie stärker.

Auf einem kahlen Hügel oberhalb von Feldonshire versuchte Gaborn zu entscheiden, ob sie noch einmal kämpfen sollten. Hunderte von Gemeinen waren auf dem Pferderücken hier heraufgekommen. Die meisten waren junge Männer, die Bogen oder Speer trugen. Sie waren begierig darauf, sich zu beweisen und sich ihr Erwähltwerden zu verdienen. So war Gaborns Armee größer geworden.

Dennoch konnte er nichts für Feldonshire tun.

Unter ihm lag seine letzte Hoffnung: Ein Bach zog sich durch ein schmales Tal und würde eine gewisse Entfernung zwischen Menschen und Greifer legen. Bauern hatten Steinmauern gebaut, damit ihre Schafe nicht in die Schlucht wanderten. Nun hatten sich dort ein paar hundert Männer aufgestellt und hielten die Bögen bereit.

Die Greifer näherten sich Feldonshire.

Zu wenige Menschen hatten die Stadt verlassen. Gaborns Männer konnten die Bauern drunten im Tal sehen, die immer noch ihre Wagen beluden. Ihre Herzen brachen fast bei dem Gedanken an diese Leute, die dort unten dem Tod so nahe waren.

»Herr?« sagte Skalbairn.

Gaborn erwiderte: »Haltet Euch zurück. Wir können nichts mehr erreichen. Die Deckung genügt nicht, wie jedermann sehen kann.«

Gaborn wagte nicht, das Schicksal herauszufordern. Er wußte, daß sie die Horde nicht ablenken konnten.

Skalbairns Männer waren mit diesem Befehl nicht zufrieden.

Neben ihm atmete Baron Waggit schwer und schien sich kaum davor zurückhalten zu können, ins Tal hinabzureiten und sich den zum Tode Verurteilten zuzugesellen. Die Minuten streckten sich, obwohl die Wartezeit im Grunde kurz war.

Beinahe eine Meile unter ihnen marschierten die

Greifer in der Kriegsform. Der Boden bebte, wo sie vorüber kamen.

Gaborn konnte sie nicht aufhalten.

Als sich die Greifer der abgelegenen Seite der Schlucht näherten, erhoben sich hundert Bogenschützen und schossen einen Pfeilregen ab.

Nur wenig Männer hatten Bögen, die stark genug waren, um auf hundert Schritt Entfernung eine Greiferhaut zu durchdringen. Noch weniger hatten die Fähigkeit, diese Bögen auf solche Entfernung wirklich zu nutzen. Aber es gelang dreien oder vieren, Greifer zu töten, bevor die Ungeheuer zurückschlugen.

Klingenträger warfen Steine und sprangen dann über das Bachbett. Magierinnen fuchtelten mit ihren Stöcken.

Einige Bogenschützen aus Feldonshire rannten zu ihren Pferden. Ein paar Glückliche waren schnell genug und überlebten. Aber die anderen starben zu Dutzenden.

Dann hatte die Horde auch die kleine Schlucht hinter sich gebracht und befand sich am Rand der eigentlichen Stadt.

Greifer walzten Obstgärten nieder, zerschmetterten Hütten, die Jahrhunderte gestanden hatten, zerstörten Felder und Herden.

Die Menschen flohen – Bauern liefen so schnell, wie ihre Beine sie trugen, Mütter mit Kindern auf den Armen eilten davon, gefolgt von größeren Kindern.

Ihre Schreie erhoben sich über das Dröhnen der Greiferfüße.

Jene, die der Marschlinie der Greifer entkamen, würden überleben. Jene, die versagten, würden nie wieder bei etwas anderem versagen können.

Die Klingenträger vorn fraßen Schafe und Bauern, bis sie nicht mehr konnten. Dann spuckten sie ihre Mahlzeiten wieder aus, bewegten sich weiter und fraßen weiter.

Gaborn war wie betäubt. Im Westen ritten Langleys Ritter hinter den Greifern her und metzelten jene nieder, die zurückblieben. Die Lanzen der Männer waren zerbrochen, also kämpften sie nun mit den Kriegshämmern. Aber im Osten war die Straße voll von Bauern und Wagen. Die Straße durch die Stadt war ein Engpaß für die Fliehenden. Menschen schrien voller Angst, konnten sich aber nicht schnell genug bewegen. Am Ende blieben immer noch Zehntausende auf dem Pfad der Greifer.

Einer von Skalbairns Männer hatte sich aus der Reihe gelöst und ritt aus dem Tal heraus. Als er näher kam, hob er sein Visier. Es war Marschall Chondler.

»Gute Neuigkeiten!« rief Chondler. »Die Greifer konnten die Geschwindigkeit nicht aufrechterhalten. Wir haben in den Hügeln Tausende getötet!«

Niemand jubelte. Der Krieger sah sich um, weil er sehen wollte, was die anderen anstarrten. Sein Lächeln verging.

»Herr«, fragte Chondler verzweifelt. »Was können wir nur tun?«

Gaborn antwortete einen Augenblick lang nicht mehr. In der vergangenen Stunde hatte er über jede erdenkliche Möglichkeit gegrübelt – Pfeilregen von den Hügelabhängen, Angriffe von Lanzenreitern, Ausharren hinter einer Steinmauer und Standhalten gegenüber dem Schlimmsten, was die Greifer tun konnten. Alle Wege führten in die Katastrophe. Es blieb nur eine Antwort.

Gaborn flüsterte zornig: »Bleibt ihnen aus dem Weg. Tötet alle, die zurückfallen.«

Ein Teil von ihm weigerte sich zu glauben, daß dies geschehen konnte. Er war der Erdkönig, und er konnte immer noch die Stimme der Erde hören. Er war so sicher gewesen, daß die Erde in der Stunde seiner größten Not antworten würde. Aber nun sah er das Gemetzel und konnte es nicht aufhalten. Am meisten betrauerte er die Kranken und Verwundeten, die immer noch am Flußufer in der Falle saßen. Ihr Schicksal war besiegelt.

Jetzt näherten sich die Greifer dem Herzen der Stadt. Sie wurden langsamer, als sie Hütten und Läden dem Erdboden gleichmachten, und ließen sich Zeit, die Menschen aus ihren Verstecken zu scheuchen.

Gaborn bediente sich seiner Sinne. Die meisten von seinen Leuten waren geflohen. Einige befanden sich auf der anderen Flußseite weit im Norden. Andere waren nach Süden in die Hügel gezogen. Der Kurs der Greifer würde sie direkt durch Feldonshire führen. Seine Leute im Norden und Süden sollten in Sicherheit sein.

Dennoch spürte Gaborn, wie Gefahr aufkam, selbst für jene, die den Weg der Greifer verlassen hatten. Das konnte nur eins bedeuten: Sobald die Greifer die Tümpel von Stinkwasser erreicht hatten, würden sie sich umdrehen und die Menschen von Feldonshire jagen.

Aber vielleicht war auch noch etwas Schlimmeres geschehen. Gaborn spürte dem mit seinen Erdsinnen nach.

Die Erde warnte ihn, daß sich die Gefahr nun ums Zehnfache erhöht hatte. Die Gefahr für die Welt war gewachsen. Gaborn fragte sich, was wohl geschehen war.

Dann spürte er es. Raj Ahten war tot. Er konnte nur annehmen, daß die Greifer in Kartish ihn getötet hatten. Mit seinem Tod schien alles kurz vor dem Zerfall zu stehen.

Gaborn war zutiefst getroffen. Chondler beobachtete, wie die Greifer weitermordeten, und erklärte: »Herr, ich habe mich der Bruderschaft der Wölfe angeschworen. Ich werde nicht hier herumstehen, während dort Menschen sterben.«

Gaborn schüttelte traurig den Kopf und versuchte, den Mann zu überzeugen.

»Seht Ihr ihre Formation? Wenn Ihr sie angreift, wird die erste Reihe sich ein paar Schritte zurückziehen, während die an der Seite sich weiter vorwärtsbewegen. Dann werden die Zacken des Sterns sich um Euch und Eure Position biegen und Euch einkreisen. Ihr werdet sterben!«

»Alle Menschen sterben«, sagte Chondler. »Ich habe geschworen, die Menschen zu beschützen.«

Erkannte er es denn nicht? Sah er denn nicht, daß Gaborn das Beste für die Menschheit tat?

»Verflucht sollt Ihr sein, Marschall Chondler«, schrie Gaborn, »was glaubt Ihr denn, was ich hier versuche? Wenn Ihr da runter geht, werden die Greifer Euch töten und Feldonshire trotzdem zerstören.«

»Ich habe geschworen ...«, wiederholte Chondler.

Gaborn zog klirrend das Schwert aus der Scheide.

»Für die Menschheit«, erklärte er feierlich, »und für die Erde.« Rings um ihn her jubelten die Männer der Bruderschaft der Wölfe.

Chondler starrte ihn überrascht an, unsicher, wie er das nehmen sollte. Der König würde sich der Bruderschaft der Wölfe anschließen? Gab er sein Königtum auf?

Gaborn wußte, daß er Chondler verstört hatte. Aber im Grunde hatte er nur den Schwur bestätigt, den er seinem Volk vor so langer Zeit gegeben hatte.

Er sah seine Männer an. »Also, meine Herren, Ihr wollt kämpfen?« fragte er. »Ich versichere Euch, dieser Kampf hat gerade erst begonnen.«

KAPITEL 30
Drei Treffer

Der rätselhafteste Greifer ist die »Todesmagierin«, die Anführerin einer angreifenden Horde. Herdmeister Magnus behauptet, sie seien eine separate Unterart, während andere erklären, daß sich mächtige Anführerinnen immer aus den Reihen der Zauberinnen erheben.
Es ist selbstverständlich verlockend anzunehmen, daß etwas so Böswilliges wie eine Greiferhorde eine Anführerin braucht. Aber ich frage mich häufig, ob die Augenzeugenberichte von Todesmagierinnen nicht falsch sind. In welcher Hinsicht unterscheidet sich eine »Todesmagierin« von anderen großen Zauberinnen?
Und da der letzte Augenzeugenbericht über eine Todesmagierin, die eine Greiferhorde anführte, beinahe vierzehnhundert Jahre zurückliegt, bin ich nicht sicher, ob man diese Vorstellungen nicht vollkommen fallenlassen sollte.
Ich nehme also an, daß die Greifer in einer im Grunde führerlosen Gesellschaft leben.

Herdmeister Valen aus dem Saal der Tiere

Gildemeister Wallachs Wagen nahm ein Kurve zu schnell und wäre beinahe von der Straße abgekommen. Sie hatten Feldonshire hinter sich gelassen, und als sie über einen Hügel fuhren, entdeckte Averan zwei halbverfallene Lagerhäuser auf der Ebene unter ihnen. Häute, die auf Gestelle gespannt waren, machten deutlich, daß es sich um eine Gerberei handelte.

Wallach zügelte die Pferde und rief einigen Männern zu, die Fässer verluden: »Die Greifer sind in fünf Minuten da. Bringt euch in Sicherheit!«

Die Männer hörten auf, die Fässer zu verladen, und Wallach fuhr weiter. Die Pferde atmeten nun schwer und waren schaumbedeckt. Wallach spornte sie mit Schreien an und ließ die Peitsche knallen.

Im Vorbeifahren warf Wallach seinen Blick auf das zweite Gebäude. Averan konnte den durchdringenden Geruch kochender Laugenseife riechen.

Dahinter gab es keine richtige Straße mehr. Keine Hütten standen in der Nähe des Stinkwassers, nicht einmal irgendwelche halbverfallenen Schuppen. Hier im Osten der Stadt hatten sich nur jene Handwerker niedergelassen, bei deren Arbeit solcher Gestank entstand, daß niemand sie in der Nähe haben wollte.

Westlich der Stadt war das Land üppig und fruchtbar gewesen, bedeckt mit Hütten und Gärten, Obstbäumen, Weinbergen und Feldern mit Hopfen und Gerste.

Aber hier schien selbst der Boden geschändet. Das Land wurde flacher. Im Winter füllte der Regen die Stinkwassertümpel, und sie traten über die Ufer. Im Sommer sank der Wasserspiegel wieder und hinterließ eine gelblichgraue Kruste, auf der beinahe nichts wachsen konnte. Hin und wieder ragten ein paar Grasbüschel aus sandigen Flecken, und es gab den einen oder anderen schwarzen, verkrüppelten Baum, der so verrenkt war, daß man annehmen konnte, er hätte nie gelebt.

Averan konnte jetzt das Stinkwasser riechen – ein Gestank wie faule Eier.

Die mit grünem Schaum überzogenen Tümpel waren nicht weit entfernt. Dünner Nebel hing über dem Wasser. Ein Dutzend Wagen stand hier, und zwanzig oder dreißig Männer luden Fässer ab.

Wallach fuhr näher heran und rief: »Wie sieht es aus?«

»Wir haben da genug Lauge reingeschüttet, daß es dir das Fleisch von den Knochen frißt«, rief ein Mann, »und bei all dem Terpentin würde ich lieber keine Flamme an die Brühe halten!«

Averan sah Binnesman an. Er schien nicht darauf vorbereitet, wie groß die Tümpel wirklich waren. Von hier aus sahen sie größer aus als aus dem Himmel.

In der Ferne bebte die Erde, als die Greifer näherkamen. Binnesman war bleich geworden.

»Bei den Mächten«, flüsterte er, »ich kann dieses Wasser nicht heilen – nicht in einer Stunde und nicht in einem Tag!«

Wallach grunzte und nickte, als sei sein Verdacht nur bestätigt worden. Er rief seinen Männern zu: »Ihr habt drei Minuten, um zu fliehen. Die Greifer kommen!«

Er ließ die Peitsche über den Ohren seines Gespanns knallen, und der Wagen setzte sich wieder in Bewegung.

»Östlich von hier ist die Straße zu Ende«, entschuldigte sich Wallach bei Binnesman in besorgtem Tonfall. »Nicht mehr als eine Meile, und Ihr seid im Wald.«

Das ließ vieles unausgesprochen. Sollten die Greifer ihnen folgen, würden sie nicht mehr fliehen können.

»Eine Meile nach Süden sollte genügen«, sagte Binnesman. »Bringt uns auf diesen Hügel dort, und dann sehen wir, was passiert.«

Wallach trieb die Pferde weiter an, und der Wagen rumpelte gnadenlos über den unebenen Weg, bis Averans Zähne klapperten. Hinter ihnen erhob sich eine Staubwolke, wo Feldonshire gestanden hatte, und Schreie waren über der Ebene zu hören.

Averans Magen zog sich zusammen. Ihre Pferde waren müde. Sie konnten die Geschwindigkeit nicht mehr lange halten. Selbst wenn die Straße weitergeführt hätte, hätte das nicht viel geholfen.

Nun rollte der Wagen einen kleinen Hügel hinauf, auf dem sich ein paar schwärzliche Bäume erhoben. Von dort aus konnte Averan die Hügel hinter der Stadt und die Stinkwassertümpel sehen.

Sie hatte die Tümpel schon aus der Luft gesehen. Von hoch oben sahen sie wie drei leuchtend grüne Edelsteine mit weißen Rändern aus. Aber sie wußte, daß das nur am Licht gelegen hatte.

Nun zogen sich die Wagen von den Tümpeln zurück, und die Männer trieben die Pferde an. Zerbrochene Fässer trieben auf dem Wasser. Der Dampf, der sich von den Tümpeln erhob, ließ sie wie blubbernde Hexenkessel aussehen.

Averans Herz klopfte laut. Sie hatten die Pferde kaum zum Stehen gebracht, als die Greifer schon die Hügel hinter Feldonshire überquerten und auf das Stinkwasser zustürmten.

Die Horde donnerte über die Ebene, und die Zähne der Greifer glitzerten bedrohlich im Sonnenlicht. Stundenlang waren sie jetzt in der Formation der Kriegsform marschiert.

Nun löste sich die Formation auf. Die größten und gierigsten Klingenträger eilten voraus, auf die Teiche zu.

Aber noch keine halbe Meile vom Wasser entfernt spürten die meisten Greifer, daß etwas nicht stimmte. Viele erhoben sich auf die Hinterbeine, fuchtelten wild mit den Fühlern und wichen vor dem Gestank zurück. Andere wurden einfach langsamer und gingen vorsichtig weiter vorwärts. Ein paar tausend Greifer, so durstig, daß ihre Wahrnehmung nicht mehr funktionierte, galoppierten vorwärts und warfen sich in die Tümpel, steckten die Köpfe tief ins Wasser und legten sie dann zurück, um auf seltsam vogelhafte Weise zu trinken. Sie drängten sich zusammen, einer neben dem anderen, eine feste Masse grauer, ledriger Häute und blitzender Zähne.

Es war ein entsetzlicher Anblick.

Hinter der Greiferhorde kamen Gaborns Ritter über den Hügel.

Nachdem ihre Hoffnung zerschlagen war, gaben viele Greifer auf. Sie ließen sich fallen, wollten sich nicht mehr regen.

Ritter auf Kraftpferden rasten den Hügel hinab, um sie zu töten. Ihre silbernen Rüstungen blitzten, als die Pferde auf die trägsten grauen Greifer zuhielten. Wenn Averan die Augen halb schloß, erinnerten die Ritter sie an silbrige Elritzen in einem Teich, die im Sonnenlicht aufblitzten, wo sie etwas Eßbares gefunden hatten.

Die Ritter töteten ein paar hundert Greifer, dann wandten sie ihre Pferde nach Süden auf einen kleinen Hügel, der etwa anderthalb Meilen entfernt war. Sie formierten sich dort. Die Lanzen ragten wie Stacheln zum Himmel. Bauern und Kaufmannsgehilfen aus der Stadt ritten ihnen entgegen und vergrößerten die Armee auf Tausende.

Näher an Averans Aussichtspunkt begannen die Greifer, die am meisten getrunken hatten, zu sterben. Muskelkrämpfe bewirkten, daß sie zur Seite sackten, und ihre scharrenden Füße wirbelten Staub auf.

Jene, die nur ein wenig getrunken hatten und nach einem oder zwei Schlucken von dem ekelhaften Wasser zurückgewichen waren, übergaben sich einfach. Doch auch sie waren beinahe zu schwach, um sich noch zu bewegen.

Der größte Teil der Greifer allerdings zog sich einfach von den Tümpeln zurück und verharrte betäubt vor Durst. Erschöpft ließen sie die Fühler sinken, die nun wie tote Ranken von ihren Köpfen hingen. Das raspelnde Geräusch ihres schweren Atems hing in der Luft und wurde zu einem matten Knurren.

Dutzende von Greifern begannen einfach, ziellos herumzutaumeln, und wußten nicht mehr, wohin sie sich bewegten.

Von Süden her galoppierten hundert Kraftpferde über die Ebene. Gaborn selbst führte den Angriff. Er und die Unabhängigen Ritter ritten mit dem Wind um die Wette. Sie umkreisten die Greiferhorde. Nun kam Gaborn auf Averans Hügel zu. Skalbairn folgte ihm, ebenso Baron Waggit und ein paar andere Ritter.

Gaborn nickte Averan zu, sprang vom Pferd und schaute nach Westen zu den Greifern hin. »Was ist hier los?« wollte er wissen. Seine Miene war grimmig und entschlossen.

»Der Weg zum Wasser hat sie vollkommen erschöpft«, antwortete Binnesman. »Ich nehme an, daß über die Hälfte der Horde aufgegeben hat.«

»Nicht ganz die Hälfte«, sagte Gaborn. »Ich denke, es sind noch vierzigtausend übrig.«

»Sie sterben«, fügte Averan hinzu. »Sie werden es nicht bis Burg Haberd schaffen.«

»Ich glaube«, meinte Wallach hoffnungsvoll, »ich glaube, wir haben es geschafft. Ich glaube, wir haben gesiegt!«

Averan beobachtete Gaborn. Er leckte sich die Lippen, starrte die Greifer an. Irgendwann würden sie alle sterben, und Gaborn würde Averan zum Wegmacher bringen. Dann würde sie das Hirn des Wegmachers essen und den Weg zur Einen Wahren Meisterin erfahren.

»Wir haben nicht gesiegt«, sagte Gaborn zu Wallach. »Sie sterben vielleicht, aber nicht ohne zu kämpfen.«

Noch während seiner Worte erhob sich ein gewaltiges Zischen inmitten der Horde.

Eine Magierin erhob sich hoch auf die Hinterbeine und begann, ihren Duft auszuströmen. Die glühenden Runen auf ihrem Körper schimmerten in der Sonne, und ihr Stock blitzte plötzlich weißlich auf.

Drei Treffer war ihr Name. In Averans Erinnerung war sie jung und furchterregend und mit Abstand die heimtückischste Magierin der Horde. Nur ihre relative Jugend und geringe Größe hatten sie bisher davor zurückgehalten, die Horde anzuführen. Drei weitere Greifer erhoben sich, wandten sich Drei Treffer zu und begannen zurückzuzischen.

»Was passiert da?« wollte Gaborn wissen.

»Ein Streit zwischen Mächtigen«, sagte Averan. »Sie streiten häufig.«

»Welche ist die Anführerin?« fragte Gaborn.

Averan war über die Frage verblüfft. Es war so offensichtlich. »Die, die ihr Hinterteil am höchsten in die Luft hebt. Seht Ihr, wie die anderen ihres tiefer halten? Sie wird sie töten, wenn sie das nicht tun.«

Gaborn beobachtete die Greifer so intensiv, daß Averan sich schuldig fühlte, weil sie ihm nicht mehr sagen konnte. Er ging zum Rand der Hügelkuppe, zog seinen Kriegshammer und pflanzte ihn in den Boden, wie Binnesman es oft mit seinem Stock tat. Dann stützte er sich auf den Griff und spähte zu den Greifern hin, als versuchte er, ihre Gedanken zu lesen.

Averan wußte, wenn sie die Wahrnehmung eines Greifers hätte, würde sie riechen können, was sie sagten. Sie würde wissen, worüber sie stritten.

Aber sie wußte nur, daß ein solcher Streit über eine Stunde dauern konnte.

Das Sonnenlicht war so hell, so schmerzlich. Während die Greifer beratschlagten, schloß Averan halb die Augen.

Drunten im Tal fand der Streit um Drei Treffer plötzlich ein Ende. Eine Rivalin hob geringfügig das Hinterteil, und Drei Treffer sprang los und stieß ihren Kristallstock in das süße Dreieck ihrer Feindin. Es gab eine dumpfe Explosion, und der Kopf der Zauberin wurde in Fetzen gerissen.

Damit war der Streit zu Ende.

Nun fraß Drei Treffer Stücke ihres Hirns, während andere aus der Horde die Drüsen unter ihren Vorderbeinen ausrissen.

Die verbliebenen Greifer wichen zurück, begannen umherzurennen und eine neue Formation einzunehmen. Sie teilten sich in neun Lager, jedes von einer scharlachroten Zauberin geführt, jedes in der Kriegsform.

Dann wandten sie sich nach Osten und breiteten sich in der Bewegung weiter aus. Es war ein ausgesprochen seltsames Manöver für Greifer.

Greifer lebten in Tunneln und neigten dazu, in langen Reihen durch die Unterwelt zu ziehen – Kopf an Schwanz. Auf diese Weise konnten Befehle leicht weitergegeben werden.

Die Streitmacht nun so zu verteilen, widersprach den grundlegendsten Instinkten eines Greifers. Und mehr als das, die Horde bewegte sich entgegen der Windrichtung. Sie würden nicht einmal imstande sein, die Feinde vor ihnen zu riechen.

»Was machen sie da?« fragte Gaborn. »Ist es das, was ich glaube?«

Averan begann zu zittern. Sie sah alles ganz deutlich vor sich. Die neuen Armeen würden eine vielleicht acht Meilen breite Front bilden. Gaborns Truppen auf dem anderen Hügel erkannten die Gefahr bereits und begannen ihren Rückzug. »Ihr habt recht. Die Greifer wissen, daß sie sterben werden«, sagte sie. »Aber es gibt eine Menge Menschen in Feldonshire. Sie werden so viele Bauern jagen, wie sie können. Und danach ...«

»Danach jagen sie weiter«, sagte Gaborn. »Ich kann die Gefahr überall spüren. Sie werden kreisen und sich flußabwärts bewegen, durch eine Stadt nach der anderen, bis sie die Gezeitenhöfe erreichen.

Averan, wie kann ich sie aufhalten?«

Die Greifer bewegten sich nach Osten.

Averan dachte rasch nach. Jedesmal, wenn sie eine Anführerin getötet hatten, hatte die neue Magierin die Taktik verändert. Selbst jetzt stellten die anderen Zauberinnen die Entscheidung von Drei Treffer in Frage. Sie hatte sie zum Wasser geführt, aber das Wasser war vergiftet gewesen. Die Greifer standen am Rand einer Meuterei.

»Ihr müßt Drei Treffer töten ...«

»Selbstverständlich!« sagte Gaborn. Aber er hatte die Magierin aus den Augen verloren. »Wo ist sie?«

»Die mittlere Formation«, antwortete Averan.

Er wurde bleich. Averan wußte, daß er über Strategien nachdachte, die möglichen Kosten berechnete. Er sah grimmig und gleichzeitig verloren aus.

KAPITEL 31
Bruderschaft

Ich habe erfahren, daß mein Königreich keine Grenzen hat.
Und daß alle Menschen mehr sind als nur Untertanen – sie sind meine Verwandten, meine Brüder – und daher meine Ergebenheit verdienen.
Ich stelle fest, daß ich beim Tod von Fremden ebenso trauere wie um den Tod meines eigenen Kindes.

Erden Geboren

Skalbairn saß auf seinem Streitroß, während Gaborn die Greifer beobachtete. Der Marschall konnte sehen, wie der Geist des Jungen arbeitete, als er darüber nachdachte, wie die Greifer zu schlagen waren. Die Greifer bewegten sich wieder auf Feldonshire zu.

Der Junge hatte nicht die Zeit, sich elegante Strategien auszudenken. Die Hauptmacht seiner Kavallerie hielt immer noch den Hügel im Westen. Aber wenn Gaborn jetzt zu ihnen eilte, mußte er vorher die Greifer umgehen. Bis er seine Männer erreicht hätte, würden die Greifer schon in Feldonshire jagen.

»Meine Herren«, sagte Gaborn mit fester Stimme, »ich denke, wir können die Metzelei aufhalten, bevor sie so recht begonnen hat – aber nur um einen hohen Preis.«

Gaborn sah die hundert Männer an, die mit ihm gekommen waren, und sah allen in die Augen. »Ich muß in die Unterwelt ziehen und kann daher den Angriff nicht führen. Jeder Mann, der nun losreitet, kann sein Leben als beendet betrachten. Werdet Ihr trotzdem reiten?«

Der Junge meinte es ernst. Skalbairn hatte eine solche Miene noch nie bei Gaborn gesehen. In seinem Blick standen Qual und Schmerz, seine Züge kündeten von Trauer und schrecklicher Not.

Skalbairn erstarrte das Blut in den Adern. Als Kind hatte er davon geträumt, ein Krieger zu sein, und in seinen schönsten Träumen hatte er sich vorgestellt, daß sich eines Tages ein Erdkönig erheben und Skalbairn an seiner Seite kämpfen würde.

Aber so hatte er es sich nie vorgestellt. Der Erdkönig hatte ihn nie gebeten zu sterben.

Einen Augenblick lang schwiegen die Lords. Skalbairn wußte, daß seine Männer reiten würden, aber keiner wollte der erste sein, der das Wort erhob.

»Werde ich in der künftigen Welt bei der großen Jagd an Eurer Seite reiten?« wollte Skalbairn wissen.

»Ja«, erwiderte Gaborn. »Jeder Mann, der nun angreift, wird auch dann mit mir reiten.« Skalbairn wußte, es war ein leeres Versprechen. Nicht alle Männer, die starben, wurden zu Wichten.

Skalbairn spuckte auf den Boden. »Also abgemacht!«

Jubel erhob sich. Die Männer hinter Skalbairn zogen ihre Kriegshämmer und schlugen auf ihre Schilde, und andere winkten mit den Lanzen.

Der einzige, der nicht jubelte, war Baron Waggit, der still auf seinem Pferd saß und nachdachte. Es war eine neue Fähigkeit für ihn, erklärte sich Skalbairn die Reaktion. Für Waggit war der Geist ein Werkzeug, mit dem er nicht vertraut war.

Gaborn hob die Hand und bat sie um Schweigen.

»Wir brauchen eine Ablenkung«, sagte Gaborn. Er zeichnete ein Sechseck auf den Boden. »Ihr werdet euch in drei Truppen aufteilen. Wir senden fünfzig Männer zu einem Angriff auf die linke, uns zugewandte schräge Seite des Sechsecks, und weitere fünfzig zur rechten schrägen Seite. Wenn die Greifer zum Gegenangriff ansetzen, müßte die Linie, die uns direkt zugewandt ist, dünner werden. Eine kleine Streitmacht von Männern auf schnellen Pferden kann durch die Linien dringen und die Magierin töten.«

»Herr«, sagte Skalbairn, »darf ich mich dafür melden?«

Der Junge war bleich geworden. Er holte tief Luft und nickte.

Nun war Skalbairn sicher, daß er dem Tod geweiht war. Marschall Chondler sagte: »Ich werde mit ihm reiten, wie auch jeder andere Mann der Bruderschaft der Wölfe es tun sollte.«

Dann schloß sich ein dritter Mann, Lord Kellish, dem Angebot an, und Gaborn nickte und sagte: »Das genügt.«

Gaborn starrte die hundert Unabhängigen Ritter an, die nun in den Kampf ziehen würden, und sagte feierlich: »Ich danke Euch. Jeder einzelne von Euch muß jetzt wie ein Greifer kämpfen.«

Gaborn griff nach seinem Horn und sagte: »Der linke Flügel greift auf meinen Befehl an, auf zwei kurze Töne. Der rechte Flügel bewegt sich auf einen langgezogenen Ton. Skalbairn, ich begleite Euch ein Stück des Weges.«

Skalbairn und die anderen Ritter stiegen rasch ab und überprüften ihre Sattelgurte. Nicht alle hatten Lanzen, aber jeder wollte eine. Skalbairn überprüfte rasch die Hufe seines Streitrosses. Die schweren Hufeisen waren alle an Ort und Stelle. Die ledernen Verschnürungen des Panzers, den das Pferd trug, waren festgeschnallt.

Jahrelang hatte Skalbairn die Last ungeheurer Schande getragen. Jahrelang hatte er geglaubt, daß ihm nur der Tod Erleichterung bringen konnte.

Nun holte er seinen Beutel heraus und warf Baron Waggit einen Blick zu. Der junge Mann saß auf seinem Pferd und schaute grimmig und nachdenklich drein. Er war hoch gewachsen, sah auf eine etwas ungeschlachte Weise gut aus, und sein Haar war von jenem Blond, wie es in Internook als schön galt. Er ritt nicht in den Kampf, und das war gut so. Er wußte, daß er zu diesem Kampf nicht viel beitragen konnte. Vielleicht würde er nie ein Krieger sein. Er würde einen guten Bauern abgeben oder vielleicht eines Tages in die Minen zurückkehren. Mit einigem Glück würde er ein hohes Alter erreichen. Das war im Augenblick alles, was Skalbairn von einem Mann erwartete.

Verflucht, dachte Skalbairn. Gestern haben wir ihn noch für einen Dummkopf gehalten, und heute ist er klüger als wir alle zusammen.

»Waggit«, rief Skalbairn. Der junge Mann drehte sich um, und der Blick seiner hellblauen Augen war in der Morgensonne durchdringend. »Hier ist ein wenig Gold. Ich wäre Euch dankbar, wenn Ihr das zu meiner Tochter Farion bringt. Sorgt dafür, daß es ihr gutgeht.«

Waggit dachte über die Bitte nach.

Skalbairn war sicher, wenn Waggit das Mädchen sah,

würde er sich ihrer erbarmen. Waggit wußte besser als jeder andere auf der Welt, in welcher Falle seine Tochter saß. Er würde ihre Tugenden und ihre Güte erkennen. Skalbairns Tochter war so sanftmütig, wie sie schlicht im Geist war, und ihr Lächeln war so ansteckend wie eine Krankheit. Sie würde nie einem anderen Mann eine angemessene Frau sein. Sie konnte kleine Arbeiten erledigen – Feuerholz hereinholen oder ein Hühnchen fürs Abendessen rupfen. Sie brauchte nur einen guten Mann, der imstande war, sie zu lieben. Er mußte Geduld haben, er mußte selbst auf dem Markt einkaufen und ihr helfen, ihre Kinder großzuziehen – und er mußte ihr ihre Schwächen verzeihen.

Skalbairn betete leise zu den Mächten: Laßt ihn dieser Mann sein.

Waggit nickte. »Ich bringe es ihr.«

»Mögen die Hellen Euch beschützen«, sagte Skalbairn leise.

Skalbairn stieg auf sein Pferd, trieb das Tier an und ritt den Abhang hinab. Es war keine Zeit mehr für Höflichkeiten.

Einen Augenblick später hatten sich Gaborn und die anderen um ihn gesammelt, und der Angriff begann ohne Fanfare – hundert Männer gegen mehr als dreitausend Greifer.

Die Greifer eilten rasch auf Feldonshire zu, jeder Greifer wie ein grauer Hügel.

Skalbairn trieb sein riesiges schwarzes Schlachtroß zum Galopp an. Er senkte die Lanze. Hinter ihm schwärmten hundert Männer aus. Die Schwefel- und Alkalikruste auf der Ebene dämpfte die Hufgeräusche, und gelblichgrauer Staub wirbelte auf, als sie angriffen.

Die Ebene war so flach und leer, wie es nur sein konnte. Es gab kaum Bäume oder Büsche und kaum Gras.

Nie hatte Skalbairn eine bessere Oberfläche für einen Kavallerieangriff gesehen.

Langley zog nach rechts und führte fünfzig Männer zur abgelegenen Seite des Sechsecks. Lord Gulliford führte die anderen fünfzig nach links.

»Auf Euch drei kommt es nun an«, sagte Gaborn zu Skalbairn, Marschall Chondler und Lord Kellish. »Sorgt dafür, daß Ihr auch wirklich durch die Linien kommt!«

Gaborn stieß zweimal kurz ins Horn. Gullifords Reiter galoppierten auf die Greifer zu.

Dann blies Gaborn einen langgezogenen Ton, und Langleys Männer galoppierten nach rechts.

Gaborn hielt seine drei Kämpfer zurück. Baron Waggit ritt neben ihnen.

Skalbairn zügelte sein Pferd und beobachtete die feindlichen Linien.

Gullifords Männer drangen auf die Greifer ein, trafen Dutzende von hinten mit ihren Lanzen, wandten sich dann von der Front ab und ritten zurück wie bei einem Wettkampf. Die Greifer wandten sich ihnen zu, Klingenträger schlossen die Reihen, um eine Mauer aus Fleisch zu bilden, während Zauberinnen ihre Stöcke senkten und grausame Bannsprüche woben. Wolken grünen Rauchs wehten auf die fünfzig zu, aber keine Steine flogen. In den Bergen hatten die Greifer Steine geworfen, aber der Sandboden hier lieferte ihrer Artillerie keine

Wurfgeschosse. Nur ein halbes Dutzend Männer war bei dem Angriff gefallen.

Beinahe sofort trafen auch Langleys Männer die rechte Flanke der Greifer.

Wie Gaborn vorhergesagt hatte, brachen die ungeübten Greifer die Reihen an beiden Seiten und eilten in den Kampf.

Daher wurde die Linie vor Skalbairn dünner.

»Lebt wohl!« rief Gaborn.

»Wir sehen uns im Schattental!« brüllte Skalbairn und spornte sein Pferd an. Der Boden verschwamm unter den Hufen des Streitrosses. Skalbairns schwarzer Hengst hatte drei Gaben des Stoffwechsels und gehörte zu den schnellsten auf der Welt. Viele Pferde mit mehr Gaben erreichten Geschwindigkeiten von achtzig oder neunzig Meilen in der Stunde, aber seines war schneller.

Mit dieser Geschwindigkeit einen Greifer zu treffen, würde ihn zweifellos töten. Vom Pferd zu fallen würde ihm jeden einzelnen Knochen brechen.

Skalbairn hielt seine Lanze fest. Er warf einen Blick zurück, sah Chondler hundert Schritt hinter sich, gefolgt von Lord Kellish.

Er spornte sein Pferd an und schrie: »Schneller!«

Viele Klingenträger hatten keine Waffen. Er lenkte sein Pferd auf zwei von ihnen zu.

In zweihundert Schritt Abstand war er nahe genug, daß die Greifer ihn spüren konnten. Aber da sich sein Pferd mit über hundert Meilen in der Stunde bewegte, hatten die Greifer kaum Zeit, sich herumzudrehen. Ohne einen Ruhmhammer oder eine Klinge konnten sie ihn kaum aufhalten.

Ein warnendes Zischen erhob sich von den Greifern, die ihn nun umgaben.

Rechts von ihm schleuderte ihm eine Zauberin einen Fluch entgegen.

Eine Kugel eisiger Luft flog an ihm vorbei und traf die Linien vor ihm, überzog einen Klingenträger mit Reif.

Er riß das Pferd nach links in die zweite Greiferreihe, ohne die Geschwindigkeit zu verlangsamen. Das hier waren kleinere Tiere, ebenfalls unbewaffnet. Ein Greifer rechts von ihm wandte sich ihm nicht einmal zu. Er rannte davon, mit schlaffen Fühlern, zu Tode erschöpft.

Skalbairn lenkte sein Pferd auf ihn zu.

Er hörte hinter sich Rüstungsklirren – eine Lanze brach, und ein Mann stieß einen Kriegsschrei aus. Ein Pferd schrie. Greiferflüche explodierten in der Luft.

Baron Waggit hatte sein Pferd neben das des Erdkönigs gelenkt, und er sah zu, wie die Runenlords in den Kampf ritten. Er hatte am vergangenen Tag Hunderte sterben sehen, aber er würde sich nie daran gewöhnen können.

Es tat ihm leid, Skalbairn zu verlieren. Als Hochmarschall der Unabhängigen Ritter hatte der große, kräftige Krieger die Hochachtung jeden Lords in Rofehavan besessen, und zu Waggits Überraschung hatte ebendieser Mann ihn unter seine Fittiche genommen. Er hatte ihm gestern ein wenig über den Stockkampf beigebracht. Und offenbar wollte er nun wirklich, daß er seine Tochter heiratete.

In seinem ganzen Leben konnte sich Waggit an niemanden erinnern, der ihn sich als Schwiegersohn gewünscht hätte. Keine Frau hatte ihn je zum Geliebten genommen. Kein Mann hatte ihn zum Bruder haben wollen.

Die Gabe der Geisteskraft hatte viele Seiten. Nun fühlte er sich zum ersten Mal im Leben begehrt. Aber seine Erinnerung war wechselhaft.

Den ganzen vergangenen Tag hatte er in ruhigeren Augenblicken versucht, sich an seinen wirklichen Namen zu erinnern. Von Zeit zu Zeit war er ihm in der Vergangenheit eingefallen, aber er war nie imstande gewesen, ihn sich länger als ein paar Minuten zu merken. Er wollte nicht sein ganzes Leben lang Waggit genannt werden, denn er war sicher, daß dieser Name nur dazu gedient hatte, ihn zu verspotten.

Aber sein wirklicher Name fiel ihm nicht ein, und die wenigen Erinnerungen, die auftauchten, waren sehr schmerzlich. Er erinnerte sich, wie sein Vater ihn geschlagen hatte, als er klein war, denn er hatte zuviel Holz aufgelegt, und das Haus wäre beinahe abgebrannt. Er erinnerte sich, wie er eines Abends auf einem Baum gesessen und sich einsam gefühlt hatte, als Gänse in ihrer V-Formation am aufgehenden Mond vorbeizogen, während die Kinder des Dorfes unter dem Baum ihn neckten. An seine Mutter konnte er sich überhaupt nicht mehr erinnern.

Es kam ihm so vor, als ob die Erinnerungen, die er jetzt erwarb, alles nur noch schlimmer machten. Er hatte von weitem zugesehen, wie die Greiferhorde Feldonshire zerstörte. Er hatte die Todesschreie an den Ufern des Donnestgree gehört, als die Greifer über die Verwundeten aus Carris herfielen. Noch jetzt hallten diese Schreie in seiner Erinnerung wider. Er nahm an, daß er sie niemals wieder vergessen würde.

So erschien ihm Gaborns Geschenk wie ein Fluch.

»Skalbairn wird sterben, oder?« fragte Waggit Gaborn.

»Ja«, erwiderte Gaborn. »Ich glaube schon.«

Dieses Sterben muß ein Ende haben, sagte sich Waggit.

»Werde ich heute sterben?« fragte Waggit.

»Nein.«

»Gut«, erwiderte Waggit.

Er spornte sein Pferd an und ritt auf die Greifer zu.

Skalbairn warf einen Blick zurück. Chondler hatte versucht, an einem riesigen Klingenträger vorbeizukommen, der mit einem Ritterhaken bewaffnet war, aber das Ungeheuer stellte sich ihm in den Weg. Es riß Chondlers Streitroß unter ihm weg und schlitzte dem Pferd den Bauch auf. Die Gedärme des Pferdes ergossen sich auf den Boden, und Chondler fiel mit ihnen.

Hinter ihm riß Kellish sein Pferd herum und wurde langsamer. Eine Zauberin schleuderte eine dunkelgelbe Wolke nach ihm, die Mann und Pferd verschlang. Lord Kellish schrie, und sein Pferd tauchte nicht mehr unter dem Schatten dieses Fluchs auf.

Es würde keine zweite Chance geben – nicht bei diesem Angriff.

Skalbairn raste an der zweiten Reihe vorbei, näherte

sich der Eskorte der Magierin, einem Dutzend großer Klingenträger. Sie drängten sich dicht um ihre Anführerin. Mehrere wandten sich Skalbairn zu.

Aber die Magierin war größer als die Klingenträger und ragte über ihnen auf. Er konnte sie gut sehen, wie sie von ihm wegmarschierte, das Hinterteil hoch in der Luft.

In der Ferne hörte er Kriegshörner. Dort erhoben sich die ersten Ausläufer der Hügel, hinter denen Feldonshire lag, und plötzlich kamen tausend Unabhängige Ritter über die nächste Anhöhe, keine halbe Meile entfernt.

Sie hatten gehört, wie Gaborn zum Angriff blies, und es auf sich bezogen!

Ein Klingenträger schwang seinen Ritterhaken, und Skalbairn wußte, daß er der Waffe nicht entgehen konnte.

Aber die große Magierin war verlockend nahe. Er würde ihr keinen Treffer versetzen können, der sie sofort erledigte; er war nicht imstande, ihr Süßes Dreieck zu erreichen.

»Farion!« rief er und warf die Lanze über den Kopf des Klingenträgers.

Sie hob sich zwanzig Fuß und begann dann, in einer anmutigen Kurve zum Rücken der Magierin zu sinken. Skalbairn sah nicht mehr, wie sie traf.

Sein Pferd wieherte entsetzt und versuchte sich umzudrehen. Der Smaragdstock traf Skalbairns Brustplatte, und glühende Flammen brachen daraus hervor, schnitten das Pferd in zwei Teile. Skalbairns Gewicht riß ihn nach vorn, als das Schlachtroß taumelte, und dann wußte er nichts mehr.

Waggit raste durch die Reihen der Greifer. Die Ungeheuer zischten scheinbar erstaunt, als zweitausend Ritter sie aus den Hügeln heraus angriffen. Flüche quollen in dunklen Wolken auf und wehten über die vorderen Reihen. Dutzende von Lords starben.

Plötzlich war die Aufmerksamkeit der Greifer abgelenkt.

Waggit ritt durch die Horde und hatte nicht einmal eine Waffe in der Hand. Er duckte sich an einem riesigen Klingenträger vorbei, der den Kopf bewegte, als hielte er nach einer neuen Beute Ausschau. Dann passierte er einen zweiten und nutzte die Masse des Ungeheuers, um sich vor dem Fluch einer Zauberin zu schützen.

Er hatte nicht viel Zeit, darüber nachzudenken, aber er nahm an, daß ihn die Greifer ohne Lanze nicht für sonderlich bedrohlich hielten. Und von allen Männern in Gaborns Gefolge war er derjenige, der am wenigsten fähig war, eine Waffe zu tragen.

Gaborn stieß verzweifelt in sein Kriegshorn und blies zum Rückzug.

Waggit hatte Skalbairn aus den Augen verloren, aber er sah, wie sich die Todesmagierin aufbäumte und umdrehte. Skalbairns Lanze hatte sie in den Bauch getroffen, und nun versuchte sie, sie herauszuziehen. Es war ein tödlicher Treffer. Unter normalen Umständen hätte sie keine Stunde mehr überlebt. Aber bei ihren treulosen Genossen würde sie es keine fünfzehn Sekunden mehr machen.

Ein paar jüngere Zauberinnen in ihrer Nähe sahen die

Wunde und stürzten sich auf die Magierin. Klingenträger folgten in einer grotesken Masse.

Sie zerrissen die Magierin von oben nach unten.

»Skalbairn!« schrie Waggit.

Niemand antwortete. Aber Waggit entdeckte Skalbairns Überreste auf dem Feld, unter den Beinen eines Greifers. Die Greifer hatten sich wirklich überzeugt, daß er nicht mehr am Leben war. Es gab nichts zu retten und nichts, was Waggit tun konnte.

Er lenkte sein Streitroß von dem Blutbad weg, und das arme Tier atmete schwer, als es sich durch die Horde davonmachte.

Er lenkte es rasch durch eine Gruppe kleinerer Greifer, die alle flohen, als wäre ein Glorreicher unter ihnen erschienen, und schon galoppierte er von der Horde weg; die Hufe seines Pferdes verschwammen, als es über den sandigen Boden galoppierte.

Waggit blickte auf und sah einen Gänseschwarm in einem V über den Hügeln. Die Sonne schien auf die unfruchtbare Ebene und die Wälder dahinter und ließ sie in Weizen- und Rottönen schimmern.

Aus den verborgensten Ecken seines Gedächtnisses tauchte eine Erinnerung an eine Zeit auf, als er zugesehen hatte, wie die Gänse an einem trüben Mittwintertag über die Scheune seines Vaters flogen, und seine Mutter hatte ihm zugerufen, er sollte seinen Umhang anziehen. Die Erinnerung tauchte auf wie eine klare Luftblase und platzte.

In seiner Erinnerung rief ihn seine Mutter bei einem wahreren Namen.

KAPITEL 32
Der Wegmacher

Jede Straße führt dich zu tausend Seitenstraßen. Der leichteste Weg ist häufig nicht der beste.

Schild am »Rebhuhn und Pfau«, einem Ausbildungsgasthaus des Saals der Füße

Staub stieg aus dem Tal unter Averan auf – der Staub von Greifern, die in den Kampf zogen, der Staub von Männern, die diese Greifer angriffen. Der Staub verhüllte alle Einzelheiten der Schlacht. Gaborns Männer stürzten sich auf ihren Kraftpferden auf die Horde, und alles, was sie taten, war wie verschwommen.

Die Lords bedrängten die Greifer an vier Fronten und lieferten die benötigte Ablenkung. Skalbairn ritt in die Formation und starb, nachdem er Drei Treffer durchbohrt hatte.

Danach kehrten weniger Männer zurück.

Averan dachte, sie sollte trauern, aber es kamen keine Tränen. Es waren schon zu viele Freunde gestorben.

Die Greifer zischten und sandten ihre unverständlichen Worte über das Feld, und plötzlich verbanden sich die neun einzelnen Formationen zu einer einzigen. Unter neuer Führung marschierten die Greifer zurück nach Westen, auf Feldonshire zu.

Als Gaborns Armee nach Süden floh, versuchten die Greifer nicht, ihr zu folgen.

Die Horde donnerte in schwindender Anzahl weiter,

zischend wie die Wellen bei Ebbe. Die Greifer waren auf dem Weg zu ihrem Nest, obwohl nur noch wenige genügend Kraft für diesen langen, schweren Weg hatten.

In der Ferne begannen Gaborns Männer zu jubeln. Sie ritten auf die Hügel südlich von Feldonshire und jubelten lauter, als die Greifer vorbeieilten. Averan sah Männer, die Freudensprünge machten und einander umarmten.

In den Hügeln und den Wäldern auf der anderen Seite des Donnestgree jubelten auch die Dorfbewohner.

Gaborns Days, der hinter Averan gestanden hatte, hatte den Kampf schweigend verfolgt. Nun flüsterte er: »Ein großer Sieg«. Aber Gaborn saß nur auf seinem Streitroß, die Lanze quer über den Sattelknauf gelegt, und ließ den Kopf hängen. Er hatte Dutzende von Männern verloren.

»Ich habe ihn gewarnt«, sagte Binnesman. »Erden Geboren starb nicht an einer tödlichen Wunde, sondern an gebrochenem Herzen. Und mit Gaborn wird dasselbe passieren.«

»Wie können wir ihm helfen?« fragte Averan.

Aber sie wußte bereits, was Gaborn wollte. Er würde den Greifern folgen und sie nach dem Wegmacher suchen lassen. Er wollte, daß Averan noch einen Greifer aß.

»Hört doch ...«, sagte Binnesman. Er schaute nach Norden und dann nach Süden. Die grüne Frau, die neben ihm stand, legte den Kopf ein wenig schief, als hätte Binnesman ihr zu lauschen befohlen.

Averan konnte nichts Ungewöhnliches hören. »Was ist denn?«

»Das Schweigen. Es breitet sich über Meilen aus.«

Averan war nicht sicher, was er meinte. Die Menschen jubelten immer noch. Die Greifer zischten, und die Erde schien unter ihrem Gewicht zu ächzen.

»Keine Vögel, keine Grillen«, flüsterte Binnesman. »Kein Vieh – für Meilen und Abermeilen nur die Geräusche von Menschen und Greifern. Was sagt dir die Erde?«

Averan wußte nicht, was er meinte. Für sie fühlte es sich an wie ... leiden. Die Erde litt.

Averan war müde. Sie wollte, daß dieser Krieg endlich zu Ende ging.

Auf den Hügeln auf der anderen Talseite sammelten sich Gaborns Ritter in einem großen Kreis. Nun hielten sie alle gleichzeitig die Schilde hoch und fingen damit die Sonnenstrahlen ein, sandten Kunde von ihrem Sieg, so weit das Auge reichte. Das Sonnenlicht war einfach zu hell. Averan hob die Hände, um ihre Augen zu schützen.

Hundert Schritt hügelabwärts entdeckte sie einen knorrigen schwarzen Baum – ein kleines verkrüppeltes Ding. Eigentlich war es gar kein richtiger Baum. Er war kaum höher als ein Mann – es war mehr ein Busch mit einem Dutzend verrenkter Zweige.

Aber Averan spürte Leben darin. Es war ihm gelungen, in der Nähe des Stinkwassers zu überleben, wo keine anderen Bäume es geschafft hatten. Er war edel und zäh.

Averan dachte nicht darüber nach, was sie tat.

Sie sprang einfach vom Wagen und ging zu dem Baum hin.

Zuerst sah es so aus, als hätte er niemals Blätter gehabt, aber als sie näher kam, sah sie, daß sie bereits abgefallen waren. Sie lagen am Boden, breit und braun.

Von nahem war die Rinde glänzend und von einem dunklen Grau. Ein paar runzlige Samenkapseln hingen immer noch an den Ästen.

Averan hatte noch nie einen solchen Baum gesehen und hätte ihn nicht benennen können. Aber sie war wie gebannt von ihm.

Sie streckte vorsichtig den Arm aus, griff nach dem Hauptast und zog daran.

Er ging so leicht ab, daß sie beinahe glaubte, der Baum müsse schon lange tot sein und das Holz verrottet. Aber sie konnte Kraft unter der Rinde spüren – Lebenskraft.

Nein, der Baum hatte sich ihr einfach gegeben.

Es war ein guter Stock, stark und kräftig und gefährlich. Es war ihr Stock. Sie begann vor Aufregung schneller zu atmen und zu zittern.

Binnesman war ihr gefolgt und schreckte sie aus dem Nachdenken. »Hmmm ... Goldregen – eine seltsame Wahl.«

»Was ist sein Wesen?« fragte Averan. »Was sagt es Euch über mich?«

»Das weiß ich nicht«, erwiderte Binnesman. Er klang mißtrauisch, und er betrachtete sie forschend unter buschigen Brauen her. »Niemand hat diesen Baum zuvor gewählt. Ich habe noch nie von einem Erdwächter gehört, der seinen Stock von einem giftigen Baum genommen hätte.«

»Giftig?«

»Jeder Teil des Goldregens ist giftig – Wurzeln, Rinde, Blätter, Beeren, Nüsse. Diese Abart hier ist die giftigste überhaupt. Im Bergland von Lysle, wo sie häufiger wächst, nennen die Einwohner sie Giftholz.«

»Giftholz«, wiederholte Averan. Der Name klang unheilverkündend. Aber es schien angemessen, daß sie ihren Stock von solchem Holz nahm, hier, wo so viele Greifer vergiftet worden waren.

Sie sah Binnesman in die Augen. Averan hatte nie sonderlich gut feststellen könne, ob jemand sie anlog oder nicht. Aber nun fragte sie sich, was Binnesman wohl dachte. Er betrachtete sie mißtrauisch. Er wußte etwas über sie, oder er hatte aus der Wahl ihres Stocks etwas geschlossen.

Gaborn hatte sein Pferd gewendet und galoppierte nun wieder auf sie zu. Er sah bedrückt aus. Er brachte schlechte Nachrichten. An seinen Days gewandt, rief er: »Königin Herin die Rote ist bei dem Angriff umgekommen.« Müde schüttelte er den Kopf.

»Averan«, bat er dann, »ich habe drunten am Tümpel einen Greifer mit sechsunddreißig Fühlern und großen Tatzen gesehen. Wirst du ihn dir ansehen?«

Averan schluckte. Sie konnte jetzt nicht schon wieder essen, nicht einen Greifer, der getrunken hatte, obwohl er wußte, daß ihm das den Tod bringen würde.

Sie hob den Stock, hob ihn verteidigend, als wäre sie Frühling und wollte einen Schlag abwehren. Dann wurde ihr klar, daß sie tatsächlich versuchte, genau das zu tun.

Sie hob den Stock über den Kopf, hielt beide Enden hoch, wie es Binnesman getan hatte, als er Carris segnete. Sie wußte nicht, wieso sie ihn so hielt. Es fühlte sich einfach so an, als müsse er auf diese Weise gehalten werden.

Und als sie das tat, sah sie ein Bild vor sich: den Wegmacher mit seinen sechsunddreißig Fühlern und großen Tatzen. Sie konnte ihn vor ihrem geistigen Auge sehen – er rannte immer noch mit der Horde, rannte auf die Unterwelt zu. Er hatte eine Narbe an der Flanke, die aussah wie eine Lanzenwunde. Seine Fühler hingen müde herab. Rings um ihn her marschieren Tausende anderer erschöpfter Greifer, und er konnte die Spuren jener riechen, die vor ihm marschierten, das verzweifelte Murmeln, das sich in der gesamten Horde ausbreitete. Tausende sprachen, Tausende von Stimmen, die die Menschen nie gehört hatten. Die Gerüche überwältigten Averan.

»Er lebt noch!« sagte sie zu Gaborn. »Der Wegmacher ist immer noch am Leben.«

Gaborn starrte das Mädchen an, den Mund verblüfft aufgerissen.

Averan warf einen Blick auf die grüne Frau, weil sie etwas ausprobieren wollte. »Frühling, komm, hilf mir!« sagte sie. Die grüne Frau kam zu ihr, und Averan sagte: »Pack meinen Stock! Hilf mir beim Rufen!«

Frühling stellte sich hinter Averan, so daß Averan sich zurücklehnen und ihren festen Körper an ihrer Schulter spüren konnte. Die grüne Frau streckte die Arme aus und packte die Enden des Stocks.

Averan schloß die Augen und stellte sich den Greifer vor, bis sie im Rhythmus des Wegmachers atmete und das Gefühl hatte, jeden einzelnen Schritt mit ihm zurückzulegen.

Er war schwach, und alles in ihm brannte vor Durst. Seine Beinmuskeln waren erschöpft. Jeder Schritt verursachte ihm Schmerzen in den Knien. Er wußte, daß er sterben würde.

Er war zu müde, um noch länger mit der Horde Schritt zu halten. Aber er rannte voller Entsetzen weiter und zählte seine flatternden Herzschläge.

Averan spürte seinen Geist, den gewaltigen Intellekt. Es war zu viel für sie. Sie hätte ihn ohne ihren Stock und ohne die Hilfe des Wylde nie erreichen und berühren können.

Aber nun schienen sich Schattenfinger in der Luft zu bilden, und es wurde kalt um Averan. Ranken schlängelten sich durch den Himmel und wanden sich um den müden Geist des Wegmachers. Averan packte sein Bewußtsein und rief ihm verzweifelt zu: »Komm zu mir.«

Weit auf der anderen Talseite hielt ein einzelner Greifer inne, während die anderen weitermarschierten. Nach einem Augenblick drehte er sich um und kam müde auf Averan zugewankt.

Gaborns Truppen waren bereits alle auf der anderen Hügelseite. Es war niemand da, der das Ungeheuer töten konnte.

Er kam tatsächlich! Averan versuchte, ihre Aufregung zu beherrschen. Sie nahm den Stock von der grünen Frau zurück und hielt den Wegmacher nun alleine.

Averan warf Gaborn einen Blick zu. »Seht Ihr den Wegmacher, der auf uns zukommt? Bringt mich zu ihm.«

Gaborn packte sie am Arm und hob sie vor sich in den Sattel.

Averan hielt weiterhin den Stock hoch, und zusammen ritten sie über die verwüstete Ebene, vorbei an Gaborns Truppen, vorbei an Langley und Baron Waggit, vorbei an den vergifteten Schwefelteichen und den toten Greifern, die am Ufer lagen, und über das Schlachtfeld.

Averan hatte zu schwitzen begonnen. Es war schwierig, den Kontakt aufrechtzuerhalten.

Der Wegmacher kam träge auf sie zu, dann blieb er stehen.

Averan spürte, wie verwirrt er war. Er war ihrem Ruf gefolgt, war von ihr überwältigt worden. Aber nun, als er der menschlichen Zauberin gegenüberstand, begann er sich zu fürchten. Averan war nicht sicher, ob sie ihn lange halten konnte.

Sie saß im Sattel und schaute in seinen Geist.

»Zeig mir den Weg«, bettelte sie. »Um deines und meines Volkes willen, zeig mir den Weg.«

Sein Bewußtsein entfaltete sich für sie, so sanft, wie sich eine Blüte öffnet, und förderte seine Gedanken und Erinnerungen zutage.

Der Wegmacher war ein mächtiger Greifer, sein Geist tief und seine Erinnerungen gewaltig. Er hatte die Hirne der Wegmacher, die ihm vorangegangen waren, gefressen – eine endlose Reihe von ihnen überspannte Tausende von Jahren. Das Wissen überschwemmte Averan in einer gewaltigen Woge.

Greifer erinnern sich viel besser an Düfte, als Menschen sich an Worte oder Bilder erinnern. So nahm die Landkarte der Unterwelt in Averans Geist als eine Karte von Gerüchen Gestalt an.

Die Karte erklärte, wie Warnzeichen zu lesen waren, wie man Geheimtüren öffnete oder geheime Tunnel fand und wie man gefährlichen Tieren aus dem Weg ging.

Die Wegmacher waren weit in der Unterwelt herumgekommen, waren sogar in steinernen Booten über das Idumenische Meer gefahren. Sie waren Wegen gefolgt, die andere Greifer nie betreten hatte. Averan erinnerte sich an Wunder und Schrecken und an alte duskinische Ruinen und andere historische Schauplätze.

Sie stieg aus dem Sattel und stellte sich vor ihn.

Der große Greifer kniete sich nieder, von Müdigkeit überwältigt. Er ragte riesig über ihr auf und nahm sie mit leicht zuckenden Fühlern wahr.

Sie starrte in seinen Geist, ging seine Gedanken durch.

Er war in die Oberwelt gekommen, um ihre Landschaft aufzuzeichnen, um ihre Wege zu erforschen und neue zu finden. Es war ein großes Abenteuer gewesen, eine Reise, die Gefahr und Aufregung versprach. Er wußte nun, daß sie ihm den Tod gebracht hatte.

KAPITEL 33
Dunkle Gassen

Es wird häufig von uns verlangt, daß wir durch dunkle Gassen gehen, ohne vorher zu wissen, ob sie sich in den Schatten oder ins Licht öffnen.

Jas Laren Sylvarresta

Kurz nachdem er Myrrima dem Wasser übergeben hatte, taumelte Borenson nach Fenraven hinein. Ihm war schwindlig vor Müdigkeit, und er sah alles doppelt. Einen Augenblick lang versuchte er, sich zu orientieren. Das halb verfallene Dorf breitete sich über einen kleinen Hügel hinweg aus, und das Morgenlicht spielte auf den Strohdächern der Hütten. Ringsumher lag der Nebel immer noch dicht über dem Moor, so daß sich der Hügel wie eine Insel aus dem Nebelmeer erhob. Es gab ein Tor, das halb offen stand, und neben dem Tor waren Kohlebecken, in denen Wachfeuer immer noch hell brannten. Silberspiegel hinter den Becken reflektierten das Licht und konzentrierten es auf die Straße.

Borenson taumelte vorwärts und hatte das Gefühl, als hätte sich jeder einzelne Muskel in seinem Körper in reine Müdigkeit verwandelt.

Das Gasthaus von Fenraven war klein und hatte nur ein einziges Gästezimmer. Gerade waren zwei Herren aus dem Süden dabei, es zu verlassen.

Die Wirtin bereitete ein nahrhaftes Frühstück aus Pilzen und Kastanien zu. Borenson war müde bis in die

Knochen und trauerte. All seine Gedanken galten Myrrima. Aber er hatte noch eine Aufgabe zu erledigen, und er wußte, daß er sich noch eine Weile konzentrieren mußte, zumindest, bis er einschlief. Er setzte sich hin, und tiefer Schmerz ließ sich in seinem Rücken, zwischen seinen Schulterblättern nieder.

Während er aufs Frühstück wartete, fragte er: »Ihr habt also nur zwei Gäste? Es ist niemand heute nacht hier vorbeigekommen?« Seine Stimme war heiser, als hätte er sie schon lange nicht mehr benutzt.

»In der Nacht?« fragte sie.

»Ein Mann – ein einzelner Reiter, der die Hufe seines Pferdes mit Schaffell umwickelt hatte.«

»Nein!« erwiderte sie. »Aber das klingt nach einem Banditen oder nach noch Schlimmerem! Ich habe gehört, daß Meuchelmörder die Straße benutzen. Gestern früh hat man neun Meilen entfernt von hier die Leiche von Braithen Towner gefunden.«

Borenson wunderte sich. Immer noch Meuchelmörder unterwegs. Raj Ahtens Armee hier unten hatte vielleicht noch nicht vom Sturz von Carris erfahren. Vielleicht war der Meuchelmörder auch ein Einzelgänger. Aber Borenson konnte das Gefühl nicht abschütteln, daß der Mann nach ihm gesucht hatte.

Er rieb sich die brennenden Augen und aß ein Stück Gebäck, während die anderen Gäste das Haus verließen.

Danach sagte er der Wirtin, er würde weiterreiten, wenn er wieder wach war, und bat sie, für ihn ein paar Dinge einzukaufen, die er für die Weiterreise nach Inkarra brauchte. Hier in Fenraven war er nur noch hundert Meilen von dem Gebirge entfernt, das die Grenze bezeichnete.

Er ging ins Gastzimmer und fand es mehr als angemessen. Es war sauber und gemütlich. Das Stroh der Matratze war frisch, und die Tochter der Wirtin räumte die alten Decken weg und gab ihm neue. Er brauchte sich wegen des Ungeziefers keine Sorgen zu machen.

Das Essen war gut gewesen, und der Stallbursche wußte, was er zu tun hatte. Borenson fühlte sich gut versorgt. Dies war die erste Gelegenheit seit Tagen, ein wenig Ruhe zu bekommen, und ohne die Gabe des Durchhaltevermögens hatte er das dringend nötig.

Er legte sich hin und begann, über die Reise nachzudenken, die ihm nun bevorstand. Dann wurde er wieder von Trauer überwältigt. Er konnte an nichts anderes als an Myrrima denken, an den Geschmack ihrer Lippen und daran, wie sich ihre kalte Haut unter seinen Händen angefühlt hatte, als er sie ins Wasser legte.

Er war nicht um seinetwillen traurig, nicht einmal so sehr um ihretwillen. Er hatte einfach das Gefühl, daß die Welt etwas sehr Schönes und Wichtiges und Edles verloren hatte.

Seine Augen brannten dermaßen, daß er sie schloß, nur um den Schmerz zu vermeiden, und sofort schlief er tief ein.

Er erwachte Stunden später, und nur langsam.

Er merkte, daß noch ein weiterer Gast in seinem Bett lag und daß es bereits Nacht war. Es war üblich, daß Gäste in einem Gasthaus sich ein Bett teilten, wenn das notwendig war.

Aber nicht, daß man eine Frau zu einem Mann ins Bett legte, und er erkannte an dem Geruch ihres Haars und an der leichten Berührung ihres Arms, den sie um ihn gelegt hatte, daß eine Frau neben ihm lag.

Er schreckte auf und setzte sich ruckartig hin.

Neben ihm lag Myrrima.

»Was ...«, murmelte er.

Myrrima stützte sich auf den Ellbogen und starrte ihn an. Draußen schien ein schlanker Sichelmond, und die Sterne standen am Nachthimmel. Borenson und seine Frau waren allein im Gastzimmer.

»Bist du endlich wach?« fragte Myrrima.

»Wie ...«

»Du hast mich ins Wasser gelegt«, sagte Myrrima. »Ich war schwach und so gut wie tot, und du hast mich dem Wasser übergeben.«

»Es tut mir leid«, sagte er entsetzt. Er hatte sie mit Sicherheit für tot gehalten. Aber hier saß sie und sah so gesund aus wie eh und je. Ihre Kleider waren trocken.

»Schon gut«, sagte sie. »Ich habe etwas entdeckt. Averan ist nicht die einzige Zaubergeborene.«

Borenson wollte eine Million Fragen stellen.

Ich hätte es viel früher sehen müssen, wurde ihm nun klar. Ich hätte es an allem erkennen müssen: daß sie sanft ist, wenn sie sanft sein muß, und hart, wenn sie hart sein muß, daß ihre Berührung mich beruhigt und tröstet, wie die Berührung der Undinen, nachdem ich die Übereigner in Burg Sylvarresta getötet hatte.

Er spürte etwas in ihr. Aber er konnte nur ein einziges Wort sprechen: »Wie?«

»Das Wasser hat mich genommen«, erwiderte Myrrima. »Ich träumte davon – von Wolken, die schwer waren von Feuchtigkeit, und von Wasserfällen, die ihren Nebel in die Luft sprühen, und von Bächen, die über saubere Steine plätschern. Ich habe das Wasser immer geliebt. Ich habe von den großen Zauberern tief drunten auf dem Meeresboden geträumt, und von den seltsamen und wunderbaren Dingen dort. Das Wasser hat mich geheilt, und es hätte mich ins Meer getragen, über die Gezeitenhöfe hinweg.

Aber mir ist etwas klargeworden«, fuhr Myrrima fort. »Mir ist klargeworden, daß ich dich mehr liebe. Also bin ich zurückgekehrt, um deine Frau zu sein.«

Borenson starrte sie in betäubtem Staunen an. Sie war nicht wirklich gestorben, das wußte er nun. Sie war dem Tode nah gewesen. Aber sie hatte immer noch ihre Gaben der Anmut gehabt. Erst jetzt erkannte er, daß er sie dem Wasser übergeben hatte, obwohl ihm das irgendwo klar gewesen war. Er hatte vor lauter Erschöpfung nicht mehr klar denken können. Er hatte auf eine Veränderung ihres Gesichts gewartet, auf diesen Augenblick, in dem ihre Gaben verschwanden, aber das war nicht geschehen.

Deshalb hatte es sich wie Verrat angefühlt, sie ins Wasser zu legen.

Und mehr als das: Er erkannte, daß sie ihn wirklich liebte. Sie wollte ihn nicht nur nach Inkarra begleiten. Sie hatte die Gelegenheit aufgegeben, den Mächten zu dienen, eine Zauberin zu werden und im Meer zu leben. Nur wenige, die für ein solches Schicksal ausersehen waren, konnten dem Ruf des Wassers widerstehen.

Myrrima lehnte sich an ihn und küßte ihn. Borenson spürte, wie sein Körper auf sie reagierte. Binnesman hatte ihn tatsächlich geheilt, über seine wildesten Hoffnungen und Phantasien hinaus.

Sie waren allein im Gastzimmer, und endlich fühlte er sich bereit, ihre Liebe zu erwidern.

Ich sollte diesem alten Zauberer wohl doch mehr als nur einen einzigen Krug Bier ausgeben, dachte er. Er umarmte Myrrima leidenschaftlich und zog sie noch fester an sich.

Als sich der Nachmittag der Nacht zuwandte, verließen Erin und Celinor Fleeds, ritten durch das südliche Heredon und auf die Grenze von Süd-Crowthen zu. Je weiter sie nach Norden kamen, desto trockener wurde der Boden, und die Farben des Herbstlaubs schmückten das Land.

Erin hatte in der Nacht zuvor nicht geschlafen; sie wagte nicht mehr zu schlafen. Aber den ganzen Tag hatte sie über die Worte aus ihren Träume nachgedacht, an den gefährlichen Asgaroth, der ihre Welt zerstören wollte. Sie sprach nicht mit Celinor darüber, denn sie nahm an, er würde sie für verrückt halten.

Aber die Worte der Eule hatten sie tief berührt und ihr Wissen tief ins Herz gesenkt. Erin nahm an, daß die Eule sie zu sich gerufen hatte, daß vielleicht auch jetzt ein Teil von ihr in der Niederwelt festsaß und auf weitere Anweisungen wartete.

Sie ging davon aus, daß sich etwas Schlimmeres als nur ein Glorreicher der Finsternis in ihrer Welt befand –

daß ein viel zerstörerischeres Wesen unter ihnen weilte. Sie wollte unbedingt mehr darüber wissen, wagte aber nicht, sich der Müdigkeit zu ergeben.

Wachen traten Erin und Celinor an der Grenze entgegen – mehrere hundert Ritter und geringere Lords, die an der Straße ihre bunten Zelte aufgeschlagen hatten. Ein paar Dutzend Wagen und Pferde waren hier aufgehalten worden, als Kaufleute versuchten, die Grenze zu überqueren.

Als Erin und Celinor vorbeiritten, erkannte ein alter Mann Celinor und rief: »Prinz Anders, bitte sprecht für mich mit Eurem Vater! Ich habe seit Jahren mit ihm Handel getrieben und schon an seinem Tisch gesessen. Das hier ist Wahnsinn!«

Celinor wollte an der Straßensperre vorbeireiten, aber Männer mit Speeren blockierten ihm den Weg. Ein junger Hauptmann führte sie an. Er hatte dunkles Haar wie Celinor und war beinahe ebenso groß. In seinen Augen stand ein fanatisches Glitzern. »Es tut mir leid, Euer Hoheit«, sagte er. »Ich habe Befehl, niemanden durchzulassen.«

»Gantrell?« fragte Celinor. »Seid Ihr denn blind? Oder habe ich mich so sehr verändert?«

»Es sind gefährliche Zeiten«, entschuldigte sich Gantrell. »Meine Befehle sind eindeutig: Keiner darf rein und keiner raus.«

»Nicht mal Euer eigener Kronprinz?«

Gantrell warf Celinor einen abschätzenden Blick zu und schwieg. Erin konnte sich vorstellen, was im Kopf des Mannes vorging. Wenn er Celinor durchließ, würde er gegen einen Befehl verstoßen. Wenn er es nicht tat, würde Celinor es ihm den Rest seines Lebens übelnehmen – und König Anders alterte schnell und war bei schlechter Gesundheit.

»Ich werde Euch durchlassen«, meinte er schließlich vorsichtig, »aber nur mit einer Eskorte.«

Celinor nickte. »Das wäre angemessen.«

»Aber die Frau bleibt hier«, fügte Gantrell mit einem Blick zu Erin hinzu. Sie trug die einfache Kleidung einer Pferdeschwester – ein wollenes Hemd mit Flecken von der Reise über ihrer Lederrüstung.

»Diese Frau«, sagte Celinor, »ist meine Frau und wird eines Tages Eure Königin sein!«

Gantrell legte den Kopf schief und verzog das Gesicht, als hätte er gerade erkannt, daß ihn dieser Fehler seine Laufbahn kosten würde.

»Dann«, meinte er, »heiße ich Euch in Süd-Crowthen willkommen, Herrin.«

Er verbeugte sich knapp, und Erin ritt unter schwerer Bewachung über die Grenze. Ritter umgaben sie auf allen Seiten – ein Dutzend vor ihnen, ein Dutzend hinter ihnen, je ein Dutzend links und rechts. Gantrell ritt neben ihnen und warf immer wieder Seitenblicke auf Erin.

»Stehe ich unter Arrest?« fragte Erin schließlich, als sie es nicht mehr aushalten konnte. »Selbstverständlich nicht«, antwortete Gantrell. Aber er klang nicht sonderlich überzeugt.

Averan schwitzte in Strömen. Sie hielt den Wegmacher mit ihrem Geist und absorbierte sein Wissen. Hätte sie nicht die Hirne der anderen Greifer gegessen, wäre sie nicht imstande gewesen, es zu begreifen. Sie konzentrierte sich darauf, ein geistiges Bild zu erstellen, eine Landkarte der Unterwelt. Während sie das tat, waren alle anderen Wahrnehmungen verschwunden. Sie war sich der Gerüche des Tages nicht bewußt, keiner Geräusche und nicht der Zeit, die verging.

Als Averan schließlich den Kontakt abbrach, sackte sie in sich zusammen.

Halb betäubt sah sie sich um und bemerkte, daß es dunkel geworden war. Nachdem die Sonne untergegangen war, war es kühl geworden. Sie hatte stundenlang den Geist des Wegmachers durchsucht.

Der Wegmacher lag nun vor ihr, so gut wie verdurstet, und atmete ächzend. Sein Maul klaffte bei jedem Atemzug auf, und die Fühler um den gepanzerten Kopf hingen schlaff herunter. Er würde die Nacht nicht überleben.

Gaborn war die ganze Zeit bei ihnen geblieben.

Nun hob er Averan hoch und hielt sie mit starken Armen. »Komm«, sagte er, »gehen wir von diesem Ungeheuer weg. Es ist immer noch gefährlich.«

Er wird mich nicht fressen, wollte Averan sagen. Aber sie wußte nicht, ob das stimmte. Außerdem konnte sie kaum ein Wort herausbringen. Ihr Mund war trocken, und sie war so müde, so ausgelaugt, daß es nicht der Mühe wert war, zu sprechen.

Gaborn trug sie ein Dutzend Schritte zu einem Wagen. Ein Fuhrmann saß auf dem Bock, rieb sich die Augen und kämpfte gegen den Schlaf an. Das Gespann döste im Geschirr.

»Was ist passiert? Wo sind die anderen?« krächzte Averan schließlich. Alles um sie herum schien sich zu drehen.

»Du hast Stunden vor diesem Greifer gestanden; den ganzen Tag lang«, sagte Gaborn. »Die anderen Ritter folgen der Horde nach Süden. Aber Binnesman und die grüne Frau sind noch hier.«

»Gut«, erwiderte Averan. Sie hatte sich in Binnesmans Gegenwart immer wohl gefühlt. Über ihrem Kopf schoß ein Feuerball über den Himmel. Er zog eine rote Rauchspur hinter sich her. Beinahe sofort blitzte weiteres Licht auf, und dann noch eines. Überall fielen Sternschnuppen, Dutzende innerhalb von ein paar Herzschlägen.

»Was ist da los?« fragte Averan, als Gaborn sie auf den Sitz setzte. Er stieg neben sie. Der Fahrer ließ die Peitsche knallen, und der Wagen ruckte vorwärts.

»Die Eine Wahre Meisterin hat das Siegel des Himmels an das Siegel der Zerstörung und das Siegel des Infernos gebunden«, antwortete Gaborn. Seine Miene war angespannt. »Wir müssen diese Siegel brechen.«

»Wollt Ihr damit sagen, daß es bereits geschehen ist?«

»Ja«, antwortete er. »Und es gibt noch etwas. Die Greifer haben Raj Ahten bei Kartish besiegt. Er ist tot, und nun ist die Gefahr ... noch viel größer, und es wird jede Minute schlimmer. Kennst du den Weg zum Ort der Knochen?«

»Ja«, erwiderte Averan mit fester Stimme.

»Kannst du mir beschreiben, wie ich dorthin komme?«

»Nein«, sagte sie. »Nicht einmal, wenn wir noch einen Monat Zeit hätten.«

»Wirst du mich dann führen? Während du beschäftigt warst, hat Iome ein paar Leute hergebracht – einen Annektor und ein paar Vektoren. Ich habe bereits Gaben des Geruchsinns übernommen. Ich kann die Worte der Greifer hier am Boden riechen. Aber ich verstehe sie nicht.«

Averan schauderte. Sie hatte die Unterwelt durch die Sinne der Greifer wahrgenommen, durch die Sinne des Wegmachers, der sie am besten kannte. Der Weg würde lang und gefährlich sein. Ihnen standen schlimmere Dinge als Greifer bevor.

Averan war vollkommen durcheinander.

Über ihnen wölbte sich der Himmel, und ein Stern nach dem anderen fiel. Was passiert, wenn sie alle gefallen sind? fragte sie sich. Wird es dann vollkommen dunkel sein?

Wieder schauderte es sie. So hatte sie sich ihr Leben nicht vorgestellt.

»Bringt mich zu diesen Vektoren«, sagte sie. »Ich werde Euch so gut führen, wie ich kann.«

JOHN MARCO

DAS IMPERIUM VON NAR

Band 1: Die Jäger des Tharn

Band 2: Die Paladine des Dunkels

Band 3: Die Armee der Raben

Band 4: Das Banner der Rache

Band 5: Die Heiligen des Schwertes

Weitere Bände in Vorbereitung.

Excalibur
bei
Knaur

JOANNE BERTIN

DIE SAGA VON DEN LETZTEN DRACHENLORDS

Band 1: Der letzte Drachenlord

Band 2: Drachenherz

Band 3: Das Lied des Phönix

Weitere Bände in Vorbereitung.

DAVID DRAKE

DAS REICH DER INSELN

Band 1: Gefährten des Sturms

Band 2: Der Thron von Malkar

Band 3: Die Erben des Carus

Band 4: Die Königin der Dämonen

Band 5: Die Geisterbrücke

Band 6: Die Diener des Drachen

[redacted]

KRISTINE KATHRYN RUSCH

DIE BÜCHER DER FEY

Band 1: Die Felsenwächter

Band 2: Das Schattenportal

Band 3: Der Thron der Seherin

Band 4: Die Nebelfestung

Band 5: Der Schattenprinz

Band 6: Die Erben der Macht

Weitere Bände in Vorbereitung.